Naar de overkant

Santa Montefiore bij Boekerij:

Onder de ombu-boom
Het vlinderkistje
De Vergeet mij niet-sonate
De zwaluw en de kolibrie
Valentina's laatste reis
De zigeunermadonna
Het geheim van Montague
De Franse tuinman
In de schaduw van het palazzo
De affaire
Villa Magdalena
Fairfield Park
De vuurtoren van Connemara
De dochter van de imker
De witte duif
Onder de Italiaanse zon
Een handvol geluk (voorheen *Het gouden licht*)
Naar de overkant

De vrouwen van kasteel Deverill
Als de rododendron bloeit
De laatste roos van de zomer
De vergeten Deverill
De verre horizon

boekerij.nl
santamontefiore.co.uk

SANTA MONTEFIORE

Naar de overkant

Marigold heeft de steun van haar familie nog nooit zo hard nodig gehad als nu. Maar kunnen ze er wel voor haar zijn?

Eerste druk maart 2020
Tweede druk mei 2020
Derde druk mei 2021

ISBN 978-90-225-9267-0
ISBN 978-94-023-1463-2 (e-book)
ISBN 978-90-528-6270-5 (audio)
NUR 302

Vertaling: Erica Feberwee
Oorspronkelijke titel: *Here and Now*
Omslagontwerp: Johannes Wiebel | punchdesign, Munich
Omslagbeeld: © Shutterstock.com
Zetwerk: Mat-Zet bv, Huizen

Voor Lily en Sasha

1

Het sneeuwde. Dikke, donzige vlokken, zo groot als wattenbollen, tuimelden uit de hemel, terwijl het eerste daglicht zich dapper door een baldakijn van dichte wolken worstelde. Marigold stond met haar mok thee voor het keukenraam. Een kleine mollige gedaante in een zachtroze badjas met bijpassende, pluizige pantoffels. Vol verrukking sloeg ze het schouwspel gade en zag ze hoe het landschap in al zijn lieflijke pracht geleidelijk uit de schemering tevoorschijn kwam, hoe in de tuin de contouren zichtbaar werden van de taxushaag, de bloemen en de struiken, de bomen met hun grillige, knoestige takken, roerloos en in diepe rust onder de koesterende deken van de nacht. Het was nauwelijks voor te stellen dat in de bevroren grond het leven gewoon doorging; dat de viburnum en de sering in het voorjaar weer in bloei zouden staan. Bij de doodse aanblik van de winterse tuin leek het alsof het nooit meer lente zou worden.

Aan het eind van de tuin, naast de schuur van haar man Dennis, drong het silhouet van de appelboom door het gordijn van vallende sneeuwvlokken. Met zijn dikke stam en knobbelige takken zag de boom eruit als een mythisch wezen, dat door een eeuwenoude bezwering voorgoed was verstild of simpelweg was versteend door de kou. Want het was bitterkoud. Marigolds blik viel op het voederhuisje aan een van de takken. Het oogde verloren, toch kwam er nog steeds af en toe een dappere vogel aanfladderen, in de hoop een laatste zaadje te verschalken. Het huisje was leeg, maar Marigold vulde het dagelijks. Ze had met de hongerige vogels te doen. Het was aan haar grote hart te danken dat ze de winter overleefden. Zodra ze haar thee ophad, zou ze haar laarzen aantrekken en de tuin in lopen, om nieuw voer in het huisje te doen.

Toen ze voelde dat er naar haar werd gekeken draaide ze zich om. Dennis stond in de deuropening; zijn ogen straalden van liefde. Hij was al gekleed voor de kerk, in een donkerblauw pak met stropdas. Zijn grijze haar met een keurige zijscheiding was glad geborsteld, zijn baard netjes bijgewerkt. Een knappe verschijning, vond Marigold. Ze was twintig geweest toen ze elkaar leerden kennen, inmiddels meer dan veertig jaar geleden, maar in haar ogen was hij nog net zo charmant en aantrekkelijk als toen. Ze glimlachte plagend. 'Waar kijk je naar?'

'Naar jou.' Er dansten lichtjes in zijn lichtblauwe ogen.

Hoofdschuddend keerde ze zich weer naar de tuin. 'Het sneeuwt.'

Hij kwam bij haar staan, en samen genoten ze van het uitzicht. 'Mooi.' Hij slaakte een zucht. 'Echt mooi.' Met zijn arm om haar middel trok hij haar dicht tegen zich aan en plantte een kus op haar slaap. 'Weet je nog, Goldie? Die eerste keer dat ik je hand pakte? Toen sneeuwde het ook.'

Marigold schoot in de lach. 'Dat zeg je altijd als het sneeuwt.'

Hij glimlachte verlegen. 'Ik denk er graag aan terug. Het was een mooie avond, met een mooie vrouw. Het sneeuwde, en ik pakte je hand. Ik weet nog hoe warm die voelde. En toen je hem niet wegtrok, wist ik dat ik een kansje maakte. Want in die tijd betekende het heel wat, als je de hand van een meisje mocht vasthouden.'

'Wat ben je toch een ouwe romanticus!' Ze keek hem schalks aan en wist dat hij haar opnieuw zou kussen.

'En je bent maar wat gek op je ouwe romanticus,' fluisterde hij in haar haar.

'Nou en of. Mannen zoals jij, die maken ze niet meer. Die zijn zeldzaam.' Ze legde haar hand op zijn borst. 'Zo, en ga nu maar lekker zitten. Dan schenk ik thee voor je in.'

'Vrouwen zoals jij maken ze tegenwoordig ook niet meer.' Dennis liep naar de keukentafel. Mac, de zwart-witte kat, zat al vol verwachting op de stoel van zijn baasje. 'Op het moment dat ik je hand pakte, wist ik al hoe bijzonder je was.'

Suze, hun jongste dochter, kwam slaperig de keuken binnen sloffen, met een lang grijs vest over haar gebloemde pyjama. Haar voeten staken in bedsokken, haar blonde haar hing ongekamd langs haar gezicht. Haar zware pony viel voor haar ogen, die strak op haar smartphone waren gericht.

'Goeiemorgen, lieverd,' zei Marigold opgewekt. 'Heb je wel gezien dat het sneeuwt?'

Suze keek niet op of om. Natuurlijk had ze gezien dat het sneeuwde. Nou en? Ze ging op haar vaste plek aan tafel zitten, naast haar vader. 'Goedemorgen,' mompelde ze binnensmonds. Dennis en Marigold wisselden een veelbetekenende blik. Marigold pakte twee mokken uit de kast, om net als elke ochtend Dennis thee en Suze koffie in te schenken. Marigold was gehecht aan haar routine. Die gaf haar het gevoel dat ze nuttig en nodig was. Toen schoot haar te binnen dat ze niet langer met z'n drietjes waren, en ze pakte nog een mok uit de kast.

'Lieve hemel! Hebben jullie al naar buiten gekeken? Het sneeuwt! Alles komt stil te liggen. Het hele leven. In het hele land!' Marigolds moeder kwam de keuken binnen. Zoals altijd zag ze van alles de schaduwzijde, want ze was pas gelukkig als ze wat te mopperen had. 'Weet je nog, Marigold, de winter van '63?' Ze ademde sissend in. 'We hebben een week opgesloten gezeten in huis. Je vader moest ons uitgraven. Dat geploeter met die schep is hem noodlottig geworden. Hij had in de oorlog nog geen schrammetje opgelopen, maar die sneeuw betekende de doodsteek voor zijn rug.' Huiverend trok ze haar ochtendjas dichter om zich heen. 'Wat een kou! Dat vergeet ik nooit meer! Siberië was er niets bij.'

'Bent u ooit in Siberië geweest, Nana?' vroeg Suze ongeïnteresseerd, zonder van haar telefoon op te kijken.

Haar oma ging er niet op in. 'We hadden het toen bij lange na niet zo goed als jij, Suze. We moesten het stellen zonder centrale verwarming. Het was verschrikkelijk. Het ijs stond aan de binnenkant van de ramen, en voor de wc moesten we naar buiten, de tuin in. Jullie jonge mensen hebben geen idee hoe dankbaar jullie mogen zijn.'

Marigold wierp een blik door het raam. Sneeuw maakte haar gelukkig. Het hele leven mocht dan stil komen te liggen, maar de wereld zag eruit als een winters sprookjesland.

'Heerlijk,' zei Nana toen haar dochter een mok thee voor haar neerzette. Ze was inmiddels zesentachtig, haar lichaam broos, haar gezicht zo gerimpeld als crêpepapier, haar krullen spierwit. De jaren hadden onmiskenbaar hun tol geëist, maar geestelijk had ze nog niets aan scherpte ingeboet. Marigold gaf haar de krant met de kruiswoordpuzzel, liep terug naar het aanrecht en deed twee sneden brood in de rooster. Nadat Dennis en zij maandenlang op haar hadden ingepraat, was Nana een week eerder bij hen ingetrokken. Het huis waarin ze haar hele huwelijk had gewoond en waarin haar twee kinderen, Marigold en Patrick, waren geboren, was haar zo dierbaar en vertrouwd dat ze er niet weg had gewild. En dat terwijl Marigold maar een paar minuten verderop woonde, aan dezelfde laan. Ze had hardnekkig volgehouden dat ze prima voor zichzelf kon zorgen. Een verhuizing voelde alsof ze werd doorgeschoven naar de wachtkamer voor de hemel, terwijl ze er bij lange na nog niet klaar voor was om het leven vaarwel te zeggen. Maar uiteindelijk was ze gezwicht. Ze had haar huis voor een goede prijs verkocht en was bij haar dochter ingetrokken, waar ze haar eigen kamer had. Dennis had zonder mopperen de schilderijen opgehangen die ze had meegebracht, terwijl Marigold haar had geholpen met uitpakken en inrichten. Moeder en dochter hadden vervolgens al snel een routine ontwikkeld waarbij ze zich allebei prettig voelden. Nana ontdekte hoe plezierig het was om op haar wenken bediend te worden, en Marigold vond het heerlijk om nóg iemand te hebben voor wie ze kon zorgen. Daarnaast bestierde ze het dorpswinkeltje annex postkantoor, zoals ze dat al meer dan dertig jaar deed. Bovendien was ze lid van diverse comités en commissies – voor het dorpshuis, voor de kerk, voor een aantal goede doelen – want ze hield niet van stilzitten. Op haar zesenzestigste piekerde ze er niet over het rustiger aan te gaan doen, en haar inwonende moeder versterkte dat heerlijke, warme gevoel dat ze nodig was.

'Nou, ík ben dol op sneeuw,' zei ze terwijl ze een ei stuksloeg op de rand van de pan.

Met haar bril op haar neus verdiepte Nana zich in de kruiswoordpuzzel. 'Let op mijn woorden! Het hele leven komt stil te liggen,' herhaalde ze hoofdschuddend. 'Ik weet het nog zo goed, de winter van '63. Mensen vroren dood, vee legde het loodje, niks deed het nog. Het was een en al dood en verderf.'

'Nou, ik herinner me de winter van 2010, en toen wisten we ons prima te redden.' Suze keek nog altijd niet op van haar telefoon.

'Wat doe je eigenlijk op dat ding?' Over de tafel heen tuurde Nana naar haar kleindochter. 'Je zit de hele ochtend al op dat schermpje te kijken.'

'Dat is mijn werk.' Suze streek met een zorgvuldig gemanicuurde hand de pony uit haar gezicht.

'Ze is "influencer",' legde Marigold uit, met een knikje naar Suze, maar die zag het niet. Net zomin als ze de trotse, zij het lichtelijk verwarde blik van haar moeder zag.

'Wat is een influencer?' vroeg Nana.

'Dat betekent dat iedereen net zo wil zijn als ik,' antwoordde Suze nonchalant, zonder ook maar een spoor van ironie.

'Ze schrijft over mode en eten en over... lifestyle? Zo heet dat toch, lieverd?' vroeg Marigold. 'Eigenlijk over van alles en nog wat. En dat zet ze op haar Instagram-account. Je zou het eens moeten zien. De foto's zijn echt prachtig.'

'En daar verdien je je geld mee? Met van alles en nog wat?' Nana leek er niet van overtuigd dat 'influencer' een beroep was dat serieus kon worden genomen.

'Uiteindelijk gaat ze er heel veel mee verdienen,' antwoordde Dennis. Het onderwerp geld lag nogal gevoelig. Suze was die zomer vijfentwintig geworden, maar niet voornemens het ouderlijk huis te verlaten en op zichzelf te gaan wonen, en ze was ook niet van plan op zoek te gaan naar wat haar ouders als een 'echte' baan beschouwden. Waarom zou ze op zichzelf willen gaan wonen wanneer het haar bij haar moeder aan niets ontbrak en wanneer haar ouders alles voor haar betaalden? Het kleine beetje dat ze verdiende als freelancejournalist, ging op aan kleding en make-up, haar werkmateriaal voor de bijdragen die ze op social media postte. Toch hoedden haar ouders zich ervoor hun dochter ter verantwoording te roepen. Suze was niet alleen opvliegend van aard, maar bovendien behoorlijk gefrustreerd omdat het verwezenlijken van haar ambities wel erg traag verliep. Daisy, haar oudere zus, had gestudeerd en werkte in een beroemd museum in Milaan, waar ze met haar Italiaanse vriend het leven leidde van een vrouw van de wereld; een leven met uitstapjes naar Parijs, met weekendjes in Rome. Suze kwam daarentegen nauwelijks verder dan het dorp waarin ze was opgegroeid. Ze woonde nog bij haar ouders en droomde ervan rijk en beroemd te worden, ook al wist ze diep in haar hart dat die droom nooit werkelijkheid zou worden.

'Ik verdien geld met de artikelen die ik schrijf voor kranten en tijdschriften, en voor andere media. En ik werk aan mijn internetprofiel. Dat kost tijd. Ik ben druk bezig volgers te verzamelen.' Suze slaakte een zucht. Oude mensen begrepen niets van social media!

'Ach, jullie millennials!' zei Dennis met een grijns, in de hoop zijn dochter milder te stemmen. 'Het is voor ons, oude mensen, soms niet meer te volgen.'

'Ik heb bijna dertigduizend volgers op Instagram.' Suze keek al iets vrolijker.

'Echt waar, kindje?' Marigold had geen idee wat dat betekende, maar het waren er vast een hoop. Suze had voor haar moeder ook een Instagram-account aangemaakt, zodat ze met haar dochters in contact kon blijven. Dus het contact was er, maar Marigold postte zelf nooit iets. Ze had het niet zo op mobiele telefoons en hield meer van een echt gesprek, waarbij je elkaar kon aankijken.

Dennis sloeg de krant open en nam een slok thee. Marigold maakte zijn zondagse ontbijt: twee gebakken eieren met knapperige bacon, een worstje, volkoren toast en witte bonen in tomatensaus. Terwijl ze het bord voor hem neerzette, keek hij glimlachend naar haar op. Hun tedere blik verried dat hun liefde met het verstrijken van de jaren alleen maar intenser was geworden, met nog meer diepgang.

'Suze, wat kan ik voor jou maken?' vroeg Marigold, maar ze kreeg geen antwoord. Het gordijn van blond haar vormde een ondoordringbare barrière. 'Dan ga ik naar buiten. Om mijn vogeltjes te voeren.'

'Het zijn jouw vogels niet, mam,' klonk het van achter de blonde barrière. 'Waarom zeg je dat toch altijd?'

'Omdat je moeder ze voert. Net zoals ze dat met jou doet,' zei Dennis, met een hap worst in zijn mond. En voor al haar goede zorgen zou je je wel eens een beetje dankbaar mogen tonen. Maar dat zei hij niet hardop. 'Het smaakt heerlijk, Goldie. Echt verrukkelijk!'

'Met deze kou gaan ze hoe dan ook dood,' voorspelde Nana somber. Voor haar geestesoog zag ze de tuin bezaaid liggen met dode vogels.

'Het zal je verbazen hoe veerkrachtig ze zijn, mam.'

Nana schudde haar hoofd. 'En jij haalt het voorjaar ook niet, als je zo de tuin in loopt. Voor je het weet heb je een longontsteking.'

'Welnee, ik ben zo weer terug.' Marigold stapte met blote voeten in haar laarzen, pakte de zak strooivoer van de plank bij de achterdeur en liep naar buiten, zonder acht te slaan op Nana, die haar nariep dat ze een jas moest aantrekken. Ze was oud en wijs genoeg om te weten wat ze deed. Daar had ze haar moeder niet voor nodig, dacht ze opstandig, en ze hoopte vurig dat ze er geen spijt van zou krijgen dat ze haar in huis had genomen.

Met een zucht van genot zette ze de eerste stappen in de sneeuw. Alles was wit, alles was zacht, en ze verwonderde zich over de magische stilte die over de wereld neerdaalde wanneer het sneeuwde. Een stilte die anders was dan alle andere. De wereld leek betoverd. Ze ploeterde door de maagdelijk witte sneeuw naar het voederhuisje dat aan een boom hing.

Zorgvuldig nam ze het van de tak, vulde het met vogelzaad en hing het terug. Terwijl ze dat deed, ontdekte ze het roodborstje op het dak van Dennis' schuur. Het hipte heen en weer en keek haar met zijn zwarte kraalogen waakzaam aan. Zijn klauwtjes maakten ranke afdrukken in de sneeuw. 'Je hebt honger, hè?' Ze glimlachte naar het kranige vogeltje, dat zich vaak vlak bij haar waagde wanneer ze op haar knieën onkruid wiedde of nieuwe plantjes in de grond zette. In de lente wemelde het in de tuin van de vogels, maar het was nu eind november, en de meeste – de verstandigste – waren naar warmere oorden vertrokken. Alleen de roodborst was gebleven, net als de merels en de lijsters, en natuurlijk die dekselse duiven en meeuwen, want het dorp lag op amper een paar kilometer van de kust. 'Luister maar niet naar Nana.' Marigold keek naar het vogeltje met zijn zachte rode borstveren. 'Je gaat niet dood. Ik doe elke dag nieuw voer in het huisje, en dan zul je eens zien hoe snel het weer voorjaar is.'

Terwijl Marigold terugliep naar de keukendeur, streek de roodborst neer op het voederhuisje. Ze vond het hartverwarmend om het vogeltje te zien eten. Het zou niet lang duren of het kreeg gezelschap van de andere vogels. Marigold was telkens weer verbaasd dat het nieuwtje zich zo snel verspreidde. Het leek de geruchtenmolen van het dorp wel, dacht ze geamuseerd. Bij de achterdeur gekomen, besefte ze dat ze zich moest klaarmaken voor de kerk. De ontbijtboel ruimde ze straks wel af. Dennis ging graag vroeg, om nog een praatje te kunnen maken met deze en gene, en Marigold wilde hem niet laten wachten. Hij werkte de hele week hard in zijn schuur; net als zijn vader kon hij van hout alles maken. Dus het was fijn wanneer hij het op zondag rustig aan kon doen. Zowel hij als Marigold ging niet alleen naar de kerk om God te eren, maar ook voor de sociale contacten, voor de thee met koekjes na de dienst, in de parochiezaal. Daar keken ze telkens weer naar uit.

Vroeger ging Dennis altijd naar de pub, om te darten en een biertje te drinken met zijn vrienden. Tegenwoordig bleef hij liever thuis en was hij druk met zijn hobby. Met zijn grote handen en verrassend behendige vingers boetseerde hij figuurtjes; behalve ridders en soldaten uit de Eerste Wereldoorlog maakte hij ook wezentjes die voortsproten uit zijn fantasie. Het hele huis stond er vol mee. Zijn meest recente project was een kerk. Althans, het was begonnen als een kerk, maar al snel uitgegroeid tot een kathedraal. En Marigold hield er serieus rekening mee dat het uiteindelijk een compleet dorp zou worden, met alles erop en eraan. Met de gedrevenheid van een kunstenaar kon hij urenlang bezig zijn met het snijden van plastic, het kneden van stopverf en het beschilderen van de diverse onderdelen. Het herinnerde Marigold aan het poppenhuis dat hij voor hun dochters had gemaakt, compleet met meubeltjes, eikenhouten vloeren, haarden en behang op de muren. Een met liefde gecreeerd schaalmodel, gedetailleerder en oneindig veel zorgvuldiger afgewerkt dan wat er in de speelgoedwinkel te koop was.

Toen ze de trap op liep, hoorde ze dat Suze met Ticky, haar vriend, aan de telefoon zat. Het verschil in toon was opmerkelijk. Het leek wel alsof er twee Suzes waren; de ene mokkend en zwijgzaam, de andere bruisend en babbelziek. Zij en Atticus Buckley, bijgenaamd Ticky, waren al drie jaar samen. Marigold vroeg zich af of ze ooit nog zouden gaan trouwen. Daar schenen de jongelui van tegenwoordig geen haast mee te hebben. Na hun eerste ontmoeting had het bij Dennis en haar nog geen zes maanden geduurd voordat ze elkaar het jawoord gaven. Ondanks die idiote bijnaam – 'Het klinkt alsof hij getikt is,' mopperde Nana – was Ticky een beste jongen. Zijn ouders stonden allebei voor de klas, en hij woonde nog thuis, in hun ruime woning in de stad. Marigold vroeg zich af waarom hij niet iets voor zichzelf zocht. Volgens Suze verdiende hij goed met zijn hoveniersbedrijf. Die jongelui van tegenwoordig, dacht ze hoofdschuddend. Anderzijds, waarom zouden ze hun zuurverdiende geld aan huur uitgeven wanneer ze voor niets bij hun ouders konden wonen?

Marigold wilde net weer naar beneden gaan toen de telefoon op het nachtkastje ging. Ze fronste haar wenkbrauwen, geërgerd dat ze op zondagochtend werd gestoord. Dat dééd je toch niet?

'Mam?'

Haar ergernis was op slag verdwenen toen ze de stem van haar oudste dochter herkende. Daisy klonk alsof ze erg van streek was. 'Lieverd! Is alles goed met je?'

'Ik kom naar huis.'

Marigold begreep meteen wat ze bedoelde. Dat ze niet alleen voor Kerstmis naar huis kwam. Haar hart sloeg een slag over. 'Wat is er gebeurd?'

'Het is voorbij.' Daisy klonk gesmoord, alsof ze heel erg haar best deed om niet te huilen. 'Ik vertrek zodra ik een vlucht kan krijgen.'

Het bleef even stil. In de tussentijd ging Marigold op de rand van haar bed zitten en liet ze tot zich doordringen wat ze zojuist had gehoord. Ze mocht Luca graag. Erg graag. Hij was elf jaar ouder dan Daisy. Daar had ze zich in het begin een beetje zorgen over gemaakt. Maar charmant als hij was, had hij haar al snel voor zich gewonnen. Ook door de liefdevolle blik waarmee hij naar haar dochter keek. Luca was fotograaf, iets wat Marigold erg romantisch vond. Ze hield van creatieve mensen – Dennis was tenslotte ook creatief – en Luca was een echte kunstenaar. Kleurrijk. Gepassioneerd. Na haar aanvankelijke twijfel was Marigold ervan overtuigd geweest dat Daisy en hij voorgoed bij elkaar zouden blijven. Zes jaar was een lange tijd, en Marigold was er als vanzelfsprekend van uitgegaan dat ze uiteindelijk zouden trouwen en een gezin zouden stichten.

'Ik wil naar huis, mam,' zei Daisy. 'Naar jou en pap.'

'Natuurlijk, lieverd. Wanneer je hier bent praten we verder. Met een kop thee,' zei Marigold sussend. 'Er gaat niets boven een kop thee als het tegenzit.'

Haar moeder dacht dat het weer goed zou komen, besefte Daisy. 'Het is echt voorbij, mam,' zei ze dan ook, om haar uit de droom te helpen. 'Ik ga niet meer terug. We zijn te verschillend. Luca ziet onze toekomst zo anders dan ik. Daar worden we het nooit over eens.' Haar teleurstelling was duidelijk hoorbaar. 'We zijn gewoon te verschillend,' herhaalde ze zacht.

Nadat Marigold had opgehangen, bleef ze nog even zitten. Daisy was tweeëndertig, dacht ze bezorgd. De tijd begon te dringen. Ze had Luca leren kennen toen ze na haar studie Italiaans en kunstgeschiedenis in Italië was gaan werken. En ze was al vrij snel bij hem ingetrokken. Wat had ze bedoeld met *Luca ziet onze toekomst zo anders dan ik*, vroeg ze zich af. Waarschijnlijk wilde hij niet trouwen. En zij wel. Wat zou het anders kunnen zijn? Had Daisy zes jaar van haar leven weggegooid? Was Luca uiteindelijk toch niet de ware? Hoe anders de moderne jonge vrouwen ook in het leven stonden, Marigold wist bijna zeker dat de meeste nog altijd droomden van een huwelijk en een gezin. Was Daisy al te oud om opnieuw te beginnen?

Daar wilde ze niet aan denken, dus ze ging wanhopig op zoek naar iets positiefs, naar een straaltje zon achter de donkere wolken. Toen doorstroomde haar een overweldigend geluksgevoel: Daisy kwam naar huis!

Ze haastte zich naar beneden om het nieuws aan Dennis te vertellen. Die zat in de keuken, druk in de weer met zijn kerkje. Nana was naar boven om zich aan te kleden. Suze zat inmiddels in de voorkamer, nog altijd met Ticky aan de telefoon. Ze ging al jaren niet meer mee naar de kerk. 'Dat was Daisy,' vertelde Marigold hun ademloos. 'Ze komt naar huis!'

Dennis legde zijn kwast neer en zette zijn bril af.

'Ze zijn uit elkaar, Luca en zij. Volgens Daisy omdat ze te verschillend zijn.'

'O.' Dennis keek haar verbijsterd aan. 'En daar hebben ze zes jaar voor nodig gehad? Om daarachter te komen?'

Marigold begon de tafel af te ruimen, zonder zich eraan te storen dat niemand haar hielp. Daar stond ze niet eens bij stil. Ze was het niet anders gewend. 'Wat heerlijk om haar straks weer thuis te hebben!'

Dennis trok een wenkbrauw op. 'Ik ken anders iemand – ik noem geen namen, maar ze zit in de voorkamer – die er bepaald niet gelukkig mee zal zijn.'

'Tja. Nana heeft Daisy's vroegere kamer in gebruik, dus Suze zal moeten opschikken. Ze heeft tenslotte een lits-jumeaux.'

'Maar Suze is het niet gewend om haar kamer te moeten delen.' Dennis grijnsde. 'Misschien brengt het haar op een idee. Wie weet gaat ze op zoek naar een echte baan en een eigen stek.'

'Ik las ergens – ik weet niet meer waar – dat de kinderen van tegenwoordig zo lang mogelijk bij hun ouders blijven wonen. Omdat een eigen huis niet te betalen is.'

'Nou ja, je moet in elk geval een fatsoenlijke baan hebben om een huis te kunnen kopen.' Dennis slaakte een zucht. 'Je hebt haar verwend,' zei hij hoofdschuddend. 'Trouwens, jij niet alleen. Ik ook.'

'Ooit zal ze heus wel een vaste baan hebben en het huis uit gaan. En dan zullen we haar nog missen.' Met een zucht zette Marigold de koekenpan in de gootsteen. 'Maar wat heerlijk dat Daisy thuiskomt.'

'Als je de zondag niet wilt bederven, zou ik dat nieuwtje nog maar even voor me houden.' Dennis stond op en zette zijn minikerk op het dressoir.

Marigold grinnikte. 'Ja, daar heb je gelijk in. Ik weet nu al wat mijn moeder gaat zeggen. Dat ze van meet af aan heeft geweten dat de relatie geen stand zou houden. En Suze gaat door het lint. Dus inderdaad, laten we het voorlopig maar voor ons houden.'

Dik ingepakt met sjaals en mutsen gingen Dennis, Marigold en Nana door de sneeuw op weg naar de kerk. Het was een wandeling van amper vijf minuten. Nana klampte zich aan Dennis vast alsof haar leven ervan afhing; Marigold liep aan zijn andere kant met haar handen diep in haar jaszakken gestoken. Onderweg kwamen ze langs de lagere school van Daisy en Suze en langs het dorpshuis waar de meisjes op padvinderij hadden gezeten. Maar er was sindsdien een hoop veranderd. Ooit was er in het dorp ook een benzinepomp geweest. Reg Tucker in zijn onafscheidelijke blauwe overall tankte de auto's vol en stuurde zijn klanten aan het eind van de maand een rekening. In de jaren negentig had het pompstation plaatsgemaakt voor een deftige villa met een rieten dak, dat nu bedekt was met een dik pak sneeuw. Reg was allang dood en lag op het kerkhof dat in zicht kwam voorbij het punt waar de laan zich in tweeën splitste. Op het oorlogsmonument op de driehoek van gras voor het hek van de kerk zong een merel. De krans van klaprozen aan de voet van het monument kleurde de witte deken rood, als het bloed van de gevallenen.

Nana klaagde steen en been vanaf het moment dat ze op weg waren gegaan. 'Het mag er dan mooi uitzien, maar dat duurt nooit lang. Na een paar uur verandert de sneeuw in bruine smurrie, met als gevolg dat iedereen aan het glijden en glibberen slaat. Ik acht de kans groot dat ik onderuitga en mijn nek breek. Dat zou echt iets voor mij zijn. Ik heb altijd pech. Ze hadden kunnen weten dat het ging sneeuwen, dus ze hadden moeten strooien. En vannacht vriest de hele boel weer op. Dus dan glij ik morgen uit, en ik breek mijn nek.'

Marigold had het allang opgegeven haar moeder tot andere gedachten te brengen. Ze was gewend aan Nana's eeuwige klaagzang. Die gleed van haar af als regen van een zinken dak. Ze trok zich er niets van aan en genoot van de schilderachtige aanblik die het besneeuwde dorp bood. 'Mooi, hè?' Ze schoof haar arm door die van haar man.

'Heel mooi.' Dennis genoot van de tintelend frisse ochtend en verheugde zich op de thee en de gesprekken na de dienst. 'Is het niet verrukkelijk, meisjes, zoals we hier gedrieën door de sneeuw lopen?'

'Wat je verrukkelijk noemt,' mopperde Nana. 'Hou me maar liever goed vast, anders ga ik onderuit.'

'Ik dacht dat je dat morgen pas van plan was? Uitglijden en je nek breken?' Dennis grijnsde.

Maar Nana luisterde al niet meer. Ze werd afgeleid door de kerkgangers die door het hek liepen, het pad op naar de deuren die al wijd openstonden. 'Hier hebben ze de boel wel sneeuwvrij gemaakt.' Ze tuurde bijziend naar de grond. 'Maar niet echt grondig. Dus laat me niet los voordat we binnen zijn, Dennis. We lijken wel gek om in dit afschuwelijke weer de deur uit te gaan! We hadden beter thuis kunnen blijven.'

Dennis loodste zijn schoonmoeder gehoorzaam het pad over en begroette ondertussen links en rechts vrienden en bekenden. 'Is het niet heerlijk, die sneeuw?' verklaarden ze uitbundig. Want net als alle Britten beschouwden ze het weer als hun favoriete gespreksonderwerp.

'Ik heb mijn sneeuwlaarzen tevoorschijn moeten halen,' riep er een.

'Wij moesten onszelf uitgraven,' riep een ander.

Nana snoof misprijzend. 'Toen mijn man ons moest uitgraven – God hebbe zijn ziel – was dat de doodsteek voor zijn rug. Dus ik zou maar voorzichtig zijn als ik u was.'

In de kerk rook het naar kaarsen en bloemen. Nana trok haar arm uit die van Dennis. Ze was niet gediend van al die opgewekte commentaren en liep alvast vooruit om een plaatsje te zoeken. Marigold volgde als plichtsgetrouwe dochter.

Dennis was de timmerman van het dorp, net als zijn vader dat vóór hem was geweest. Er was bijna geen huis waarin hij niet ooit een klus had gedaan. Boekenplanken, keukenkastjes, een dressoir, een tafel, een speelhuisje voor de kinderen of een schuur in de tuin voor opa. Hij kende iedereen en maakte graag een praatje. In het dorp werd hij op handen gedragen en bijna als familie beschouwd, want wanneer hij bij iemand aan het werk was, werd er ook uitvoerig de tijd genomen om nieuwtjes uit te wisselen. Bovendien toonde hij zich altijd bereid om ook nog even een kapotte deurknop te vervangen of een voeg in de badkamer aan te smeren. Zonder daar iets extra's voor te vragen. Zo was hij. Een goed mens.

De jaren van hard werken hadden echter wel hun tol geëist. Van al het bukken en sjouwen had hij slechte knieën gekregen en chronische rugpijn, en zijn linkerduim zat onder de littekens van het scherpe gereedschap dat hij gebruikte. Maar hij klaagde nooit. Dennis had zichzelf altijd gelukkig geprezen omdat hij werk deed waar hij plezier in had. Dat woog ruimschoots op tegen de fysieke slijtage, vond hij.

Marigold was trots op haar man. Hij was een meester in zijn vak. 'Geef hem een stuk hout, en hij is zo gelukkig als een bever met een boomstam,' zei ze altijd wanneer iemand met een vraag of een opdracht kwam. En inderdaad, wanneer hij in zijn schuur aan het werk was, met de radio op Planet Rock, en met Mac de kat als stoïcijnse toeschouwer in de vensterbank, was Dennis volmaakt tevreden.

Maar niets maakte hem zo gelukkig als zijn jaarlijkse kerstcadeau voor Marigold.

Elk jaar met kerst maakte hij voor haar een legpuzzel. Dat was geen verrassing. Ze wist dat ze die zou krijgen. De verrassing was de afbeelding die Dennis had gekozen. Wanneer hij een geschikte had gevonden, plakte hij die op een plaat triplex van zes millimeter dik, en vervolgens ging hij aan de slag met de figuurzaag. Het was een lastig, secuur werkje, maar Dennis was goed in lastige, secure werkjes. Op de puzzel van vorig jaar hadden bloemen gestaan, want Marigold was dol op bloemen. Die van het jaar daarvoor had vogels als onderwerp gehad. Dit jaar had hij een ouderwets schaatstafereeltje gekozen – een ijsbaan met daarop kinderen en grote mensen in de dwarrelende sneeuw. Hij had de prent in de tweedehandswinkel op de kop getikt. Marigold zou hem vast en zeker mooi vinden. Terwijl hij in de kerk zat, dwaalden zijn gedachten naar de puzzel, en van pure opwinding kreeg hij het helemaal warm vanbinnen, net als vroeger wanneer zijn moeder 's winters een gepofte aardappel in zijn jaszak deed voordat hij naar school ging. Marigold was dol op puzzels, en Dennis verstond als geen ander de kunst om ze te maken. Elk jaar een beetje ingewikkelder, een beetje groter, om te zorgen dat de puzzel steeds weer een uitdaging was. Tenminste, dat probeerde hij, en dit jaar had hij zichzelf overtroffen. De puzzel had bijna duizend stukjes. Marigold zou er een hele tijd zoet mee zijn, want hij had er voor het eerst geen foto van het origineel bij gedaan. Zijn blik ging naar opzij. Dankzij de wandeling door de kou had ze een blos op haar wangen; haar lichtbruine ogen schitterden. Hij pakte haar hand en gaf er een kneepje in. Glimlachend beantwoordde ze het gebaar. Nana merkte het, schudde haar hoofd en klakte misprijzend met haar tong. Ze waren veel te oud voor handjevrijen, dacht ze nors.

Na de dienst verzamelden de gelovigen zich in de parochiezaal voor een kop thee met een koekje. Voor Marigold en Dennis was dit het hoogtepunt van hun kerkbezoek, voor Nana het dieptepunt. Ze had haar hele huwelijk in het dorp gewoond, en anders dan zij was haar man maar al te graag na de dienst gebleven voor een kop thee en een praatje. Daar had ze zich in geschikt. Maar toen ze alleen kwam te staan, was ze zo snel mogelijk naar huis gegaan nadat de dominee de zegen had uitgesproken. Inmiddels was ze weer tot de 'gezelligheid' veroordeeld, omdat ze bij haar dochter inwoonde en omdat ze de arm van Dennis nodig had om veilig thuis te komen.

Marigold en Dennis stonden met John en Susan Glenn, hun buren, te praten toen Marigold op haar schouder werd getikt. Ze draaide zich om en keek recht in de ogen van Eileen Utley, die haar onderzoekend opnam, met een gretige uitdrukking op haar ronde gezicht. Eileen was al in de negentig, maar ze bespeelde nog elke zondag het orgel, en dat deed ze perfect, zonder één verkeerde noot. 'Die had je in de kerk laten staan.' Ze hield Marigolds tas omhoog.

Die keek fronsend naar haar rechterarm, alsof ze verwachtte de tas daar te zien. Maar daar was hij niet. 'Merkwaardig,' zei ze verbaasd. 'Blijkbaar was ik met mijn gedachten ergens anders.' *Misschien bij Daisy die naar huis komt?* Ze bedankte Eileen en slaakte een zucht. 'Ik word de laatste tijd wat vergeetachtig. Het is niet voor het eerst dat ik iets heb laten liggen. Nee, dan jij, Eileen! Jij bent nog zo scherp van geest. Volgens mij vergeet jij nooit iets!'

'Terwijl ik toch al tweeënnegentig ben,' verklaarde Eileen trots. 'Maar mijn bovenkamer mankeert niets. Dat komt omdat ik altijd kruiswoordpuzzels en sudoku's maak. Dat is goed om je hersens te trainen. Want hersens zijn net als spieren. Als je ze niet gebruikt, verliezen ze hun kracht.'

'Mijn moeder maakt elke dag de kruiswoordpuzzel in de krant.'

'En dat is te merken.' Hun blik ging naar Nana, die zich met een kop thee in de hand tegenover de dominee beklaagde dat er niet was gestrooid. De dominee luisterde met het geduld dat God hem speciaal voor dit soort situaties had gegeven. 'Je moeder is geestelijk ook nog helemaal bij, waar of niet?'

'Nou en of.'

'Hoe is het om haar in huis te hebben?'

'Volgens mij doet het haar goed. Mijn vader is al vijftien jaar dood, en ze was toch wel eenzaam, zo helemaal alleen. Ze houdt niet van dieren, dus een hond of een kat, dat wilde ze niet. Mac tolereert ze, en hij loopt op zijn beurt met een grote boog om haar heen. Trouwens, Mac heeft toch alleen maar oog voor Dennis. Hoe dan ook, Daisy's kamer stond leeg. Dus het was wel het minste wat ik voor mijn moeder kon doen. De eerste achttien jaar van mijn leven heeft zij voor mij gezorgd.'

'Je bent een schat, Marigold.' Eileen klopte haar op de arm. 'Tot morgen!' voegde ze eraan toe, want ze kwam elke ochtend om negen uur in de winkel langs. Niet om iets te kopen, maar omdat ze niets anders te doen had.

Marigold hing haar tas om haar arm. Merkwaardig dat ze niets had gemerkt. Vroeger vergat ze nooit iets. Ik word oud, dacht ze bedrukt. Om haar somberheid te verdrijven ging ze op zoek naar iets waar ze blij van werd. En ze hoefde niet lang te zoeken. Daisy komt naar huis…

2

De volgende dag belde Daisy al heel vroeg om te zeggen dat ze een vlucht uit Milaan had weten te boeken voor het eind van de ochtend, dus ze zou tegen de avond thuis zijn. Het telefoontje zorgde bij Suze voor paniek. 'Ze komt niet bij mij op de kamer!' verklaarde ze resoluut, maar ze kon hoog of laag springen, het gebeurde toch. Nu Nana bij hen inwoonde, was er geen andere mogelijkheid dan dat Suze haar kamer met haar zus deelde, aldus Marigold. 'Het is niet eerlijk!' Suze gooide verontwaardigd haar lange haren over haar schouder; haar blauwe ogen schitterden van woede. 'Waar moet ik al mijn kleren dan laten? Kan ze niet gewoon op de bank slapen? Het is toch maar tijdelijk. Vóór het eind van de week zit ze weer in het vliegtuig! Terug naar Luca. Het is belachelijk dat ik alles overhoop moet halen, alleen omdat zij zo nodig naar huis moet komen! Er is niks mis met de bank! Laat ze daar maar gaan liggen!' Ze stormde de trap op en trok de deur van haar kamer hardhandig achter zich dicht.

Marigold ging naar buiten om de vogels te voeren. Op enig moment in de nacht was het opgehouden met sneeuwen, en onder een weidse witte hemel wachtte een weidse witte wereld op de zon die de sneeuw zou doen glinsteren als een deken van diamanten. Marigold nam het voederhuisje van zijn tak en keek uit naar de roodborst. Die verscheen prompt, alsof ze hem had geroepen, op het dak van de schuur. 'Suze is altijd al egoïstisch geweest,' vertelde ze het vogeltje terwijl ze zaad in het huisje deed. 'Dat zal mijn schuld wel zijn. Ik heb mijn leven lang hard gewerkt, en Dennis ook, zodat onze kinderen het beter zouden krijgen dan wij. Maar misschien hebben we het haar te gemakkelijk gemaakt.' Het roodborstje bewoog met zijn kopje, alsof het aandachtig luisterde. 'Het leven is best ingewikkeld als je een mens bent. Volgens mij hebben vogels het een stuk eenvoudiger.' Ze hing het voederhuisje weer aan zijn tak. 'Maar wat heerlijk dat Daisy naar huis komt! Ik verheug me er zo op! Het is natuurlijk verdrietig dat Luca en zij uit elkaar zijn, maar ik heb het altijd afschuwelijk gevonden dat ze in het buitenland woonde. Dat durf ik tegenover jou wel toe te geven. Ik vond het vreselijk dat ze zo ver weg zat.'

Toen Marigold weer binnenkwam, zat Nana op haar vaste plaats aan de keukentafel. 'Dat wordt wat, als Daisy weer thuis komt wonen.' Ze tuitte misprijzend haar lippen. 'Het huis is te klein voor ons allemaal.'

'Het is alleen maar te klein voor Suze. Voor ons is het ruim genoeg.'

'Je laat haar toch niet voor eeuwig bij jullie inwonen? Ze is vijfentwintig. Op die leeftijd horen kinderen toch allang de deur uit te zijn? Toen ik zo oud was als zij...'

'Was je getrouwd en had je al twee pubers. Nou ja, bijna,' viel Marigold haar in de rede. 'Maar de tijden zijn veranderd. En het leven is er een stuk zwaarder op geworden.'

'Het leven is altijd al zwaar geweest. En dat zal het ook altijd blijven. Wat je van je leven maakt, dat heb je zelf in de hand, zei je vader altijd. En hij wist waar hij het over had.'

'Ik moet de winkel opendoen.' Marigold liep naar de deur.

'Suze zou je beter in de winkel kunnen helpen dan de hele dag op haar telefoon te zitten. Influencer! Wat een onzin. Fatsoenlijk werk, daar zou ze van opknappen.'

'Ze hoeft me niet te helpen. Ik heb Tasha.'

'Tasha.' Nana snoof. 'Dat noemen ze in de politiek een hoofdpijndossier. Aan haar heb je niks.'

'Ze werkt hard.'

'Als ze er is.'

'Meestal is ze er.'

'"Meestal" lijkt me een geflatteerde voorstelling van zaken. Maar je bent altijd al veel te goed geweest. Veel te toegeeflijk. Vooruit, ga jij maar naar de winkel. Ik bewaak het thuisfront, en ik zal Suze opvrolijken met verhalen over de ontberingen die ik als kind heb geleden.'

Marigold schoot in de lach. 'Ze hangt aan je lippen. Dat weet ik zeker.'

Nana glimlachte minzaam. 'De jongelui van tegenwoordig weten niet half hoe goed ze het hebben.' Toen Marigold al bij de deur was, schoot haar iets te binnen. 'Ach, kindje, zou je me een pakje tarwekoekjes kunnen brengen, als het even rustig is? Die met chocolade. Om in de thee te dopen.'

Marigold had de winkel al meer dan dertig jaar. Ook toen de kinderen klein waren, had ze die er gemakkelijk bij kunnen doen. Het huis en de winkel werden gescheiden door een kleine binnenplaats, waardoor ze moeiteloos heen en weer kon wippen. De winkel was gevestigd in een charmante witte cottage met kleine ramen en een dak van grijze leisteen. Bijna de hele straat bestond uit dat soort huisjes. De tuinen aan de achterkant waren weliswaar niet groot, maar grensden aan het glooiende open veld. De grond was van Sir Owen Sherwood, de rijke landeigenaar. Dus de bewoners hoefden niet bang te zijn dat er ooit op gebouwd zou worden, waardoor ze hun weidse uitzicht zouden kwijtraken. De statige boerderij werd omringd door bossen en akkers die de hele oostkant van het dorp beschermden tegen projectontwikkelaars; aan de westkant lag de zee. Het was een heerlijk dorp, een idyllische plek om te wonen. Het enige minpunt dat Marigold kon bedenken, ook al zei ze dat niet graag hardop want klagen lag niet in haar aard, was de grote supermarkt, die in de jaren tachtig even buiten het dorp was gebouwd. Daardoor was haar omzet aanzienlijk teruggelopen. Toch hield ze haar voorraad huishoudelijke benodigdheden en cadeau-artikelen zorgvuldig op peil, en het inpandige postkantoortje was ook iets waar het dorp niet zonder kon. Al met al verdiende Marigold een fatsoenlijke boterham, en voor Dennis gold hetzelfde. Ze hadden het goed en ze waren gelukkig.

Tasha was er al toen Marigold de winkel binnenkwam. Als alleenstaande moeder met twee kleine kinderen moest ze nogal eens verstek laten gaan, ook omdat ze lichamelijk niet zo sterk was. Tot overmaat van ramp waren de kinderen vaak ziek of kon Tasha soms de deur niet uit vanwege de elektricien die langskwam, vanwege een pakje dat werd bezorgd, of gewoon omdat ze uitgeput was en een dag rust nodig had. Marigold had erg veel geduld met haar. Ze hield niet van ruzie. En ook al kon ze niet altijd op haar rekenen, Tasha was beleefd en gezellig, en dat vond Marigold ook een hoop waard. De klanten waren dol op haar, en als ze er was deed ze haar werk uitstekend. Marigold wist wat ze had, en ze moest maar afwachten wat ze kreeg als ze op zoek ging naar iemand anders.

'Goedemorgen!' Tasha's opgewektheid werkte aanstekelijk.

'Wat fijn dat je er bent,' zei Marigold aangenaam verrast.

'Nou, ik vroeg me wel af of ik vandaag iets eerder weg kan. Milly doet mee met het schooltoneel, en ik heb beloofd dat ik zou helpen met de make-up.'

En zoals altijd was Marigold de beroerdste niet. 'Natuurlijk kun je iets eerder weg. Wat is het voor stuk?'

Tasha begon te vertellen terwijl ze de voorraad opnam. 'Heb je nog witte bonen in tomatensaus besteld, Marigold? Er is veel vraag naar, en we hebben niks meer.'

'Witte bonen in tomatensaus? Zijn die op?'

'Ja, dat heb ik tegen je gezegd. Vorige week al. Weet je dat niet meer?'

Marigold kon zich er niets van herinneren. 'Wat gek. Maar ik zal ze meteen bestellen.'

Om negen uur kwam Eileen Utley binnen. Ze kocht een pak melk en bleef vervolgens een uur hangen om een praatje te maken met iedereen die langskwam. De een kocht een krant, de volgende had een pakje dat op de post moest, weer een ander had melk nodig. Eileen vond het heerlijk om alle bedrijvigheid gade te slaan. Daardoor kreeg ze meer het gevoel dat ze nog midden in het leven stond, dat ze deel uitmaakte van de gemeenschap, dan wanneer ze thuis voor de televisie zat.

Het was druk in de winkel toen Lady Sherwood binnenkwam, elegant als altijd in een loden jas met bijpassende groene hoed. Ze schonk Marigold een glimlach. Hoewel ze allebei even oud waren, leek Lady Sherwood tien jaar jonger. Ze was perfect opgemaakt, haar huid oogde glad en stralend, en in haar halflange blonde haar was nog geen zweem van grijs te ontdekken. Marigold wist zeker dat ze het liet verven, ook al was dat niet te zien. Lady Sherwood was Canadese, en Marigold vroeg zich af of de vanzelfsprekende glamour die ze uitstraalde, daar iets mee te maken had. Ze stelde zich voor dat de vrouwen aan de andere kant van de oceaan er allemaal uitzagen als filmsterren. Niet dat ze er ooit was geweest. Maar het begon al met het Canadese accent van Lady Sherwood. Dat klonk in de oren van Marigold opwindend exotisch.

'Goedemorgen, Marigold.' Lady Sherwood was altijd vriendelijk en beleefd, maar tegelijkertijd wist ze een zekere afstand te bewaren. Tenslotte was zij de vrouw van de landheer en was Marigold getrouwd met een timmerman. 'Er was eens een eenvoudige timmerman...' kon Nana fijntjes opmerken.

'Goedemorgen, Lady Sherwood.' Marigold stond achter de toonbank. 'Wat kan ik voor u doen?'

'Maak je dit jaar ook weer kerstpuddingen?'

'Jazeker. Wilt u er een bestellen?'

'Twee graag. Mijn zoon komt over uit Toronto, dus we zijn weer met een groot gezelschap. Vorig jaar waren de kerstpuddingen een geweldig succes.'

'Dat hoor ik graag.' Marigold stelde zich de indrukwekkende eetkamer van de Sherwoods voor, met het voorname gezelschap rond de tafel dat genoot van háár kerstpuddingen. Ze zwol van trots.

'En nu ik hier toch ben, ik heb ook postzegels nodig.'

Marigold gaf haar de zegels en schreef de bestelling van de kerstpuddingen in haar rode notitieboek. Bij het zien van de sierlijke manier waarop Lady Sherwood haar handen bewoog, gestoken in fraaie leren handschoenen, concludeerde ze niet voor het eerst dat ze zelden zo'n smaakvolle, stijlvolle vrouw had ontmoet. Zodra Lady Sherwood was vertrokken – de geur van haar dure parfum bleef nog heel lang hangen – leunde Eileen op de toonbank. 'Ik hou niet van roddelen, dat weet je,' zei ze op gedempte toon. 'Maar ik heb gehoord dat het niet botert tussen vader en zoon. Dat die jongen daarom in Canada woont.'

Marigold legde haar notitieboek onder de toonbank. 'Ach, wat verdrietig. Familie is zo belangrijk!' Ze werd helemaal warm vanbinnen bij de gedachte aan het weerzien met Daisy. Die zou inmiddels wel onderweg zijn naar het vliegveld.

'Ik houd mijn hart vast voor wat er met het landgoed gebeurt als Sir Owen het vaantje strijkt,' vervolgde Eileen. 'Volgens mij verdient Taran in Canada geld als water.'

'Als Sir Owen net zo oud wordt als jij, is het nog lang niet zover, Eileen. Dan duurt het nog minstens vijftig jaar!'

'Taran is enig kind. Dus het is zijn plicht om terug te komen en het beheer van het landgoed op zich te nemen. Sir Owen is een man van het platteland, een man met verstand van zaken, net als Hector, zijn vader. Dát was nog eens een goed mens. Een fatsoenlijke kerel. Toen mijn vader thuis kwam te zitten en maandenlang vergeefs naar ander werk zocht, hoefde hij van Hector geen huur te betalen. Zoiets zou Taran vast niet doen. Volgens mij werkt hij bij een bank. Dat soort mensen denkt alleen maar aan geld.'

'Waar haal je dat vandaan, Eileen?'

'Sylvia roddelt niet, maar af en toe laat ze zich iets ontvallen,' antwoordde Eileen, waarmee ze doelde op de vijftigjarige huishoudster van de Sherwoods. Een best mens, zij het nogal traag, dat al meer dan tien jaar voor de familie werkte. 'Er komt gedonder van als Sir Owen de pijp uit gaat.' Ze likte bijna genietend haar lippen.

Marigold ging door met het helpen van klanten. Op haar beurt had Eileen over iedereen die de winkel bezocht wel iets te vertellen. John Porter had ruzie met zijn buurman, Pete Dickens, over een magnolia die te hoog werd. En de sint-bernardshond van Mary Hanson had de kat van

Dolly Nesbit doodgebeten, met als gevolg dat Dolly midden op het dorpsplein was flauwgevallen. 'En ze moet nog steeds het bed houden,' aldus Eileen. 'Mary heeft aangeboden haar een nieuwe kat te geven, maar volgens Dolly is Precious onvervangbaar. Die hond moet een spuitje. Het is krankzinnig. Dat beest is zo groot als een paard, en het loopt hier vrij rond!' Jean Miller, die recentelijk weduwe was geworden, had het er moeilijk mee en voelde zich eenzaam. 'Het arme mens. Uiteindelijk went het. En als je behoefte hebt aan gezelschap, zet je de televisie aan. Ik ben dol op *Bake Off*, en op *Strictly Come Dancing*. Maar er is tegenwoordig zo veel leuks op de buis. Cedric Weatherby – je weet wel, die is nog niet zo lang geleden in Gloria's oude huis komen wonen – had een cake voor haar gebakken. Aardig bedoeld, maar er zat zo veel cognac in dat ze een week buiten westen is geweest!' En dan was er nog de Commodore, die met zijn vrouw Phyllida in een van de mooiste huizen van het dorp woonde, een statige villa van driehonderd jaar oud. Het laatste nieuwtje was dat hij vanuit zijn slaapkamerraam op mollen schoot. 'Hij heeft geprobeerd ze te vergassen, met een slang aan de uitlaat van zijn auto. Maar dat werkte averechts. Hij had bijna zelf het loodje gelegd,' vertelde Eileen opgewekt. 'Het is een ware plaag, zegt hij. Zijn hele gazon is verpest door molshopen. Maar ik heb als kind de boeken van Beatrix Potter gelezen, dus ik ben dol op die kleine beestjes met hun zachte velletje.'

Halverwege de dag kwam Nana de winkel binnen. 'Brrr, wat is het koud!' Haar schoenen lieten flink wat sneeuw achter. 'En wat is het hier heerlijk warm!' Ze wachtte tot Marigold een klant zijn wisselgeld had teruggegeven en herinnerde haar toen aan de tarwekoekjes.

'Sorry, mam. Helemaal vergeten. Ik werd afgeleid door Eileen.'

'Onze Daisy komt vandaag thuis,' vertelde Nana opgewekt. 'Suze is er verre van gelukkig mee. De meisjes zullen een kamer moeten delen.'

'Is ze niet een beetje vroeg voor Kerstmis?' vroeg Eileen.

Marigold zon koortsachtig op een uitvlucht. Maar het was al te laat. Nana vertelde de grootste roddelaar van het dorp dat Daisy en Luca uit elkaar waren.

'Maar ik weet zeker dat ze het weer goedmaken,' zei Marigold in een poging de schade beperkt te houden.

Nana schudde haar hoofd. 'Dat denk ik niet. Als je het na zes jaar uitmaakt, komt het niet meer goed. Het is voorbij. Ik weet het zeker.'

Aan het begin van de middag kwam Suze met een tas vol pakketjes. Om steeds weer nieuwe kleding en make-up te kunnen kopen, deed ze via haar eigen site op internet regelmatig spullen van de hand. Niet dat ze er veel aan overhield. Daarvoor pakte ze het niet zakelijk genoeg aan. Ze was nog steeds woedend dat ze haar kamer met haar zus moest delen en had nog niets gedaan om ruimte voor haar te maken. 'Waarom kan ze niet gewoon op de bank slapen?' mopperde ze voor de zoveelste keer.

Tot Marigolds opluchting was Eileen inmiddels naar huis gegaan. 'Dat is iets tussen jou en Daisy. Daar bemoei ik me niet mee. Maar het zou je sieren als je een beetje aardig voor je zus zou zijn.'

'Wie heeft wie gedumpt?'

'Dat weet ik niet. Daisy zei alleen dat ze te verschillend waren. Dat Luca hun toekomst anders zag dan zij.'

Suze grijnsde. 'Luca wil niet trouwen en Daisy wel. Trouwen is ook zó ouderwets.'

'Het is maar goed dat je oma het niet hoort,' zei Marigold.

'O, dat wil ik haar anders gerust vertellen, hoor. De tijden zijn veranderd.' Ze schudde haar haar naar achteren en liep de winkel uit. Het wegen van de pakjes liet ze aan haar moeder over, net als de porto.

Tasha was al naar huis. Er waren geen klanten in de winkel. Marigold keek naar buiten. Het werd al vroeg donker. Met een diepe zucht liet ze zich op de kruk achter de toonbank zakken. Ze was moe. Dat zou wel door het weer komen. Die donkere ochtenden en lange avonden vraten energie. De zon had zich de hele dag niet laten zien. De sneeuw lag er nog, maar oogde saai en dof, zonder geflonker van diamantjes. De wegen waren spekglad. Marigold dacht aan haar moeder, die had gemopperd dat ze door de gladheid haar nek zou breken. Ze hoopte dat Nana zo veel mogelijk binnen was gebleven.

Toen ze de winkel wilde sluiten, zag ze dat Suzes pakjes er nog lagen. Ze fronste haar wenkbrauwen, want ze wist zeker dat ze de pakjes op de post had gedaan. Maar ze waren nog niet eens gefrankeerd. Een vreemd, onaangenaam tintelend gevoel bekroop haar. Het duurde even voordat ze begreep waar het vandaan kwam. Maar zodra ze besefte dat het werd ingegeven door angst, werd het gevoel nog sterker. Ze was bang; een kille, diepgewortelde angst nam bezit van haar. Er klopte iets niet. De vorige dag had ze haar tas in de kerk laten staan, nu was ze vergeten de pakjes van Suze te posten. Dat was niets voor haar. Integendeel. Ze deed haar werk zorgvuldig, ze was betrouwbaar en efficiënt. Ze was altijd trots geweest op haar heldere verstand, op haar goede geheugen. Die had ze ook hard nodig voor de winkel en het postkantoor, met alles wat daarbij kwam kijken. Tot op dat moment hadden ze haar nog nooit in de steek gelaten.

Buiten was het inmiddels donker. Marigold deed de deur achter zich op slot. Toen glibberde ze voorzichtig over de bevroren binnenplaats naar huis, vreemd onvast op haar benen. Goudgeel licht viel door de ramen naar buiten. Nana en Suze zaten aan de keukentafel. Het pakje tarwekoekjes lag opengescheurd naast haar moeder. De koekjes was ik ook vergeten, dacht ze somber. *Het lijkt wel alsof ik bezig ben mijn verstand te verliezen*. Een gevoel van wanhoop bekroop haar, en ze besloot haar hersens te gaan trainen, zoals Eileen haar had aangeraden.

Toen ze de keuken binnen kwam, was Nana een verhaal aan het vertellen. Suze stond bij de deur, in de hoop te kunnen ontsnappen. Marigold keek naar buiten. Achter in de donkere tuin zag ze de verlichte ramen van de schuur van Dennis. Hij was al de hele dag aan het werk. Ze wist dat hij met haar kerstcadeau bezig was. Welke afbeelding zou hij dit jaar hebben gekozen? Bij die gedachte glimlachte ze en begon ze zich iets beter te voelen. Ze was gewoon moe, en ook al wilde ze het niet toegeven, ze werd een dagje ouder. Op haar leeftijd was het volkomen normaal om dingen te vergeten. Ze moest gewoon beter haar best doen om dingen te onthouden.

Om zeven uur die avond vloog de voordeur open. Daar stond Daisy, met verwaaide haren, in een dikke gewatteerde jas. Ze sleepte een enorme koffer achter zich aan de hal in. Marigold liet de pollepel los waarmee ze in de saus roerde, en rende naar haar toe.

'Lieverd, wat een verrassing!' Ze sloot haar oudste dochter in haar armen. 'Waarom heb je niet gebeld? Dan had papa je van het station gehaald.'

'Ik heb een taxi genomen.'

'Je ziet er doodmoe uit!' Marigold wierp een bezorgde blik op het wasbleke gezicht van haar dochter, dat werd omlijst door donkere haren. 'Kom gauw binnen. Hier is het lekker warm!'

Dennis, die ook net binnenkwam vanuit de schuur, schoot te hulp. 'Geef die maar aan mij.' Hij schonk Daisy een brede glimlach en nam de koffer van haar over. 'Wat heb je erin zitten? De kroonjuwelen?'

'Mijn leven,' antwoordde ze weemoedig. Toen sloeg ze haar armen om zijn hals en begon te huilen.

'Stil maar, lieverd.' Hij klopte haar op de rug. 'Je bent weer thuis.'

'Wij zullen wel voor je zorgen.' Marigold liet haar blik over de ongekamde haren van haar dochter gaan, over de donkere kringen onder haar bloeddoorlopen ogen, waarin pijn en verdriet te lezen stonden. Ze zou het bad voor haar laten vollopen, en het was belangrijk dat ze goed at, dan zou ze vast en zeker snel weer de oude zijn.

Suze kwam met een schaapachtig gezicht de trap af. 'Hallo.' Ze maakte geen aanstalten haar zus te omhelzen. 'Ik vind het echt rot voor je. Dat het uit is met Luca.'

'Dank je wel,' zei Daisy, maar ze werd afgeleid doordat Nana kwam aanlopen.

'Hij is je niet waard.' Ze omhelsde haar kleindochter. 'Italiaanse mannen zijn niet te vertrouwen. We gaan op zoek naar een leuke Engelsman.'

Daisy schoot in de lach, ondanks zichzelf. 'Voorlopig hoef ik helemaal niemand, Nana.'

'Nee, natuurlijk niet,' viel Dennis haar bij.

'Wat jij nodig hebt, is een kop thee,' zei Marigold.

'Voordat de week om is, hebben jullie het allang weer goedgemaakt.' Suze hoopte vurig dat ze gelijk zou krijgen.

Daisy stak haar kin naar voren. 'Nee, ik wil hem niet meer. Het is voorbij. Ik ben weer thuis.' Ze keek haar moeder aan. 'Waar blijft die thee?' vroeg ze met een dappere poging tot een glimlach.

3

'Ik heb een plan,' zei Daisy. Ze zat aan de keukentafel, naast Nana en haar vader, tegenover Suze. Die keek haar van onder haar pony somber aan en probeerde tevergeefs te doen alsof het haar interesseerde. Haar grote zus met haar talent en haar onafhankelijke, eigen leven had haar altijd al een gevoel van minderwaardigheid bezorgd.

Marigold stond aan het fornuis. 'Wat voor plan?' *Dat is nou weer echt iets voor Daisy. Ze was als klein meisje al zo ondernemend en zelfstandig.*

'Ik heb wat gespaard. Dus nu kan ik eindelijk doen wat ik altijd heb gewild.' Ze glimlachte een beetje aarzelend.

'En wat is dat dan, lieverd?' vroeg Marigold.

'Ik ga tekenen en schilderen. Niet als hobby. Dat heb ik jarenlang gedaan. Nee, ik wil er mijn beroep van maken.'

'Nou, dat werd hoog tijd,' zei Dennis tevreden. Hij had altijd al een kunstenaar in haar gezien. Daisy had talent, en in zijn ogen had ze dat verspild door in een museum te gaan werken.

'Ja. Ik ga het erop wagen.' Daisy haalde diep adem, alsof ze terugdeinsde voor de risico's.

Nana tuitte haar lippen. 'Ik denk niet dat er met schilderen veel geld te verdienen valt.'

'Daar denkt David Hockney heel anders over.'

'En Peter Doig ook,' vulde Dennis grijnzend aan. 'En Damien Hirst.'

'Wie is Peter Doig?' Suze trok niet-begrijpend haar neus op.

'Maar denk eens aan de duizenden schilders die voor altijd onbekend zullen blijven.' Zo snel gaf Nana zich niet gewonnen. 'Kunstenaars die het zout in de pap niet verdienen en die teren op de zak van hun familie.' Ze schonk Marigold een veelbetekenende blik.

Die deed alsof ze het niet zag. Ze kon zich nu al voorstellen wat haar moeder zou zeggen als Dennis en zij hun béíde dochters moesten gaan onderhouden.

'Een mens moet ergens beginnen, Nana,' zei Daisy. 'Als ik het niet probeer, zal ik nooit weten of ik het kan.'

'Maar wat ga je dan schilderen?' Suze klonk ongerust. Zo te horen was haar zus inderdaad niet van plan ooit nog naar Milaan terug te gaan.

'Dieren,' antwoordde Daisy. 'Ik ga dierenportretten schilderen. Daar ben ik goed in. En tegen de tijd dat ik wat meer vertrouwen heb gekregen in mezelf, wil ik ook mensen gaan doen.'

'Ik vind het een geweldig idee,' zei Marigold enthousiast.

'Bedankt, mam.'

'Heb je je baan opgezegd?' vroeg Suze.

'Ja.'

'En ze lieten je meteen gaan?'

'Ja.'

Suze trok haar wenkbrauwen op. 'Maar kan de boel dan wel draaien zonder jou?'

Daisy schoot in de lach. 'Het is maar een museum, Suze. Ik hoefde het land niet te bestieren!'

Suze liet haar schouders hangen. 'Dus je gaat niet meer terug? Je blijft voorgoed hier?'

'Ja. Ik ga niet meer terug.'

'En daar zijn we heel blij mee,' zei Dennis opgewekt. 'Waar of niet, Goldie?'

'Nou en of.' Marigolds hart zwol, en het geluksgevoel verdreef al haar zorgen, al haar twijfels. Ze stak haar pollepel omhoog en maakte haar schort los. 'Het eten is klaar. En ik vind dat we een fles wijn moeten opentrekken. Om Daisy's thuiskomst te vieren.'

'Precies! Daar drinken we op!' Dennis schoof zijn stoel naar achteren.

'En op Daisy's besluit om Luca de bons te geven. Heel verstandig.' Nana vertrok haar gezicht. 'Ik heb hem nooit gemogen.'

Na het eten droeg Dennis de koffer van Daisy naar boven. Hij zette hem op Suzes kamer, en daarmee was de discussie gesloten. Suze zou haar kamer met haar zus moeten delen. Tenminste, voorlopig. Want ze bleef hopen dat Daisy en Luca zich alsnog met elkaar zouden verzoenen. Of dat Daisy de kamer te klein zou vinden en elders onderdak zou zoeken. En in die hoop werd ze gesterkt doordat haar zus nog geen aanstalten maakte haar koffer uit te pakken. Ze keek toe terwijl Daisy haar pyjama tevoorschijn haalde en bood niet aan ruimte in de kast voor haar vrij te maken. Ze kon haar eigen kleren al amper kwijt!

Tegen de tijd dat ze in bed lagen, kreeg Suze toch met haar zus te doen. In het donker naast zich hoorde ze een zacht gesnik. En Suze mocht dan zelfzuchtig zijn, ze was niet harteloos. 'Ik zal morgen wat ruimte maken in de kast,' fluisterde ze, ook al wist ze dat ze daar spijt van zou krijgen.

'Sorry. Je had vast niet gedacht dat je je kamer moest delen.'

'Dat geeft niet. We redden ons wel. Het is tenslotte maar tijdelijk. Toch?'

'Hoe is het met Ticky?'

'Goed. Heel goed. Waar is het misgegaan met jou en Luca?'

'Hij wil niet trouwen en...' Daisy zuchtte huiverend. 'Hij wil geen kinderen.'

'O.' Dat had Suze niet verwacht. 'Tja, dan zijn jullie wel heel erg verschillend.'

'Ja.'

'Ik heb trouwens het perfecte schildersmodel voor je. Een hond. Een enorm beest, zo groot als een paard. En hij heeft zo'n woeste, hongerige blik. Hij heeft net een kat doodgebeten.'

'Echt waar?'

'Ja. De kat van Dolly Nesbit.'

'O, wat erg. Hoe heette die ook alweer? Precious? Ze zal er wel kapot van zijn.'

'Ja, ze is flauwgevallen. Midden op straat. Misschien blijft ze er wel in.'

'O, Suze! Dat kan je toch niet zeggen!'

'Nou, ze is anders stokoud. En het was een enorme schok. Daar kunnen oude mensen niet tegen.' Suze giechelde. 'Ze stond toch al met één been in het graf, en nu met anderhalf.'

Daisy schoot in de lach. 'Je kan soms zo grappig zijn.'

'Tja.' Suze slaakte een diepe zucht. 'Misschien moet ik dáár mijn beroep van maken.'

'Zover zou ik niet willen gaan.'

'Alles beter dan wat ik nu doe. Ze vinden dat ik "een echte baan" moet gaan zoeken. Vooral Nana.'

'Dat vinden ze vast en zeker ook geen echte baan. Je geld verdienen met grappig zijn.'

'Nogmaals, alles is beter dan wat ik nu doe.'

'Je zou een boek moeten schrijven. Vroeger schreef je altijd verhaaltjes. Je hebt talent. Het ontbreekt je alleen aan zelfvertrouwen.'

'Een boek schrijven?' Suze grinnikte. 'Ik zou niet weten waarover.'

'Over de dingen die je meemaakt. Dat doen schrijvers toch?'

'Welke dingen? Ik ben niet zoals jij. Ik woon mijn hele leven al in hetzelfde dorp, en er gebeurt hier nooit iets wat de moeite van het opschrijven waard is.'

'Schrijf dan over dingen die je interesseren.'

'Wat mij interesseert is niet geschikt als onderwerp voor een boek. Mode, make-up, lifestyle, dat is allemaal meer iets voor tijdschriften. En voor mijn Instagram-account.'

'Hoe gaat het daarmee?'

'Het schiet nog niet echt op.'

'Ga je er ooit echt iets mee verdienen?'

'Uiteindelijk wel. Als je maar genoeg volgers hebt, word je door bedrijven betaald om hun producten in de markt te zetten.'

‘Hoeveel volgers moet je dan hebben?’

‘Een paar honderdduizend.’

‘En op hoeveel zit je?’

‘Bijna dertigduizend.’

Het bleef even stil terwijl Daisy probeerde iets bemoedigends te bedenken. ‘Tja, dan heb je nog even te gaan. Maar uiteindelijk kom je er wel.’

‘Ik doe mijn best. Soms heb ik er alle vertrouwen in. Heel soms. Maar meestal betwijfel ik of het ooit iets kan worden.’

Daisy grinnikte. ‘Moet je ons nou zien. Wat een stel!’

‘Ja, zeg dat wel!’ Suze was verrast door het gevoel van verbondenheid; ze werd er vanbinnen helemaal warm van. ‘Trusten, Daisy.’

‘Trusten, Suze.’

En ze vielen in slaap bij het vertrouwde geluid van elkaars ademhaling.

De volgende dag klaarde de lucht op en deed een stralende zon de sneeuw flonkeren. Marigold stond achter de toonbank toen Mary Hanson binnenkwam. Ze had bier nodig voor de schilders die bij haar aan het werk waren. Bernie, haar sint-bernard, had ze aan een paal gebonden. De hond was er lekker bij gaan liggen om te genieten van de sneeuw voordat die begon te smelten. Zijn tong hing uit zijn bek, zijn adem was zichtbaar als grijze wolkjes. Eileen leunde op de toonbank, Tasha was achter in de winkel bezig de bestelling witte bonen in tomatensaus uit te pakken.

‘Goedemorgen, Mary.’ Marigold hoopte vurig dat Eileen niet over Dolly’s kat zou beginnen.

‘Goedemorgen. Wat een prachtige ochtend! We hebben eindelijk weer een zonnetje.’

‘Ja, dat is ook wel weer eens leuk, hè?’ grapte Marigold.

‘Precies.’

‘Eh, Mary, ik eh… ik zou je om een gunst willen vragen.’

'O? Nou, zeg het maar. Wat kan ik voor je doen?' Mary trok vragend haar wenkbrauwen op. Ze moest dringend terug naar haar schilders, dus ze hoopte dat het niet te veel tijd in beslag zou nemen.

'Mijn dochter is terug uit Italië, en ze wil proberen een carrière op te bouwen als portretschilder. Ze is erg goed. Maar tot dusverre heeft ze het nooit aangedurfd. Hoe dan ook, nu wil ze het gaan proberen, en ze vroeg zich af of ze jouw hond zou mogen schilderen.'

Mary's gezicht lichtte op. 'Bernie? Natuurlijk mag dat! En hij zal het geweldig vinden. Dat weet ik zeker!'

'Fijn. Ik zal het tegen haar zeggen. Ze is net even de deur uit.'

'Ik zal je mijn mobiele nummer geven. Dan kan ze me bellen.'

Marigold gaf haar pen en papier.

'Het is zo'n knappe jongen, mijn Bernie,' zei Mary ondertussen. 'En hij is dol op mensen.' Daarop liep ze de winkel in, om bier te pakken.

'Om over katten maar te zwijgen,' zei Eileen op gedempte toon.

Het duurde niet lang of Mary zette twaalf blikjes bier op de toonbank. 'Dus Daisy belt me.' Ze haalde haar portemonnee uit haar tas. 'Ik zal Bernie het goede nieuws vertellen. Dan kan hij zich erop verheugen. Hij is nog nooit geschilderd.'

'Als het een geslaagd portret wordt, zou Daisy het misschien een tijdje in het dorpshuis willen hangen,' vertelde Marigold. 'Om een beetje reclame te maken voor zichzelf.'

'Wat een goed idee! We zijn hier in Engeland dol op onze honden,' verklaarde Mary met een ondeugende glimlach. 'Liever een portret van Bernie dan van mijn kinderen. Laat Brian het maar niet horen!'

Marigold schoot in de lach. 'Ik hou mijn mond.'

Toen de deur achter haar dichtviel, schudde Eileen haar hoofd. 'En ik zal ook maar niks tegen Dolly zeggen. Want ik sta niet in voor haar reactie als ze hoort dat de moordenaar van haar kat wordt vereeuwigd.'

Daisy liep over het kronkelige pad langs de kliftoppen. Het was lang geleden dat ze hier voor het laatst was geweest. Ze was elk jaar wel een paar keer naar huis gevlogen – met Kerstmis en meestal ook in de zomer – maar wandelen was er nooit van gekomen. Ze dacht eraan hoe ze als klein meisje over ditzelfde pad had gehuppeld, aan haar moeder die haar riep en hoe haar stem door de wind uit zee was meegenomen. Er was nog niets veranderd. Hier leek het alsof de tijd had stilgestaan. Maar dat gold niet voor haar. Zíj was wel degelijk veranderd, en plotseling hunkerde ze naar vroeger. Wat was het leven toen simpel geweest. En zorgeloos. Althans, wanneer ze erop terugkeek. En hoezeer ze ook van haar leven in Italië had genoten, die zes jaren voelden nu bijna als verspilde tijd. Een investering die niets had opgeleverd. Behalve een gebroken hart waarvan ze bang was dat het nooit meer zou helen. De loodzware druk in haar borst voelde als rouw. Ze treurde om de dood van een relatie. De liefde was er nog, maar ze kon er niets meer mee.

Luca was altijd eerlijk tegen haar geweest. Hij wilde niet trouwen, en hij wilde geen kinderen. Daar had hij nooit een geheim van gemaakt. Op haar beurt had zij altijd gedacht dat ze hem wel zou weten over te halen. Dat hij zo veel van haar hield dat hij uiteindelijk zou zwichten. Dat ze gewoon moest volhouden. Maar ze had zich vergist. Inmiddels een week geleden was ze eindelijk gaan inzien dat hij nooit van gedachten zou veranderen.

Hij had haar niet verraden. Het was eerder andersom. Ze hadden zo veel gemeen, Luca en zij. Net als hij was ze een vrije, onafhankelijke geest. Net als hij hield ze niet van een burgerlijk, geregeld bestaan. Net als voor hem waren kunst, muziek en cultuur ook voor haar van levensbelang. Ze gaven geen van beiden om geld, om spullen. Maar in alle soberheid hadden ze van het leven genoten. Van alle schatten die Italië rijk was. Het eten, de zon, de kunst, de architectuur en vooral het schitterende landschap. Luca was ervan overtuigd geweest dat zij hetzelfde wilde als hij, terwijl zij van meet af aan naar meer had verlangd. Híj had de spelregels niet gewijzigd, dat had zíj gedaan. Dat ze zes jaar van haar leven had verspild, kon ze hem niet verwijten. Alleen zichzelf.

Weer thuis in Engeland zou ze een nieuwe start moeten maken. Ze zou een nieuw leven, een nieuwe carrière moeten opbouwen. Maar het voelde alsof ze haar oude leven weer oppakte. Ze wilde niet opnieuw bij haar ouders gaan wonen, in het dorp van haar jeugd. Ze was gewend geraakt aan een leven in het buitenland, in een wereldstad, aan een onafhankelijk leven. Maar ze had geen keus. Een huis kopen was ondenkbaar. Daar had ze het geld niet voor. En het kleine beetje dat ze had gespaard, wilde ze niet aan huur uitgeven. Ze zou zuinig moeten zijn wanneer ze haar schildercarrière serieus een kans wilde geven. Het zou tijd kosten om opdrachtgevers te vinden, en als beginneling kon ze nog niet zo veel vragen. Nana had gelijk. Rijk zou ze er niet van worden. Maar dat hoefde ook niet. Als ze maar gelukkig was. Ze wilde iets doen waar haar hart in lag. Dat vond ze belangrijker dan werk dat misschien wel veel geld opleverde, maar dat haar niet wist te inspireren. Als ze erin slaagde naam te maken als kunstenaar en op die manier een fatsoenlijke boterham te verdienen, kon ze besluiten waar ze wilde gaan wonen. Het probleem was dat ze in die zes jaar echt geworteld was geraakt in Milaan, dat ze zich nergens anders thuis voelde. Zelfs hier niet.

Ondanks de zon tintelden haar wangen van de kou. De heuvels waren nog bedekt met sneeuw, de wind die over het klif raasde beet in haar gezicht. Zeemeeuwen cirkelden langs de ijzig blauwe hemel, vanaf kleine boten die op de golven deinden, wierpen vissers hun netten uit. Het was allemaal zo puur, zo schilderachtig dat Daisy een zucht van genot slaakte, waardoor de drukkende last van het verdriet even iets minder zwaar leek. Het was heerlijk om terug te zijn, maar verdrietig dat haar thuiskomst vergezeld ging van de pijn van een gebroken hart. Ze zou Italië missen, maar ze zou haar best moeten doen om in Engeland het geluk te vinden, om een nieuwe vriendenkring op te bouwen. Het was een ontmoedigende gedachte. Zou ze ooit weer openstaan voor de liefde? Met haar handen in haar zakken liep ze in de richting van het dorp. Ze zou zichzelf opnieuw moeten ontdekken. Ze zou op zoek moeten gaan naar de Daisy die ze was zonder Luca, zonder Italië. Pas wanneer ze daarin slaagde, pas wanneer ze had geleerd om van die nieuwe Daisy te gaan houden, zou ze weer klaar zijn voor de liefde. Maar voorlopig leek het haar ondenkbaar dat ze na Luca ooit van een ander zou kunnen houden.

Eenmaal terug in het dorp, liep ze naar de winkel. Marigold rekende net af met de Commodore. Hij had Daisy nog als klein meisje gekend. Commodore Wilfrid Braithwaite was bevriend geweest met haar opa. Toen hij haar zag, begonnen zijn oude ogen te stralen. Hij glimlachte zijn onregelmatige gebit bloot en kreeg nóg meer rimpels in zijn gezicht. 'Nee maar, je wordt met het jaar mooier! Ben je nu al thuis voor Kerstmis?'

Ze beantwoordde zijn glimlach. In zijn driedelige tweed pak, compleet met stropdas en slappe deukhoed, zag hij eruit als de klassieke landheer. 'Nee, ik blijf hier. Ik ga niet meer terug.'

De Commodore fronste zijn borstelige wenkbrauwen. 'Lieve hemel! En je hebt je Italiaan daar gelaten?'

'Ja.'

'Ach, wat spijtig voor je.'

'Ja, maar het is ook fijn om weer thuis te zijn,' zei ze om een ongemakkelijke stilte te voorkomen.

'Je had in Italië zeker niet veel sneeuw?'

'Jawel hoor. In Milaan sneeuwde het vaker dan hier.'

'Nee maar.' Hij betaalde de tarwekoekjes met chocolade.

Marigold fronste haar wenkbrauwen. Ze had die koekjes pas nog ergens op tafel zien liggen, maar waar?

'Ik vind het lekker om ze in mijn thee te dopen,' zei de Commodore.

Er was nog iemand die dat lekker vond. Maar wie, dat kon Marigold zich niet herinneren.

De Commodore vertrok, en Marigold liep naar het rek met tijdschriften, voor een puzzelboekje met sudoku's. Ze móést haar hersens beter trainen.

Tasha nam de kassa over. 'Fijn dat je terug bent,' zei ze tegen Daisy. 'Alleen jammer dat het... Nou ja, je weet wel...' stotterde ze met een nerveuze glimlach. 'Trouwens, Mary Hanson was hier vanochtend. Ze vindt het prima als je haar hond wilt schilderen. Je moeder heeft haar nummer.'

'Echt waar? Wat geweldig! Dat is zo'n grote lobbes, toch?'

'Ja, een sint-bernardshond. Je weet wel, zo'n beest met een vaatje cognac om zijn nek. Alleen heeft Bernie dat niet. Het zou misschien goed zijn voor zijn reputatie als hij dat wel had.' Tasha trok een bedenkelijk gezicht.

Marigold kwam aanlopen met een puzzelboekje dat ze grijnzend omhooghield. 'Om mijn hersens te trainen. Ik begin vergeetachtig te worden.'

'Nou, het zou voor ons allemaal goed zijn. Om onze hersens te trainen.' Tasha glimlachte.

'Ik hoop dat het werkt,' zei Marigold. 'Ik ben nog te jong om kinds te worden!'

Ze schoten alle drie in de lach. 'Ik hoor van Tasha dat Mary Hanson je haar nummer heeft gegeven,' zei Daisy.

'Dat klopt!' Marigold stopte fronsend haar handen in haar zakken. 'Het stond op een briefje. Waar heb ik het nou gelaten?' Er trok een huivering door haar heen toen ze zich het briefje niet voor de geest kon halen, laat staan dat ze nog wist waar ze het had gelaten. 'Ik geloof eigenlijk niet dat ze het me heeft teruggegeven.' Ze wist ineens zeker dat ze het briefje nooit had gekregen.

'Hier is het.' Tasha pakte het van de toonbank. 'Het lag half onder je rode boekje.'

'Ach, natuurlijk. Nu weet ik het weer.' Marigold keek toe terwijl Tasha het briefje aan Daisy gaf.

'Ik zou maar niet te lang wachten met die sudoku's,' grapte Daisy.

'Nee, inderdaad!' Marigold maskeerde haar ongerustheid met een glimlach. Ze voelde zich ineens niet zo lekker. 'Ik geloof dat ik dringend een kop thee nodig heb. Tasha, let jij op de winkel? Dan loop ik even naar huis.' Haar gezicht verstrakte van bezorgdheid terwijl ze zich naar buiten haastte, de binnenplaats over naar de keukendeur.

Na sluitingstijd moest Marigold zich haasten om op tijd te zijn voor de vergadering van de commissie die de kerstmarkt organiseerde, begin december in de parochiezaal van de kerk. Julia Cobbold, de vrouw van de dominee, ontving de leden in de Oude Pastorie, een strenge villa zonder enige warmte of charme, die kon bogen op een imposante geschiedenis. De villa dateerde uit de tijd van Hendrik VIII en was voorzien van een schuilplaats voor priesters, compleet met een geheime trap en een ondergrondse tunnel, waarlangs katholieke geestelijken hadden kunnen ontsnappen. Julia was erg trots op haar huis, maar Marigold wist uit ervaring dat ze een warme sjaal mee moest nemen, want het was er altijd koud, zelfs wanneer de enorme haarden werden gestookt.

Het ijs was gesmolten, de gladheid voorbij, het asfalt glinsterde vochtig. Nana was niet uitgegleden, maar nu mopperde ze dat de ijzel haar noodlottig zou worden, omdat die, anders dan sneeuw, moeilijk te zien was. Na een lange dag in de winkel zou Marigold het liefst op de bank zijn geploft, met haar voeten omhoog. Maar ze had nog nooit een vergadering gemist, en behalve dat ze moe was, zag ze geen reden om nu verstek te laten gaan.

Op het tuinpad naar de voordeur van de Cobbolds hoorde ze vlakbij een uil roepen. Ze bleef staan. Waar kwam het geluid vandaan? Dankzij de maan die helder aan de donkere hemel stond, kon ze in een kromming van een boom het hartvormige witte 'gezicht' van een jong kerkuiltje onderscheiden. Terwijl ze nog altijd roerloos op het tuinpad stond, zag ze er nog twee. Drie uiltjes keken haar aan, met grote, nieuwsgierige ogen, hongerig in afwachting van hun moeder. Als betoverd bleef Marigold nog geruime tijd onder de boom staan, innig dankbaar voor het hartverwarmende tafereeltje. Het maakte haar blij en gaf haar nieuwe energie. Tegen de tijd dat ze op de bel drukte, was ze weer helemaal de oude: positief, bruisend van leven, klaar om elke uitdaging aan te gaan.

'Daar ben je! De rest is er al!' Julia keek enigszins misprijzend naar Marigold, die een rode neus had van de kou. De domineese zag er zoals altijd voornaam uit, in een olijfgroene broek en dito trui. De gouden gespen op haar pumps pasten perfect bij haar gouden oorbellen en schakelketting. Echt een vrouw van de wereld, vond Marigold. Lang en slank. Dan was het ook niet zo moeilijk om er verzorgd en voornaam uit te zien, dacht ze onwillekeurig. 'Je bent de laatste.' Julia's stem verried een zweem van ongeduld.

'Sorry dat ik zo laat ben. Maar ik móést even naar die schattige kerkuiltjes kijken.'

'Kerkuilen?' Julia fronste haar wenkbrauwen. 'Zijn ze er weer?'

'Heb je ze nog niet gezien?' Daar kon Marigold zich niets bij voorstellen. Dat je een uilenfamilie in je tuin had zonder het te weten.

'Ze waren er vorig jaar ook. Wat leuk. Afijn, kom binnen. We moeten nodig beginnen, want ik heb om acht uur een diner, en ik moet me nog verkleden.'

Marigold volgde Julia naar de royale salon. In de haard brandde een karig vuurtje; op de schoorsteenmantel prijkte een rij uitnodigingen op geschept papier, bedrukt met zwierige gouden letters. Een gebloemde zithoek stond rond een lage tafel met daarop stapels dure, dikke fotoboeken over kunst. De vier andere commissieleden zaten stijfjes op de rand van hun stoel of bank, om niet tegen de onberispelijk geschikte kussens achter zich te leunen.

Marigold begroette hen met een glimlach. Het waren allemaal vrouwen die ze al jaren kende, en Beryl Bailey was haar beste vriendin. Een grote vrouw met kastanjebruin stekelhaar en een verrassend jeugdig gezicht voor iemand van tegen de zeventig. Ze droeg een drukke, kleurige jurk tot halverwege de kuit; haar wollen maillot rimpelde rond de enkels; haar voeten staken in stevige veterschoenen – vanwege haar eeltknobbels kon ze geen andere schoenen dragen. De wandelstok die tegen de zijkant van de bank leunde, verried dat ze recent een nieuwe heup had gekregen. 'Kom bij me zitten.' Beryl klopte met een mollige hand op het kussen naast zich.

'Ik ben een beetje laat,' zei Marigold verontschuldigend.

‘Dat is niets voor jou.’

‘Ik ben mezelf niet, de laatste tijd,’ bekende Marigold fluisterend.

Beryl fronste haar wenkbrauwen. ‘Hoezo? Voel je je niet goed?’

‘Jawel, maar ik word zo vergeetachtig.’ Marigold haalde een notitieboekje uit haar tas. ‘Ik moet alles opschrijven.’ Ze tikte op het boekje.

‘O, dat heb ik ook,’ fluisterde Beryl terug. ‘Het is echt verschrikkelijk. Ik vergeet voortdurend namen. Of ik doe de koelkast open, en dan weet ik niet meer wat ik wilde pakken. En ik laat dingen liggen. Weet je waar dat op duidt?’

Marigold slikte en keek haar vriendin angstig aan. ‘Nee.’

‘Dat we een dagje ouder worden.’

Marigold voelde een overweldigende opluchting. ‘Echt waar? Is dat alles?’ Ze begon te lachen om haar bezorgdheid te verbergen. ‘Ik dacht dat ik begon te dementeren.’

‘Welnee! We hebben er allemaal last van. Je moet gewoon alles opschrijven. Dat is heel normaal. En een van de minder leuke kanten van het ouder worden. Vergeetachtigheid, pijnlijke gewrichten, je huid verslapt, je wordt steeds bleker. Het hoort er allemaal bij.’

‘Zijn er ook leuke kanten?’

‘Je familie,’ antwoordde Beryl. ‘Kinderen, kleinkinderen, vrienden... Die maken het leven de moeite waard.’

Ze had gelijk. Marigold glimlachte en besloot zich geen zorgen meer te maken. Of ze zou het in elk geval proberen.

4

Daisy stond oog in oog met Bernie. Zijn neus bevond zich angstig dicht voor de hare, en hetzelfde gold voor zijn vochtig glinsterende lippen en scherpe witte tanden. Met haar handen om zijn poten hoopte ze vurig dat hij niet zou besluiten een hap te nemen. Bij het voorstellen was hij zo enthousiast tegen haar opgesprongen dat ze hem recht in zijn ogen kon kijken, glanzend bruin als rijpe kastanjes.

'Hij vindt je aardig,' zei Mary.

'Nou, gelukkig maar.' Daisy durfde zich nauwelijks voor te stellen wat hij zou hebben gedaan als hij haar níét aardig had gevonden.

'Dit doet hij alleen bij mensen die hij aardig vindt. Tegen je opspringen. Je vindt het toch niet erg, hè? Gelukkig heb je geen nette kleren aan.'

Wat ze aanhad was in Daisy's ogen wel degelijk netjes. Ze kwam langs om kennis te maken, en voor wat eerste foto's van haar model. Maar blijkbaar beschouwde Mary haar donkerblauwe spijkerbroek en kasjmier trui als werkkleding.

'Zo'n reusachtige hond eet vast heel veel.' Daisy liet zijn poten los.

'Ach, dat valt best mee. Hij eet net zo veel als een labrador. Maar hij is wel dol op eten, dus ik heb voortdurend de neiging hem wat lekkers te geven. Een plakje bacon, of een stukje worst… Wat ik toevallig overheb.' Ze keek vertederd naar zijn brede snoet.

Daisy haalde haar telefoon tevoorschijn en begon wat foto's te maken. 'Hij is echt prachtig,' zei ze, en het ontging haar niet hoe trots Mary keek. 'Ik geloof niet dat ik ooit zo'n mooie hond heb gezien.'

'Hij kan ook erg angstaanjagend zijn.'

Daisy zei maar niet dat ze precies wist hóé angstaanjagend. 'Dat kan ik me haast niet voorstellen. Zo'n goeie lobbes.'

'Hij moet anders niks hebben van bezorgers in een felgeel uniform, en van kefferige hondjes,' vertelde Mary.

En van katten, had Daisy bijna gezegd.

'Hij is verzot op konijnen en fazanten. Af en toe vangt hij er een in de bossen van Sir Owen. Gelukkig zonder dat de jachtopziener het merkt, want dan zijn de rapen gaar, ben ik bang. Onzin natuurlijk. Op het landgoed fokken ze fazanten voor de jacht. Maar als Bernie er een te grazen neemt, worden ze nijdig.'

'Maar een sint-bernard is toch geen jachthond?'

'Nee, ook al zou hij dolgraag met de spaniëls van Sir Owen achter de fazanten aan gaan. Maar daar is hij niet op getraind. Hij komt niet als je hem roept. Alleen als hij er zin in heeft. Hij heeft een sterke wil, en van een hond van zijn afmetingen verlies je het altijd. Dus je moet hem gewoon zijn gang laten gaan. De enige keer dat ik hem had aangelijnd, heeft hij me tientallen meters meegesleurd.'

Hoe opwindend Daisy haar nieuwe carrière ook vond, ze was wel een beetje nerveus. Het was lang geleden dat ze voor het laatst een portret had geschilderd. Zou ze het nog wel kunnen? Zou het haar lukken om Bernie op het doek te krijgen? Gelukkig vroeg ze er geen geld voor, maar ze zou wel erg teleurgesteld zijn als het portret niet goed zou lijken.

Die middag leende ze de auto van haar moeder en reed ze naar de stad om materiaal in te slaan. Volgens haar moeder zat er in de hoofdstraat een winkel met schildersbenodigdheden. Maar die bleek onvindbaar. Ze liep een paar keer de straat op en neer. Af en toe bleef ze staan, wanneer bepaalde herkenningspunten dierbare herinneringen bij haar opriepen. Uiteindelijk besloot ze een voorbijganger naar de winkel te vragen. 'O, die is allang weg. Misschien al wel twintig jaar,' luidde het antwoord. 'Ze verkochten er inderdaad diverse soorten verf en papier en schilderslinnen. Dat soort spullen zijn hier ook nergens anders te krijgen. Dus als ik u was, zou ik ze online bestellen.'

Daisy was stomverbaasd. Haar moeder kwam regelmatig in de stad, en zo groot was die niet. Ze kende er elke straat, elke winkel. Hoe was het mogelijk dat ze het verdwijnen van de winkel met schildersbenodigdheden, nota bene al twintig jaar geleden, niet had opgemerkt? Anderzijds, haar moeder schilderde niet. Dus ze had de winkel niet gemist. Als kind had Daisy niets liever gedaan dan schilderen, dus toen had haar moeder wel eens kwasten en verf voor haar gekocht. Daisy stelde zich voor dat ze er samen om zouden kunnen lachen.

Later die ochtend trof ze haar moeder in de winkel, druk in gesprek met Eileen, die tegen de toonbank geleund over de Commodore stond te roddelen. 'Zodra het gaat vriezen, zet hij de hele tuin blank. Dan vullen de mollengangen zich met ijs. Ik hou er niet van om kwaad te spreken, maar het lijkt mij nogal wreed. Die mollen kunnen er tenslotte niks aan doen. Ze weten van de prins geen kwaad. Er moet toch een diervriendelijke manier zijn om ze te vangen. Hij zou eens op internet moeten kijken. Bij Amazon kun je tegenwoordig alles kopen.'

Marigold keerde zich naar Daisy. 'Dag, lieverd. Wat kan ik voor je doen?'

Daisy stond op het punt over de opgeheven winkel te beginnen, maar er was iets wat haar daarvan weerhield, een merkwaardig gevoel diep vanbinnen. Misschien was het haar intuïtie. Haar moeder zag er moe uit. Als ze inderdaad vergeetachtig werd, was dit niet het juiste moment om haar daarmee te plagen. 'O, niks,' antwoordde ze dan ook luchtig. 'Ik kwam alleen maar even aanwippen om dag te zeggen.'

Ze moest weer aan dat merkwaardige gevoel denken toen haar moeder die avond met haar sudoku's aan de keukentafel kwam zitten. 'Ik vind het doodvermoeiend,' zei ze tegen Nana, die zelfs voor de moeilijkste sudoku's haar hand niet omdraaide. 'Mijn hersens kraken ervan. Het doet gewoon zeer!'

'Dat is juist goed,' zei Nana. 'Ook al valt het verouderingsproces niet tegen te gaan. Dat hoort nu eenmaal bij het leven, dus dat zullen we moeten accepteren.'

Daisy ging naast haar moeder zitten. 'Maak je je zorgen, mam?'

'Welnee,' antwoordde Marigold net iets te snel. 'Nana heeft gelijk. Ik word een dagje ouder.'

'Mooi zo. Want je hoeft je nergens zorgen over te maken. Je bent nog net zo helder en scherp als altijd.' Daisy glimlachte bemoedigend. 'En trouwens, zesenzestig is nog helemaal niet oud.'

'Wacht maar tot je zesentachtig bent,' zei Nana. 'Dat is pas oud. Ik sta al met één been in het graf. En met het andere op een stuk zeep. Eén verkeerde beweging, en het is gebeurd met me.'

Suze was de stad in gegaan, naar het café. Het was er heerlijk rustig, en om het werk te veraangenamen had ze een grote soja latte besteld. In een interview met een schrijver had ze eens gelezen dat je je werkomgeving zo plezierig mogelijk moest maken. Dat was de sleutel tot het schrijven van een boek, want dan ging je altijd weer graag aan het werk. Suze keek naar de zoete haverkoekjes op de toonbank. Die zouden haar werkplek nóg aantrekkelijker maken, maar niet haar figuur. Dus ze beheerste zich. Nu Nana en Daisy bij hen inwoonden, was het thuis te onrustig om te schrijven. Vroeger had Suze de hele keuken voor zichzelf alleen gehad: de perfecte ambiance om te schrijven. Nu moest ze die delen, en Nana kon haar mond niet houden. Dat was het probleem met oude mensen. Ze kenden het verschil niet tussen hoofd- en bijzaken. Dus ze praatten maar door. Hun verhalen zaten stikvol details die er niet toe deden, of ze dwaalden af en belandden op allerlei zijsporen. Het ergerde Suze mateloos. Hier in het café was ze veilig voor Nana en haar jeugdherinneringen, om maar te zwijgen van haar weinig subtiele hints dat ze haar tijd nuttiger zou moeten besteden. Of dat ze niet zo lang met Ticky aan de telefoon moest zitten. Zelfs zijn bijnaam was reden tot kritiek. Nana vond het belachelijk dat iemand die Atticus heette, Ticky werd genoemd.

Suze had er die ochtend elf volgers bij gekregen op Instagram. De foto die ze de vorige avond had gepost, van vijf kleine oorringetjes met diamantjes, had vijfduizend likes opgeleverd en een heleboel comments. Ze zou zorgen dat de winkel waar ze de ringetjes – met korting – had gekocht, het allemaal te zien kreeg. Nu werkte ze aan een artikel voor *Red Magazine*, over de oorring als een klassieker die nooit uit de mode was geraakt, ondanks alle hypes en veranderingen in de mode. Oorringen maakten je verschijning af, of je nu chic of nonchalant gekleed ging. Het schrijven van het artikel kostte haar geen enkele moeite, net zomin als het online opzoeken van aan aantal beroemdheden naar wie ze kon verwijzen.

Suze genoot van haar werk, hoe oppervlakkig en weinig uitdagend het dan ook mocht zijn. Wat gaf het, als zij er gelukkig van werd? Ze hield van mode, van mooie dingen. Daarom schreef ze er ook zo gemakkelijk over. En ook dát was iets om blij van te worden. Want ze was van nature lui. Ze deed bij voorkeur dingen die haar goed afgingen. Eigenlijk had ze model willen worden. Ze zag er goed uit en ze was fotogeniek, maar ze had niet de juiste bouw. Net als haar moeder was ze vrij klein, met brede heupen. Maar ze had prachtig haar en topaaskleurige, amandelvormige ogen met lange donkere wimpers. En dat wist ze. Ook dat ze aantrekkelijk was. Mannen vonden haar leuk, en vroeger op school hadden de andere meisjes al geprobeerd haar te imiteren. Dus ze had alles in huis om een succesvolle influencer te worden. Ze moest alleen zorgen dat ze meer volgers kreeg. Veel meer volgers. Een paar honderdduizend. Maar Keulen en Aken waren niet in één dag gebouwd, en ze was pas anderhalf jaar bezig. Het lastige van social media was dat je voortdurend berichtjes en foto's moest posten. En dat je die foto's zodanig moest bewerken dat je volgers je benijdden om alles wat je liet zien. Want dat was dan weer het mooie van social media: je liet alleen zien wat je met je volgers wilde delen; en niet dat je in een dorp op het platteland woonde, nog bij je ouders, met een inwonende oma en een oudere zus met wie je je kamer moest delen.

Suze staarde nietsziend naar buiten. En ineens moest ze denken aan wat Daisy had gezegd: dat ze een boek moest schrijven. Het trok haar wel, een carrière als auteur. In gedachten zag ze haar boek al in de etalages liggen. Maar voordat haar fantasie met haar op de loop ging, besefte ze dat ze niet wist waarover dat boek dan zou moeten gaan. Ze kon niets bedenken. Helemaal niets. Met een zucht keerde ze zich weer naar het scherm van haar laptop. Het artikel over oorringen was bijna af. Het was zinloos om te dromen over een leven als beroemd auteur zolang ze niet wist waarover ze zou moeten schrijven.

De zaterdag daarop ging Marigold met haar twee dochters de stad in om alvast wat kerstinkopen te doen. Het miezerde. Een dicht wolkendek hing laag boven de natte daken en schoorstenen; verwaaide meeuwen kibbelden nijdig krassend om etensresten die ze in vuilnisbakken vonden. Het was druk op straat. Het leek wel alsof iedereen in de wijde omgeving had besloten die dag inkopen te gaan doen. Het plaveisel glinsterde onder de voeten van het gehaaste winkelende publiek. Marigold genoot van de lichtjes in de etalages, die glommen als gomballen. Bij de herinnering aan de snoepjes die ze als kind zo lekker had gevonden, verscheen er een glimlach op haar gezicht. Het moest minstens zestig jaar geleden zijn dat ze voor het laatst aan gomballen had gedacht!

Omdat ze cadeautjes voor elkaar wilden kopen, besloten ze afzonderlijk op stap te gaan en spraken ze om twaalf uur weer bij de auto af. Marigold slenterde op haar gemak door de straten, langs het stadhuis en het Bear Hotel, en bewonderde de etalages. Ze kocht voor Nana een trui en voor Dennis een sjaal. De feestelijke stemming in de stad werkte aanstekelijk. Op het plein stond een reusachtige kerstboom, een cadeau van een stadje in Frankrijk. Het verhaal dat erbij hoorde, kon Marigold zich niet herinneren. De boom was versierd met grote kleurige ballen en glinsterende slingers. Marigold was dol op dingen die glinsterden. Voor de rood met witte tent waarin de Kerstman troonde, stond een rij van kinderen met hun ouders, vol verwachting tot ze naar binnen mochten om hem een handje te geven. Een stel ezels was verkleed als rendier en voor een slee gespannen. Vroeger, toen de meisjes nog klein waren, had alles er bijna hetzelfde uitgezien, besefte Marigold. In al die jaren was er nauwelijks iets veranderd. Ze keek glimlachend om zich heen. Overal in de stad had ze herinneringen liggen. En het waren zonder uitzondering gelukkige herinneringen. Op elke straathoek kwamen er beelden van vroeger naar boven, en ze koesterde zich in het warme gevoel dat die haar bezorgden. Het leven was goed. Ze mocht zich gelukkig prijzen.

De klok op de kerktoren wees bijna twaalf uur aan. De ochtend was omgevlogen. Ze moest nog een cadeautje voor Tasha kopen. Een kleine attentie. Ze keek op haar horloge, in de hoop dat de torenklok het mis had. Maar het was inderdaad bijna twaalf uur. Ze zou een andere keer terug moeten komen. Haastig ging ze op weg naar het parkeerterrein. Maar waar was dat? Ineens wist ze het niet meer.

Ze bleef staan, keek om zich heen en probeerde zich te concentreren, maar het leek alsof een dichte mist haar zicht vertroebelde. Hoe ze ook piekerde, ze kon zich niet herinneren waar het parkeerterrein was. Een kille angst bekroop haar. Ze kon zich het parkeerterrein zelfs niet voor de geest halen. Het was uit haar herinnering verdwenen. Alsof het nooit had bestaan. Hoe meer ze haar best deed zich te concentreren, hoe dieper het leek weg te zinken in de vergetelheid. Ze stond midden op de stoep, mensen haastten zich bepakt en bezakt langs haar heen. En Marigold voelde zich verschrikkelijk alleen.

'Mam?'

Marigold knipperde met haar ogen. Daisy's gezicht doemde op uit de mist.

'Mam, gaat het wel?' vroeg ze ongerust. 'Je ziet zo bleek.'

De opluchting wekte Marigold uit haar verstarring. En toen ze zag hoe verschrikt Daisy haar aankeek, dwong ze zichzelf te glimlachen. 'Ja hoor, ik voel me prima. Ik had even een wegtrekker. Misschien moet ik iets eten.'

Daisy nam haar moeder bezorgd op. Marigold leek te zijn gekrompen, ze oogde plotseling broos. Waarschijnlijk werd ze inderdaad een dagje ouder, dacht Daisy een beetje spijtig, omdat ze dat na al die jaren in Italië nu pas besefte. 'Kom, geef je tassen maar aan mij. Ik zal er niet in kijken.' Ze schoof haar arm door die van haar moeder. Samen liepen ze de straat uit; heel langzaam, alsof Marigold tijd nodig had om haar evenwicht te hervinden. Het ontging Daisy niet dat ze haar ene hand krampachtig tot een vuist had gebald. Zonder te weten waarom, bezorgde het haar een onbehaaglijk gevoel.

Zo abrupt als het was verdwenen, keerde het beeld van het parkeerterrein ook weer terug. Tot Marigolds grote opluchting. Ineens wist ze weer precies waar het was. Ze zag het duidelijk voor zich en begreep niet hoe ze het had kunnen vergeten.

'Ben je geslaagd, lieverd?' vroeg ze, aanzienlijk opgewekter.

'Ja. Ik moet alleen nog iets voor Suze kopen.'

'O, ik heb een make-uptasje met allemaal leuke spulletjes erin. Het zit in een mooie geschenkverpakking. Ik hoop maar dat ze het leuk vindt.'

Daisy schoot in de lach. 'Vast wel. Suze is dol op make-up.'

'Ik heb nog niets voor Tasha. Dus ik moet nog een keer naar de stad.'

'Dan ga ik met je mee.'

Marigold kon wel huilen van opluchting. Want ze durfde er niet aan te denken dat het nog eens zou gebeuren; dat het parkeerterrein opnieuw uit haar geheugen zou verdwijnen.

Marigold maakte een afspraak bij de dokter. Ze moest een paar weken geduld hebben, want er was een lange wachtlijst van patiënten die hoestten of hadden kougevat. Om geen ongerustheid te wekken zei ze thuis niets over haar afspraak. Nana zou zeggen dat het onzin was, dat ze geen beslag op de tijd van de dokter mocht leggen, alleen omdat ze een beetje vergeetachtig werd. Dat hoorde nu eenmaal bij het ouder worden. En ze zou alle keren opsommen dat zíj iets was vergeten. Dennis zou zich geen zorgen maken over haar vergeetachtigheid, maar over het feit dat zíj zich zorgen maakte. Want zo was hij. Dennis vond het afschuwelijk als ze uit haar doen was, en hij zou erop staan met haar mee te gaan. Maar dat wilde ze niet. Ze wilde alléén naar de dokter. Dan hoefde ze zich niet te schamen als bleek dat ze zich voor niets zorgen had gemaakt.

Nu was het zover. In de wachtkamer bladerde ze wat in de tijdschriften die daar lagen, zonder dat er ook maar een woord van wat ze las tot haar doordrong. De dokter had het druk, zijn afspraken liepen uit. Marigold moest meer dan een uur wachten totdat ze aan de beurt was.

'Het spijt me dat het zo lang duurde,' zei de dokter.

Hij was nog jong. Erg jong, vond Marigold. Ze kende hem niet. Het was jaren geleden dat ze voor het laatst bij een dokter was geweest. Tot op dat moment had ze nooit problemen gehad met haar gezondheid.

'Ik ben dokter Farah,' stelde hij zich voor. 'Wat kan ik voor u doen?'

Marigolds wangen begonnen te gloeien. Ze had nu al het gevoel dat ze zich belachelijk maakte. Die arme man had het zo druk. Hoe durfde ze voor zoiets onnozels beslag te leggen op zijn tijd? Ze haalde diep adem. 'Een paar weken geleden, in de stad, wist ik ineens niet meer waar ik was. Daar ben ik erg van geschrokken.'

De dokter luisterde aandachtig, met zijn hoofd een beetje schuin.

'Ik kon me niet herinneren waar ik de auto had geparkeerd. Ik wist niet meer waar het parkeerterrein was. Ik kon het me zelfs niet meer voor de geest halen. Terwijl ik hier al mijn hele leven woon!'

'Was dat het enige, of had u nog meer klachten? Was u misschien misselijk, duizelig, kortademig? Had u ergens pijn?'

Marigold schudde haar hoofd. 'Nee, het zat alleen in mijn hoofd. Ik had een totale black-out.'

'En hoe lang duurde die?'

'Een paar seconden. Tenminste, dat denk ik. Maar het leek veel langer.'

De dokter glimlachte. Hij had een aardige glimlach, en Marigold voelde zich op slag gerustgesteld. 'Als er iets akeligs gebeurt, lijkt het altijd alsof het langer duurt dan in werkelijkheid het geval is. Mag ik vragen hoe oud u bent?' Hij keek in haar dossier, waar ongetwijfeld ook haar leeftijd in stond.

'Zesenzestig. En ik word de laatste tijd ook erg vergeetachtig. En dan gaat het om onbenullige dingen. Bijvoorbeeld waar ik iets heb gelaten.'

Dokter Farah controleerde haar bloeddruk, informeerde naar haar ziektegeschiedenis en naar die van haar ouders. Ten slotte ging hij weer zitten, hij nam zijn bril af en keek haar aan met een meelevende blik in zijn diepbruine ogen. 'Ik denk dat u inderdaad een dagje ouder begint te worden.'

'Is dat alles, denkt u?' Marigold voelde de ontspanning terugkeren in haar schouders.

'Absoluut. Wanneer we ouder worden, gaat alles trager. Dat proces verloopt bij iedereen anders. Sommige mensen hebben geluk en blijven tot op hoge leeftijd volkomen helder, andere worden wat wazig in het hoofd. Maar ik heb bij u niets kunnen vinden wat aanleiding geeft tot bezorgdheid. Krijgt u wel genoeg beweging?'

'Niet echt,' moest Marigold toegeven.

'Want dat is belangrijk. Elke dag een stevige wandeling is goed voor de gezondheid. Verder moet u zorgen dat u voldoende vocht binnenkrijgt – dus veel water drinken – en dat uw geest actief blijft.'

'Ik ben begonnen met sudoku's,' vertelde ze trots.

'Heel goed.' De dokter stond op, het consult was voorbij. 'Mochten de klachten verergeren, mocht u opnieuw zo'n moment beleven waar u van schrikt, dan zien we elkaar weer. Maar voorlopig wens ik u gezellige feestdagen.'

'Dat zal nu wel lukken,' zei ze opgewekt, en ze liep met veerkrachtige tred langs hem heen, de spreekkamer uit.

'Suze! Slaap je al?'

'Nee, gelukkig niet. Want dan had je me wakker gemaakt.'

'Ik moet je wat vertellen.'

'En dat kan blijkbaar niet tot morgen wachten.'

'Weet je nog dat we de stad in gingen, om kerstinkopen te doen?'

'Ja. Wat is daarmee?'

'Mam deed even heel raar.'

'O?'

'Ik heb er niets over gezegd, want ik wilde niet dat jij je ook zorgen zou maken. Maar ik moet het aan iemand kwijt.'

'En bedankt. Want nu maak ik me inderdaad ook zorgen.'

In het donker kon Daisy zien dat Suze glimlachte. 'Het zal wel niks zijn, maar het zit me niet lekker. Mam wordt wel erg vergeetachtig.'

'Alle oude mensen worden vergeetachtig.'

'Ze is niet oud. Ze moet nog zeventig worden. Nana is bijna negentig, en die vergeet nooit wat!'

'Nana heeft niks anders te doen dan theedrinken, kruiswoordpuzzelen en bridgen met het selecte gezelschap dat ze om zich heen kan verdragen. Mama is gewoon moe. Ze werkt keihard en ze neemt veel te veel hooi op haar vork. Het enige wat ze nodig heeft, is rust.'

'Wanneer is ze voor het laatst op vakantie geweest?'

'Dat weet ik niet meer. Heel lang geleden. Maar als je ze een reisje naar de Cariben wil geven, zul je het zelf moeten betalen. Ik heb geen geld.'

'Ik heb ook niet veel. Maar we zouden ze misschien wel op een weekendje weg kunnen trakteren. Met z'n tweetjes. In een hotelletje, ergens op het platteland. Om er eens helemaal uit te zijn.'

'Dat is nog niet eens zo'n gek idee.'

'En dat zou ik wel kunnen betalen.'

'Mooi zo. Dan is hun kerstcadeautje geregeld.'

'Ik dacht dat je al cadeautjes had gekocht?'

Suze grijnsde. Haar tanden lichtten wit op in het donker. 'Nog niet alles. Maar nu wel. Bedankt, Daisy.'

5

Kerstmis naderde, de sneeuw smolt, de grond bleef zompig en glibberig, maar Marigold stond een uur eerder op voor een wandeling over de kliffen. Ze was ervan overtuigd dat ze de ondermijnende invloeden van de tijd teniet kon doen door de goede raad van de dokter ter harte te nemen. Veel beweging en het maken van sudoku's waren haar wapens in de strijd tegen de vergeetachtigheid; haar wapens in de strijd tegen de effecten van het ouder worden. De enige wapens die ze had.

Het was nog donker en koud wanneer ze van huis ging, en ze kwam nooit iemand tegen. Tegen de tijd dat ze op de top van het klif stond, was ze buiten adem en had ze het heerlijk warm gekregen. In het oosten verscheen de zon als een gloeiende bal boven de horizon. Als ze had geweten hoe betoverend de ochtend was, hoe vredig de eenzaamheid die ze ervoer, zou ze al veel eerder zo vroeg zijn opgestaan. De lucht was schoon en tintelend fris, de geur van zeewier die opsteeg van de golven rijk en stimulerend, en de roep van zeevogels die ontwaakten bij het licht van een nieuwe dag had iets magisch. Het voelde alsof ze achter het toneel stond, in de coulissen, en toekeek hoe de wereld zich voorbereidde op haar dagelijkse voorstelling. Ze ervoer een serene stilte, ondanks het jagen van de wolken en de meeuwen langs de hemel, ondanks de wind die uit zee blies en de zon die opkwam; een volmaakte tijdloze stilte die Marigold ook diep vanbinnen voelde, terwijl ze bij zichzelf te rade ging. Dan zoog ze haar longen vol schone lucht en voelde ze haar hart zwellen van dankbaarheid. Pure dankbaarheid voor het leven. Want dat was het effect dat schoonheid op haar had. Die stemde haar dankbaar.

Kordaat volgde ze het pad waar ze in de loop der jaren al zo vaak had gelopen. Weemoedig dacht ze terug aan al die keren. Ondertussen dompelde de dageraad de zee in een roze gloed en omlijstte de wolken met een rand van roze. De kleur deed haar denken aan een suikerspin, en die suikerspin riep herinneringen op aan haar jeugd; aan de zomers waarin haar ouders haar en haar jongere broer Patrick hadden meegenomen naar de kermis. Ze kon de zoete smaak van gesponnen suiker bijna proeven. In gedachten herleefde ze al die gelukkige uitstapjes. Zonder haast liet ze zich meevoeren door haar herinneringen. Want daar op het pad langs het klif had ze het gevoel dat ze alle tijd van de wereld had.

Ze genoot van die eenzame momenten, waarop er door niemand een beroep op haar werd gedaan. Want hoe heerlijk ze het ook vond om te zorgen, ze koesterde het gevoel van vrijheid dat ze ervoer wanneer ze buiten was, in haar eentje, onder de blote hemel. Ze luisterde naar de wind en het gekrijs van zeevogels, naar het gebulder van de golven, naar het geluid van haar eigen ontspannen ademhaling, en ze voelde zich herboren. Tegen de tijd dat ze thuiskwam, bruiste ze van energie en levenslust. Dan was ze zelfs haar vergeetachtigheid vergeten.

Het was een week voor Kerstmis. Marigold stond in de winkel, achter de toonbank. Eileen vertelde zoals gebruikelijk de laatste dorpsroddels toen er een stoere, aantrekkelijke man binnenkwam. Marigold wist zeker dat ze hem kende, maar ze kon hem niet plaatsen. Eileen zweeg abrupt, midden in een zin, en staarde hem ongegeneerd aan. De man groette vriendelijk. Zijn glimlach was betoverend, vond Marigold. Onweerstaanbaar. Ook al hield ze niet van lang haar en een waas van baardstoppels, zoals de laatste mode voorschreef.

Eileen glimlachte terug en wierp al haar charmes in de strijd. 'Taran Sherwood! Wat ben je gegroeid. Ik weet nog dat je zo klein was,' zei ze stralend, terwijl ze zelf amper tot zijn middel reikte. 'Ik ben Eileen. Eileen Utley. En dit is Marigold.'

Toen wist Marigold het weer. En ze wist ook weer dat hij een vervelend klein jongetje was geweest. 'Kom je Kerstmis bij je ouders vieren?' vroeg ze.

'Ja, het is alweer een jaar geleden dat ik hier was.' De manier waarop hij het zei, riep het beeld op van een leven vol glamour in het verre Canada. En toen hij haar aankeek met ogen zo groen als aventurijn, vond Marigold het bijna gênant dat ze zo gecharmeerd was van een man die haar zoon had kunnen zijn.

'Je ouders zullen wel blij zijn dat je er bent.' Eileen keek hem doordringend aan, op zoek naar tekenen van ruzie of onenigheid.

'Dat neem ik aan.'

Marigold hoorde hoe afstandelijk het klonk. 'Wat kan ik voor je doen?'

'Ik kom de kerstpuddingen halen. Mijn moeder had er twee besteld.'

Marigold zocht haar geheugen af naar een bestelling van kerstpuddingen, maar het enige wat ze vond, was een grote, holle leegte.

Het belletje van de deur rinkelde, en Daisy kwam binnen in een vuurrode jas. Op haar hoofd prijkte een paarse ijsmuts met een pompon. Ze straalde. Toen ze Taran zag, groette ze hem met een vluchtig 'Hallo'. Na zes jaar Italië was ze gewend aan knappe mannen.

Taran keerde zich weer naar Marigold, en Daisy had meteen in de gaten dat er iets aan schortte. Haar glimlach haperde. 'Kan ik iets doen, mam?'

'Ik probeer me een bestelling van twee kerstpuddingen te herinneren.' Marigolds handen beefden terwijl ze de papieren onder de toonbank doorkeek.

'Die heb je in je rode boek geschreven,' zei Eileen.

'Echt waar?' Marigold had een gevoel alsof de grond onder haar voeten wegzakte. Van heel ver kwam het geluid van vingers die ongeduldig op de toonbank trommelden.

'O, die puddingen!' Daisy deed haar jas uit, zette haar muts af en ging naast haar moeder achter de toonbank staan. 'Het komt voor elkaar.

Mam heeft zo veel bestellingen dat ze het overzicht kwijt is. Ik kom ze vanmiddag brengen. Hoeveel zei u dat het er waren?'

'Twee,' antwoordde Taran. Hij was al halverwege de deur.

'En wat is het adres?'

'Dit is Taran. De zoon van Sir Owen.' Eileen knikte met haar hoofd in zijn richting.

Daisy noteerde het aantal. Maar nu keek ze op. 'Dat is ook sterk. Dan hebben we bij elkaar op school gezeten. Ik ben Daisy Fane.'

Taran kon zich haar niet herinneren. Ze zag het aan zijn gezicht, aan de manier waarop hij zijn ogen vernauwde. Hij zocht zijn geheugen af, net zoals haar moeder dat even eerder had gedaan, vanwege een vergeten bestelling van twee kerstpuddingen. 'En wanneer zou dat geweest moeten zijn?' vroeg hij ten slotte.

'We zaten bij elkaar in de klas. Maar het is al zo lang geleden. Afijn, ik weet waar je woont. En ik kom de puddingen vanmiddag brengen.'

'Bedankt. Geen Kerstmis zonder pudding, zegt mijn moeder.'

'En gelijk heeft ze.' Daisy schonk hem een glimlach. 'En niemand maakt zulke lekkere kerstpudding als mijn moeder.'

Terwijl Taran vertrok, liet Marigold zich op haar kruk zakken.

'Je hebt ze in je notitieboek gezet,' zei Eileen nogmaals. 'Ik was erbij.'

Daisy haalde het rode boek tevoorschijn en vond de bestelling. 'Het geeft niet, mam. We vergeten allemaal wel eens wat.'

Marigolds ogen glansden vochtig. 'En nu? Ik kan voor vijven toch geen twee puddingen maken? Met een goede kerstpudding ben je een paar weken zoet!'

'Ik ga ze wel ergens kopen, en dan doen we alsof jij ze hebt gemaakt,' zei Daisy.

'Ik weet iets beters,' zei Eileen. 'Cedric Weatherby heeft er een heleboel gemaakt. Als je het hem lief vraagt, wil hij er vast wel twee verkopen.'

'Goed idee. Ik ga meteen naar hem toe.' Daisy schoot haar jas weer aan en pakte haar muts.

‘Dank je wel,’ zei Marigold met een klein stemmetje.

‘Wat is hij knap geworden!’ Eileen glimlachte ondeugend. ‘
voor jou, Daisy?’

‘Het is niet mijn type.’ Toen haastte ze zich de deur uit.

‘Wat is dan wel haar type?’ vroeg Eileen verrast.

‘Geen idee.’ Marigold slaakte een zucht. ‘Ik geloof niet dat ze al naar iemand op zoek is. Ze is nog niet over Luca heen.’

Eileen grijnsde. ‘Nou, daar kan Taran Sherwood vast wel wat aan doen!’ Maar toen werd ze weer ernstig. ‘Volgens mij kunnen hij en zijn vader het niet goed vinden samen.’ Ze schudde haar hoofd. ‘Ze hebben een moeizame verstandhouding, heb ik begrepen. Taran is veel materialistischer dan zijn vader. Dat kun je ook wel zien.’ Ze ademde diep in door haar neus. ‘Maar hij is wel verduiveld aantrekkelijk! Vind je ook niet?’

Daisy stond bij Cedric Weatherby op de stoep. Ze had al geklopt. Op de paarse voordeur hing een reusachtige krans van sparrentakken. Aan de andere kant klonk geschuifel, gevolgd door een grendel die werd weggeschoven. De deur ging aarzelend open, en in de kier verscheen het gezicht van Cedric. ‘Mr. Weatherby! Hallo! Ik ben Daisy Fane, de dochter van Marigold en Dennis.’

Cedric ontspande, de deur zwaaide wijd open. ‘Nee maar, de dochter van Marigold! Jij woont toch in Italië? Wat leuk dat je met kerst hier bent. Kom verder.’

Zodra Daisy de hal binnenstapte, keek ze recht in de ogen van een langharige, honingblonde kat die haar vanaf de trap zat aan te staren. Ze keerde zich weer naar haar gastheer. Cedric was lang van stuk, hij liep een beetje krom, en hij had een blonde snor en een dikke bos blond haar. Zijn groen met witte overhemd spande om zijn aanzienlijke embonpoint. Hij rook sterk naar een aftershave met citrusgeur. Om de lucht van sigaretten te maskeren, vermoedde Daisy. En van de kat. Maar dat laatste was niet gelukt. Er hing een sterke kattenlucht in het huis.

‘Hoe heet de kat?’ vroeg ze.

‘Ik heb er vijf,’ antwoordde Cedric trots. ‘Vijf dames. Dit is Jade. Een ragdoll. En haar zus heet Sapphire. En dan heb ik ook nog drie siamezen. Topaz, Ruby en Angel.’

‘Angel? Dat past niet in het rijtje.’

Cedric tuitte zijn lippen in gespeeld misprijzen. ‘Angel verdient geen edelsteen als naam. Daarom heb ik haar Angel genoemd. In de hoop dat ze haar naam uiteindelijk eer aandoet. Ze is familie van Ruby. Een volle nicht. Trouwens, dat ben ik ook. Maar niet van Ruby.’ Hij schoot zo aanstekelijk in de lach dat Daisy het uitschaterde.

‘Jade is prachtig. En wat kijkt ze koninklijk!’

‘Dat doen ze allemaal, schat. Je weet toch wat ze zeggen? Honden hebben een baasje, katten hebben personeel. En zo is het. Ik ben hier de bediende. Van vijf buitengewoon veeleisende dames. Afijn, Daisy, zeg het eens. Wat kan ik voor je doen?’

‘Ik heb een rare vraag. Mijn moeder was vergeten dat Lady Sherwood twee kerstpuddingen had besteld. Ze is helemaal van streek, en bang dat ze het allemaal niet meer weet...’

‘Het overkomt ons allemaal, schat. Wanneer je de zestig gepasseerd bent, begint het verval, ook in je bovenkamer. Ik vergeet voortdurend van alles. Vooral namen! Dat is echt een ramp. Dus ik noem gewoon iedereen “schat”. Probleem opgelost.’

‘Mijn moeder maakt zich er erg druk over. Toen vertelde Eileen dat u een heleboel puddingen hebt gemaakt, en ze stelde voor dat ik u zou vragen of ik er twee mag kopen. Want ze zijn blijkbaar erg lekker. De puddingen die u maakt.’

Cedric zette zijn handen in zijn zij. ‘Ik zet mijn licht niet onder de korenmaat, en ik wacht niet tot anderen mijn lof zingen als ik dat ook zelf kan doen. Inderdaad, ik ben een begenadigd bakker, en je kunt er met alle plezier twee van me krijgen.’

‘Dat hoeft niet. Ik betaal ervoor. Dat geld krijg ik terug van Lady Sherwood.’

'Akkoord. Lady Sherwood kan zich mijn bakkunsten veroorloven. Kom maar mee.'

Daisy volgde hem naar de keuken, die uitkeek op de winterse tuin. Geamuseerd constateerde ze dat Cedric, net als haar moeder, de vogeltjes voerde. Zijn voederhuisjes hingen aan hoge metalen palen, die in het gras waren gestoken. Ze hadden een haak aan de bovenkant, als ouderwetse herderslantaarns. Rond de huisjes was het een gefladder van jewelste, en in hun gretigheid morsten de vogeltjes een deel van het zaad op de grond.

De stralendblauwe keuken met witmarmeren werkbladen zag er onberispelijk uit. Op de ronde tafel stond een vaas met rode tulpen, en het rook er naar versgebakken brood en kaneel. 'Ik heb net krentenbollen gemaakt.' Cedric wees naar twaalf bollen die op een zijtafel stonden af te koelen. 'Wil je er een?'

'Ik denk bij krentenbollen niet echt aan Kerstmis.'

'Ik doe niet aan seizoenen, schat. Behalve als het om kerstpuddingen gaat. Ik heb tulpen in de winter en hulst in de zomer. Wat ik mooi vind, vind ik mooi. Dat heeft voor mij niks met regels of tradities te maken.'

'Nou, ik lust wel een krentenbol.'

Hij legde er een op een bordje. Daisy nam gretig een hap. Het zoete, boterige gebak was nog warm en smolt op haar tong. 'O, wat is dat lekker! U bent echt een begenadigd bakker!'

'Dank je, schat.' Cedric legde een hand op zijn hart. 'Mijn dag kan niet meer stuk.'

Daisy schoot in de lach. 'Als uw kerstpuddingen net zo lekker zijn als uw krentenbollen, zal Lady Sherwood niet weten wat ze proeft!'

'O, dat zijn ze. Kerstpuddingen zijn mijn specialiteit. Die kosten maanden van voorbereiding, en een heleboel cognac – wekenlang om de paar dagen een flinke scheut.' Hij liep de bijkeuken in en kwam even later terug met twee puddingen, verpakt in kranten.

'Hoeveel hebt u er gemaakt?' vroeg Daisy. Ze vond het jammer dat ze haar krentenbol al ophad.

'Acht.'

'Wat doet u met de rest?'

'Die geef ik weg. Aan mijn vrienden. Ik heb er al een aan die arme Dolly gegeven. Ze is nog steeds zo verdrietig vanwege haar kat. En aan Jean, die arme ziel. Ze kan er maar niet aan wennen dat ze nu alleen door het leven moet.'

'Ik heb het verhaal van de kat gehoord.'

'Dolly is er kapot van!'

'Maar dat geldt vast en zeker ook voor Mary,' zei Daisy.

'Die is er niet zo kapot van als ze zou moeten zijn. Dat beest is levensgevaarlijk.'

'Integendeel. Het is een lieverd. Ik ga hem schilderen.'

Cedric trok zijn wenkbrauwen op. 'Schilderen? Hoe bedoel je? Schilder je dieren?'

'Ja, maar ik heb het in geen jaren gedaan. Dus Bernie wordt mijn proefkonijn.'

'Nou, als het een succes wordt, mag je mijn dames ook schilderen. En dan krijg je net zo veel krentenbollen als je maar wilt.'

Daisy glimlachte bij het vooruitzicht van een opdracht. 'Dat klinkt verrukkelijk, Mr. Weatherby.'

'Zeg toch gewoon Cedric!'

'Goed, Cedric. Bedankt voor de puddingen en de krentenbol. We staan dik bij je in het krijt.'

'Helemaal niet, schat.' Hij grijnsde. 'Daisy. Jouw naam ben ik niet vergeten. Hij is ook erg mooi. Net als jij. Ik hoop dat je een leuke jongeman hebt die je gelukkig maakt.'

Daisy bloosde. 'Ik had een leuke man die me gelukkig maakte. Maar dat is voorbij. Helaas.'

'Wat een bruut!' verklaarde Cedric met gevoel voor drama. 'En wat een sufferd! Hij had zijn handen moeten dichtknijpen met een meisje zoals jij. Je hebt een buitengewoon charmante glimlach. Afijn, zeg maar tegen je moeder dat ze zich geen zorgen moet maken. Ze is niet de enige die vergeetachtig wordt. Sterker nog, het halve dorp is er erger aan toe dan zij.'

'Ik zal het zeggen. Ze zal enorm opgelucht zijn. Dat weet ik zeker.'

Cedric liet haar uit. Inmiddels hadden alle katten zich in de hal verzameld. Ze namen Daisy wantrouwend op, zoals alleen katten dat kunnen. 'En vergeet niet dat ik boven aan de lijst sta als je de nieuwe Cassius Marcellus Coolidge blijkt te zijn,' drukte Cedric haar op het hart. 'Ik heb vijf prachtige dames die als volleerde modellen voor je zullen poseren.'

Toen Daisy triomfantelijk met de kerstpuddingen terugkwam, stond haar moeder klanten te helpen, met zoals altijd voor iedereen een vriendelijk woord. Maar het ontging Daisy niet hoe dof haar ogen stonden. Zodra het even rustig was, vroeg ze of het wel goed met haar ging.

'Ik begrijp nog steeds niet hoe ik die bestelling van Lady Sherwood heb kunnen vergeten,' jammerde Marigold. 'Dat is niets voor mij.'

'Het zijn maar puddingen, mam.'

'Was het maar waar. En het gaat niet alleen om die puddingen. Ik vergeet van alles. Het gebeurt dagelijks. Ik heb het gevoel dat ik mijn weg moet zoeken door een soort mist.'

'Hoe bedoel je? Wat voor mist?'

'Ik weet niet hoe ik het moet uitleggen. Soms is alles gehuld in een dichte mist, en op andere dagen is er niets aan de hand. Dan ben ik glashelder, en dan hoop ik dat het over is, dat ik weer de oude ben. Vandaag voel ik me prima. Maar gisteren was ik het liefst de hele dag in bed blijven liggen. Met de dekens over mijn hoofd.' Ze keek haar dochter angstig aan. 'Denk erom dat je niks tegen papa zegt. Ik wil niet dat hij zich zorgen maakt.'

'Ik zal het tegen niemand zeggen. Trouwens, Cedric zei dat hij ook voortdurend van alles vergeet.'

'Dat zeggen ze allemaal. Misschien kan ik er gewoon niet mee overweg.'

'Hij heeft me twee puddingen meegegeven, en die ga ik vanmiddag naar de Sherwoods brengen. Probleem opgelost. En ik weet zeker dat Lady Sherwood tevreden is. Dat Cedrics puddingen net zo lekker zijn als de jouwe.'

'Je hoeft ze niet weg te brengen. Dat doe ik zelf wel na sluitingstijd.'

'Nee, jij gaat lekker even zitten.' Daisy keek om zich heen. 'Waar is Tasha?'

Marigold slaakte een zucht. Tasha stelde haar geduld danig op de proef. 'Die moest met haar dochter naar de dokter.'

'Nou, neem jij toch maar even pauze. Dan let ik op de winkel. Trouwens, Mary heeft de foto's bekeken en besloten in welke houding ze Bernie geschilderd wil hebben. En volgens mij ken ik hem inmiddels goed genoeg om aan de slag te kunnen.'

'Wat fijn, lieverd.'

'Ik zet mijn ezel in de zitkamer, bij het raam. Daar heb ik het juiste licht.'

'Ik vind het zo jammer dat je geen eigen kamer hebt.'

'Dat geeft toch niet. Het is prima zo. En tegen de tijd dat ik rijk en beroemd ben, huur ik misschien ooit ergens een atelier.'

'Tegen die tijd kun je een atelier kópen.'

Daisy schoot in de lach. 'Misschien. Maar voorlopig blijft het de zitkamer of de badkamer.'

'Dan maar liever de zitkamer. Ik denk niet dat Suze het kan waarderen als ze de badkamer ook nog moet ontruimen.'

Later die middag reed Daisy met de kerstpuddingen naar de Sherwoods. Het begon al donker te worden, een dichte mist trok vanaf de kust landinwaarts en hing boven de velden. Daisy dacht aan de mist in het hoofd van haar moeder, en ze vroeg zich af of ze met haar naar een dokter moest.

De toegang tot de hoeve van de Sherwoods bestond uit een elektrisch hek met aan weerskanten een sobere omheining van houten palen. Daisy draaide het raampje open en drukte op de knop van de intercom.

Er gebeurde niets, en ze wilde al rechtsomkeert maken toen er een geërgerde stem uit de luidspreker klonk. Een mannenstem. Zodra ze haar naam had genoemd, schoof het hek open. Over de met grind bedekte oprijlaan reed ze naar het grote witte huis.

Sir Owen en Lady Sherwood hechtten niet aan luxe en uiterlijkheden. Sir Owen dankte zijn titel aan zijn liefdadigheidswerk, maar hij liet zich er niet op voorstaan. Hij was een sociaal mens, een man die zich inzette voor projecten die de plaatselijke bevolking ten goede kwamen. Uit angst dat kleine, onafhankelijke winkels zoals die van Marigold in hun voortbestaan zouden worden bedreigd, had hij er dan ook alles aan gedaan om de komst van de supermarkt tegen te houden. En projectontwikkelaars die grond van hem wilden kopen en daar goed voor wilden betalen, kregen steevast nul op het rekest. Sir Owen was tevreden met wat hij had. Hij leefde sober, bescheiden, maar kwam niets tekort.

Het huis en de boerderij boden een imposante aanblik. Hector Sherwood, Sir Owens vader, had het landgoed na de Tweede Wereldoorlog voor vijfhonderd pond gekocht. Met twaalfhonderd hectare grond, voor een deel bestaande uit bos, hadden Hector en zijn vijf dochters naar hartenlust kunnen rijden. Sir Owen was nooit een paardenmens geweest. Dus toen zijn vader zijn dochters succesvol had uitgehuwelijkt en hem het landgoed naliet, waren de paarden verkocht. Sindsdien werden de honden niet langer gebruikt voor de jacht.

Toen Taran opgroeide, hoopte Sir Owen dat zijn zoon net zo van het landleven zou gaan houden als hij. Maar Taran wilde geen boer worden. Hij droomde van een carrière als architect, en hij had zijn zinnen gezet op Canada, het land waar zijn moeder vandaan kwam. Sir Owen had er niets van begrepen. Wat dacht hij daar te vinden, zo ver van huis? Waarom kon hij niet gewoon architect worden in Engeland? Maar Taran ging naar Canada, studeerde architectuur en vond werk bij een prestigieus architectenbureau in Toronto.

Inmiddels maakte Sir Owen zich zorgen over de toekomst van het landgoed. Hoe moest het verder wanneer hij er niet meer was? Hij overwoog zelfs zijn testament te veranderen en het landgoed aan zijn oudste neef na te laten. Het was belangrijk dat het in de familie bleef. En het leek erop dat Taran er niets om gaf.

Daisy stapte uit. Voordat ze had kunnen aanbellen, ging de voordeur open en stond ze oog in oog met Taran, die enigszins geërgerd op haar neerkeek. 'Ik kom de kerstpuddingen brengen.' Ze schonk hem een glimlach, in de hoop hem milder te stemmen.

'Bedankt.' Taran pakte de puddingen aan. Twee spaniëls en een zwarte labrador schoten langs zijn benen naar buiten en begonnen tegen de auto te blaffen. 'Die verrekte honden,' mopperde hij. 'Stapelgek word ik ervan. Ze willen eruit. Maar het is veel te mistig. Ik zie geen hand voor ogen.' Hij nam Daisy onderzoekend op. 'Dat viel niet mee zeker? De rit hierheen?'

'Ik heb gewoon rustig gereden.' Ze keek naar de honden, die aan haar wielen snuffelden en hun poot optilden tegen de banden. 'En dat doe ik straks ook weer.'

Haar nonchalante glimlach wekte zijn nieuwsgierigheid. Er was iets in haar manier van doen waaraan hij merkte dat ze niet bijster in hem geïnteresseerd was.

'Ik zou even wachten als ik jou was. De mist wordt steeds dikker, en het is een riskante rit, zelfs zonder mist.'

'Welnee, ik red me wel. Ik heb jaren in Italië gereden. Dus ik ben wel wat gewend.' Ze liep naar de auto.

Taran keek haar na. 'Ik heb nog eens nagedacht. Over dat we bij elkaar in de klas zaten. En inmiddels weet ik het weer.' Hij grinnikte. 'Had je geen staartjes?'

Daisy draaide zich om. 'Ik weet zeker dat ik geen staartjes had.'

'Vlechten dan?'

Ze schoot in de lach. 'Vanochtend kon je je er niks van herinneren. Laten we dat maar zo houden!'

Hij haalde zijn schouders op. 'Sorry. Het schoot me later pas weer te binnen.' Hij floot de honden. Die deden alsof ze hem niet hoorden. Ze stormden de tuin in en verdwenen in de mist. 'Waarom kom je niet even binnen voor een kop koffie? Totdat de mist is opgetrokken? Ik zou het mezelf nooit vergeven als je een ongeluk krijgt vanwege onze kerstpuddingen.' Hij schonk haar zijn breedste glimlach.

Daisy lachte zorgeloos en ging er niet op in. 'Ik hoop dat ze smaken.' Ze stapte in de auto, draaide het raampje naar beneden en stak haar hand op. 'Vrolijk kerstfeest.'

Taran keek haar na. Hij was alleen thuis en had de hele dag binnen gezeten. Een beetje gezelschap zou welkom zijn geweest. Kerstmis met de reusachtige familie van zijn vader beloofde een formele aangelegenheid te worden. Hij telde de dagen tot zijn vertrek. Zijn gedachten gingen weer naar Daisy. Hij was een beetje verbouwereerd dat ze zijn aanbod had afgewezen. Dat ze nee had gezegd tegen een kop koffie. Ze moest eens weten hoe uitstekend de koffie was die hij zette!

Hij kon zich haar nog steeds niet herinneren. Op de oude schoolfoto's die hij had opgezocht, had hij haar onmiddellijk herkend. Ze zat helemaal vooraan, op de eerste rij, met een lachend rond gezicht en vlechtjes, of staartjes. Ze hadden bij elkaar in de klas gezeten, totdat hij op zijn achtste naar kostschool was gegaan. Maar zíj herinnerde zich hém nog wel. Die gedachte vrolijkte hem een beetje op.

Hij floot de honden. Toen ze eindelijk terugkwamen liep hij naar binnen, nog altijd verbaasd dat ze zijn koffie had afgeslagen.

6

Marigold had zich aangewend haar notitieboekje altijd bij zich te dragen. Ze schreef alles op, zelfs dingen waarvan ze bijna zeker wist dat ze die níét zou vergeten, zoals waar ze de kerstcadeautjes had verstopt. Ze noteerde elke bijzondere bestelling in de winkel, maar ook de dagen waarop Tasha vrij had gevraagd; ze schreef het op wanneer Nana om koekjes vroeg, ze maakte een notitie dat ze Dennis halverwege de ochtend in de schuur zijn koffie moest brengen, en ze hield alles bij wat Suze van haar verwachtte – eiste – zonder ook maar enig idee te hebben hoeveel dat was. Anders dan haar zus. Daisy vroeg nooit ergens om. Toch noteerde Marigold ook voor háár een kop koffie – halverwege de ochtend, in de zitkamer – om haar oudste dochter niet het gevoel te geven dat ze over het hoofd werd gezien. Haar notitieboekje werd haar reddingslijn in de mist waar ze steeds vaker doorheen moest zien te laveren; een reddingslijn waarvan niemand wist dat ze die nodig had.

Het voelde goed om de boel onder controle te hebben, om erop te durven vertrouwen dat ze haar toenemende vergeetachtigheid voor haar omgeving wist te verbergen dankzij zoiets simpels als een notitieboekje. Telkens wanneer ze naar de wc ging, keek ze in haar boekje om zeker te weten dat ze niets was vergeten. Op de deur van de koelkast had ze een grote kalender gehangen, en ook daarop noteerde ze van alles: SUZE UIT ETEN MET TICKY. TICKY KOMT ETEN. OVENSCHOTEL UIT DE VRIEZER HALEN. Het was fijn dat ze naast de winkel woonde, want als ze iets was vergeten te kopen, zoals slagroom voor bij de appeltaart, kon ze dat nog snel even gaan halen. Haar grootste zorg was dat haar gezin niets in de gaten had. Ze wilde niet dat haar man, haar dochters, haar moeder zich zorgen maakten.

Iedereen had het druk. Daisy maakte lange uren achter haar schildersezel. Marigold had de eerste houtskoolschets van Bernie gezien en was diep onder de indruk. Ze had altijd geweten dat haar dochter talent had, en ze was blij dat Daisy iets deed waar ze niet alleen goed in was, maar waarin ook haar hart lag. Dat zou haar ongetwijfeld helpen over haar verbroken relatie heen te komen. Daisy sprak met geen woord over Luca, en tegenover de buitenwereld hield ze zich flink. Maar Marigold kende haar dochter, en ze wist dat er achter die façade van opgewektheid een groot verdriet schuilging. Dat Daisy nu haar creativiteit kon uitleven, zou een helende invloed hebben op haar gebroken hart. Marigold had het ook bij Dennis gezien. Op verdrietige momenten trok hij zich terug in zijn schuur, om troost te zoeken in zijn creativiteit. Dat deed Daisy nu ook. Het verschil was dat Dennis zich daarbij liet troosten door keiharde rock, terwijl Daisy muziek luisterde van componisten als Hans Zimmer. Twee uitersten, maar allebei heilzaam voor het hart.

Dennis had het nog altijd druk met zijn kerstcadeau voor Marigold. Hij was er merkbaar tevreden over, want wanneer hij aan het eind van de dag binnenkwam, lag er een brede glimlach op zijn gezicht. Dan gaf hij haar, zoals altijd, een kus op het voorhoofd, maar in de aanloop naar Kerstmis hield hij haar nét iets langer vast, en dat betekende heel veel voor Marigold. Misschien voelde hij haar ongerustheid, of misschien beseften ze steeds sterker hoeveel ze van elkaar hielden. Ze zag in elk geval uit naar haar puzzel. Die was dit jaar belangrijker dan ooit, want ook dáármee zou ze haar hersens kunnen trainen.

Suze werkte buitenshuis, in het café; ze schreef stukken over mode voor bladen en regionale kranten, en ze slenterde urenlang door de stad om foto's te maken voor @Suze_ontrend, haar Instagram-account. Ticky had overdag doorgaans alle tijd om eindeloos met haar aan de telefoon te hangen, en wanneer ze elkaar dan 's avonds zagen, hadden ze nog steeds genoeg om over te praten.

Nana vond dat Daisy niet zo lang achter haar schildersezel zou moeten staan. Dat leidde op latere leeftijd tot spataderen. Van Suze vond ze dat die nuttiger, minder oppervlakkig werk zou moeten doen dan foto's op social media zetten van haar koffie of haar ringen. Dennis werkte in Nana's ogen veel te hard, met als gevolg dat hij kans liep op een hartaanval. Tasha was simpelweg lui; Eileen 'een roddeltante', ook al dekte 'die ouwe taart' zich in met formuleringen als 'ik spreek niet graag kwaad over mensen'; zelfs Patrick, die met vrouw en kinderen in Australië woonde, werd door Nana niet gespaard, omdat hij nooit 'naar huis' kwam, zelfs niet met Kerstmis, 'terwijl dit wel eens mijn laatste kerst zou kunnen zijn'. Nana zat aan de keukentafel, doopte chocoladekoekjes in haar thee en had op alles en iedereen iets aan te merken. Behalve op Marigold. Zonder ook maar enig idee te hebben van de strijd die haar dochter moest leveren om haar vergeetachtigheid en haar zorgen daarover voor haar omgeving te verbergen.

En toen was het Kerstmis. De regen ging over in sneeuw, de plassen bevroren, en Nana weigerde naar de kerk te gaan, tenzij Dennis haar bracht. Tot aan het hek! Want anders zou ze nu echt uitglijden en haar nek breken. Dennis was zo goed niet of hij bracht Nana en Marigold met de auto. Suze en Daisy gingen liever lopen.

Het licht dat door de ramen naar buiten viel, deed de vallende sneeuwvlokken glinsteren. Toen Daisy en Suze over het pad naar de openstaande kerkdeuren liepen, kwam Eileens orgelspel hun al tegemoet, net als de vertrouwde geur van kaarsen en Kerstmis. Alleen al vanwege de tradities die nooit veranderden, was Daisy dol op Kerstmis. Al sinds hun geboorte kregen Suze en zij een kerstsok van hun moeder, die rijkgevuld en vol belofte aan het voeteneind van hun bed hing. De keuken was versierd met flonkerende slingers en glanzende ballen, en tijdens het ontbijt haalden ze ademloos van verrukking de cadeautjes uit hun sok. Al dagen daarvoor hadden ze met het hele gezin de kerstboom opgetuigd met de inhoud van de doos die op zolder werd bewaard, en ze hadden herinneringen opgehaald aan de herkomst van alle versierselen. Volgens Nana begonnen de ballen onderhand dof te worden. Werd het geen tijd om nieuwe te kopen, had ze gevraagd. Maar daar hadden Suze en Daisy niets van willen weten. En dus was alles bij het oude gebleven.

Suze hield van Kerstmis vanwege de cadeautjes. Er was niets waar ze zo blij van werd als van cadeautjes krijgen. Het grote uitpakmoment was na de lunch, waar Marigold elk jaar opnieuw een feestje van maakte. Haar kerstlunch was fantastisch, de kalkoen sappig, de geroosterde aardappels knapperig, de melksaus met broodkruimels en de jus verrukkelijk, en in de smeuïge kerstpudding waren muntjes van vijf penny verstopt, waar Daisy en Suze als kleine meisjes altijd gretig naar op zoek gingen. Volgens Nana moest Marigold grotere munten gebruiken, vanwege het verstikkingsgevaar. Maar ook over de muntjes hadden de meisjes hun poot stijf gehouden. Kerstmis draaide om tradities. Vooral om de tradities van hun eigen familie.

De twee zussen liepen de kerk binnen. Het was er druk; behalve de mensen uit het dorp waren er ook vrienden en familie meegekomen. Overal brandden kaarsen; de gouden borden en de kandelaars op het altaar glansden in het flakkerende schijnsel; de kerstboom was opgetuigd met flonkerende versieringen die door de kinderen van de lagere school waren gemaakt; voor de ramen glinsterden de kerststukjes met hulst, rode bessen en sparrentakken dankzij lichtjes op batterijen. Buiten sneeuwde het nog altijd. Binnen was de stemming feestelijk en uitgelaten. Een witte kerst had iets magisch.

Dennis stond in het gangpad met Sir Owen te praten. Daisy en Suze glipten langs hen heen, groetten Sir Owen en wensten hem een vrolijk kerstfeest. Suze schoof de bank al in toen Daisy een hand op haar schouder voelde. Ze draaide zich om en keek recht in het gezicht van Taran. Hij droeg een dikke jas, met om zijn hals een kasjmier sjaal. Zijn haar was uit zijn gezicht gestreken, op zijn kaken lag een donker waas van baardstoppels. 'Hallo,' zei hij glimlachend. 'Dus je bent veilig thuisgekomen.'

'Ja hoor. Het scheelde dat er geen tegemoetkomend verkeer was.'

'Mijn moeder is bij vrienden gebleven totdat de mist was opgetrokken. Ze kwam pas na achten thuis.'

'Gelukkig maar. Stel je voor dat ik haar op weg naar huis had aangereden. Dat zou behoorlijk gênant zijn geweest.'

Zijn lach klonk diep en hees, net als zijn stem, en ze zag nu pas hoe stralend groen zijn ogen waren. 'Sneeuw is nog erger dan mist. We hadden beter op ski's naar de kerk kunnen komen.'

'Misschien. Maar hoe kom je dan weer boven?'

'Tja. Daar zit iets in. Toch is de afdaling nóg fijner wanneer het een uitdaging was om boven te komen. Dan is de bevrediging groter.'

Daisy wilde al zeggen dat ze het niet zou weten, want dat ze nog nooit had geskied. Maar ze merkte dat bijna iedereen al een plekje had gevonden en dat de gesprekken verstomden. Het werd tijd om ook te gaan zitten. Ze voelde zich gevleid door de teleurstelling op Tarans gezicht. Van de lagere school herinnerde ze zich dat hij destijds behoorlijk zelfingenomen was geweest, en dat was hij waarschijnlijk nog steeds. Knappe mannen vonden dat ze overal recht op hadden, was haar ervaring. Als ze na Luca ooit weer verliefd zou kunnen worden, zou ze met een grote boog om alle knappe mannen heen lopen.

De traditionele kerstliederen ontroerden Marigold. Haar ogen werden vochtig. Dennis pakte haar hand. De zijne was ruw en eeltig, de hand van een timmerman. Het gaf haar een vertrouwd gevoel, zijn warme vingers die de hare omsloten. En ook een veilig gevoel; het besef dat hij bij haar was. Meer dan andere jaren deden de kerstliederen haar naar vroeger verlangen, naar de tijd vóórdat de angst bezit van haar had genomen en een schaduw over het heden had geworpen; de tijd voordat haar ongerustheid een zelfs nog dreigender schaduw over haar toekomst had doen vallen. Meer dan ooit was ze dankbaar voor haar gezin. Voor het leven. Voor het heden, voor Kerstmis, voor de talloze zegeningen die ze had mogen ontvangen. Daar wilde ze zich op deze kostbare, dierbare dag aan vasthouden.

Ze keek om zich heen, naar de vertrouwde gezichten. Beryl, haar vriendin, schonk haar een glimlach. Eileen zat achter het orgel. Jean Miller, die nog maar kortgeleden haar man had verloren, stak even haar hand op. Cedric Weatherby gaf haar een knipoog, die ze beantwoordde met een glimlach, dankbaar dat hij haar met zijn kerstpuddingen uit de brand had geholpen. Met zijn oranje vest en gele vlinderdas was hij een zwierige verschijning. Een eindje verderop ontdekte ze haar buren, John en Susan Glenn. Dolly Nesbit was er ook – die arme ziel; Marigold had met haar te doen – en nog een heleboel andere vrienden. Op deze kerstdag, die om welke reden dan ook anders voelde dan alle kerstdagen in het verleden, was Marigold vervuld van dankbaarheid voor al haar vrienden. Ze had de merkwaardige sensatie dat ze van een afstand naar hen keek, dat ze er niet echt bij was. De mist in haar hoofd werd dichter; het was alleen de hand van Dennis die haar ankerde in het moment.

Na de dienst verzamelden de kerkgangers zich in de parochiezaal voor een drankje. Marigold liet Dennis doorgaans zijn eigen gang gaan, om een praatje te maken met deze en gene, maar vandaag bleef ze dicht naast hem. Ondertussen probeerde ze zichzelf gerust te stellen. Met haar hand op haar tas, dankbaar dat ze die niet op de bank had laten staan. Het viel best mee. Ze zag spoken. Er was geen enkele reden om zich zorgen te maken.

Mary Hanson kwam naar haar toe, met een gebreide muts in de vorm van een plumpudding op haar hoofd, compleet met een gehaakt takje hulst. In haar hand hield ze een plastic beker met bisschopswijn. 'Marigold!' zei ze stralend. 'Die dochter van je is geweldig! Ik heb haar eerste schets van Bernie gezien. Het is ongelooflijk! Ze heeft het perfect weten te treffen.'

'Wat fijn. Ze heeft er hard aan gewerkt,' zei Marigold. 'Het is woekeren met de ruimte, maar het is haar gelukt een plekje voor zichzelf te vinden.'

Er kwam een man aanlopen die naast Mary ging staan. 'Vrolijk kerstfeest!'

Marigold stak glimlachend haar hand uit. 'Insgelijks!'

De man keek naar haar hand, naar Mary, en vervolgens schoten ze allebei in de lach. 'Waarom zo formeel, Marigold?'

Die had het gevoel dat de grond onder haar voeten werd weggeslagen. Blijkbaar kende hij haar. Maar zij kon met geen mogelijkheid bedenken wie hij was.

'Ja, sorry. Ik was er even niet bij met mijn gedachten. De kalkoen spookte door mijn hoofd.'

'Begrijpelijk. Mary heeft de onze vanochtend al om acht uur in de oven gezet.'

'Dan moet hij wel erg groot zijn.'

'Zeg maar gerust enorm,' zei Mary. 'We krijgen Brians zus te eten, met haar gezin.'

Brian! Natuurlijk. De man van Mary! Hoe was het mogelijk dat ze hem niet had herkend? Marigold voelde een blos van gêne opkomen omdat ze hem had begroet alsof hij een vreemde voor haar was. Na de gêne kwam de kille, onaangenaam tintelende sensatie die over haar huid kroop. De ijzige, klamme angst. De duizeligheid. Het gevoel van hulpeloosheid. 'Neem me niet kwalijk. Ik geloof dat ik even moet gaan zitten.'

Dennis merkte dat ze ineenkromp en pakte haar hand. 'Alles goed, Goldie?'

'Ik voel me een beetje licht in het hoofd.'

'Heb je te veel bisschopswijn gedronken?'

'Nee, ik heb nog niks gehad.'

'Kom, dan gaan we op zoek naar een stoel. En ik zal een bekertje wijn voor je halen. Waarschijnlijk heb je gewoon last van een lege maag.' Hij loodste haar naar een stoel aan de andere kant van de ruimte. Zodra ze kreunend was gaan zitten, haastte Dennis zich weg om een drankje voor haar te halen.

'Alles goed, Marigold?' Beryl kwam naar haar toe, trok een stoel bij en zette haar stok tegen de muur. 'Zo, blij dat ik zit. Mijn benen doen zeer van al dat staan. Sommige kerstliederen duren veel te lang, vind je ook niet? En waarom moeten we staan bij het zingen? Dat is op onze leeftijd toch niet op te brengen?'

'Precies,' viel Marigold haar bij, ook al vond ze het eigenlijk helemaal niet erg om te staan.

'Ik heb een huis vol mensen, maar ik heb ze achtergelaten onder de hoede van Martin. Die gaat niet graag naar de kerk. Dat weet je.'

'En dat komt goed uit. Dan kan hij voor de lunch zorgen.'

'Nou, hij brengt er niet veel van terecht in de keuken. Maar vanwege mijn heup kan ik niet alles alleen doen.' Beryl babbelde opgewekt door. Over haar zoon die had beloofd dat hij zou helpen, over de kleinkinderen van wie ze hoopte dat ze geen puinhoop van haar huis zouden maken. Ondertussen probeerde Marigold haar op hol geslagen hart weer onder controle te krijgen. Haar vreugde en dankbaarheid over de magie van Kerstmis waren verdrongen door angst. Hoe was het mogelijk dat ze Brian was vergeten? Brian, die ze al meer dan twintig jaar kende!

'Kijk eens, Goldie. Alsjeblieft.' Dennis reikte haar een bekertje bisschopswijn aan. Marigold nam een grote slok, in de vurige hoop dat de wijn haar een beetje zou kalmeren. Terwijl ze haastig nog een slok nam, sloeg Dennis haar bezorgd gade. 'Blijf zitten. Ik ben zo terug.'

'Ik weet hoe je je voelt,' zei Beryl.

'Echt waar?' vroeg Marigold verrast.

'Kerstmis is doodvermoeiend. Al die drukte, en dat voor een paar dagen!'

Dennis baande zich een weg door de mensen, op zoek naar zijn dochters. Daisy stond met Taran te praten. 'Hallo, Taran. Zou ik Daisy even kunnen spreken?'

In Tarans ogen verscheen opnieuw een blik van teleurstelling. 'Natuurlijk. Nou, tot ziens dan maar.'

'Daisy, zouden Suze en jij mama vandaag een beetje kunnen helpen met de lunch? Volgens mij voelt ze zich niet zo lekker.'

'Natuurlijk, pap. En trouwens, volgens mij is dat al een tijdje zo. Dat ze zich niet zo lekker voelt. Ze werkt te hard. Het zou goed zijn als ze het wat rustiger aan deed.'

'Dat ben ik helemaal met je eens. Ze zou meer hulp moeten hebben in de winkel. Maar of ze dat wil?'

'Dat hangt ervan af hoe je het haar voorlegt. Ze is trots, ze denkt dat ze het allemaal alleen kan. Maar ze wordt een dagje ouder.'

'En op Tasha kan ze niet echt rekenen.'

Suze kwam bij hen staan. 'Zullen we naar huis gaan? Ik heb het hier wel gezien.'

'Ja, we gaan ervandoor. Ik zal het tegen jullie moeder zeggen.'

'Waar is de Grinch?' Suze grijnsde.

Daisy schoot in de lach. 'Daar.' Ze wees naar Nana, die druk in gesprek was met een groepje wildvreemden. Althans, voor de zussen.

'Opgewekt als altijd,' zei Suze hatelijk. 'Ik wed dat ze iedereen een onzalige kerst wenst. Ze zou zelfs op een engel nog wat aan te merken hebben. Te nobel. Te heilig. Geen gevoel voor humor.'

'Ga jij haar losweken, of moet ik het doen?' vroeg Daisy.

'Ik doe het wel.' Suze dempte haar stem. 'Volgens mij is daar iemand die met je wil praten.'

Daisy keek om zich heen en ontdekte Taran. Ze kon zich niet voorstellen waarom hij haar opnieuw zou willen spreken. Anderzijds, er waren onder de kerkgangers maar weinig mensen van hun leeftijd. Suze liep naar het groepje rond Nana, om de arme zielen te redden voordat haar oma hun kerstvreugde volledig had bedorven. Daisy aarzelde of ze met haar zus zou meegaan of op Taran zou wachten. Uiteindelijk besloot ze het geen van beide te doen en alvast naar de deur te lopen.

'Hé, Daisy.' Taran kwam naar haar toe.

'Ik moet ervandoor.'

'Oké. Nou, vrolijk kerstfeest dan maar.'

'Jij ook.'

'Dat zal wel lukken. Die puddingen zien er verrukkelijk uit.'

‘Verslik je niet in de muntjes.’

Hij fronste zijn wenkbrauwen.

‘Mijn moeder doet altijd muntjes van vijf penny in het beslag,’ legde Daisy uit. ‘En mijn oma is bang dat we erin stikken.’

‘O. Goed dat je het zegt. Ik zal de familie waarschuwen.’

Daisy draaide zich om en wilde al weglopen toen hij haar opnieuw staande hield.

‘Mag ik je telefoonnummer? Dan kunnen we contact houden. Het is lang geleden dat we samen op school zaten. Meer dan twintig jaar, als ik het goed uitreken. Maar als ik weer naar huis kom, zou ik het leuk vinden om misschien eens af te spreken met een vriendin van vroeger. Doorgaans zie en spreek ik verder niemand. Alleen mijn ouders. En dat wordt een beetje saai.’ Hij vertrok zijn gezicht.

Daisy schoot in de lach. ‘Geef me je telefoon maar. Dan zet ik mijn nummer erin.’

Hij deed wat ze vroeg.

Ze voerde haar naam en nummer in en gaf hem zijn telefoon terug. ‘Ik hoor het graag als er niemand in een muntje is gestikt.’

‘Afgesproken.’

Ze baande zich glimlachend een weg naar de deur, waar Suze op haar stond te wachten. ‘Papa is al naar huis met mama en Nana.’

‘Ging het goed met mama?’

‘Hoezo?’ vroeg Suze verbaasd. ‘Was er iets mis dan?’

‘Nee. Ik denk dat ze gewoon moe is.’

‘Des te blijer zullen ze zijn met ons cadeau.’

Daisy zuchtte. ‘Óns cadeau. Maar ik moet het betalen.’

‘Ik heb nou eenmaal geen geld,’ protesteerde Suze. ‘Ik ben zo arm als een kerkrat.’

‘Maar je loopt wel voortdurend in nieuwe kleren.’

‘Omdat ik de oude verkoop. Dat is mijn werk.’

‘Het zal wel. Afijn, laten we maar gauw naar huis gaan. Papa vroeg of we mama wilden helpen met de lunch.’

'O, de lunch,' zei Suze genietend. 'En dan de cadeautjes. Ik ben dol op cadeautjes.'

Marigold was verrast toen Daisy en Suze hun hulp aanboden in de keuken. Suze dekte de tafel, Daisy maakte de groenten schoon, Dennis zorgde voor de wijn, en Nana zat met haar kruiswoordpuzzel bij de haard in de zitkamer. 'Zwijgend instemmen. Zeven letters,' riep ze naar de keuken.

'Knikken,' riep Marigold prompt terug.

'Ach, natuurlijk,' mompelde Nana.

Het gaf Marigold een goed gevoel dat ze het antwoord wist. En dan ook nog zo snel. Geïnspireerd door die positieve ervaring besloot ze, net als altijd, naar hartenlust te genieten van het kerstfeest met haar gezin. Dit was niet het moment om met zichzelf bezig te zijn. Ze was niet ziek. Ze werd gewoon een dagje ouder. De dokter had het zelf gezegd.

Dankzij haar notitieboekje was ze niets vergeten. De kalkoen smaakte net zo verrukkelijk als altijd, de kerstpudding die ze in de plaatselijke landwinkel had gekocht – ze was ook vergeten er een voor zichzelf te maken – was heerlijk, ook al zaten er geen muntjes in. Dat laatste tot grote opluchting van Nana, die voor de zoveelste keer waarschuwde dat een mens erin zou kunnen stikken. Op haar beurt was Marigold opgelucht dat ze niets belangrijks was vergeten. Die mist in haar hoofd was gewoon een kwestie van vermoeidheid. Want op de korte black-out in de kerk na, voelde ze zich uitstekend.

Na de lunch belde Patrick uit Australië. Hij sprak langdurig met Nana. 'Wat een lieve zoon heb ik toch,' verzuchtte ze met een gelukzalig gezicht nadat ze had opgehangen. 'Hij vergeet nooit om zijn moeder met Kerstmis te bellen. Soms hoor ik maanden niks van hem, maar met Kerstmis belt hij.' Ze glimlachte stralend. 'Toen zij aan de kerstlunch zaten, hebben ze op ons geproost. Leuk, hè? En zo attent. Dat is echt Patrick.'

Marigold en Dennis wisselden een blik. Patrick was allesbehalve attent. Maar hij kwam overal mee weg. Dat was altijd al zo geweest. Nana mocht dan verdrietig zijn omdat hij het hele jaar niets van zich liet horen, hij hoefde maar één keer te bellen en alles was vergeten en vergeven. Sterker nog, dat ene telefoontje was genoeg voor hem om als de verloren zoon te worden omhelsd en bejubeld.

Het gezin verplaatste zich naar de zitkamer voor het uitpakken van de cadeautjes. Onder de flonkerende boom met glinsterende slingers en veelkleurige lichtjes lagen de pakjes uitgestald, in fraai papier, omwikkeld met lint, als een betoverend tafereeltje op een kerstkaart. Marigold ging naast haar moeder op de bank zitten, met het gele kroontje uit haar *Christmas cracker* op haar hoofd. Ze hield een glas wijn in haar hand en gaf zich over aan het hartverwarmende geluksgevoel dat bezit van haar nam. Het was volmaakt, dacht ze terwijl ze haar blik over haar blozende dochters, haar man en haar moeder liet gaan. 'Ik ben zo blij dat je thuis bent,' zei ze tegen Daisy. 'Dat je voorgoed naar huis bent gekomen, en niet alleen voor Kerstmis. Nu zijn we weer compleet.'

'Zo is het maar net, mam. Ik ben ook blij dat ik weer thuis ben. En dat papa en jij altijd klaarstaan om me op te vangen als het misgaat.'

Dennis klopte haar op de schouder en liet zich in zijn gemakkelijke stoel ploffen. 'Natuurlijk. Daar heb je ouders voor.'

'Zullen we nu de cadeautjes openmaken?' Suze ging bij de boom staan. 'Daisy, dit is voor jou. Van mij.' Ze gaf Daisy een klein pakje.

'Dank je wel.' Daisy maakte het open. Er zaten oorbellen in. 'O, prachtig, Suze! Dank je wel! Je hebt zo'n goede smaak.'

'Wacht even!' riep Suze toen Daisy opstond om een cadeautje voor Nana te pakken. 'Ik wil even een foto van je maken. Met de oorbellen.'

'Moet dat nu?' vroeg Daisy, een beetje geërgerd omdat Suze op social media van minuut tot minuut verslag deed van haar leven.

'Ja, dat moet nu.'

Nana was blij met de trui die Marigold voor haar had gekocht, en Suze was in haar nopjes met het make-uptasje. Dennis had voor Daisy een kistje met oliepastelkrijt gekocht. 'O, pap! Wat geweldig!' Verrukt liet ze haar vingers over de vierentwintig kleuren gaan.

'Voor onze kunstenaar is alleen het beste goed genoeg,' zei haar vader.

Voor Suze had hij een houten schrijfcassette gemaakt, met een opbergvak speciaal voor haar iPad.

Ze was er dolgelukkig mee. 'O, pap! Je denkt ook aan alles!' Toen liep ze weer naar de boom voor het volgende cadeautje.

Dennis stond op om de glazen nog eens bij te schenken.

'Waar blijft je cadeau voor Marigold?' vroeg Nana, die blijkbaar al te veel had gedronken. Haar stem klonk enigszins slepend. 'We zijn allemaal razend benieuwd.'

Dennis straalde. Hij liep naar de boom en pakte een grote doos in rood met goud papier, omwikkeld met een fraai gestrikt, gouden lint. 'Alsjeblieft, Goldie.'

'O, Dennis!' Marigold keek met een verliefde glimlach naar hem op.

'Ik denk dat je hem mooi vindt.'

'Dat weet ik wel zeker.' Ze maakte de strik en het papier zorgvuldig los, dan kon ze die het volgende jaar weer gebruiken. Er kwam een houten kist tevoorschijn. 'Er zit geen plaatje bij.' Ze streek over het deksel.

'Dat klopt. En het zijn bijna duizend stukjes.'

Marigold grijnsde. 'Een enorme uitdaging.'

'Reken maar. Deze is moeilijker dan alle andere puzzels die ik voor je heb gemaakt.'

Ze tilde het deksel op. 'Wat een kleine stukjes!' Ze pakte er een en bekeek het aandachtig. 'Daar moet je maanden druk mee zijn geweest! Prachtig, Dennis! Dank je wel.'

Hij bukte zich om haar op het voorhoofd te kussen. 'Vrolijk kerstfeest, Goldie.'

Suze hield haar ouders een envelop voor. 'En dit is van Daisy en mij.'

'O?' Dennis keek van de een naar de ander.

'Maak maar open.' Suze stond te trappelen van opwinding. 'Jullie vinden het geweldig. Dat weet ik zeker.'

Marigold keek Daisy fronsend aan. 'Wat hebben jullie bekokstoofd?'

'Maak jij het maar open, Goldie,' zei Dennis.

Marigold scheurde de envelop open en haalde de brief eruit. Samen met Dennis las ze wat erin stond. 'Een weekendje weg. Naar Cornwall?' Marigold klonk verrast.

Dennis legde een hand op haar schouder. 'Wij samen? Met z'n tweetjes? Net als op onze huwelijksreis?'

'Maar wie zorgt er dan voor de winkel?' vroeg Marigold ongerust.

'Daisy,' antwoordde Suze prompt. 'We hebben alles geregeld. Jullie hoeven alleen maar een datum te prikken. We hebben een prachtig hotelletje gevonden. Aan zee. De lente is waarschijnlijk de mooiste tijd. Dus misschien zouden jullie in mei kunnen gaan. We vonden dat je er maar eens een paar dagen tussenuit moest, mam.'

Marigold kreeg tranen in haar ogen. 'Ach, wat lief bedacht van jullie.'

'Ik hou van je, mam.' Terwijl Daisy haar omhelsde, besefte ze hoe broos haar moeder was geworden.

'Ik ook,' viel Suze haar bij. 'En van jou, pap.'

Het bleef even stil, in afwachting van de onvermijdelijke wrange opmerking van Nana. Maar die kwam niet. Verrast keerden ze zich naar haar toe. De oude dame was in slaap gevallen. In haar nieuwe trui.

'Ze is toch niet dood?' Suze grijnsde.

'O, Suze!' reageerde Daisy verontwaardigd.

Marigold schoot in de lach. De tranen rolden over haar wangen. 'Wat een heerlijke Kerstmis! Het is volmaakt,' zei ze stralend. 'We zijn samen, en we hebben ook nog sneeuw. Er valt niets meer te wensen.' Ze zette haar glas neer en leunde achterover in de kussens. 'Ik geloof dat ik even mijn ogen dichtdoe. En morgen begin ik meteen met de puzzel. Om mijn hersens te trainen. Dat helpt tegen de vergeetachtigheid. Dank je wel, Dennis. Dank jullie wel, meisjes. Wat een heerlijke Kerstmis!' zei ze nog eens, en met die woorden viel ze in slaap.

7

Daisy miste Luca zo ontzettend dat de pijn soms ondraaglijk leek. Elke ochtend bij het wakker worden was hij de eerste aan wie ze dacht, en wanneer ze 's avonds in slaap viel was ze met haar gedachten bij hem. Ze miste zijn warrige haardos op het kussen naast haar, zijn diepe, regelmatige ademhaling. Ze miste de chaos die hij om zich heen creëerde – hij ruimde nooit zijn spullen op; stoelen en banken lagen voortdurend vol met boeken, tijdschriften, papieren, waardoor er nauwelijks ruimte was om te zitten. Ze miste zelfs de geur van zijn sigaretten – ondanks haar onophoudelijke protesten was hij blijven roken; hij had niet eens geprobéérd ermee te stoppen. Terwijl hij ook tijdens de kerstdagen geen moment uit haar gedachten was, vroeg ze zich af of hij haar ook miste; of hij nog aan haar dacht. 'Is het niet genoeg dat ik van je hou?' had hij gevraagd. Zou hij daar nu spijt van hebben? Zou hij inmiddels begrijpen dat zijn liefde onmogelijk genoeg kon zijn voor een vrouw die een kind wilde? Hij had haar verweten dat ze egoïstisch was, maar het moederschap was geen bizarre eis. Het probleem was dat ze allebei hun eisen en verwachtingen hadden, en dat ze niet bereid waren ook maar een millimeter toe te geven.

Zo wilde Luca ook niet trouwen. Daar was hij van meet af aan duidelijk over geweest. Zijn ouders waren gescheiden, dus dat verdriet wilde hij zichzelf besparen. En omdat hij een ongelukkige jeugd had gehad, wilde hij ook geen kinderen op de wereld zetten. Bovendien vond hij trouwen en kinderen krijgen niet verrijkend, maar benauwend, verstikkend. Dat had hij letterlijk zo gezegd. Maar Daisy had het niet onder ogen willen zien. Dat verweet ze zichzelf nu. Waarom had ze jaren van haar leven weggegooid door tegen beter weten in te blijven hopen dat hij ooit overstag zou gaan? Ze was veel te romantisch geweest, ze had alleen maar geluisterd naar de stem van haar hart, waardoor haar gezonde verstand het zwijgen was opgelegd. Waarom, vroeg ze zich inmiddels af. Waarom had ze haar ogen gesloten voor de werkelijkheid?

En waarom bleef ze – opnieuw tegen beter weten in – in het diepst van haar romantische, bezeerde hart nog steeds naar hem verlangen? Waarom dacht ze alleen maar terug aan de gelukkige momenten, aan het plezier dat ze hadden gehad, aan hun grapjes, hun liefdevolle plaagstoten, aan de talloze keren dat ze samen hadden gelachen? Waarom verdrong ze de herinnering aan de vele ruzies? Luca was niet alleen koppig en gepassioneerd, maar ook overtuigd van zijn eigen gelijk, en hij moest als man altijd het laatste woord hebben. Waarom wilde ze er niet meer aan denken hoe bezitterig hij was geweest; hoe woedend hij had gereageerd wanneer ze onschuldig met andere mannen flirtte, terwijl hij zelf alle vrouwen die hij leuk vond, probeerde te charmeren?

In haar herinneringen was alleen maar plaats voor de liefde tussen haar en Luca. En de gedachte aan een nieuwe liefde joeg haar angst aan. Ze betwijfelde of ze voor een ander ooit hetzelfde zou kunnen voelen als voor Luca. Of ze ooit weer tot liefhebben in staat zou zijn. Ze had Luca alles gegeven, maar ze was bezeerd, verslagen en met lege handen achtergebleven. Ze voelde zich als verdoofd, en dat gold ook voor haar lichaam. Dat ze ooit met een ander de liefde zou bedrijven, was iets wat ze zich niet kon voorstellen. Het leek haar ondenkbaar dat ze ooit romantische gevoelens zou krijgen voor een ander. Had ze zich vergist door bij Luca weg te gaan? Zou ze de rest van haar leven alleen blijven? Zou ze nooit meer door een man worden omhelsd, gekust, liefgehad? Zou haar kinderwens nooit in vervulling gaan en zou ze uiteindelijk wensen dat ze tevreden was gebleven met Luca en hun liefde? Het waren vragen waarop ze het antwoord schuldig moest blijven. Ze wist alleen dat ze verder moest, dat ze moest proberen een nieuw leven op te bouwen.

De dag na Kerstmis appte Taran dat er niemand in de muntjes van de kerstpudding was gestikt. Dat had ook niet gekund, want in plaats van muntjes was er uit elke pudding een plastic kerstmannetje met vijf kerstelfen tevoorschijn gekomen. Hilarisch, aldus Taran. Daisy was geschokt. Ze vond het gênant, maar moest er tegelijkertijd ook om lachen. En ze besloot niets tegen haar moeder te zeggen, want die zou zich doodschamen. Lady Sherwood had het vast minder hilarisch gevonden. Plastic kerstmannetjes en -elfen waren smakeloos, om niet te zeggen ordinair.

Na wat vrolijk heen en weer geapp stelde Taran voor om samen iets te gaan drinken in de pub. Daisy ging er niet op in en voerde als excuus aan dat ze het te druk had met haar familie. Daarna kwamen er geen appjes meer. Hij was gepikeerd, besefte ze. Maar ze voelde zich niet schuldig. Want ze wilde geen verkeerde indruk wekken.

Na nieuwjaar stortte ze zich op haar werk. Ze bond haar weerbarstige haren in een hoge paardenstaart, rolde de mouwen op van een oud overhemd van haar vader en zette de speellijst op die ze speciaal voor het project had gemaakt. Ze besloot het oliepastelkrijt dat ze voor de kerst had gekregen eens te proberen. Het was lang geleden dat ze daarmee had gewerkt, maar ze merkte al snel hoe glad en soepel het materiaal zich liet opbrengen. Gaandeweg besefte ze tot haar intense bevrediging dat het haar lukte Bernie volmaakt te treffen; dat ze erin slaagde zijn karakter, zijn diepste hondenroerselen weer te geven in de blik waarmee hij haar vanaf het papier aankeek. Zijn ogen straalden iets uit wat op foto's niet zichtbaar was; iets wat de camera niet wist te vangen. Hij keek haar aan alsof hij haar echt zag; zijn zachtmoedige blik volgde haar overal waar ze ging. De foto's die ze van hem had gemaakt, had ze op haar schildersezel geprikt, maar in haar herinneringen kwam hij beter tot leven; niet alleen qua uiterlijk, ook qua karakter. Ze had hem zo goed leren kennen dat ze het gevoel had in zijn ziel te kunnen kijken. Wat ze daar had ontdekt, had ze perfect op het grijze papier weten over te brengen. Ze deed een stap naar achteren, om haar werk te bekijken, te bewonderen. Het was haar gelukt! Ze had Bernie in oliepastelkrijt tot leven gebracht. Na de ogen ging de rest vlot en gemakkelijk.

Toen het portret af was, nodigde ze Mary uit om het te komen bekijken. 'Allemachtig, het is echt schitterend!' reageerde die uitbundig. Ze was vol bewondering voor Daisy's talent en dolgelukkig met het portret van haar oogappel. Gratis en voor niets.

Ook Dennis en Marigold waren onder de indruk. 'Ik heb altijd wel geweten dat er een kunstenaar in je school,' zei Dennis met ogen die glommen van trots.

'Ik ben zo blij dat je het een kans geeft,' viel Marigold hem bij. 'Het gaat erom dat je dingen doet waar je gelukkig van wordt. Dat zei je opa altijd.'

Nana tuitte misprijzend haar lippen. 'Dat is allemaal leuk en aardig. Maar van de wind kun je niet leven. En het is maar weinigen gegeven om werk te doen waar ze gelukkig van worden en waar ze ook nog eens een fatsoenlijke boterham mee verdienen. Trouwens, je opa was altijd gelukkig, wát hij ook deed. Hij maakte er gewoon het beste van. Zo was hij. Het is heerlijk als je dat kunt. Dus neem een voorbeeld aan hem. Dan merk je dat een echte maar misschien saaie baan niet het einde van de wereld betekent.'

Daisy ging met het portret naar de lijstenmaker in de stad. De juiste lijst was belangrijk. Een verkeerde zou afbreuk doen aan haar werk. Haar keuze viel niet goedkoop uit, maar het resultaat was schitterend. En misschien zou het tot nieuwe opdrachten inspireren. Hoeveel moest ze vragen? Als beginneling hoogstens een paar honderd pond, vond ze.

Mary stemde er maar al te graag mee in dat het portret van Bernie eerste een tijdje in het dorpshuis kwam te hangen, waar iedereen het kon bewonderen. Bíjna iedereen, besefte Daisy, en ze dacht aan Dolly Nesbit. Tot haar verrassing toonde Lady Sherwood zich geïnteresseerd. Als voorzitster van de dorpsraad leidde ze de maandelijkse vergaderingen, en tijdens de koffie- en theepauze van de bijeenkomst in januari ontdekte ze het portret aan de muur boven de piano.

'Wat een mooi schilderij!' Met haar kop thee liep ze ernaartoe.

'Dat is Bernie, de hond van Mary Hanson,' legde Julia Cobbold behulpzaam uit. 'En volgens mij is hij niet geschilderd, maar getekend. Met oliepastelkrijt.'

'Het is buitengewoon goed gedaan. Wie heeft het gemaakt?'

'Daisy Fane.'

'De dochter van Marigold?'

'Ja. Haar oudste. De dochter die in Italië heeft gewoond. Ik heb begrepen dat haar relatie op de klippen is gelopen, dus ze woont nu weer hier. Ze zal er vast en zeker erg veel verdriet van hebben, maar haar werk is schitterend.'

'Nou en of. Echt prachtig.' Lady Sherwood fronste nadenkend haar wenkbrauwen. 'Zou ze mijn honden ook willen tekenen?'

'Vast wel.' Het bracht Julia op een idee. Als Daisy Fane goed genoeg was voor Lady Sherwood, dan zou zíj haar misschien vragen haar terriër te tekenen.

Marigold zat aan de lange tafel die speciaal voor haar puzzels in de zitkamer stond. Het paste maar net, met Daisy's schildersezel voor het andere raam. En Nana zou zich ongetwijfeld beklagen dat ze nergens meer rustig kon zitten. Maar dit was de enige mogelijkheid voor een puzzel van bijna duizend stukjes.

Het was die zondagochtend ongewoon stil in huis. Marigold had haar ochtendwandeling al gemaakt, Dennis was met Nana naar de kerk, Suze zat het weekend bij Ticky en zijn ouders, en Daisy was door de Sherwoods uitgenodigd om kennis te maken met de honden. Lady Sherwood had haar gevraagd ze te tekenen. Het was een tintelfrisse winterdag. De hemel leek op een aquarel, de lage zon veranderde de kale takken van de bomen in een schilderachtig raster van grillige, donkere lijnen. Marigold werd afgeleid door de vogels die zich rond haar voederhuisjes verzamelden. Voornamelijk merels en lijsters, en natuurlijk de opgewekte kleine roodborst die niet onder de indruk was van zijn grotere soortgenoten. Ze besefte glimlachend dat ze de hele dag voor het raam zou kunnen zitten; dat ze volledig kon opgaan in hun gefladder, zonder te merken dat de uren verstreken.

Na een tijdje richtte ze haar aandacht weer op de puzzelstukjes. Ze was goed in puzzelen, en bij de aanblik van haar nieuwste uitdaging huiverde ze van genot. Het eerste wat ze deed, was de kantstukjes bij elkaar zoeken. Dat duurde even. Ze moest haar bril opzetten om de kleuren en de afbeeldingen goed te bestuderen en te proberen welke stukjes in elkaar pasten. Uiterst geconcentreerd ging ze aan de slag. Dit was een goede oefening voor haar hersens. Met elk stukje dat ze aan een ander legde, versterkte ze de verbindingen in haar hoofd, ging ze de corrosie tegen en hield ze de tand des tijds op afstand. Daar was ze van overtuigd. Een gevoel van triomf vervulde haar terwijl de rand van de puzzel geleidelijk vorm begon te krijgen. De bovenkant was lucht, de onderkant sneeuw. Een winters tafereeltje, dat kon bijna niet anders. Dennis wist dat ze sneeuw iets magisch vond, en bij de gedachte dat haar man zo veel moeite voor haar deed, voelde ze zich vanbinnen helemaal warm worden.

Het duurde niet lang of ze begon dorst te krijgen. Dus ze liep naar de keuken en zette water op. Wanneer het buiten koud was, smaakte een kop thee nóg beter. De eerste slok was altijd de lekkerste. Even sloot ze genietend haar ogen. Toen ging ze aan de tafel zitten, zette ze haar bril op en verdiepte zich in de krant.

Toen Dennis en Nana thuiskwamen, namen ze de kou mee naar binnen. Een kille windvlaag joeg de gang door, naar de keuken. Marigold huiverde.

'Het is bar,' mopperde Nana. 'Ik ga de deur niet meer uit. Op mijn leeftijd wil je geen kouvatten. Voor je het weet heb je een longontsteking. Mijn goede vriend Teddy Hope is eraan bezweken omdat hij zo nodig sigaretten moest halen. In de ijzige kou.'

'Misschien hebben de sigaretten hem wel de das omgedaan,' opperde Dennis.

Marigold keek op van de krant.

'Hoe gaat het met de puzzel?' vroeg Dennis.

Ze fronste haar wenkbrauwen. *De puzzel!* Die was ze helemaal vergeten! Maar nu wist ze het weer. Ze was naar de keuken gelopen om thee te zetten en vervolgens verdiept geraakt in de krant. 'Ik ben eraan begonnen.' Ze verborg haar schrik achter een glimlach. 'Het is een wintertafereeltje.' Dat wist ze nog, stelde ze zichzelf gerust. 'Ik werd afgeleid door de krant.' Dat kon de beste overkomen. Iedereen werd wel eens afgeleid. Dat zei verder helemaal niets.

Daisy volgde Lady Sherwood naar binnen. De vrouw des huizes droeg een matgroene moleskin broek, een lamswollen trui en daaronder een witte blouse met een gesteven kraag. Ze oogde beheerst en sereen, alsof ze alles perfect onder controle had en haar leven volmaakt in evenwicht was. De honden dansten rond Daisy's benen, kwispelend van opwinding. Lady Sherwood riep ze kalm en geduldig – en tevergeefs – tot de orde. 'Rustig aan, jongens. Daisy zou denken dat we nooit bezoek krijgen. Laten we haar netjes ontvangen.'

'Ze zijn prachtig.'

'Ja, hè. Maar Mordy – dat is de labrador – is wel een lastpak, hoor. Zodra hij de kans krijgt, gaat hij ervandoor. Naar het dorp. Achter de wijven aan.'

Daisy schoot in de lach, verbaasd dat een lady zulke taal bezigde.

Die ging haar voor naar de zitkamer, een groot vierkant vertrek met hoge ramen en zware gordijnen van het plafond tot de vloer. Aan de muren hingen schilderijen. Het zijden behang was een beetje verschoten, net als de bekleding op de meubels, ongetwijfeld door ouderdom en door het overvloedige zonlicht dat de kamer binnenstroomde. De inrichting oogde eclectisch; een mengeling van stijlen aangevuld met snuisterijen, ingelijste foto's, fraaie fotoboeken en Perzische tapijten. In een hoek stond een kleine vleugel, met daarop een collectie familiekiekjes. Een ouderwetse lamp met franje langs de kap verspreidde een warm schijnsel. Lady Sherwood had smaak, maar was ook zuinig, zag Daisy. Alles in de kamer oogde zowel stijlvol als sober, in sommige gevallen zelfs een beetje sjofel. In de haard brandde een knapperend vuur.

'Fijn dat je wilde komen.' Lady Sherwood bood Daisy een stoel aan en ging op de bank tegenover haar zitten. De honden ploften neer op de grond aan haar voeten, alleen de labrador installeerde zich op een hocker midden in de kamer, die daar speciaal voor hem leek neergezet. 'Ik was erg onder de indruk van je werk. Je hebt Mary's hond perfect weten te treffen. Dus ik zou het geweldig vinden als je de mijne ook zou willen portretteren. Alle drie. Lukt dat, denk je?'

Ze had dezelfde ogen als haar zoon, besefte Daisy. Sprekende ogen, in een bijzondere kleur groen met een zweem van blauw. 'Ik zou ze graag met oliepastelkrijt willen tekenen,' zei ze. 'Net zoals ik dat met Bernie heb gedaan.'

'Ach, was dat het materiaal dat je hebt gebruikt? Het effect is prachtig.'

'Dank u wel. Ik werk graag met oliepastel. De eerste opzet doe ik met houtskool, en dan werk ik verder met krijt.'

'Je hebt enorm veel talent, dat is duidelijk. Dus... hoe gaat het nu verder?'

'Ik neem foto's van de honden, en om ze te leren kennen breng ik wat tijd met ze door. Ze hebben elk hun eigen persoonlijkheid, en daar moet ik een indruk van zien te krijgen. Want ik wil dat hun karakter van het papier af spat.'

Op het gezicht van Lady Sherwood verscheen een brede, bijna meisjesachtige glimlach. 'Geweldig! Ja, ze zijn echt allemaal verschillend. Mordy mag dan elf zijn, hij is nog steeds ondeugend. Archie is een beetje verlegen. En Bendico, zijn broertje, heeft een sterke eigen wil. Hij is erg eigenwijs en soms wat al te enthousiast. Ik vind het leuk dat je ze eerst wilt leren kennen. En ik weet zeker dat zij dat ook leuk vinden.' Ze klopte liefkozend een van de spaniëls op zijn kop. 'Waar of niet, Archie? Je gaat het leuk vinden om Daisy beter te leren kennen. Ze zijn dol op aandacht. Daar doen ze alles voor,' voegde ze er met een grijns aan toe.

Wanneer het over haar honden ging, leek Lady Sherwood zachter, minder intimiderend. Dat gaf Daisy de moed om nog wat meer vragen te stellen. Ten slotte stond Lady Sherwood op om een groot fotoalbum tevoorschijn te halen, uit een boekenkast met glazen deurtjes. 'Je moet ze als puppy zien!' zei ze enthousiast. 'Toen waren ze zó schattig. Kom hier naast me zitten. Dan kunnen we de foto's samen bekijken.'

Ze legde het album over hun knieën, en zo werkten ze het hele album door. Bladzijde na bladzijde met foto's van honden, maar ook van een aanzienlijk jongere Taran. 'Je kent mijn zoon, hè?'

'Niet echt. We hebben ooit bij elkaar in de klas gezeten, op de lagere school. Maar ik heb hem pas dit jaar met Kerstmis weer voor het eerst gesproken.'

'Hij woont in Toronto. Ik ben Canadese, dus het is niet zo vreemd dat hij een band heeft met het land. Er woont ook nog steeds veel familie van me, en hij onderhoudt intensief contact met zijn neven en nichten. Volgens mij vindt hij het hier in Engeland maar saai.' Ze schudde vluchtig haar hoofd. 'Hij heeft het ook niet echt een kans gegeven. Dat is het probleem. Afijn, als hij maar gelukkig is. Kijk! Is dat geen geweldige foto van Mordy? Wat een schattige puppy was hij toch!' zei ze zacht, en Daisy vroeg zich onwillekeurig af of de honden de leegte hadden opgevuld die Taran had achtergelaten.

Ze waren net klaar met het tweede album toen Sir Owen binnenkwam. Zijn blozende gezicht verried dat hij veel buiten was. Of dat hij veel port dronk. Zijn oranje trui spande om zijn buik. 'Nee maar, wie hebben we daar. Hallo, Daisy!' begroette hij haar hartelijk.

Lady Sherwood trok het album opzij zodat Daisy kon opstaan om hem de hand te schudden.

'Celia en haar honden! Dus je moest eraan geloven? Ik hoop dat je het niet al te saai vond?'

Lady Sherwood glimlachte toegeeflijk.

'Nee hoor. Integendeel. De foto's zijn prachtig. Net als de honden. Ik verheug me erop ze te tekenen.'

Sir Owen liet zijn blik door de kamer gaan. 'We moeten eens goed nadenken waar we ze gaan ophangen.'

'Wat geweldig, hè? Dat we straks een portret van ze hebben?' zei Lady Sherwood enthousiast.

Sir Owen vertrok zijn gezicht. 'Ze is nooit op het idee gekomen om Taran te laten schilderen. Of mij. Maar de honden... dat is blijkbaar wat anders.'

'Taran was veel te eigenwijs. Hij zou nooit zo lang hebben kunnen stilzitten. En jij hebt niet het geduld, je gunt je niet de tijd om je te laten schilderen.'

'Het is heel lang geleden dat ik mensen als model heb gehad,' zei Daisy.

'Gelukkig maar,' zei Sir Owen. 'Ik weet niet of ik mijn zoon wel aan de muur zou willen. Met zo'n verwijtende blik die me door de hele kamer volgt. Kan ik je iets te drinken inschenken?'

'Nee, dank u wel. Ik moest maar weer eens naar huis. Dan kan ik mijn moeder helpen met de lunch.'

'Wat lief van je,' zei Lady Sherwood. Haar gezicht werd zachter, met een warme blik in haar ogen. 'Je moeder mag blij zijn met zo'n dochter.'

'Eerlijk gezegd vraag ik me soms af of ik wel genoeg doe. Ik heb zes jaar in Italië gezeten, en nu ik weer thuis woon heb ik de halve zitkamer in beslag genomen met mijn ezel.'

'Je zou een atelier moeten hebben,' zei Sir Owen.

'Dat komt misschien nog wel. Tegen de tijd dat ik genoeg heb gespaard, ga ik iets huren.'

'Over geld gesproken,' zei Lady Sherwood. 'We hebben het helemaal niet over de prijs gehad. Wat gaat het kosten?'

Dat was de vraag die Daisy had gevreesd. Ze vond het afschuwelijk om over geld te praten. Daar voelde ze zich ongemakkelijk bij, en ze had geen idee wat een redelijk bedrag zou zijn. 'Vijfhonderd, voor de drie honden.'

'Vijfhonderd...' Lady Sherwood trok vragend haar wenkbrauwen op.

‘Vijfhonderd pond.’ Daisy hield haar adem in toen Lady Sherwood haar verrast aankeek. Had ze te veel gevraagd?

Lady Sherwood keerde zich naar haar man. Die aarzelde even, toen knikte hij glimlachend. ‘Akkoord. En wat dat atelier betreft, je zou onze schuur kunnen gebruiken.’

‘Ja! Wat een goed idee,’ viel Lady Sherwood haar man bij. ‘Ik zal hem je laten zien wanneer je met de honden komt spelen.’

‘Is het goed als ik morgen kom?’

‘Natuurlijk. Ik ben thuis. En stel dat ik even weg ben, dan is Sylvia er. De huishoudster.’

‘U hebt een prachtig huis.’ Daisy klopte de honden op hun kop, die overeind sprongen toen ze in de gaten kregen dat ze ervandoor ging.

‘Dank je wel.’ Lady Sherwood klonk aangenaam getroffen. ‘Het is een beetje een allegaartje. Maar op de een of andere manier past het bij elkaar.’

‘Speelt u piano?’ vroeg Daisy terwijl ze langs de vleugel liep.

‘Ik heb veel gespeeld. Maar dat is lang geleden. Taran heeft het ook ooit gedaan. Niet onverdienstelijk. Maar volgens mij speelt hij ook al jaren niet meer.’

‘Zonde van die piano,’ bromde Sir Owen. ‘Hij neemt een hoop ruimte in, en niemand doet er wat mee.’

‘Ach, hij is alleen al mooi om te zien,’ zei Daisy.

‘Speel jij toevallig?’ vroeg hij hoopvol.

‘Nee, helaas niet.’

‘Jammer. Dan blijft hij ongebruikt. Mooi, maar nutteloos.’

De honden volgden Daisy naar de oprijlaan. Sir Owen en Lady Sherwood zwaaiden haar na vanaf de drempel en riepen de honden terug toen ze wilden meelopen naar de auto. Wat een aardige mensen, dacht Daisy terwijl ze in haar achteruitkijkspiegeltje keek. En wat hadden ze haar gastvrij ontvangen. Dat had ze niet verwacht. En ze hoopte dat de prijs die ze had genoemd, niet te hoog was.

‘Vijfhonderd pond?’ Sir Owen klonk verbijsterd.

‘Ja, dat is belachelijk weinig,’ viel zijn vrouw hem bij.

'Wanneer ze eenmaal beseft hoe goed ze is, vraagt ze vijf keer zo veel.'

'Dat denk ik ook. Dus laten we blij zijn dat we haar al eerder hebben gestrikt. Voordat ze beroemd wordt.'

Sir Owen schoot in de lach. 'Zeg dat wel.' Hij draaide zich om en trok de deur dicht. 'Die schuur was wel het minste wat we konden doen.'

'Anders staat die er ook maar nutteloos bij. Mooi, maar nutteloos.'

'Precies. Taran wilde hem niet.'

'Nee. Jammer genoeg. En ik heb nog wel zo mijn best gedaan om de boel gezellig te maken. Het is fijn als er gebruik van wordt gemaakt. De kamer is ruim, met veel licht. Ideaal voor een kunstenaar. Al tekenend kan ze de honden nog beter leren kennen.' Ze liep naar de keuken om de lunch klaar te maken. 'Het is een aardig meisje. Ze vond de honden echt leuk. En dat was wederzijds. O, schat, ik vind het enig! Een portret van ons drietal.'

Sir Owen schonk zichzelf een glas rode wijn in en ging aan de keukentafel zitten. Lady Sherwood haalde wat gerookte zalm en nieuwe aardappels uit de koelkast. 'Ik heb een goed gevoel over haar,' vervolgde ze. 'Ik weet niet precies waarom, maar ze is als een frisse wind, en dat is precies wat dit huis nodig heeft.' Sir Owen luisterde niet. Hij was verdiept in de zondagskrant. Ondertussen stelde Lady Sherwood zich Daisy al voor in de schuur, achter haar schildersezel, terwijl zíj af en toe even aanwipte om te zien hoe het portret vorderde. En om een praatje te maken. Want ze had vanaf het eerste moment goed met Daisy kunnen praten. Het was een hartverwarmend vooruitzicht. Owen was overdag op het land, of hij ging tennissen of squashen met vrienden. Dus Lady Sherwood voelde zich vaak alleen in het grote, oude huis. Een beetje aanspraak was maar al te welkom. Wat zou het heerlijk zijn als die aardige Daisy in de schuur aan het werk ging.

8

De volgende ochtend liep Marigold zoals altijd via de binnenplaats naar de winkel, ging naar binnen via de achterdeur en deed het licht aan. De gangpaden met hun planken vol keurig geordende artikelen lichtten op als een schip. Aarzelend bleef ze even staan. Behalve de deur aan de voorkant openmaken moest ze nóg iets doen, maar wat? Ze probeerde het zich te herinneren. Ze had inmiddels geleerd rustig door te gaan met ademen en kalm af te wachten totdat de mist in haar hoofd weer optrok.

Ze werd opgeschrikt door een ongeduldig getik op het raam. Enigszins verdwaasd knipperde ze met haar ogen, toen herkende ze Eileen, met rood aangelopen gezicht, omlijst door een wollen muts en sjaal. Haar adem vormde kleine grijze wolkjes, en ze wreef in haar handen, gestoken in wanten, om warm te blijven. Haastig liep Marigold naar de deur.

'Brrr, wat is het koud.' Eileen schuifelde gretig de warme winkel binnen.

Marigold had haar ochtendwandeling al achter de rug en was door de ijzige wind bijna van het klif geblazen. 'Het waait ook erg hard. Volgens mij krijgen we nog meer sneeuw,' zei ze hoopvol.

'O, dat zou heerlijk zijn!' jubelde Eileen. 'Het dorp ziet er zo prachtig uit onder een witte deken.'

'Loop even achterom en maak een kop thee voor jezelf,' opperde Marigold. 'Suze zit in de keuken te werken, maar je hoeft niet bang te zijn dat je haar stoort.'

'Goed idee! Wil jij ook?'

'Nee, ik heb net thee op.'

Eileen verdween door de achterdeur, en Marigold keek op haar horloge. Waar bleef Tasha? Op dat moment rinkelde het belletje van de winkeldeur. De Commodore kwam binnen, in een driedelig tweed pak en met zijn deukhoed op. Als concessie aan de kou had hij een sjaal omgeslagen en dikke laarzen aangetrokken.

'Goedemorgen, Marigold,' zei hij voortvarend. 'Wat een prachtige dag, vind je ook niet?'

'Inderdaad. Schitterend!'

'Ik heb vannacht een mol gevangen!' vertelde hij triomfantelijk.

'Echt waar? Hoe hebt u dat voor elkaar gekregen?'

'Dat is een goede vraag. Ik heb eerst geprobeerd ze te laten doodvriezen. Maar dat lukte niet. Ze hadden me door. Het zijn sluwe beestjes, die mollen. Toen wilde ik ze uitroken en vergassen. Maar dat was ook geen succes. Ik heb zelfs Dettol in de strijd gegooid, en uiteindelijk zag ik geen andere mogelijkheid dan ze vanuit mijn slaapkamerraam te beschieten. Maar dat mocht niet van Phyllida. Ik zie niet meer zo goed, en ze was bang dat ik per ongeluk de hond zou raken.' Hij leunde op de toonbank. 'Dus ik heb een val gekocht. Zo'n val die je in een mollengang moet zetten. Ik begrijp niet waarom ik daar niet eerder op ben gekomen. Waarschijnlijk omdat ik dacht dat ik het wel zonder afkon. Ik huldig de opvatting dat een man zich alleen moet zien te redden. Dat komt door mijn opleiding bij de marine. Waarom zou je anderen om hulp vragen als je het ook zelf kan?'

'Dus u hebt een val gekocht en een mol gevangen?' Marigolds gezicht verried afschuw. 'Was hij dood?'

'Morsdood,' antwoordde de Commodore buitengewoon tevreden, en hij begon de werking van de val uit te leggen.

Ondertussen kwam Eileen terug, mét een kop thee.

'De Commodore heeft een mol gevangen,' vertelde Marigold. 'En hij heeft hem doodgemaakt.'

'Wat zielig! En het is ook niet eerlijk. Om zo'n beestje dood te maken, alleen omdat u er last van hebt. Die mollen waren er eerder dan u.'

'Nou, deze niet, denk ik,' zei Marigold.

'Hun voorouders dan. Ik vind dat u een humane manier zou moeten bedenken om van het probleem af te komen.'

'Waarom vraagt u het niet aan Dennis?' stelde Marigold voor. 'Hij kan vast wel iets maken. Dennis kan alles met hout.'

De Commodore krabde peinzend aan zijn kin. 'Dat is misschien niet zo'n gek idee. Daar zouden mijn kleinkinderen ook erg blij mee zijn. Ze raken helemaal van streek bij de gedachte dat ik die arme mollen wil doodmaken.'

'Dan zou ik uw succesje van vannacht maar voor me houden,' opperde Eileen.

'Afijn, wat kwam ik hier ook alweer doen?' De Commodore keek om zich heen. 'Phyllida had me duidelijke instructies meegegeven, maar jullie hebben me afgeleid.'

Marigold vond het bemoedigend dat de Commodore blijkbaar ook vergeetachtig werd.

'O ja, nou weet ik het weer. Zout voor in de vaatwasser en dijonmosterd.'

'Ik zal het wel even voor u pakken.' Marigold kwam achter de toonbank vandaan. 'Waar blijft Tasha toch?' Met een zucht keek ze op haar horloge. Tasha had haar toch op zijn minst even kunnen bellen dat ze wat later kwam.

Het belletje van de deur rinkelde weer. Carole Porter kwam binnen. Ze begroette Eileen en de Commodore met een glimlach. 'Goedemorgen.' Carole was een drukbezette veertiger. Ze hield er niet van haar tijd te verspillen, dus ze liep voortvarend een van de gangpaden in om te pakken wat ze nodig had.

'Haar man heeft nog steeds ruzie met Pete Dickens. Over die magnolia. Het wordt onderhand behoorlijk onaangenaam,' vertelde Eileen op gedempte toon. 'Ik zie John ervoor aan om in het holst van de nacht naar de tuin van Pete te sluipen en de boom te vergiftigen.'

'Lieve hemel, dat klinkt inderdaad onaangenaam,' verklaarde de Commodore.

'John en Carole zijn altijd met hun tuin bezig, en ze zeggen dat de boel niet wil groeien doordat de magnolia voor zo veel schaduw zorgt.' Eileen grijnsde ondeugend. 'Misschien moet u die mollen daar uitzetten. Als het Dennis lukt om een val te bouwen waarin u ze levend kunt vangen. Dan hebben de Porters écht iets om zich zorgen over te maken.'

De Commodore grinnikte, maar het klonk ongemakkelijk. Hij hield niet van ondermijnend gedrag en vroeg zich af of hij ertegen moest optreden. 'Ik zet ze buiten het dorp weer uit. Ergens in het vrije veld,' zei hij toen Carole naar de toonbank kwam, haar mandje neerzette en ongeduldig keek waar Marigold bleef.

'Sorry, Carole,' zei die toen ze terugkwam met vaatwasserzout en mosterd voor de Commodore. 'Ik begrijp niet waar Tasha blijft. Ze maakt het vandaag wel erg bont.'

Toen de Commodore en Carole waren vertrokken, keek ze Eileen hoofdschuddend aan en slaakte opnieuw een diepe zucht.

'Je zou iemand moeten hebben op wie je kunt rekenen,' zei Eileen.

Op dat moment ging de deur open en kwam Dolly Nesbit binnen, aan de arm van Cedric Weatherby. Ze zag er broos en bleekjes uit. Heel anders dan Cedric, die oogde als een parmantige paradijsvogel in een paars jasje met een oranje broek.

'Goeiemorgen, Cedric. Goeiemorgen, Dolly,' groette Marigold. 'Gaat het een beetje?' vroeg ze met een meelevende glimlach aan die laatste.

'Het gaat. Hè, Dolly?' Cedric drukte bemoedigend haar arm.

'Ja, het gaat wel,' zei Dolly met zo'n klein stemmetje dat Marigold haar amper kon verstaan. 'Het is erg stil in huis.'

'Dat kan ik me voorstellen,' mengde Eileen zich in het gesprek. 'Maar de tijd heelt alle wonden,' voegde ze er weinig begripvol aan toe.

'Het zal wel,' zei Cedric. 'Maar tot dusverre blijkt dat uit niets.' Ze liepen langzaam en statig een van de gangpaden in.

Marigold wierp opnieuw een blik op haar horloge. 'Waar blijft Tasha toch? Dit heb ik echt nog nooit meegemaakt.'

Eileen fronste haar wenkbrauwen. 'Weet je zeker dat ze geen vrij heeft gevraagd?'

'Ja. Want dan zou ik het weten.'

'Kijk anders eens in je notitieboekje. Je bent de laatste tijd erg vergeetachtig.'

De mist in Marigolds hoofd trok gedeeltelijk op, en ze herinnerde zich dat ze nog niet in haar rode boek had gekeken. 'Merkwaardig. Dat is altijd het eerste wat ik doe. Nog voordat ik de deur van de winkel opendoe.'

Ze pakte het rode boek van onder de toonbank, sloeg het open en verbleekte. TASHA 'S OCHTENDS VRIJ TANDARTS stond er in grote letters. Ze kon zich er niets van herinneren. Niet dat ze het had opgeschreven. En niet dat Tasha de ochtend vrij had gevraagd. Met trillende handen sloeg ze het boek dicht. Het kille, klamme angstgevoel, dat inmiddels een vertrouwde vijand was, bekroop haar. 'Ik lust nu ook wel een kop thee,' zei ze tegen Eileen. 'Zou jij die voor me willen halen?'

Lady Sherwood liet Daisy de schuur naast het oude huis zien; het hout van de oude graanopslag kleurde van ouderdom bijna zwart. Bij de verbouwing waren er ramen in gekomen, een hoog plafond en een verwarmde eikenhouten vloer. Lady Sherwood had de sobere maar stijlvolle inrichting voor haar rekening genomen. Er stonden grote, gerieflijke banken, stoelen waarin je moeiteloos in slaap zou kunnen vallen, en op de vloer lagen kleurige tapijten. Het rook er naar nieuw hout, nieuwe meubels, en het was duidelijk dat er nog nooit iemand in de schuur had gewoond.

'Ik had gehoopt dat Taran het als weekend- of vakantieverblijf zou gebruiken. Want ik had nooit gedacht dat hij werk zou zoeken in Toronto. Dit zou een perfect onderkomen zijn voor hem en zijn gezin, had ik me voorgesteld. Gezellig dicht bij ons, maar ook weer niet té dichtbij.' Ze slaakte een zucht. 'Maar helaas, er is van die gezelligheid niets terechtgekomen, en ik denk ook niet dat we op hem hoeven te rekenen wanneer we zorg nodig hebben op onze oude dag.'

'Het is een geweldige ruimte,' zei Daisy.

Lady Sherwood glimlachte, en Daisy zag de gelijkenis met Taran. 'Dus je vindt het mooi? Is het ook geschikt als atelier, denk je?'

'Het is perfect. Met veel en goed licht. Dat is het voornaamste. Wilt u er echt niets voor hebben? Dat is natuurlijk geweldig, maar zou het niet beter zijn als ik gewoon huur betaalde?'

'Geen sprake van. Ik vind het fijn dat de schuur gebruikt wordt. Tegen de tijd dat je carrière van de grond komt en je goed gaat verdienen, kunnen we het altijd nog over geld hebben.'

Lady Sherwood liet ook de andere ruimtes zien en was blij dat Daisy zo positief reageerde. Behalve twee slaapkamers en een badkamer op de begane grond, was er een royale suite op de mezzanine met een ongelooflijk mooi uitzicht op het omringende landschap. Het was perfect, dacht Daisy, en ze wenste dat ze het hele huis kon huren. Als volwassen vrouw vond ze het niet prettig dat ze een beroep moest doen op haar ouders.

Bij thuiskomst laadde ze vol enthousiasme haar schildersezel en haar materiaal in de achterbak van de auto, ongeduldig om in het atelier aan de slag te gaan. Suze zat aan de keukentafel. Onder het telefoneren draaide ze een lok haar om haar vingers. Nana had die ochtend gebridged en zich op haar vaste plekje geïnstalleerd. Terwijl ze een koekje in haar thee doopte, luisterde ze nieuwsgierig mee met Suzes gesprek.

'Hoe is het daar?' vroeg ze aan Daisy, net toen die op het punt stond weer te vertrekken.

'Fantastisch. Echt geweldig.' Ze bleef in de deuropening staan, want ze wilde ervandoor.

'Ik weet wat het is om een zoon te hebben die zo ver weg zit, die ervoor kiest om aan de andere kant van de wereld te wonen.' Nana perste hoofdschuddend haar lippen op elkaar. 'Ze hebben geen idee hoeveel verdriet ze ons doen.'

'Gelukkig hebt u mama nog,' zei Daisy. 'Lady Sherwood heeft alleen Taran.'

‘Maar zoons zijn bijzonder, kindje,’ bekende Nana, zonder te beseffen hoe tactloos het was wat ze zei. Op haar beurt besefte Daisy hoezeer Nana de goede zorgen van haar dochter als iets vanzelfsprekends beschouwde.

‘Mama is ook bijzonder! Ze zorgt altijd zo goed voor ons.’ *Ook voor ú!*

‘Natuurlijk. Begrijp me niet verkeerd. Je moeder is een schat. Maar Patrick... Als hij binnenkomt, is het alsof de zon gaat schijnen. Hij heeft mijn hart gebroken toen hij zei dat hij naar Australië ging. Je opa kon het accepteren. Zo was hij. Je opa kon zich gemakkelijker ergens bij neerleggen. Hij was veel filosofischer ingesteld dan ik. “Laat het los,” heet dat tegenwoordig als ik Suze mag geloven. Volgens je opa was aanvaarden de sleutel tot het geluk. En daar had hij ongetwijfeld gelijk in. Ook al kan ik nog wel andere dingen bedenken waar ik gelukkig van zou worden. Hoe dan ook, Patrick is bijzonder, en sinds hij in Australië zit is de zon uit mijn leven verdwenen. Maar ik mag niet klagen. Je zult me wel erg ondankbaar vinden. Maar dat ligt niet in mijn aard. Je opa zei ook altijd dat kinderen door ons ter wereld komen, maar dat ze ons niet toebehoren. Dat komt uit *De profeet*, van Kahlil Gibran. Het is een wijs boek. Er wordt vaak uit geciteerd op bruiloften en begrafenissen. Misschien zijn het clichés geworden, maar Gibrans woorden blijven tijdloos.’

Daisy wilde niet onbeleefd zijn, maar ze moest er echt vandoor.

‘Heb ik je ooit verteld over die keer dat Patrick...’

Suze, die haar telefoongesprek had beëindigd, kapte haar oma af voordat ze aan het zoveelste langdradige verhaal begon. ‘Wat krijgen we bij de lunch, Nana? Wat heeft mama gemaakt?’

‘Geen idee, lieverd. Dat heeft ze niet gezegd.’

Suze stond op en deed de koelkast open. Doorgaans stond er wel iets in, een quiche of een pizza, maar nu was de koelkast leeg. Toen ze de deur weer dichtdeed, viel haar oog op de lijst die Marigold had opgehangen. OVENSCHOTEL UIT DE VRIEZER HALEN, stond er. ‘Verdorie! Mam wordt wel erg vergeetachtig!’ mopperde ze. ‘En dat ga ik haar zeggen ook.’

'Niet doen, Suze,' zei Daisy.

'Maar iemand moet er toch iets van zeggen? Het is sinds Kerstmis alleen maar erger geworden.'

'Ze kan er niets aan doen.'

'Natuurlijk wel. Ze moet zorgen dat ze haar hoofd erbij houdt. Haar leeftijd is geen excuus. Ze is nog niet eens zeventig!'

Nana knikte instemmend. 'Als ze lijstjes maakt, moet ze er wel op kijken.'

'Je mankeert toch niks aan je benen? Ga een pizza uit de winkel halen,' zei Daisy nijdig. 'En denk erom dat je haar niet van streek maakt.'

Suze zette haar handen in haar zij. 'Jij zou er ook gek van worden als je hier permanent woonde.'

'Vast niet. Ik hoop dat ik wat meer begrip zou tonen, als ik hier permanent woonde.'

'We zullen zien. Tegen de tijd dat het zomer wordt, en je woont hier nog steeds. En mam blijft zichzelf herhalen.'

Daisy keek bezorgd. 'Dus het is jou ook opgevallen?'

'Het is ons allemáál opgevallen,' zei Nana ernstig. 'Maar we proberen begrip te tonen.'

'Heeft papa er iets over gezegd?'

'Ik weet niet of het hem is opgevallen,' zei Suze. 'Hoe dan ook, in het voorjaar gaan ze een lang weekend naar dat hotel dat we hebben uitgezocht. Laten we hopen dat het helpt. Ze is gewoon doodmoe. En ze wordt natuurlijk wel een dagje ouder.'

'Ik ben bijna negentig en ik vergeet nooit iets,' verklaarde Nana resoluut.

'Iedereen is anders,' zei Daisy.

'Marigold lijkt op haar vader. Patrick lijkt op mij.' Nana schudde opnieuw haar hoofd. 'Als Patrick binnenkwam, dan was het alsof de zon ging schijnen. Sinds hij in Australië zit, is de zon uit mijn leven verdwenen.'

Suze en Daisy keken elkaar aan. Marigold was niet de enige die zichzelf herhaalde.

Daisy liep naar de zitkamer, om zeker te weten dat ze niets was vergeten. Haar blik viel op de puzzel. Ze was benieuwd hoe ver haar moeder inmiddels was gevorderd. Misschien kon ze al zien wat de puzzel voorstelde. Maar tot haar verbazing was haar moeder nog nauwelijks opgeschoten. Doorgaans had ze de puzzel die ze met Kerstmis kreeg, binnen een paar dagen af. Blijkbaar vormde deze echt een uitdaging. Misschien omdat haar vader de afbeelding er niet bij had gedaan. Of misschien omdat haar moeder het gewoon te druk had gehad. Alleen de rand was compleet. Terwijl Daisy naar de tafel keek, bezaaid met losse stukjes, vroeg ze zich af waar dat onbehaaglijke gevoel vandaan kwam. Een verontrustend gevoel, ergens diep vanbinnen, dat ze niet kon verklaren. Ze besloot het er met haar vader over te hebben, in de hoop dat hij haar gerust kon stellen, dat hij zou zeggen dat er niets was om zich zorgen over te maken.

In zijn schuur achter in de tuin werkte Dennis aan een barmeubel voor Carole Porter. Mac, de kat, zat tussen de houtkrullen op de grond en keek toe. Een barmeubel was echt een kolfje naar Dennis' hand, een opdracht die een zorgvuldig ontwerp en gedegen vakmanschap vereiste. Het meubel moest vuurrood worden en zou er, met spiegels tegen de achterwand en glazen planken om de flessen op te zetten, spectaculair uitzien. Hij was bij Carole langs geweest om de maat op te nemen en de barmeubels te bekijken die ze online had gevonden. Bij die gelegenheid had ze hem verteld over de ruzie tussen John en Pete Dickens, hun buurman, over de magnolia. Ze had hem zelfs mee naar buiten genomen, de tuin in. De takken hingen niet over de schutting, maar de boom was wel zo hoog dat hij inderdaad veel licht wegnam. Dennis had zich op de vlakte gehouden. Hij hield van zijn rust en had geen zin in gedoe.

Het liefst werkte hij alleen, in complete afzondering. Met de radio op de achtergrond kon hij zich op zijn werk concentreren. Zijn werkbank bestond uit een gladde houten plank die op twee oude keukenkastjes rustte. Vóór hem stond de gereedschapskist die hij als leerling-timmerman had gemaakt, nu bijna vijftig jaar geleden. In die tijd moesten alle leerlingen zo'n kist maken. Hij bewaarde zijn handgereedschap erin – een hamer en een rolmaat, beitels, schroevendraaiers, een figuurzaag – en hij nam de kist naar elke klus mee. Kreunend rechtte hij zijn rug, waardoor de pijn iets wegebde, en hij pakte het doosje paracetamol dat hij altijd onder handbereik hield.

Hij was net bezig een stuk eikenhout te bewerken met een handzaag toen de telefoon ging. Het was de Commodore, die belde met de vraag of hij een val kon ontwerpen om zijn mollenprobleem op te lossen. Dennis hield wel van een uitdaging. Behalve zijn handen mocht hij ook graag zijn hersens gebruiken. Dus hij beloofde dat hij een kijkje in de tuin van de Commodore zou komen nemen. Dan kon hij ook de bestaande mollenval zien, waarin zo'n arm beestje die nacht het loodje had gelegd. Daarna zou hij wat eerste schetsen maken. Marigold zou enthousiast zijn over een val waarin het dier levend werd gevangen. Alleen dat al was een reden om ermee aan de slag te gaan.

Er werd geklopt. Daisy kwam binnen. 'Sorry dat ik stoor, pap.'

Dennis schonk haar een glimlach. 'Je stoort helemaal niet. En? Heb je je spullen gepakt?'

'Ja, ik kan niet wachten om te beginnen! Het is zo'n geweldige ruimte.'

'Je had mijn werkplaats ook mogen gebruiken, dat weet je. Maar het is hier wel erg stoffig.'

'Precies. De schuur van de Sherwoods is het perfecte atelier. En het is er heerlijk rustig.'

Hij trok een wenkbrauw op. 'Zonder Nana en Suze die je afleiden.'

'Precies,' zei ze weer. Toen aarzelde ze, niet wetend hoe ze over de toenemende vergeetachtigheid van haar moeder moest beginnen zonder dat hij zich ongerust maakte. 'Pap, gaat het goed met mama? Ik vind haar een beetje... wazig op het moment.'

Zijn glimlach haperde. 'Dat is ze al een tijdje. Tja, we worden allemaal een dagje ouder.'

'Nana is niet wazig.'

'Nee, maar die herhaalt zichzelf voortdurend. Blijkbaar reageren we allemaal anders op het klimmen der jaren.'

'Mama heeft het ook best druk. Zeker nu Nana bij jullie inwoont. En nou ben ik er ook nog bij gekomen.'

Dennis legde de zaag neer. 'Ze heeft de zorg voor ons, maar ook voor de winkel en voor het postkantoor. En op Tasha kan ze niet echt rekenen. Ze zou iemand moeten hebben die haar ontlast, maar dat wil ze niet. Ze houdt vol dat er niets aan de hand is. En ze wil niet toegeven dat ze trager wordt. 's Ochtends staat ze al heel vroeg op om te gaan wandelen. En dan zijn er nog alle vergaderingen waar ze heen moet.' Hij krabde aan zijn hoofd. 'Maar naar mij luistert ze niet.'

'Dan luistert ze ook niet naar mij.' Daisy besloot niet over de puzzel te beginnen. Misschien had het niets te betekenen dat haar moeder nog amper was opgeschoten. 'Dus je maakt je geen zorgen?'

'Nee, en dat moet jij ook niet doen. Vergeet niet dat je heel lang in het buitenland hebt gezeten. Daardoor zie je de dingen misschien niet in het juiste perspectief.' Hij grijnsde. 'De Commodore wil dat ik een mollenval voor hem ontwerp om de beestjes levend te vangen. Dat wordt een interessant project.'

'En wat doet hij ermee? Als hij ze eenmaal heeft gevangen?'

'Dat weet ik niet. Dat laat ik aan hem over.'

Daisy knikte. 'De Commodore zal wel weten wat hij ermee aan moet. Hij heeft tenslotte bij de marine gezeten.' Ze imiteerde zijn stem, en ze schoten allebei in de lach. 'Het is verbijsterend wat je daar allemaal leert. Bij de marine!'

Enigszins gekalmeerd reed Daisy naar de Sherwoods. Haar vader had gelijk. Doordat ze zo lang in het buitenland had gezeten, zag ze de dingen niet in het juiste perspectief. Misschien was die vergeetachtigheid van haar moeder al jaren gaande. Dat zou ze tijdens haar korte bezoeken met Kerstmis en in de zomer niet hebben gemerkt.

Ze parkeerde de auto voor de schuur en begon haar spullen uit te laden. Een intens geluksgevoel nam bezit van haar toen ze haar schildersezel voor de grote ramen had gezet. Ze wist zeker dat ze hier, in deze prachtige ruimte, geweldig zou kunnen werken.

Lady Sherwood bracht de honden, en Daisy maakte foto's. In de keuken was koffie en thee, er stond melk in de koelkast. Lady Sherwood had aan alles gedacht. De zon kwam achter de wolken tevoorschijn en dompelde de kamer in een stralende gloed. Het uitzicht was schitterend, zelfs nu de bomen kaal waren, de velden doorweekt en kleurloos. In de toekomst zou ze naar haar atelier moeten lopen. Haar ouders hadden de auto nodig, en ze wilde zo min mogelijk van haar spaargeld uitgeven. Dus ook een tweedehandsauto zat er niet in. Als Sir Owen het goedvond dat ze dwars over de velden liep, viel de afstand best mee. Ze was tevreden, besefte ze. En ze besefte nog iets: dat ze al iets minder aan Luca dacht.

9

Terwijl de dooi inzette en de winter zich terugtrok, bracht de lente langere dagen en een milde bries, waardoor de natuur na maanden uit haar slaap ontwaakte. Narcissen openden hun gele trompetjes, vergeet-mij-nietjes vormden poelen van blauw in het gras, en ook in de bossen deed het voorjaar zijn intree en begonnen de bomen uit te botten. Daisy liep inmiddels naar haar werk, en naarmate de winterse kou steeds meer werd verdreven, werd die dagelijkse wandeling hoe langer hoe aangenamer. Sir Owen vond het goed dat ze de boerenwegen over het landgoed gebruikte, waardoor de wandeling met de helft werd bekort. Een muts en een sjaal waren niet meer nodig. In plaats daarvan droeg ze een spijkerjasje. De zon stond al hoog aan de hemel en voelde warm op haar wangen. Het gekwetter van de vogels in de hagen langs de weg vormde een bemoedigende bevestiging van het feit dat de winter eindelijk voorbij was.

Daisy had weliswaar niet veel werk gehad aan het portret voor Lady Sherwood, maar het had toch meer tijd gekost dan ze had verwacht. Dat kwam doordat ze met drie honden te maken had. Op basis van de foto's die Daisy had genomen, waren ze het eens geworden over de compositie. Mordy en Archie zouden liggend op de hocker in de zitkamer worden afgebeeld, terwijl Bendico vanaf de grond naar hen opkeek. Dat had goed uitgepakt. Daisy was blij dat ze hen spontaan in die pose had weten vast te leggen. Sir Owen en Lady Sherwood waren verrast geweest door het uiteindelijke resultaat. Ook al had Lady Sherwood het proces min of meer gevolgd. Ze was af en toe komen binnenlopen voor een praatje, en voor een steelse blik op het portret. Maar de laatste dagen voor de voltooiing had ze zich ingehouden, om het moment van de onthulling niet te bederven. 'Allemachtig!' had Sir Owen uitgeroepen toen het zover was. Zijn toch al blozende gezicht werd paars terwijl hij in de onwaarschijnlijk levendige ogen van de honden keek. 'Je hebt talent, jongedame! Het is ongelooflijk!'

Lady Sherwood had van plezier in haar handen geklapt en Daisy met lof overladen omdat ze haar lievelingen zo schitterend had weten te treffen. 'Heel anders dan een foto!' had ze uitgeroepen. Daar was Daisy erg verguld mee, want dat was precies wat ze wilde horen.

Tot haar verrassing besloten de Sherwoods het portret op de ereplaats in het huis te hangen: boven de haard in de hal. Ze was blij dat ze zo'n dure lijst had uitgekozen, want het portret kwam prachtig uit op die plek. Het was een blikvanger voor iedereen die binnenkwam. Lady Sherwood had haar contant betaald en gezegd dat ze in de toekomst echt meer moest vragen. Zeker nu ze al wat werk kon laten zien. Daisy besloot haar goede raad ter harte te nemen. Met mate. Want zolang ze nog klanten moest werven, wilde ze niemand afschrikken door te veel te vragen.

Inmiddels werkte ze aan een portret van de drie pekinezen van Carole Porter, wat nogal een uitdaging was. De hondjes waren rusteloos, erg gehecht aan hun vrouwtje en niet in het minst geïnteresseerd in Daisy.

Dennis kwam met een nieuwe mollenval voor de Commodore. Hij had eerst een paar andere ontwerpen uitgetest, maar die bleken geen succes. Toen bleek dat er inderdaad een mol in de val had gezeten maar had weten te ontsnappen, sprong de Commodore bijna uit zijn vel. Na de nodige aanpassing bleek de val echter wel te werken, en het duurde niet lang of de Commodore ving zijn eerste mol. Zijn triomfantelijke reactie deed vermoeden dat hij zojuist met het Victoriakruis was onderscheiden. Met het beestje in de val kwam hij de winkel binnenstormen.

'Wat zit daarin?' Eileen tuurde in de kist. 'Is hij dood?'

'Nee, hij leeft nog. Het is een mol,' antwoordde de Commodore opgewekt.

Als dierenliefhebber vond Marigold het zielig voor de arme mol. 'U moet hem onmiddellijk vrijlaten!'

'Wil je hem zien?'

'Bijt hij?' vroeg Eileen.

'Nee, u moet hem onmiddellijk vrijlaten!' herhaalde Marigold resoluut. 'Op een plek waar het veilig is.'

De deur ging open. Dolly kwam binnen, samen met Cedric. 'Goedemorgen!' groette ze. Het voorjaar had weer wat kleur op haar wangen getoverd.

'Wat hebt u daar, Commodore?' vroeg Cedric.

'Een mol.' De ogen van de Commodore schitterden. 'Vanochtend gevangen. In de val die Dennis heeft gemaakt. Wil je hem zien? Hij is niet dood. Integendeel, hij is springlevend. Ik ga hem vrijlaten. Op een plek waar hij geen kwaad kan.'

'Niet in *mijn* tuin, hoop ik.' Cedric dacht aan zijn onberispelijke gazon.

'En ook niet in de mijne,' zei Dolly prompt.

'Waar gaat u hem vrijlaten?' vroeg Eileen.

De Commodore deed het deksel open, en ze tuurden allemaal in de kist, behalve Marigold: die vond alle dieren in gevangenschap zielig, ook ongedierte. 'Buiten het dorp. Ergens in het vrije veld,' antwoordde de Commodore.

'O, wat is hij schattig!' Dolly trok haar arm uit die van Cedric. 'Mag ik hem vasthouden?'

'Hij bijt,' zei Eileen. 'En je weet niet wat voor ziektes hij onder de leden heeft.'

Dolly stak haar vinger in de kist en aaide ermee over het ruggetje van de mol. 'Ze zijn veel kleiner dan je zou denken,' zei ze zacht. Toen slaakte ze een diepe zucht.

'Kom, we hebben cacaopoeder nodig. Daarvoor zijn we hier.' Cedric trok haar mee.

Het belletje rinkelde opnieuw toen Mary Hanson binnenkwam. De Commodore deed haastig de kist dicht en constateerde opgelucht dat Mary haar hond niet bij zich had. Dolly keek Mary aan. Toen hun blikken elkaar kruisten, wendde Mary zich af. Cedric snoof luid, stak zijn kin naar voren en loodste Dolly verder het gangpad in. Eileen keek van de een naar de ander. 'Dat wordt nog eens slaande ruzie,' mompelde ze op gedempte toon tegen Marigold.

'Wil je tegen Dennis zeggen dat zijn val een succes is?' vroeg de Commodore.

'Dat zal ik doen,' antwoordde Marigold. 'En daar zal hij blij mee zijn. Zo, en nu vlug met dat beestje het dorp uit. Naar een plek waar het naar hartenlust kan graven.' Ze keerde zich naar Mary. 'Goedemorgen. Wat kan ik voor je doen?' vroeg ze, in het besef dat Dolly en Cedric met opzet achter in de winkel bleven staan.

'Maak je geen zorgen.' Mary bloosde. 'Ik kom later wel terug.'

'Laat je niet wegjagen, Mary,' zei Eileen bemoedigend. 'Vooruit. Je moet voor jezelf opkomen.'

Mary zuchtte. 'Ik heb alleen een doosje theezakjes nodig,' zei ze. 'Die zijn op.'

'Blijf jij maar hier,' bood Marigold aan. 'Dan pak ik ze voor je.'

Aan het eind van het pad gekomen liet ze haar blik over de planken gaan. Ze kon zich niet meer herinneren wat Mary wilde hebben. Het moest hier ergens staan, want ze was dit pad in gelopen. Marigold probeerde zich te concentreren. Als er tandraderen in haar hoofd hadden gezeten, had ze die kunnen horen draaien. Of liever gezegd, knarsen. Ze was het inmiddels gewend dat haar geheugen haar af en toe in de steek liet. Ze was vertrouwd geraakt met de leegte in haar hoofd, als een zwart gat in het universum. En terwijl ze in het zwarte gat staarde, werd ze opnieuw bekropen door de angst die al lang geen vreemde meer voor haar was; door een gevoel van duizeligheid, van onthechting, alsof ze van een afstand naar zichzelf keek. Ze haalde diep adem, zich bewust van de blikken van Dolly en Cedric bij het cacaopoeder. Ze moest opschieten. Dolly en Cedric wachtten totdat Mary vertrok. Maar Mary stond op háár te wachten. Marigold dacht koortsachtig na. Wat had Mary gezegd? Er was iets op. Maar wat?

Ze liet haar blik over de planken gaan, in de hoop dat ze het zou weten als ze het zag. De vlammen sloegen haar uit. Werd het geen tijd om de verwarming uit te zetten? Het was tenslotte al maart, en erg zacht. Haar oog viel op de doosjes met Tetley-theezakjes. Kon ze maar naar huis gaan en een kop thee zetten! Alleen al bij de gedachte voelde ze zich iets minder ellendig. En toen was het zwarte gat plotseling verdwenen. Ineens wist ze het weer. Theezakjes! Met trillende handen en enigszins onvast op haar benen liep ze terug naar de kassa. Mary en Eileen waren in een geanimeerd gesprek gewikkeld, en Mary keek niet verbaasd toen Marigold de theezakjes aansloeg. Blijkbaar had niemand iets gemerkt, ook al had Marigold het gevoel dat ze een eeuwigheid was weggebleven.

Mary betaalde en vertrok, Tasha kwam terug van haar theepauze en Dolly en Cedric rekenden een pakje cacaopoeder af. Toen keek Marigold op haar horloge. Het was tijd om Dennis zijn thee te brengen.

Hij was druk aan het werk, aan een boekenkast voor de studeerkamer van de dominee. 'Hallo, Goldie! Je bent een schat.'

Ze zette de mok op zijn werkbank. 'De Commodore heeft een mol gevangen,' vertelde ze, blij dat ze het zich herinnerde zonder dat ze het in haar boekje had geschreven.

'Echt waar? Levend en wel?'

'Springlevend.'

'Mooi zo. Ik ben blij dat de val het doet. Waar gaat hij die mol vrijlaten?'

'Dat weet ik niet meer. Op een veilige plek, hoop ik.'

Hij keek haar even na en ging toen weer aan het werk.

Marigold maakte een rondje door de tuin en ademde genietend de geur van het voorjaar in. Die was zo anders dan de geur van de zomer. Ze rook nieuw gras, het peperboompje, vruchtbare grond die langzaam maar zeker warmer werd. Het was niet meer echt nodig – er zaten genoeg wormen in de grond, en er dansten wolken insecten op de bries – maar ze voerde haar vogeltjes nog steeds. Ze genoot er zo van ze rond haar voederhuisjes te zien fladderen. Haar vogeltjes waren voor haar een bron van vreugde.

Toen ze de keuken binnen kwam, zat Nana verdiept in haar kruiswoordpuzzel. 'Woede-uitbarsting. Acht letters.'

'Driftbui,' zei Marigold prompt.

'Ach, natuurlijk. Die was gemakkelijk. Maar deze dan. Wegkwijnen. Negen letters.'

'O, dat is een moeilijke.'

'Verschrompelen? Nee, dat zijn te veel letters.'

'Eh... Ik weet het...'

Nana keek vol verwachting op.

'Het ligt op het puntje van mijn tong.'

'Nou, voor de draad ermee! De tweede letter is een i, want bij drie verticaal staat tobben, en dat moet piekeren zijn.'

Marigold voelde het woord bijna letterlijk, alsof het een aardappel was die ze in haar mond hield; alsof het iets tastbaars was en ze met haar tong langs de rondingen, de hobbels, de gladde stukken ging. Maar ze kon de letters niet vinden. 'Geef me even de tijd. Dan schiet het me vanzelf te binnen.'

Nana slaakte een zucht. 'Prima. Dan ga ik ondertussen verder met een andere aanwijzing.'

Het woord zat Marigold zo dwars dat ze besloot naar de zitkamer te lopen om aan haar puzzel te werken. Ze had het tegen niemand gezegd, maar ze vond hem erg lastig. De rand was inmiddels af, maar met de rest had ze moeite. Het leek wel alsof de radertjes in haar hoofd geolied moesten worden; alsof ze werden afgeremd door een dikke brij waar ze doorheen draaiden. Ze waren niet meer zo soepel en efficiënt als vroeger. Marigold zette haar bril op, sorteerde de stukjes op kleur en afbeelding. Ze kon wel juichen toen ze er twee vond die in elkaar pasten. De tijd verstreek zonder dat ze het merkte. Totdat een duif voor het raam haar aandacht trok. Ze keek op haar horloge. *Lieve hemel, ik moet terug naar de winkel! En ik moet Dennis zijn thee brengen.* Ze haastte zich naar de keuken om water op te zetten. Op het moment dat ze de deur uit liep, schoot het woord haar te binnen. Alsof iemand het van bovenaf in haar hoofd had laten vallen. 'Zieltogen!'

'Natuurlijk!' zei Nana. 'Die had ik zelf moeten weten.'

Marigold voelde zich op slag een stuk beter. Ze liep de tuin door naar de schuur. Dennis keek verrast op toen ze binnenkwam. 'Hallo, Goldie.'

'Je thee. Een beetje later dan anders. Ik ging helemaal op in de puzzel.' Ze zette de mok op de werkbank en keek fronsend naar de mok die daar al stond. 'Zo, en nu moet ik weer naar de winkel.' De verbijsterde uitdrukking op Dennis' gezicht zag ze niet, noch de twijfel in zijn ogen.

Een beetje uit haar doen stak ze de binnenplaats over. Dennis had nog nooit thee gehaald voor zichzelf.

Een paar dagen later was ze vergeten dat Ticky kwam eten. Dus toen hij om zeven uur de keuken binnen kwam, reageerde ze verrast. Maar ze raakte er bedreven in om haar vergeetachtigheid te maskeren. Haar kleine opschrijfboekje was een enorme steun – als ze niet vergat het te raadplegen – en het rode boek in de winkel vervulde ook een cruciale functie. Bovendien keek niemand er raar van op als ze daarin dingen noteerde, want dat hoorde bij haar werk. De lijst op de koelkast sprong in het oog telkens wanneer ze de deur opendeed. Maar dat Ticky kwam eten, had Suze haar die ochtend verteld, terwijl Marigold de vogels voerde. Dus tegen de tijd dat ze naar binnen ging, was ze het alweer vergeten. Haar hoofd leek wel een vergiet! Als ze dingen niet onmiddellijk noteerde, waren ze verdwenen. Als damp uit de fluitketel. Met een beleefde glimlach nodigde ze Ticky uit een biertje te pakken. Ondertussen zette ze er een bord bij op tafel, ervan overtuigd dat hij niets had gemerkt.

De gebraden kip was een succes. Ticky en Suze zaten naast elkaar en gedroegen zich als verliefde tieners. En Marigold constateerde dat Daisy er ook uitzag alsof ze gelukkig was. Ze genoot van haar nieuwe carrière, van haar atelier op het landgoed van de Sherwoods, en ze had geen gebrek aan opdrachten. Sterker nog, ze had meer werk dan ze aankon. Volgens Nana omdat ze te goedkoop was. 'Als je meer zou vragen, was je vast en zeker minder in trek.' Daisy was er niet op ingegaan.

Pas tegen het eind van de maaltijd boog Suze zich naar Ticky. Ze fluisterde hem iets in het oor, waarop hij ging staan alsof hij een toespraak zou gaan houden. Ticky was niet groot, maar wel een knappe verschijning met gebeeldhouwde trekken, bruine krullen en sprekende bruine ogen die extra groot leken achter de glazen van zijn ronde brilletje.

Het werd stil rond de tafel. Dennis zocht de blik van Marigold. Ze herkende de glimlach in zijn ogen en beantwoordde die vol verwachting.

'Ik heb jullie iets te vertellen.' Ook hij glimlachte, terwijl ze hem allemaal vol spanning aankeken. 'Gisteravond heb ik Suze gevraagd om mijn vrouw te worden. En ze heeft ja gezegd.'

Suze schoot overeind en kuste hem uitbundig op zijn wang. 'Het is nog sterker. Ik heb "Ja, graag!" gezegd.'

'Nou, gefeliciteerd! Daar moet op gedronken worden. Ik ga een fles wijn openmaken.' Dennis schoof zijn stoel naar achteren.

'Hè, ja! Lekker,' zei Nana. Zelfs zij had niets te mopperen wanneer er wijn op tafel kwam.

Marigold kreeg tranen van ontroering in haar ogen. 'Ach kindje, ik ben zo blij voor je!' Ze omhelsde haar jongste dochter en trok haar even dicht tegen zich aan. 'Wat heerlijk dat je de man hebt gevonden met wie je je leven wilt delen.' Ze dacht aan Dennis, aan de vele mooie jaren die ze samen hadden gehad.

'Het leven is een lange reis,' zei Nana. 'En het is minder zwaar wanneer je die reis niet alleen hoeft af te leggen. Dat zei je opa altijd. En daar had hij natuurlijk gelijk in. Maar toen ging hij dood, en hij liet mij alleen achter. Het ligt in de verwachting dat een van jullie als eerste zal gaan. Maar weinigen zijn zo gelukkig om samen het leven vaarwel te zeggen.'

Dennis kwam terug met een fles gekoelde witte wijn, en Daisy nam Nana de wind uit de zeilen en stuurde het gesprek een andere kant uit. 'Is er al een ring?' vroeg ze.

'De ring!' riep Suze, waarop Ticky een met grijs fluweel bekleed doosje uit zijn zak haalde.

'We wilden de verrassing niet bederven.' Hij deed het doosje open en schoof de ring aan Suzes vinger. De solitaire diamant was verrassend groot en flonkerde oogverblindend.

‘Hij is van Ticky’s oma geweest. Zijn opa had een goede smaak,’ verklaarde Suze dolgelukkig. ‘Is hij niet prachtig? Hij flonkert als een ster.’

‘Er is hier maar één ster,’ zei Ticky prompt.

‘En dat ben ik!’ Suze giechelde.

Ticky sloeg een arm om haar heen. ‘Precies. Dat ben jij, liefste.’

‘Wanneer we eenmaal getrouwd zijn, gaan we op zoek naar een appartement in de stad. En totdat we iets hebben gevonden, ga ik ook bij Ticky’s ouders inwonen. Daar is meer ruimte dan hier.’

‘We zullen je missen, Suze.’ Marigold besefte ineens dat haar jongste ging uitvliegen en ze schrok van het vooruitzicht.

‘Dit is het begin van de rest van je leven!’ Daisy hief haar glas.

‘En daar drinken we op!’ Dennis zette de fles neer. ‘Op Ticky en Suze, en op vele gelukkige jaren voor hen samen.’

Ze dronken het aanstaande bruidspaar toe.

‘Het zou leuk zijn als jullie in de zomer trouwden,’ zei Nana. ‘Wacht in elk geval niet te lang. Ik ben bijna negentig. Magere Hein scherpt zijn zeis. Maar ik wil de bruiloft nog graag meemaken.’

‘Nana heeft gelijk. Het is verrukkelijk om in de zomer te trouwen,’ zei Marigold, en ze dacht aan alle lijsten die ze zou moeten bijhouden om Suze op haar grote dag niet teleur te stellen.

Daisy nipte van haar wijn en verdrong het gevoel van jaloezie dat haar bekroop, als een worm die zich naar het hart van een appel knaagde. Ze wilde het haar jongere zusje niet misgunnen dat ze eerder ging trouwen dan zij. Maar ze kon het niet helpen dat het haar weemoedig stemde. Als ze geen zes jaar van haar leven had vergooid door bij een man te blijven voor wie het huwelijk onbespreekbaar was, zou ze misschien allang getrouwd zijn. Misschien zou ze zelfs al kinderen hebben gehad. Opnieuw vroeg ze zich af of ze de juiste beslissing had genomen. Had ze bij Luca moeten blijven en een compromis moeten sluiten? Of liep de ware nog ergens rond en was het slechts een kwestie van tijd voordat ze hem zou ontmoeten?

10

Er zou heel wat geregeld moeten worden voor het huwelijk, en alleen al bij die gedachte voelde Marigold zich overweldigd. Om te beginnen moest de kerk worden besproken, en aansluitend het dorpshuis voor de receptie. En dan was er de catering, de champagne, de jurk, de bruidstaart, de kleding van de bruidsmeisjes en -jonkers, de kaarten... Om maar een paar dingen te noemen. Vroeger had Marigold van dat soort projecten genoten. Ze kon organiseren, plannen, regelen als de beste. Niets was haar ooit te veel geweest. Nu kon ze door de mist in haar hoofd nauwelijks overzien wat er allemaal moest gebeuren. Hoe moest ze dat in 's hemelsnaam voor elkaar zien te krijgen? Het zou al enorm schelen als ze het niet alleen hoefde te doen, als ze anderen vroeg haar te helpen. Maar dan zou ze haar angsten onder woorden moeten brengen. En daar deinsde ze voor terug. Want ze wilde haar gezin er niet mee belasten.

Bovendien hield ze nog altijd rekening met de mogelijkheid dat ze van een mug een olifant maakte. Als alle oudere mensen vergeetachtig werden, waarom zou zij dan een speciaal geval zijn? Waarom zou haar situatie dan om extra aandacht vragen? Want dat was het laatste wat ze wilde: de aandacht op zichzelf vestigen.

Op sommige dagen voelde ze zich prima, maar er waren ook dagen dat ze het moeilijk had. Soms bruiste ze van energie en was haar hoofd volkomen helder, dan weer verloor ze de moed en dreef de dichte mist waar ze doorheen waadde, haar tot wanhoop. Ze besloot dat ze de dingen die geregeld moesten worden, zou doen op de dagen dat ze zich goed voelde. Het zou niet meevallen om zowel de winkel als de voorbereidingen van het huwelijk in goede banen te leiden, maar ze was vastbesloten Suzes grote dag tot iets bijzonders te maken en haar jongste dochter geen reden tot bezorgdheid te geven. Haar vergeetachtigheid mocht geen schaduw werpen over het begin van Suzes leven als getrouwde vrouw.

Ze had drie maanden de tijd voor het treffen van alle voorbereidingen. Het toekomstige paar had besloten dat het huwelijk op de eerste zaterdag in juni zou plaatsvinden, in de hoop dat het weer zou meewerken. Volgens Nana bracht het geluk wanneer het regende op je trouwdag. 'Het regende ook op de onze, en je opa en ik zijn achtenvijftig jaar gelukkig samen geweest.' Suze was niet overtuigd, al was het maar omdat haar oma altijd wel iets te klagen of te mopperen had.

Marigold regelde de kerk en het dorpshuis en vinkte ze af op haar lijst.

Over de trouwjurk had Suze een uitgesproken mening. Op een zondagochtend tijdens het ontbijt verklaarde ze dat ze niet van plan was in het wit te trouwen. 'Ik ga in het roze.'

Nana reageerde geschokt. 'Dan lijk je net een marshmallow!'

'Wilt u daarmee zeggen dat ik dik ben?'

'Nee, ik zeg alleen dat je er belachelijk uitziet als je in het roze trouwt. De jurk hoort wit te zijn. Waar of niet, Marigold?'

Die had geen goede dag. Het liefst zou ze in bed zijn gebleven, maar er werd op haar gerekend. Dennis had recht op zijn zondagse ontbijt. En sinds Nana bij hen inwoonde, had zij ook nooit meer haar eigen ontbijt gemaakt. Suze en Daisy konden natuurlijk prima voor zichzelf zorgen, maar Marigold vond het nu eenmaal heerlijk om iedereen te verwennen. Ook haar dochters. Dat had ze altijd gedaan, en dat moest vooral zo blijven.

'Is roze wel zo'n goed idee, Suze?' vroeg ze voorzichtig.

'Het is mijn huwelijk, en als ik dat wil, ga ik in het roze!' Suze schudde resoluut haar haar naar achteren.

Dennis hechtte aan zijn rust op de zondagochtend en ging confrontaties het liefst uit de weg, dus hij besloot het met Suze eens te zijn. 'Het gaat erom wat jij wilt, lieverd. Want je hebt gelijk. Het is jouw dag.'

Marigold was geneigd haar man bij te vallen, maar hield haar mond toen ze zag dat haar moeder haar dreigend aankeek.

'Het gaat er niet alleen om of je wel of geen maagd meer bent, Suze,' zei Nana. 'Het gaat ook om respect jegens God. Heb ik gelijk of niet, Marigold?'

'Wisten jullie dat trouwjurken pas wit zijn sinds het huwelijk van koningin Victoria?' vroeg Daisy. 'Daarvóór waren alle kleuren toegestaan. Ik vind dat je in het rood zou moeten gaan, Suze.'

Nana tuitte haar lippen. 'Als je me dood wilt hebben, moet je dat doen! Ik wil het huwelijk graag nog meemaken, maar als je in het rood trouwt – of beter gezegd, niet in het wit – dan wordt dat mijn dood. Dan lig ik onder de groene zoden. Me om te draaien in mijn graf.'

'Misschien gaat rood wat te ver,' zei Dennis in een poging de vrede te bewaren. 'Maar ik denk niet dat God beledigd zou zijn als je in het roze ging, Suze. Heel lichtroze, welteverstaan. En daar kan Nana vast en zeker ook mee leven. Trouwens, ik denk dat God minder veeleisend is dan Nana.'

Zijn schoonmoeder kon er niet om lachen.

'God heeft de bloemen gemaakt. In alle kleuren van de regenboog,' zei Suze. 'Ik wil een roze jurk. In de kleur van pioenrozen. Hoe zou Hij zich daaraan kunnen storen? Hij heeft de pioenroos zelf geschapen.'

'Over bloemen gesproken,' zei Marigold om het over iets anders te hebben. 'We moeten ook op zoek naar een goede bloemist.'

'Nou, dat is niet zo moeilijk.' Suze glimlachte. 'Ticky is hovenier. Dus de bloemen kunnen we met een gerust hart aan hem overlaten.'

'Gelukkig heet hij in de kerk Atticus Buckley. Zoals het hoort.' Nana snoof misprijzend. 'Als je bent vernoemd naar een van de beroemdste romanpersonages aller tijden, zou je wel een idioot zijn als je daar niet trots op was.'

Suze schoot in de lach. 'Als u daarmee wilt suggereren dat mijn verloofde een idioot is, ga ik in het fuchsiaroze. Alleen om u te plagen.'

Marigold zette Dennis zijn zondagse ontbijt voor. 'Dank je wel, Goldie.' Hij pakte zijn bestek en schonk haar een brede glimlach. 'Je bent geweldig.'

Marigold voelde zich die dag helemaal niet geweldig. Ze ging naar de wc om haar opschrijfboekje te raadplegen. Het duizelde haar van alle dingen die ze niet mocht vergeten. Ze was al moe voordat de dag goed en wel was begonnen. Normaliter zou ze hebben genoten van een dag met een volle agenda, maar nu leek het wel alsof ze in een te lage versnelling stond; nu voelde alles wat ze moest doen als het beklimmen van een steile heuvel. Ze moest naar de kerk, maar ze moest ook de lunch klaarmaken, wat altijd nogal een krachttoer was omdat de dominee zo lang preekte. Die middag ging ze bij Beryl op de thee. Daar zag ze naar uit. Maar ze wilde ook weer met haar puzzel aan de slag. Gelukkig kon ze de spullen waar haar moeder om had gevraagd – shampoo en tandpasta – uit de winkel halen. Ze slaakte een zucht van dankbaarheid. Zonder de winkel zou ze niet weten hoe ze het allemaal voor elkaar moest krijgen.

Maar er dreigde een nieuw probleem. Behalve haar opschrijfboekje dat ze altijd bij zich had, en haar rode notitieboek onder de toonbank en de lijst op de koelkast – met huishoudelijke geheugensteuntjes, zoals dat ze het eten uit de vriezer moest halen, of wat ze die avond ging koken – waren er de geeltjes die ze in het hele huis had opgeplakt, en de blocnote naast haar bed. Al met al had ze inmiddels zo veel plekken waar ze dingen noteerde dat ze begon te vergeten waar ze iets had opgeschreven. Ze zou al haar notities op één plek moeten bewaren, maar haar opschrijfboekje was niet altijd waar zíj was. Wanneer ze zich verkleedde, vergat ze soms om het uit haar zak te halen. En soms vergat ze het hele boekje. Op goede dagen dacht ze dat ze het niet nodig had, maar dan kwam onvermijdelijk het moment dat haar geheugen haar in de steek liet, en dan wist ze niet meer waar ze het boekje had gelaten.

Alles kostte haar tegenwoordig zo veel inspanning. Het klaarmaken van de lunch was doodvermoeiend, want behalve dat ze niet mocht vergeten de oven aan te zetten, waren er zo veel andere dingen waaraan ze moest denken als ze niet wilde dat haar gezin in de gaten kreeg dat ze steeds vergeetachtiger werd. Ze moest zich tot het uiterste concentreren, en alleen al daarvan werd ze nerveus. Het ophouden van de schijn was een uitputtingsslag.

Tegen beter weten in ging ze met Nana en Dennis mee naar de kerk. Dennis zette hen af bij het hek en reed door om de auto weg te zetten. De twee vrouwen liepen samen de kerk in. Normaliter ging Nana alvast zitten en maakte Marigold hier en daar een praatje, maar daar was ze vandaag niet voor in de stemming. Met haar hoofd gebogen volgde ze haar moeder de banken in. Toen ze eenmaal zat, sloeg ze haar psalmboek open om te zien wat ze die dag gingen zingen. Tegen de tijd dat ze opkeek, benieuwd of Dennis er al aan kwam, kruiste haar blik die van een vrouw die glimlachend naar haar wuifde. Marigold glimlachte terug, ook al had ze geen idee wie de vrouw was. Misschien was het een vergissing en zag ze haar aan voor iemand anders. Toen de vrouw verder liep door het gangpad, tikte Marigold haar moeder aan. 'Die vrouw daar... die wuifde naar me.'

Nana keerde zich fronsend naar haar dochter. 'Dat is Mandy Bradshaw.'

Marigold keek haar niet-begrijpend aan.

'Mandy Bradshaw! Je weet wel! Ze woont hier nog niet zo lang, en ze heeft een kleine terriër. Toby. Een vervelend beest. Ik heb een hekel aan terriërs.'

'Je hebt een hekel aan alle honden, mam.' Marigold had geleerd te bluffen wanneer haar geheugen haar in de steek liet. Als iemand haar groette, speelde ze het spelletje mee, ook al had ze geen idee wie ze voor zich had. Maar ze had het gevoel alsof de grond onder haar voeten wegzakte, en ze pakte dankbaar de hand van Dennis, die op dat moment naast haar kwam zitten. Hij gaf de hare een bemoedigend kneepje. 'Alles goed, lieverd?' Ze knikte. Maar het ging niet goed. Het ging helemaal niet goed.

Na de lunch stortte ze zich weer op de puzzel, maar ook dat was een worsteling. En een goede oefening voor haar hersens. Ze kon het letterlijk voelen. Marigold was niet iemand die snel opgaf. Dus dat zou ze nu ook niet doen, net zomin als ze haar zorgen met de anderen zou delen. Haar angsten, haar frustraties, ze hield ze allemaal voor zich, en ze verborg haar groeiende wanhoop achter haar lieve glimlach en een masker van opgewektheid.

Het ontging Dennis niet dat Marigold moeite had met de puzzel. Misschien was hij te groot, misschien had hij de stukjes te klein gemaakt. En misschien had hij het voorbeeld er toch bij moeten doen. Maar daarvoor was het nu te laat. Hij had de afbeelding weggegooid, zonder er een foto van te maken. In de verwachting dat ze de puzzel weer net zo vlot af zou hebben als alle andere was het niet bij hem opgekomen het voorbeeld te bewaren. Daar had hij nu spijt van. In plaats van de beste puzzel die hij ooit voor haar had gemaakt, bleek het cadeau een teleurstelling. Het ergste vond hij dat ze er geen plezier in leek te hebben. Ze zette alles op alles om hem af te krijgen. Met haar bril op haar neus en een vastberaden frons op haar voorhoofd zat ze aan de tafel, zoekend naar stukjes die in elkaar pasten. Maar hij had het gevoel dat ze werd gedreven door trots, door koppigheid, omdat ze niet wilde toegeven – ook niet tegenover zichzelf – dat ze de puzzel te moeilijk vond.

De telefoon ging. Daisy nam op, ze praatte wat en keerde zich toen naar haar moeder. 'Het is Beryl. Waar je blijft. Je zou bij haar op de thee komen.'

Marigold verbleekte. Daisy schrok ervan. Haar moeder reageerde niet verrast, zoals je zou verwachten, maar geschokt. Daisy las angst in haar ogen en voelde op haar beurt ook een steek van angst.

'Sorry, ik ging helemaal op in mijn puzzel,' verontschuldigde Marigold zich aan de telefoon. Ze klonk kalm. Uit niets bleek meer hoezeer ze was geschrokken. 'Zal ik nu naar je toe komen?'

'Gezellig. Ik heb koekjes gebakken,' zei Beryl. 'Een nieuw recept uit het kookboek dat ik met Kerstmis heb gekregen. Ze zijn erg lekker. Ik weet zeker dat jij dat ook vindt. Maar doe rustig aan. We hebben alle tijd.'

Dennis stond erop om Marigold met de auto te brengen, ook al woonde Beryl vlakbij. Toen hij terugkwam stond Daisy hem in de hal op te wachten. 'Ik moet met je praten.'

Bij het zien van haar ernstige gezicht begreep hij dat het over Marigold ging.

'Kom maar mee naar de schuur,' zei hij op gedempte toon. Samen liepen ze de tuin in. De voederhuisjes waren gevuld met vogelzaad, zag Daisy. Gelukkig was haar moeder dat nog niet vergeten.

Dennis deed de deur achter hen dicht. Even keken vader en dochter elkaar zwijgend aan. Ze aarzelden om het gevoelige onderwerp aan te snijden. Want door het hardop uit te spreken, viel het niet meer te ontkennen. Maar ze wisten allebei dat ze hun kop niet langer in het zand konden steken. Uiteindelijk was het Daisy die de stilte verbrak. 'Ze vergeet alles, pap. Al sinds ik terug ben uit Italië. En waarschijnlijk is het al veel eerder begonnen. Ik vind dat ze naar de dokter moet.'

Dennis fronste. 'Ze zal geschokt zijn als ze merkt dat het ons is opgevallen. Want ze probeert het uit alle macht te verbergen. Ze wil niet toegeven dat ze trager wordt.' Hij glimlachte vertederd. 'Je kent je moeder. Ze heeft graag alles onder controle en ze vindt het heerlijk om voor ons allemaal te zorgen.'

'Als het komt doordat ze een dagje ouder wordt, als het niets verontrustends is, dan kan de dokter misschien tegen haar zeggen dat ze het wat rustiger aan moet doen. Ze heeft het veel te druk. Als de dokter zegt dat ze minder hooi op haar vork moet nemen, dan zal ze wel moeten. Ik wil niet suggereren dat ze een hersentumor heeft of zoiets akeligs, maar ik vind wel dat ze zich moet laten onderzoeken. Al is het maar voor onze gemoedsrust.'

Daar was Dennis nog niet van overtuigd. Hij wist hoe Marigold zou reageren. Ze zou er helemaal ontdaan van zijn, en dat wilde hij niet. Toen herinnerde hij zich dat ze hem laatst tot twee keer toe een kop thee had gebracht, en hij werd overvallen door moedeloosheid. 'Kunnen we niet allemaal bijspringen en haar een handje helpen?'

'Natuurlijk! Dat is prima. We zouden allemaal veel meer zelf kunnen doen.'

'Ik bedoel eigenlijk dat we proberen haar te helpen zonder dat ze het merkt. Als ze bijvoorbeeld met Beryl heeft afgesproken, dan zouden wij haar – indirect, zonder het met zo veel woorden te zeggen – aan die afspraak kunnen helpen herinneren.'

Daisy slaakte een zucht. 'Dat zal niet zo gemakkelijk zijn, pap. Tenslotte werken we allemaal. We kunnen niet de hele dag bij haar zijn. En in de winkel al helemaal niet.'

'Toch stel ik voor dat we het proberen. Dat we het in elk geval een kans geven.'

'Oké. Maar ik wil óók dat ze naar de dokter gaat.'

'Dan zal jíj dat moeten voorstellen.'

Daisy glimlachte toegeeflijk. 'Goed, pap. Maak je geen zorgen. Ik weet hoe ongemakkelijk je dit soort dingen vindt.' Anders dan haar vader was ze bereid het risico te nemen dat haar moeder van streek raakte, in de hoop dat een bezoek aan de dokter hun ongerustheid zou wegnemen.

Beryl presenteerde haar versgebakken koekjes. Marigold nam een hap en knikte waarderend. 'Erg lekker.'

'Ja, hè? Ik zal je de titel van dat boek geven. De recepten zijn niet moeilijk, maar wel verrukkelijk.' Over de tafel heen keek ze Marigold aan. Het ontging haar niet dat haar vriendin ongewoon bleek zag. 'Dennis heeft weer een puzzel voor je gemaakt, hè?'

'Ja, dat doet hij elk jaar. Maar dit keer heeft hij zichzelf overtroffen. En mij erbij. Want ik vind het nogal een worsteling. Dat kan ik tegen jou wel zeggen. Maar niet tegen Dennis. Hij heeft er zo veel werk aan gehad.'

'Het is een gave. Die man van je kan echt alles.'

'Dat kan hij zeker.'

'Iedereen heeft het over de mollenval die hij voor de Commodore heeft gemaakt. Wist je dat de Commodore er al vijfentwintig heeft gevangen?'

'Allemachtig, wat een hoop!'

'Hij laat ze buiten het dorp weer los. Ergens in het vrije veld.' Beryl grijnsde. 'Ik hoop niet dat ze de weg terug weten te vinden en mijn tuin ruïneren.'

'Nee, daar moet ik ook niet aan denken.' Marigold grinnikte. 'Dat zou wel het toppunt van ironie zijn. Dennis maakt een val, de mollen komen terug en vestigen zich in zijn tuin.' Ze begon zich iets beter te voelen. Het was goed om even de deur uit te zijn, om thee te drinken met Beryl en te genieten van haar heerlijke koekjes.

'Ik hoor dat Daisy een lokale beroemdheid begint te worden.' Beryl klonk oprecht bewonderend. 'Haar dierenportretten zijn razend populair.'

'Ja, en ze vindt het geweldig om te doen. Bij de Sherwoods heeft ze een perfecte ruimte om in te werken. Met veel licht en een prachtig uitzicht.'

'Over prachtige uitzichten gesproken, ik ben zaterdag bij Rosie Price langs geweest. In het verpleeghuis. Dat ligt ook werkelijk schitterend.'

'Zit ze in een verpleeghuis?' vroeg Marigold verrast. Rosie was een oude schoolvriendin van Beryl en haar.

'Dat heb ik je verteld. Maar blijkbaar ben je het weer vergeten. Ze heeft alzheimer. Het is echt zo verdrietig. Ze herinnert zich niets meer. Mij kent ze nog, maar dat komt omdat we al heel lang vriendinnen zijn.'

Marigold voelde de kille klamme angst die haar inmiddels vertrouwd was.

'Het is een uitstekend tehuis. Gezien de omstandigheden het beste wat je voor iemand kunt wensen,' vervolgde Beryl. 'Oorspronkelijk was het een woonhuis. Een grote villa. Het is hier niet zo ver vandaan, met uitzicht op zee. Seaside Manor. Of Seaview House. Ik weet het niet meer. Toen ik bij haar kwam zat die arme ziel in de grote zitkamer door het raam naar buiten te staren. Ik had zo met haar te doen. Toen ik zei wie ik was, herkende ze me. Haar hele gezicht begon te stralen. Ze was echt blij om me te zien. We hebben herinneringen opgehaald. Over haar jeugd was ze verrassend helder. Ze wist de naam nog van alle honden die ze heeft gehad! En van onze schooltijd wist ze ook nog alles.'

'En haar kinderen? Herinnert ze zich die nog?' vroeg Marigold nerveus.

'Het schijnt dat ze vaak in de war is. Ze leeft in haar jeugd, dus ze ziet haar kinderen aan voor ooms en tantes. Dat ze moeder is, kan ze zich helemaal niet meer voorstellen. Ze praat veel over haar ouders, maar die zijn al jaren dood, en ze zegt voortdurend dat ze naar huis wil. Niet naar het huis waar ze met Ian heeft gewoond, maar naar haar ouderlijk huis. Dat bestaat ook allang niet meer. Julian, haar oudste zoon, zei dat ik haar niet moest tegenspreken en dat ik beter ook geen vragen kon stellen. Dat was een stuk moeilijker dan je zou denken. Maar volgens haar zoon is dat de enige manier om te voorkomen dat ze van streek raakt. Hij deed het echt geweldig. Wanneer Rosie zei dat ze naar huis wilde, beloofde hij dat we lekker gingen lunchen en een eind lopen met de honden, en dat we dan naar huis zouden gaan. Daar werd ze helemaal blij van. Een paar minuten later was ze het allemaal weer vergeten. Ze leeft in het moment. Dat is alles wat ze nog heeft. Dus dat moet zo prettig mogelijk zijn. Dat is het enige wat je nog voor haar kunt doen.'

'En als jij bij haar op bezoek bent geweest, dan is ze dat ook meteen weer vergeten?' vroeg Marigold.

'Ja. Toen we weggingen zei Julian dat ze nu al niet meer wist dat we geweest waren. Als ik terug zou gaan, zou ze me weer net zo begroeten als toen ik eerder bij haar kwam. Ze zou zich niet herinneren dat ze me net nog had gezien. Het is bizar. En er zijn tegenwoordig zo veel mensen met alzheimer.' Beryl slaakte een diepe zucht.

Marigold haalde haar schouders op. 'Tja, ooit gaan we allemaal.'

'Maar bij voorkeur niet op die manier. Liever in mijn slaap.'

'Ja, dat zou ik ook het liefste willen,' zei Marigold. 'Gewoon stilletjes wegdrijven. Als een wolk aan de hemel.'

11

Een paar dagen later raapte Daisy al haar moed bij elkaar om tegen haar moeder te zeggen dat ze een dokter moest raadplegen. Het was een koude, grijze ochtend, maar de narcissen zorgden voor kleur en straalden, dwars door de motregen heen. Marigold was buiten om de vogels te voeren; ze praatte tegen de roodborst en genoot met kinderlijke verwondering van haar gevederde vriendjes die zich in haar tuin verzamelden.

Daisy liep over het gras naar haar toe. 'Het is alsof ze weten hoe laat het ontbijt wordt geserveerd.'

'Dat weten ze ook. Maar ze eten het minder snel op dan in de winter. Binnenkort stop ik met voeren. Wanneer de jongen zijn uitgevlogen. Tot die tijd blijf ik het doen.'

Daisy besefte hoeveel geluk haar moeder aan haar vogeltjes ontleende en dat ze waarschijnlijk nergens liever was dan in haar tuin. En nu ging zij dat geluk verstoren, bedacht ze schuldbewust.

'Ik heb eens nagedacht, mam,' begon ze voorzichtig. 'Zou je misschien toch niet eens naar de dokter moeten?' Ze hield haar adem in.

'Naar de dokter?' Marigold hing het voederhuisje terug. 'Hoezo? Waarom zou ik naar de dokter moeten?' Maar ze bloosde, want ze wist drommels goed waar Daisy het over had. Ze had alleen gehoopt dat ze iedereen voor de gek had weten te houden.

'Nou, je wordt een beetje vergeetachtig. Het zal wel niks zijn, maar ik zou het toch fijn vinden als je naar de dokter ging. Op jouw leeftijd zou iedereen dat met enige regelmaat moeten doen. Een soort apk, maar dan voor mensen.'

Marigold ademde diep in door haar neus. 'Ik ben al bij de dokter geweest,' bekende ze toen. Ze stopte haar handen in haar jaszakken en keek haar dochter fronsend aan.

'Echt waar?' vroeg Daisy verrast. 'Wanneer dan?'

'Vlak voor Kerstmis. Ik maakte me ook zorgen. Maar volgens hem was het op mijn leeftijd volkomen normaal om een beetje vergeetachtig te worden. Vandaar dat ik tegenwoordig al vroeg een eind ga lopen. Lichaamsbeweging was belangrijk, zei de dokter. Net zo belangrijk als het trainen van je hersens.'

Daisy knikte. 'Vandaar ook de sudoku's.'

'Precies.'

'Aha. Dus er is niks aan de hand. Nou, dat is een opluchting.'

'Dat is het zeker. Ik dacht al dat ik dement begon te worden of zoiets afschuwelijks.' Marigold huiverde bij het hardop uitspreken van haar angst. Toen glimlachte ze. 'Het is lief dat je je zorgen maakt. Maar dat is echt niet nodig. Ik mankeer niks.'

Daisy was zo opgelucht dat ze haar moeder om de hals viel. En toch, hoe graag ze ook wilde dat de dokter gelijk had, de ongerustheid bleef knagen. Had haar moeder de dokter wel alles verteld? Zoals over die keer in de stad, toen ze helemaal niet meer had geweten waar ze was?

Omdat ze haar niet kon vragen nog eens te gaan, besloot ze te doen wat haar vader had gezegd en haar moeder zo veel mogelijk te helpen. Zowel in huis als door haar onopvallend te herinneren aan dingen die ze niet mocht vergeten. En net als haar vader vond ze dat ze Nana en Suze beter niet ongerust konden maken, zeker niet in de aanloop naar de bruiloft. Ze wilden niet dat Suze van streek raakte, of dat ze het vertrouwen verloor in haar moeder als drijvende kracht achter de organisatie van haar grote dag.

Dennis bleef van mening dat Daisy het allemaal te zwaar opnam. Als de dokter had gezegd dat er geen enkele reden was voor bezorgdheid, dan geloofde hij dat. Hij had het volste vertrouwen in de medische stand. In zijn ervaring hadden dokters altijd gelijk.

In de weken die volgden, stuurde Daisy haar moeder zo veel mogelijk bij. En dat deed ze zo tactvol dat Marigold niets in de gaten had. Wanneer haar moeder een vergadering had in de kerk, stelde Daisy voor dat ze een paraplu meenam vanwege de kans dat het ging regenen. 'Het is maar een klein eindje. Dat weet ik. Maar je wilt niet nat worden.' En Marigold, die helemaal was vergeten dat ze naar een vergadering moest, wist het ineens weer en verscheen keurig op tijd, zonder te beseffen dat ze dat aan Daisy te danken had. Zo ook in de keuken. Dan zei Daisy dat ze toch langs de vriezer kwam, dus dat ze de ovenschotel er vast uit zou halen. Of dat ze het koken miste; dat ze dat in Italië bijna dagelijks had gedaan. Het viel soms niet mee, want ze was overdag niet thuis, en in de winkel moest haar moeder het ook alleen doen. Maar omdat Marigolds sociale leven zich voornamelijk in het weekend afspeelde, kon Daisy haar althans daarbij tot steun zijn. Ze ging zelfs mee naar de kerk, iets wat ze in geen jaren had gedaan, om haar moeder te hulp te schieten wanneer die werd begroet door iemand die ze niet meer herkende. Nana en Suze hadden niets in de gaten. En Dennis stak nog altijd zijn kop in het zand. Daisy was de enige die besefte hoeveel haar moeder vergat, en hoe moe ze was. Maar totdat Marigold erkende dat ze een probleem had, kon Daisy weinig anders doen dan haar onopvallend een beetje bij de hand nemen.

Daarom zei ze ook dat ze graag wilde helpen met de voorbereidingen van de bruiloft. 'Het lijkt me zo leuk om het samen te doen.' Marigold ging meteen akkoord, dankbaar dat ze het niet alleen hoefde te doen. Aan Suze had ze niets. Die had het te druk met foto's en comments posten op haar Instagram-account en met het schrijven van artikelen over de voorbereidingen van een bruiloft, ook al wist ze daar niets van.

'Waarom schrijf je niet iets met wat meer diepgang?' vroeg Daisy op een avond tijdens het eten, toen Suze vertelde dat ze blogde over de traditie wat de bruid hoorde te dragen op haar grote dag: iets ouds, iets nieuws, iets geleends, iets blauws, en in haar schoen een muntje van zes penny.

‘Hoezo, meer diepgang?’ Suze keek haar woedend aan. ‘Met andere woorden, wat ik schrijf stelt niks voor.’

‘Dat zeg ik niet. Er moet ook ruimte zijn voor mode en luchtige weetjes. Maar je kunt zo geweldig schrijven. Je bent slim, geestig, je ziet de dingen heel scherp en op je eigen manier. Dus ik vind dat je jezelf tekortdoet.’

Suze keek de tafel rond met de blik van een dier dat zich in het nauw gedreven voelt. ‘Vinden jullie dat ook? Hebben jullie het soms over me gehad? Achter mijn rug om?’

‘Ik vind het geweldig wat je doet, lieverd.’ Dennis schonk haar een bemoedigende glimlach. ‘Wat je ook schrijft. Zolang je maar gelukkig bent.’

‘En dat ben ik,’ zei Suze nukkig. ‘Ik ga trouwen. Natuurlijk ben ik gelukkig!’ Ze keerde zich naar haar zus. ‘Jij mag dan de nieuwe Leonardo da Vinci zijn,’ zei ze hatelijk, ‘maar ik ben volmaakt tevreden met wat ik doe. Ik heb inmiddels meer dan veertigduizend volgers op Instagram. Duizenden mensen lezen mijn blog. Denk je nou echt dat Aimee Song en Samantha Maria zich afvragen of ze misschien “iets met wat meer diepgang” zouden moeten schrijven? Er wordt genoeg geschreven over politiek, over de nationale gezondheidszorg die zwaar tekortschiet, over de opwarming van de aarde, over de problemen in het Midden-Oosten. Daar hoef ik niks meer aan toe te voegen.’

Niemand wist wie Aimee Song en Samantha Maria waren, maar er was ook niemand die dat durfde te zeggen.

‘Dat bedoel ik ook niet.’ Daisy wenste dat ze haar mond had gehouden. ‘Ik heb het je al eerder gezegd. Je zou een boek moeten schrijven. Een roman. Vroeger schreef je verhalen. Waarom doe je dat niet meer? Als romanschrijver zou je vast en zeker een hoop geld kunnen verdienen.’

‘Geld maakt niet gelukkig, Daisy. Als íémand dat zou moeten weten, dan ben jij het.’

‘Het gaat niet alleen om het geld. Ook al is dat natuurlijk wel een leuke bijkomstigheid. Het gaat erom dat je iets doet waar je bevrediging aan ontleent. Je kunt zo veel, je hebt zo veel kwaliteiten. Volgens mij haal je er niet uit wat erin zit. Waar ben je bang voor?'

'Ik ben niet bang. Als ik wist waaróver ik zou moeten schrijven, zou ik het heus wel proberen. Trouwens, ik heb het veel te druk met andere dingen.' Ze sloeg afwerend haar armen over elkaar.

'Het is geen kritiek, Suze. Integendeel. Ik gelóóf in je.'

'Dat laat je dan wel op een rare manier blijken.'

Nana zocht de blik van Marigold en begon over iets anders. 'Moira Barnes heeft op haar ouwe dag nog een man aan de haak geslagen.' Toen ze haar allemaal verbaasd aankeken, vervolgde ze onbekommerd: 'Ze is tweeënnegentig, hij zesentachtig, en het gaat er gepassioneerd aan toe. Ze ontdekt erotische kanten van zichzelf waarvan ze het bestaan was vergeten. Zegt Moira.'

Suze snoof en verslikte zich bijna in haar eten. 'Ik geloof niet dat ik het wil weten, Nana.' Ze schoot in de lach. En op slag was de spanning verdwenen.

Die avond na het eten ging Daisy's telefoon. Haar hart haperde toen ze Luca's naam op het schermpje zag. Ze aarzelde. Het was vreemd om te beseffen dat hij aan haar dacht, ver weg in Italië; dat hij met haar wilde praten. Ze hoefde alleen maar op te nemen om zijn stem te horen. En wat had ze die gemist! Toch bleef ze aarzelen. Waarom belde hij? Was hij bereid tot een compromis? En zo ja, stond zij daar dan voor open? Ze begon net weer een beetje haar draai te vinden. Sterker nog, ze begon te genieten van haar nieuwe leven. Na wat voelde als een eeuwigheid, legde ze de telefoon neer en liep weg. Ze was nog niet klaar voor een compromis. Eerst wilde ze haar nieuwe leven een kans geven.

Later zag ze dat hij een appje had gestuurd. IK MIS JE! Dat was alles. Ze staarde naar die drie woorden, ervan overtuigd dat ze er goed aan had gedaan niet op te nemen. *Ik doe alles wat je wilt. We gaan trouwen, we kopen een huis, we beginnen aan kinderen. Want ik hou van je.* Dat was wat ze wilde horen!

'Het blijkt dat de Commodore de mollen vrijlaat op de landerijen van Sir Owen,' vertelde Eileen de volgende morgen. Ze stond tegen de toonbank geleund.

'Hoe weet je dat?' vroeg Marigold.

'Dat hoorde ik van Sylvia. Ze was een eind gaan lopen met de honden, en toen zag ze de Commodore. Met een houten kistje.'

'Waarom zou hij dat doen?'

'Omdat het daar veilig is, neem ik aan. Hij kan ze moeilijk in iemands tuin vrijlaten.'

'Denk je dat Sir Owen het weet?'

'Dat betwijfel ik. Sylvia zal de Commodore niet in problemen willen brengen. Phyllida is een vriendin van haar.'

'Nou, laten we dan maar hopen dat die mollen geen vernielingen aanrichten op het landgoed.'

Eileen keek haar somber aan. 'Natuurlijk doen ze dat wel.' Het klonk onheilspellend. 'Dat doen ze overal. Daar zijn het mollen voor.'

Marigold trok de deur achter zich dicht en ging zoals elke ochtend op weg naar de kliffen. Het werd al vroeger licht, het was niet meer zo koud, en het lied van de vogels maakte haar blij. Er was weinig waar ze zo van genoot als van hun uitbundige koor bij het eerste licht van een nieuwe dag. De vogels bezongen het eind van de winter, het begin van een nieuwe lente. Het zette Marigold aan het denken, over het leven en over de vraag of de dood het einde was of ook een nieuw begin. Terwijl haar hart zwol van geluk en ze zich opgetild voelde door het jubelend kwinkeleren van de vogels, was ze overtuigd van het bestaan van de hemel, heel hoog boven de wolken. Ergens in die blauwe weidsheid was een plek waar vrede en schoonheid heersten; een plek waar ze zou worden herenigd met alle dierbaren die haar waren voorgegaan. Kwiek en voortvarend volgde ze het pad, aan de horizon verscheen de zon als een laaiende oranje bal die de duisternis verdreef. In dat magische schouwspel herkende ze de hand van God. Geen aards schepsel wist haar te raken zoals Hij dat deed. Ze koesterde zich in de pracht van het goddelijke.

En toen viel ze.

Ze wist niet hoe het had kunnen gebeuren. Alleen dat ze plotseling voorover in het gras lag, met een pijnlijke schouder en een bonzende pijn in haar jukbeen. Nog nooit had ze zich zo geketend gevoeld aan de aarde, zo gevangen in haar lichaam, juist toen ze het gevoel had gehad dat haar ziel vleugels kreeg en opsteeg naar de hemel. Haar trots had een lelijke knauw opgelopen, en dat niet alleen. Toen ze met haar ogen knipperde, vermengden haar tranen zich met het bloed dat uit een wond op haar wang sijpelde. Haar euforie was wreed verstoord, verdreven door wanhoop.

Terwijl ze roerloos in het gras lag, ging ze terug naar het moment waarop ze was gevallen. Was ze gestruikeld? Maar waarover dan? Of hadden haar benen haar simpelweg in de steek gelaten? Even wilde ze helemaal niets, alleen maar doodstil blijven liggen om orde te scheppen in haar gedachten. De dauw drong in de stof van haar broek. Ze kreeg het koud en begon te bibberen.

Plotseling voelde ze een harige snoet in haar gezicht; een warme, natte tong op haar wang. En even later klonk de bezorgde stem van Mary Hanson. 'Marigold? Is alles goed met je? Bernie, kom hier! Bernie!'

Marigold wist dat ze overeind moest komen. Als Mary aan Dennis vertelde dat ze haar roerloos in het gras had gevonden, zou die zich nodeloos zorgen maken. Enigszins onvast stond ze op. Het bloed trok weg uit haar hoofd, ze voelde zich duizelig. 'Lieve hemel!' Ze dwong zichzelf te glimlachen. 'Blijkbaar ben ik gestruikeld. Ik had er aardig de sokken in.'

Onder haar plumpuddingmuts was Mary's gezicht een en al bezorgdheid. Ze nam Marigold onderzoekend op. 'Je hebt een afschuwelijke snee in je wang!' Ze haalde een kreukelige tissue uit haar zak om het bloed weg te vegen. 'Arme ziel. Die snee ziet er echt akelig uit. Kun je lopen?'

'Ja hoor!' Marigold deed haar best opgewekt te klinken. 'Ik voel me prima. Echt waar.'

'Kom, dan brengen Bernie en ik je even thuis. Rustig aan, niet te snel.'

Marigold keek naar de grond, benieuwd waar ze over was gestruikeld, maar ze kon niets ontdekken. 'Dat zal me leren om beter mijn voeten op te tillen.'

Weer terug in het dorp bedankte ze Mary. 'Lief van je om met me mee te lopen. Maar het gaat wel weer. Ik ga even langs huis om me op te frissen, en dan moet ik naar de winkel.'

'Meen je dat nou? Doe je de winkel gewoon open? Misschien zou je een dagje rust moeten nemen. Je staat nog steeds te trillen op je benen. Voor een keertje redt Tasha het heus wel alleen.' Mary grijnsde. 'Waar bemoei ik me mee, maar het wordt tijd dat ze wat meer verantwoordelijkheid leert dragen.'

'Bedankt, Mary. Maar het is in orde. Een kop thee. Meer heb ik niet nodig. Dat helpt altijd.'

Mary schoot in de lach. 'Daar heb je gelijk in. Nou, ga dan maar gauw water opzetten. En bel me als ik iets voor je kan doen. Ik wil je met alle plezier komen helpen in de winkel. Maar dan moet ik Bernie wel meenemen.'

Marigold hoopte ongezien in de badkamer te kunnen verdwijnen om haar gezicht schoon te maken. Maar net op het moment dat ze de voordeur weer dichtdeed, kwam Nana de trap af.

'Ik heb zo vreemd gedroomd. Papa leefde nog, en hij zei dat ik goed op jou moest passen. Raar, hè? Ze zeggen altijd dat dochters vaderskindjes zijn, en dat zoons een hechtere band hebben met hun moeder.' Ze slaakte een zucht toen ze de onderste tree had bereikt. 'Ook al zou ik willen dat je broer zich wat meer om zijn moeder bekommerde...' Haar blik viel op Marigold. 'Lieve hemel! Wat is er gebeurd?'

'Ik ben gestruikeld. Op het pad over de kliffen.'

'Dus je vader had gelijk! Kom mee naar de keuken. Daar kan ik het beter zien.'

Even later zat Marigold aan de tafel, terwijl haar moeder haar gezicht inspecteerde alsof ze weer een klein meisje was. 'Dat is een nare wond. Heb je verder nog ergens pijn? Je zit helemaal te trillen.'

'Mijn schouder doet zeer,' moest Marigold met tegenzin toegeven. Ze legde er een bevende hand op.

'Ik hoop niet dat hij gebroken is.' Nana schudde somber haar hoofd. 'Op jouw leeftijd genezen botten niet zo snel. Misschien moet je naar de dokter.'

'Welnee. Ik voel me prima. Echt waar,' zei Marigold voor de zoveelste keer die ochtend. 'Hij is gewoon gekneusd. Kijk maar. Ik kan hem gewoon bewegen.'

Dennis kwam binnen en reageerde geschokt. Marigold zag doodsbleek, en ook al glimlachte ze, hij las angst in haar ogen. 'Lieverd! Wat is er gebeurd?' Hij kwam haastig naar haar toe.

'Ze is gestruikeld. Die sufferd. Ze liep natuurlijk weer met haar hoofd in de wolken.' Nana deed een scheutje jodium in een teiltje met water.

'Ik zal theezetten.' Dennis wist dat Marigold nergens zo van opknapte als van een lekkere kop thee.

'Ja, heerlijk!' Dankbaar als ze was voor zijn aanwezigheid stond het huilen haar plotseling nader dan het lachen. Haar sterke Dennis. 'Mary heeft me gevonden, en ze is met me meegelopen naar huis. Aardig, hè?'

'Met die afschuwelijke hond?' Nana klonk misprijzend. 'Je mag blij zijn dat hij je niet heeft doodgebeten.'

'Hij likte me over mijn gezicht.'

'Jakkes! Honden likken aan hun achterwerk. Je moet er niet aan denken wat hij allemaal op je gezicht heeft gesmeerd. Bah!' Nana legde een dot vochtige watten op de wond. Het prikte. 'Weet je zeker dat het niet gehecht hoeft te worden?'

'Welnee. Zo erg is het niet.' Marigold hoopte vurig dat ze niet naar de Eerste Hulp hoefde.

'Heb je het al gezien?' vroeg Nana. 'Nee? Loop dan even naar de spiegel.'

Marigold liep naar de hal. De moed zonk haar in de schoenen toen ze in de spiegel keek. Waarschijnlijk zou ze inderdaad naar de dokter moeten.

Dennis gaf haar een kop thee. Met een scheutje melk. Na de eerste slok voelde ze zich op slag alweer wat beter. Toen kwam Daisy binnen en moest Marigold opnieuw uitleggen wat er was gebeurd. 'Laten we eerst de huisarts bellen,' stelde Daisy voor. 'Misschien heeft hij een gaatje. Zo niet, dan kunnen we altijd nog naar de Eerste Hulp.'

'En de winkel dan?' vroeg Marigold ongerust.

'Tasha kan het best even alleen af. Dat is goed voor haar,' zei Nana. 'En als ze hulp nodig heeft, sturen we Suze. Dan doet die ook eens wat.'

Dankzij een afzegging op het laatste moment zaten Daisy en Marigold een paar uur later bij dokter Farah in de spreekkamer. Hij had haar dossier geopend in de computer, bekeek de wond, controleerde haar bloeddruk en liet haar diverse bewegingen maken met haar arm. Ondertussen stelde hij een heleboel vragen. Niet over de val, maar over haar geheugen. Zijn gezicht stond ernstig, en toen hij weer achter zijn bureau ging zitten, vouwde hij zijn handen. 'De wond hoeft niet gehecht te worden. Ik zal er een verband op doen met zalf, dan kan er geen vuil in komen. De schouder is niet gebroken, maar wel zwaar gekneusd.' Hij zweeg even en ademde langzaam in door zijn neus. 'Verder zou ik graag wat onderzoekjes willen doen. Niets om u zorgen over te maken. Maar omdat u zegt dat uw geheugenverlies sinds Kerstmis erger is geworden, lijkt het me verstandig daar nog eens naar te kijken.' Hij nam wat bloed af en zei dat de assistente zou bellen wanneer de resultaten bekend waren. Marigold had gehoopt dat hij ook een hersenscan zou voorstellen, om zeker te weten dat in haar hoofd alles goed was. Maar dat deed hij niet. En ze durfde er niet om te vragen. Wie was zij om te zeggen hoe hij zijn werk moest doen? Dus ze hield haar mond. Als haar symptomen geen aanleiding gaven tot het maken van een hersenscan, dan mankeerde er blijkbaar niets aan haar hoofd. Dat zou een opluchting moeten zijn.

Tegen de tijd dat ze de praktijk verlieten, had Marigold een groot wit verband op haar wang. Daisy vroeg zich af of ze misschien een lichte TIA had gehad. Het verbaasde haar dat de dokter die mogelijkheid niet had overwogen. Maar die had het niet over een MRI gehad. Net als haar moeder ging ze ervan uit dat de dokter daar wel op zou hebben aangedrongen als hij zich ook maar enigszins zorgen had gemaakt.

Marigold wist zeker dat het bloedonderzoek niets zou opleveren. Ze had een uitstekende conditie – tenslotte maakte ze elke ochtend in alle vroegte al een flinke wandeling – en ze was kerngezond. Ze was nog nooit gevallen, en het zou ook geen tweede keer gebeuren. Het was gewoon pech geweest.

De plicht riep. Ze vond het niet prettig dat Tasha in haar eentje de winkel runde, en ook al stond ze nog niet helemaal stevig op haar benen, er moest weer gewerkt worden.

Nana en Daisy probeerden haar over te halen een dagje vrij te nemen, maar ze wilde niet luisteren.

Eileen was dolblij toen Marigold weer achter de toonbank verscheen. 'Ik stond al om negen uur voor de deur. Waar was je?' Het klonk bijna verwijtend. 'Ik hoorde van Mary dat je bent gevallen. Dat Bernie je in het hoge gras had ontdekt. Net zoals mensen in de Alpen in de sneeuw worden gevonden door sint-bernards. Je mag blij zijn dat je nog leeft.'

'Welnee. Niks aan de hand.' Marigold haalde haar rode notitieboek tevoorschijn. 'Het lijkt erger dan het is.'

'Gelukkig maar. Want ik heb heel slecht nieuws.'

Marigold keek op van haar boek. 'Wat dan? Wat is er gebeurd?'

Eileen schudde haar hoofd. 'Het is vreselijk. Echt verschrikkelijk.' Ze aarzelde even, haalde diep adem. 'Sir Owen is dood.'

Marigolds mond viel open. 'Wat?' vroeg ze ademloos. 'Sir Owen is dood? Maar hoe dan?'

'Het is vanochtend gebeurd.' Eileen klonk somber, maar ook gewichtig omdat zij de brenger was van het nieuws. 'Hij zag de mollen van de Commodore, en bám! Hij viel zo dood neer. Hartaanval.'

‘Dat kán toch haast niet?’

‘Het is echt waar. Sylvia belde. In tranen. Het arme kind is in shock.’

‘Maar weet je zeker dat het door de mollen kwam?’ Marigold wist dat Eileen graag overdreef.

‘Natuurlijk komt het door die mollen. Wat zou het anders moeten zijn? Hij was met de honden op stap, volgens Sylvia. En toen moet hij in elkaar zijn gezakt. De jachtopziener heeft hem gevonden. Toen hij al die molshopen zag, heeft zijn hart het begeven. Dat weet ik zeker. Dus ik hoop voor de Commodore dat niemand iets tegen de politie zegt over die mollen.’

‘Weet hij het al?’

‘Onderhand weet het hele dorp het. Op weg hierheen kwam ik Cedric tegen. Die heb ik het verteld. Dus tegen theetijd weten ze het in de stad ook.’

‘Wat verschrikkelijk! Arme Lady Sherwood. En arme Taran. Sir Owen was nog zo jong.’

‘Veel te jong. Wat je zegt. Arme Lady Sherwood. Helemaal alleen in dat grote huis. Misschien kan Sylvia er wel een tijdje gaan wonen. Het was een goed mens. Sir Owen. Net als zijn vader. Een goed mens.’

Marigold dacht aan Daisy in haar atelier op het landgoed. Voor haar moest het nieuws ook zijn ingeslagen als een bom.

Eileen schudde haar hoofd. ‘En dan te bedenken dat Sir Owen misschien het loodje heeft gelegd door een mol!’ Ze slaakte een zucht. ‘Als het de Commodore was overkomen, zou ik het karma hebben genoemd.’

12

Het bericht van Sir Owens dood – zo plotseling en veel te jong – leidde Marigold af van haar val en haar geheugenverlies. Toen Daisy tegen het eind van de middag thuiskwam, waren Nana, Dennis en Marigold benieuwd naar haar wederwaardigheden en werd er in de zitkamer theegedronken.

'Die arme Lady Sherwood is helemaal van slag.' Daisy's gezicht stond ernstig. 'Ze vroeg of ik wilde blijven zolang de politie er was. Die moet met zekerheid kunnen vaststellen dat er geen sprake is van een misdrijf. Daarna kwam de ambulance om het lichaam mee te nemen. En toen heeft Lady Sherwood – ik mag Celia zeggen; dat heeft ze me nadrukkelijk gevraagd – Taran gebeld. Hij is inmiddels onderweg hierheen. Die arme man! Om door de telefoon te horen te krijgen dat je vader is overleden. Wat moet dat een schok voor hem zijn geweest.'

'Is de doodsoorzaak al bekend?' vroeg Dennis.

'Volgens Eileen was het een hartaanval. Sir Owen zou niet goed zijn geworden toen hij de mollen zag die de Commodore op zijn landerijen had vrijgelaten,' vertelde Marigold.

'Ze denken inderdaad dat het een hartaanval moet zijn geweest,' zei Daisy aarzelend. 'Maar ik heb niets over mollen gehoord.' Haar ogen werden vochtig, en ze liet moedeloos haar schouders hangen. 'Ik heb echt met Celia te doen. Ze is zo in shock dat ze niet eens kan huilen.'

'Ik weet precies hoe ze zich voelt,' zei Nana. 'Dat had ik ook toen je opa stierf. De tranen kwamen later pas. Je bent verlamd, verstard, maar uiteindelijk dwingen de emoties je lichaam tot overgave. En toen het eenmaal zover was kon ik niet meer ophouden met huilen. Je kunt je niet voorstellen hoe het is, om wakker te worden naast een dode. Naast een koud, stijf lichaam. Het was je opa al niet meer.'

'O, mam.' Marigold legde een hand op haar hart. Zo wilde ze niet aan haar vader denken. Hij was altijd zo warm en energiek geweest, zo bruisend van leven. Na al die jaren vond ze het nog steeds moeilijk te accepteren dat hij er niet meer was.

Tegen de tijd dat ze die avond naar boven ging, voelde ze zich uitgeput. Langzaam liep ze de trap op, alsof ze lood in haar schoenen had, en ze zocht steun bij de leuning.

'Is alles goed met je, Goldie?'

Pas toen ze zijn stem hoorde, besefte ze dat Dennis achter haar liep.

Ze draaide zich om. Hij stond een paar treden lager op de trap, met Mac op zijn schouder.

'Ik word gewoon een dagje ouder.' Ze deed haar best om te grinniken.

'Tja, het verval is niet meer te stuiten,' grapte hij, en hij dacht aan zijn slechte knieën en zijn zere rug. 'Een warm bad zal je goeddoen.'

'Ik denk dat ik gewoon maar meteen in bed kruip.' Ze hervatte haar klim. 'Want ik weet niet of ik de badkamer nog wel haal.' Eenmaal boven liet ze zich op het bed zakken.

Dennis kwam naast haar zitten, terwijl Mac met een sierlijke boog op de quilt sprong en zich comfortabel tegen de kussens nestelde. 'Je hebt een zware dag achter de rug,' zei hij zorgzaam. 'Ik zal het bad laten vollopen en een cognacje voor je halen. Dan voel je je meteen een stuk beter.'

'Ach, Dennis. Dat hoeft toch niet.'

'Nee, het hoeft niet. Maar ik doe het graag voor je.'

Marigold kreeg tranen in haar ogen.

Dennis fronste bezorgd zijn wenkbrauwen. 'Hé, wat is er? Wat scheelt eraan?'

Marigold wilde niet dat hij zich zorgen maakte, maar ze moest het delen. In de veertig jaar dat ze samen waren had ze altijd alles met hem gedeeld.

Hij sloeg een sterke arm om haar heen en trok haar tegen zich aan. 'Wat is er?'

'Volgens mij bén ik helemaal niet gestruikeld. Volgens mij lieten mijn benen me gewoon in de steek. Ik lag ineens in het gras en ik kon niet meer overeind komen. Het was net alsof ik geen controle meer had over mijn lichaam. Ik werd er bang van.' Ze zei het fluisterend, alsof ze haar angst niet hardop durfde uit te spreken.

'Wat zei de dokter?'

'Niks bijzonders. Dat ik een dagje ouder word. Maar blijkbaar heb ik daar meer moeite mee dan anderen. Heb jij soms ook het gevoel dat je door een dichte mist moet laveren?'

'Nee.'

'Vergeet jij namen? Gezichten? Dingen die je vroeger nooit vergat? Heb jij wel eens het gevoel dat dingen die je zou moeten weten, in rook oplossen?'

Dennis dacht even na, want net als iedereen die ouder werd, vergat hij ook wel eens wat. Maar dit ging veel verder. 'Nee,' antwoordde hij dan ook.

'De dokter heeft bloed afgenomen.'

'Dat zal vast wel goed zijn.'

'Ik weet niet eens waar ze me op testen.'

'Heeft hij niet voorgesteld een hersenscan te maken? Gewoon, om zeker te weten of het allemaal goed zit in je hoofd?'

'Nee, daar heeft hij het helemaal niet over gehad.' Ze fronste. 'Vind jij dat hij dat had moeten voorstellen?'

'Dat weet ik niet. Als hij had gedacht dat er iets niet goed zat in je hoofd, zou hij dat ongetwijfeld hebben gedaan. Hij zal het wel weten.' Dennis drukte een kus op haar slaap. 'Ik ben bij je, Goldie. Je bent niet alleen. We hebben altijd alles samen gedaan, en dat blijven we doen. Kom, je moet proberen om niet te piekeren. Daar bereik je niets mee. Je wordt er alleen maar ongelukkig van. Weet je nog wat je vader altijd zei?'

Ze glimlachte vertederd. 'Ja. Papa zei altijd: "Wat is er mis met nu?"'

'Precies. Dus zeg het maar, Goldie. Wat is er mis met nu?'

Ze schonk hem een dankbare glimlach. 'Niks.'

'Precies. We hebben elkaar. Ik laat het bad vollopen en ik ga een cognacje voor je halen. Een klein glaasje. Daar slaap je heerlijk op. Suze gaat trouwen. Daisy geniet van haar nieuwe carrière. En voor Nana is het glas halfleeg. Maar dat is nooit anders geweest. Met jou en mij is alles goed. En als de uitslag van dat bloedonderzoek niet goed is, dan zoeken we samen naar een oplossing. Want samen kunnen we alles aan.'

Marigold legde met een diepe zucht haar hoofd op zijn schouder. 'O, Dennis. De dag dat ik met jou trouwde, was ik het gelukkigste meisje van de wereld. En dat ben ik altijd gebleven.'

'En ik zou met niemand zo gelukkig zijn geworden als met jou, Goldie.'

Hij draaide de kraan van het bad open en liep naar beneden om een cognacje te halen. Marigold ging aan haar kaptafel zitten, deed haar ketting af en opende een laatje in het sieradenkistje dat Dennis in het begin van hun verkering voor haar had gemaakt. In stille bewondering keek ze ernaar. Het had de vorm van een kledingkast, gemaakt van essen- en walnotenhout. De ene helft was voorzien van haakjes, de andere bestond uit vijf laatjes, bekleed met fluweel. Het onderste laatje had een speciaal kussentje met gleuven om ringen in te stoppen. Ze streek er met haar vingers overheen. Opnieuw kreeg ze tranen in haar ogen. Dennis was altijd zo attent. Zo lief. En, anders dan de meeste mannen, zo onzelfzuchtig. Ze dacht aan haar broer, in Australië. Het was acht jaar geleden dat ze hem voor het laatst had gezien. Hij belde hun moeder maar zelden. Niet omdat hij niet van haar hield. Hij hield gewoon meer van zichzelf. Dennis was anders. Hij zou desnoods bergen voor haar verzetten.

Toen ze in het bad stapte voelde ze zich al iets beter. En na het glaasje cognac knapte ze nog verder op. Eenmaal in bed werd ze vrijwel onmiddellijk door slaap overmand en zonk ze weg in een wolk van dons.

De volgende ochtend tijdens haar wandeling over de kliffen lette ze extra goed op waar ze liep. Ze hield ook een wat rustiger tempo aan en stopte af en toe om te genieten van de magie van de dageraad, van het zachte gouden licht dat over de golven danste en over de roze wolken die als schepen van gesponnen suiker langs de hemel dreven. *Wat is er mis met nu?* En ze gaf meteen het antwoord. *Niets.*

Toen ze Mary tegenkwam met Bernie, schonk ze haar een brede glimlach alsof er nooit iets was gebeurd, en maakte ze een opmerking over het weer. Het was een zeldzaam stralende, zonnige ochtend, de heuvels waren gehuld in een frisgroen kleed. 'Ik loop mijn Marigold-wacht,' zei Mary hartelijk. 'Je bent echt lelijk terechtgekomen, hè?' Ze keek naar het verband op Marigolds wang.

'Het zal niet nog eens gebeuren,' stelde Marigold haar – en zichzelf – gerust.

'Bernie en ik nemen geen enkel risico. Zolang jij 's ochtends gaat wandelen, houden wij hier een oogje in het zeil. Dat geeft Bernie het gevoel dat hij iets nuttigs doet, en dat is goed voor zijn moreel. Hij heeft het de laatste tijd niet gemakkelijk gehad.' Mary schonk Marigold een veelbetekenende blik, maar deed er verder het zwijgen toe.

'Dat is erg lief van je, Mary. Dank je wel.'

'Maar dat spreekt toch vanzelf? Daar zijn we vriendinnen voor.'

Ze was niet alleen, besefte Marigold terwijl ze verder liep, en dat gaf haar een warm gevoel vanbinnen.

Daisy liep over de landweggetjes naar het huis van de Sherwoods. Op die manier sneed ze een flink stuk af. Haar gedachten waren bij Sir Owen. Het was nauwelijks voor te stellen dat hij hier een dag eerder nog had gelopen, en het leek ongepast dat de zon na zo'n tragische gebeurtenis weer stralend scheen, aan een hemel zo blauw als korenbloemen. In de bossen bloeiden de eerste wilde hyacinten en schoten de gekrulde scheuten van de nieuwe varens al uit de grond. Vlinders koesterden zich in de warme zon, spreidden hun vleugels en leken te pronken met hun fraaie kleuren. Het zou niet lang meer duren of de bomen stonden in blad, en de bosgrond veranderde dankzij de hyacinten in een zee van paarsblauw. Omringd door zo veel schoonheid zou je bijna geloven dat de wereld een paradijselijk oord was, waarin nooit iets naars gebeurde en waarin verdriet niet bestond.

In plaats van rechtstreeks naar de schuur te gaan, zoals ze dat meestal deed, liep ze eerst even het huis binnen. Lady Sherwood was in de keuken. Op een kruk aan het kookeiland zat ze in haar koffie te staren. 'Goedemorgen, Celia. Ik stoor toch niet, hoop ik?' zei ze zacht. Ze bleef in de deuropening staan.

Lady Sherwood keek op en glimlachte mat. Onopgemaakt, met rode ogen en ongekamde haren, leek ze ineens een stuk ouder. 'Nee, natuurlijk niet. Ik zat al op je te wachten. Fijn dat je er bent. Neem een kop koffie.'

Daisy deed haar jack uit en liep naar het koffiezetapparaat om een espresso te maken.

'Weet je, ik verwacht nog steeds dat hij elk moment kan komen binnenlopen,' zei Lady Sherwood verdrietig. 'Ik denk voortdurend dat ik hem hoor, in de gang, of in zijn kleedkamer. In zo'n oud huis kraakt het altijd wel ergens. Dat is het hout dat werkt.'

'Je bent in shock.' Daisy maakte een beetje melk warm op het AGA-fornuis. Ze was verrukt van de keuken, smaakvol in wit en lichte grijstinten geschilderd, met glimmende marmeren werkbladen en een gebleekte eikenhouten vloer. Anders dan Marigold liet Lady Sherwood nooit iets rondslingeren en zag haar keuken er altijd onberispelijk uit. 'Het kost tijd voordat je begint te beseffen dat hij er niet meer is.'

'Ik heb altijd gedacht dat we samen oud zouden worden. Dat we nog jaren voor de boeg hadden. Het zou niet bij me zijn opgekomen dat een gezonde, sportieve man als Owen zo vroeg uit het leven kon worden weggerukt. Het lijkt zo oneerlijk, zo onrechtvaardig.' Ze slaakte een zucht. 'Nu heb ik alleen Taran nog. Maar die zit helemaal aan de andere kant van de wereld.'

'Wanneer verwacht je hem?'

'Hij landt vanochtend. Dus ik neem aan dat hij in de loop van de middag hier is.' Ze aarzelde even, denkend aan haar zoon. 'Owen en hij konden het niet zo goed vinden samen. Ze waren te verschillend. Owen hield van het platteland. Zijn hele leven draaide om de boerderij, de landerijen, de bossen. Hij wilde dat het landgoed in stand bleef. Het was zijn lust en zijn leven. Taran is een stadsmens. Hij mist de liefde voor de natuur die zijn vader had.' Ze legde een hand op haar mond en smoorde een snik. 'Het is zo afschuwelijk om over Owen te praten in de verleden tijd.'

Daisy kwam met haar koffie naar het kookeiland en ging op de kruk naast Lady Sherwood zitten. 'Ja, dat is het. Echt verschrikkelijk. Ik vind het zo erg voor je.'

'Owen was een geweldige man en een goede vader, maar hij was teleurgesteld toen bleek dat Taran zo weinig op hem leek. Hij probeerde hem als klein jongetje al te kneden. En hij kon maar niet begrijpen dat zíjn zoon, zíjn vlees en bloed, zo anders kon zijn dan hij.'

'Lijkt Taran misschien op jou?'

'Ja, dat klopt. Hij lijkt in elk geval meer op mij dan op Owen. Arme Taran. Hij moest al heel jong leren tennissen en golfen. Owen probeerde net zo'n sportman van hem te maken als hij zelf was. Maar Taran wás geen sportman. Hij wilde tekenen, hij wilde dingen bouwen. Van hout maakte hij de mooiste huizen op schaal. Dat vond hij heerlijk.'

Daisy dacht aan haar vader, aan de kerk waar hij op dat moment aan werkte. 'Creativiteit is een gave.'

'Dat vind ik ook. Owen had trots op hem moeten zijn. Dat Taran talent had, bleek al heel vroeg. Owen was gefocust op het landgoed, maar uit alles wat Taran deed, bleek dat hij een andere toekomst voor zich zag. Dat zorgde bij Owen voor paniek. Hij wilde dat Taran het landgoed zou overnemen na zijn...' Opnieuw stroomden de tranen over haar wangen.

Daisy legde een hand op haar arm. 'Ik weet zeker dat hij de wens van zijn vader zal respecteren,' zei ze, ook al was ze daar helemaal niet zo zeker van en kende ze Taran amper. 'Het is hier zo prachtig. Wie zou er nu níét van het landgoed houden?'

Lady Sherwood schonk haar een dankbare glimlach. 'Ik ben zo blij dat je er bent. Dat we je de schuur als atelier hebben aangeboden. Het heeft zo moeten zijn. Daardoor ben ik niet zo alleen. Sylvia is er ook nog. Dat weet ik wel. En het is fijn dat ze me helpt in huis. Maar jij bent een vriendin. Dus ik ben erg blij met je.'

'En ik ben blij dat ik je een beetje kan helpen. Als er iets is wat ik kan doen…'

'Nee, dat je er bent is al genoeg.' Lady Sherwood nam een slok koffie en vertrok haar gezicht toen bleek dat die koud was geworden.

'Ik zal nieuwe voor je maken,' zei Daisy.

Lady Sherwood slaakte een diepe zucht. 'Ik moet de begrafenis regelen. De crematie. Zo wilde hij het. Met zo veel zussen heeft hij een enorme familie. Dus ik verwacht erg veel mensen, en ik weet niet of ik dat allemaal wel aankan. En het testament is er ook nog. Ik ben zo blij dat Taran komt. Want dat kan ik onmogelijk alleen afhandelen. Ik weet niets van het landgoed, of van de boerderij.'

'Maak je daar nu maar geen zorgen over. Ik weet zeker dat Taran de zakelijke kant voor zijn rekening neemt. En ik kan je helpen met de voorbereidingen van de crematie. Dankzij mijn werk in het museum heb ik goed leren organiseren. Dus als je me nodig hebt, dan ben ik er voor je.'

Lady Sherwood keek haar aan. 'Je bent een geschenk uit de hemel, Daisy,' zei ze dankbaar. 'Ik zou het heel fijn vinden als je me wilt helpen. Want ik zou niet weten waar ik moest beginnen.' Ze glimlachte moedeloos. 'Ik ben ontzettend verwend. Owen nam me altijd alles uit handen.'

'We beginnen met het crematorium. Zodra we dat hebben gereserveerd kunnen we de rest regelen.' Daisy gaf Lady Sherwood haar koffie en ging weer naast haar zitten.

'In het crematorium wil ik alleen de naaste familie. Dat moment wil ik niet met anderen delen.'

'Dat begrijp ik.'

Lady Sherwood legde, plotseling verschrikt, een hand op Daisy's arm. 'Ik hou je van je werk!'

'Welnee. Maak je geen zorgen. Ik kan toch niet de hele dag aan het werk zijn, en de buldog van Bridget Williams kan best even wachten.'

'Ik zal een dienst in de kerk moeten regelen. Voor alle vrienden en ook voor de mensen uit het dorp en de omgeving die hun respect willen komen betuigen. Owen was erg geliefd.'

'Dat was hij zeker. Mijn ouders en mijn oma spreken altijd met veel waardering over hem.'

'Dat is fijn om te horen.' Het bleef geruime tijd stil terwijl Lady Sherwood in haar koffie staarde en Daisy zich afvroeg of ze die ook koud ging laten worden. 'Waar denk jij dat Owen nu is? Geloof je in een plek waar we na de dood heen gaan?'

'Mijn opa in elk geval wel,' antwoordde Daisy. 'Die bezat een onwankelbaar geloof in een leven na de dood. Hij was er rotsvast van overtuigd dat we, na het voltooien van onze aardse reis, teruggaan naar de spirituele plek waaruit we zijn voortgekomen. Dit hier, ons leven op aarde, is de droom, zei hij altijd. En de hemel is de werkelijkheid. Waar hij ook heilig in geloofde, was dat onze dierbaren van wie we afscheid hebben genomen, altijd bij ons zijn. En dat laatste zou ik ook heel graag willen geloven.'

'Ik ben wel religieus opgevoed, maar het is bijna onvermijdelijk dat je op enig moment gaat twijfelen. Het is zo moeilijk om te geloven in iets wat je niet kunt zien.'

'Ach, radiogolven kunnen we ook niet zien. Maar we kunnen wel de muziek horen die ze overbrengen.'

'Ja, dat is zo.'

'Opa zei ook dat je maar naar de natuur hoeft te kijken om te weten dat er een hogere macht bestaat.' Daisy sloeg haar ogen neer, in het besef dat het misschien een beetje gek klonk wat ze ging zeggen. 'Telkens wanneer we naar een mooie zonsondergang kijken en voelen hoe ons hart zich opent, dan is dat het goddelijke in ons wat het goddelijke in de natuur herkent.' Ze hoopte dat ze niet te ver was gegaan.

Lady Sherwood glimlachte. 'Dat klinkt prachtig. Je opa was, zo te horen, een wijs mens.'

Daisy knikte opgelucht. 'Ja, dat was hij zeker.'

Ze was aan het werk toen Taran tot haar verrassing het atelier binnenkwam. Er lagen donkere kringen onder zijn ogen, zijn lippen vormden een rechte lijn, zijn gezicht stond somber. Van de onbekommerde Taran die ze met Kerstmis had ontmoet, was niets meer over. Daisy vermoedde dat hij nauwelijks een oog had dichtgedaan in het vliegtuig. 'Hallo.' Hij trok de deur achter zich dicht.

'Hallo.' Ze legde haar pastelkrijt neer en kwam achter haar schildersezel vandaan. Aarzelend zocht ze naar de juiste woorden, naar iets wat minder banaal klonk dan de gebruikelijke clichés. Tevergeefs. 'Gecondoleerd met het overlijden van je vader,' was alles wat ze kon bedenken.

'Dank je wel.'

Het zeegroen van zijn kasjmier trui benadrukte de kleur van zijn ogen. Of misschien kwam het door het contrast met de donkere kringen dat ze zo helder en indringend leken. Hoe het ook kwam, ze was diep onder de indruk.

'Volgens mijn moeder ben je een enorme steun voor haar. Daar ben ik blij om. Dank je wel.'

'En ik ben blij dat ik hier was toen het gebeurde.'

Met zijn handen in zijn broekzakken liep hij verder het atelier in. 'Ze denken dat het een hartaanval was. Volgens mijn moeder mankeerde er niets aan zijn conditie. Maar hij dronk wel te veel, hij had een hoge bloeddruk, en zijn cholesterol was te hoog. Pudding en port. Daar was hij dol op, en hij weigerde dat soort dingen te laten staan. Zijn vader is achtentachtig geworden. Volgens mij was hij ervan overtuigd dat hij nog ouder zou worden.'

'Dat was in elk geval wel wat je moeder hoopte.'

'Ja. Zonder hem is ze verloren.' Het bleef even stil. Taran schuifelde met zijn voeten, haalde een hand uit zijn zak en krabde op zijn hoofd. 'Ik ga maar weer naar binnen. Nogmaals, dank je wel.' Zijn blik gleed langs haar heen naar de schildersezel. 'Trouwens, hoe gaat het met de dierenportretten? Mag ik zien waar je nu mee bezig bent? Volgens mijn moeder ben je erg goed. Ik heb het portret van haar honden nog niet gezien, maar ze zei dat het op een ereplaats hangt. In de hal.'

'Ik werk nu aan Baz, de buldog van Bridget Williams. Maar het valt niet mee om contact met hem te krijgen. Hij is nogal afstandelijk en arrogant. Ik heb uren mijn best gedaan om hem te paaien met snoepjes, maar hij maakt het me niet gemakkelijk.'

Taran liep om de ezel heen. 'Wow! Je bent echt goed.' Wrijvend over zijn kin staarde hij naar de tekening. 'Ik ben diep onder de indruk. Het is geweldig. Echt waar.'

Daisy voelde dat de afleiding hem goeddeed, dat hij althans iets van zijn somberheid aflegde. 'Dank je wel.' Ze glimlachte.

'Wow,' zei hij nogmaals. 'Ik weet niet of hij lijkt, want ik ken Baz niet. Maar hij ziet eruit als een echte hond. Een arrogante, afstandelijke hond.' Hij bewoog zijn hoofd naar opzij. 'En hij volgt je met zijn ogen! Wow, Daisy, je hebt talent!' Hij keek haar grijnzend aan. 'Je had de leukste staartjes van de hele school, maar kon je toen ook al zo goed tekenen?'

Ze schoot in de lach. 'Kunst heeft me wel altijd aangesproken. Maar of ik op de lagere school al goed kon tekenen, dat weet ik niet meer. Ik ben het pas echt gaan doen in de zomer dat ik pfeiffer had en wekenlang tot de bank was veroordeeld. Toen was tekenen een van de weinige dingen die ik kon doen. Maar het is een vak. Een ambacht. Ik leer nog dagelijks nieuwe dingen.'

'Nee, het is geen vak, geen ambacht. Het is een vorm van creativiteit. Je hebt echt talent. Als ik een hond had, zou ik vragen of je hem wilde tekenen.'

'Dan zou je achteraan moeten aansluiten. Volgens mij willen alle honden- en kattenbaasjes in het dorp dat ik hun oogappel vereeuwig.

Tegen de tijd dat ik klaar ben, zit ik zonder werk. Geen idee wat ik dan moet gaan doen.'

'Dan koop ik een hond! En dan kan je die tekenen.'

'Dat is aardig van je.'

Ze keken elkaar aan. Bij het zien van de warme blik in zijn ogen vroeg Daisy zich af waarom ze met Kerstmis geen ja had gezegd toen hij haar vroeg om een borrel te gaan drinken in de pub. Achteraf gezien vond ze haar weigering nogal bot. En hij zou het vast en zeker niet nog eens vragen.

'Nou ja, nogmaals, ik ga maar weer naar binnen. Mijn moeder vertelde dat jij haar helpt met de voorbereidingen van de crematie.'

'Ja, ik ben blij dat ik iets kan doen. Alleen redt ze het niet.'

'Nee. Pap nam haar altijd alles uit handen.'

'Hoe lang blijf je?'

'Dat weet ik nog niet. In elk geval tot na de crematie. Ik kan een deel van mijn werk ook van hieruit doen.'

Ze keek hem na, en toen ze weer aan het werk ging kon ze zich niet concentreren. Ze dacht aan Lady Sherwood, alleen in dat grote huis. Het leek bijna harteloos dat Taran uiteindelijk weer terug zou gaan naar Toronto. Maar wat moest hij dan? Zijn leven lag daar.

Omdat er niets uit haar handen kwam, besloot ze een eind met de honden te gaan lopen. Eenmaal buiten, in het hoge gras, voelde ze zich beter. Ze ademde de geuren van het voorjaar in, rijk aan belofte, en dacht aan Luca. Ze had niet op zijn appje gereageerd. Ook iets wat ze achteraf wel erg bot vond. De dood van Sir Owen had haar aan het denken gezet. Ze besefte daardoor pas goed wat ze had en probeerde zich niet blind te staren op wat ze miste. Niet voor het eerst vroeg ze zich af of haar besluit om uit Italië weg te gaan, om te breken met Luca, overhaast was geweest. Ze hielden van elkaar. Toch had ze die liefde vaarwelgezegd. Wilde ze te veel? Was ze te veeleisend? Had ze genoegen moeten nemen met wat hij bereid was haar te geven? Een mens kon tenslotte niet alles hebben. Misschien was het niet haar bestemming om te trouwen, om kinderen te krijgen.

Marigold en Tasha waren achter in de winkel dozen postpapier aan het uitpakken toen het belletje rinkelde en de Commodore binnenkwam, met Cedric Weatherby in zijn kielzog. De Commodore maakte een nerveuze indruk. Cedric keek bijna gretig, in een staat van lichte vervoering door het drama dat zich ontrolde en waar hij – gelukkig – geen enkele rol in speelde.

'Heb je het vreselijke nieuws al gehoord?' vroeg de Commodore. Hij liep met grote stappen naar de toonbank. Zijn hoed stond recht op zijn hoofd. In zijn rode broek en marineblauwe jasje zag hij er zoals altijd onberispelijk uit.

Marigold kwam naar de toonbank. 'Ja, ik heb het gehoord,' zei ze handenwringend. 'En ik vind het verschrikkelijk. Het is een groot verlies. Sir Owen was een goed mens.'

'Maar heb je het ook gehoord van de mollen?' vroeg Cedric op gedempte toon.

De Commodore keek een beetje wantrouwend de gangpaden in. 'Ik heb de mollen vrijgelaten op het land van Sir Owen. Want ik dacht dat hij dat niet erg zou vinden. Mollen zijn tenslotte onschuldige beestjes.'

'Daar heeft niemand het over gehad,' stelde Marigold hem gerust. 'Het is niet duidelijk wat de hartaanval heeft veroorzaakt. Tenminste, als het inderdaad een hartaanval was. Want dat weten we niet.'

'Maar áls hij een hartaanval heeft gehad vanwege de mollen, dan voel ik me verantwoordelijk.' De Commodore ademde hoorbaar in door zijn neus, met op zijn gezicht de lijdende uitdrukking van de nobele martelaar. 'Maar ik zal mijn zonden opbiechten. Ik wil mijn Schepper met een schoon geweten tegemoet kunnen treden.'

Marigold fronste haar wenkbrauwen. 'Ik kan me niet voorstellen dat mollen een hartaanval veroorzaken,' zei ze nuchter. 'Zo'n probleem zijn ze nu ook weer niet.'

'Sir Owen hield van zijn land,' zei Cedric, die niets liever wilde dan dat de mollen de oorzaak waren, zodat hij een sturende rol kon spelen in de dramatische verwikkelingen.

'Ik dacht gewoon dat de mollen het naar hun zin zouden hebben in het vrije veld,' zei de Commodore. 'Ik heb helemaal niet aan de boer gedacht. Aan Sir Owen. En nu maak ik mezelf de zwaarste verwijten.' Hij legde een hand op zijn borst. 'Phyllida vindt dat ik mijn zorgen voor me moet houden.'

'En daar heeft ze gelijk in,' zei Marigold.

'Maar ik kan niet met een schuldig geweten voor mijn Schepper verschijnen.' De Commodore keek somber. Hij leek in niets meer op de marineman die met schepen onder zijn commando de zeeën had bevaren. 'Ik moet Lady Sherwood opbiechten wat ik heb gedaan.'

'Ik weet niet of dat nou zo verstandig is,' protesteerde Marigold. 'Lady Sherwood heeft wel wat anders aan haar hoofd.'

'Nee, hij heeft gelijk,' viel Cedric zijn vriend bij. 'Hij wil zijn Schepper niet met een besmeurde ziel onder ogen komen.'

De Commodore haalde diep adem. 'Mag ik een fles whisky, Marigold?'

'Natuurlijk.' Marigold pakte een fles van de plank.

'Ik moet mezelf moed indrinken voordat ik naar haar toe ga,' zei de Commodore. 'En Cedric gaat mee. Waar of niet, beste kerel?'

Cedric zette een hoge borst op. 'Natuurlijk ga ik met u mee.' Hij keek naar de fles die Marigold op de toonbank zette. 'Maar ik denk dat ik ook een borrel nodig heb.'

Marigold sloeg de whisky aan en zei tegen zichzelf dat ze nieuwe moest bestellen. Dit was de laatste fles.

Toen de Commodore en Cedric Weatherby de winkel uit liepen, keek Marigold hen na. Wat moest ze ook alweer doen? Ze wist het niet meer. Zuchtend haalde ze haar schouders op, in de vurige hoop dat het niet iets belangrijks was.

Maar ze hoopte vooral dat Sir Owen niet door de mollen aan zijn eind was gekomen.

13

Daisy was er met de honden op uit geweest. Toen ze terugkwam parkeerde Cedric Weatherby net zijn stokoude Volvo voor het huis. De honden stormden blaffend op de auto af. Mordy's nekharen stonden overeind, de spaniëls waren minder waaks en tilden enthousiast een poot op tegen een van de banden.

Terwijl Daisy naar de Volvo toe liep, ging de voordeur van het huis open. Taran kwam naar buiten en wierp haar een vragende blik toe. Op haar beurt tuurde Daisy door het raampje van de auto en herkende de Commodore en Cedric Weatherby. Die laatste zat achter het stuur. Hij zette de motor uit, zwaaide het portier open en stapte met uitgestoken hand op Taran af.

'Cedric Weatherby,' stelde hij zich voor. 'We komen voor Lady Sherwood. U bent de zoon des huizes?'

Ondertussen was ook de Commodore uitgestapt. Hij schudde Taran krachtig de hand. 'Wilfrid Braithwaite. Het spijt me dat ik u stoor, uitgerekend in deze moeilijke tijd. Maar ik moet Lady Sherwood dringend spreken. Het gaat om een delicate kwestie. Delicaat en uiterst belangrijk.'

Taran wierp opnieuw een blik op Daisy, maar die had ook geen idee wat ze ervan moest denken.

'U had misschien beter eerst even kunnen bellen,' zei Taran. 'Mijn moeder kan het verlies dat ze heeft geleden, nog nauwelijks bevatten.'

'Begrijpelijk. En dat is ook de reden waarom we hier zijn.' Cedrics gezicht stond ernstig. Hij deed zijn best terughoudend en discreet te klinken, maar zijn stem verried onmiskenbaar een zekere zelfingenomenheid.

'We zullen u niet lang lastigvallen. Aan een paar minuten hebben we genoeg. Maar nogmaals, het gaat om een belangrijke kwestie,' zei de Commodore. 'Het betreft de dood van uw vader.'

Taran liet zijn blik over de rode broek van de bejaarde officier gaan, over diens blazer met een dubbele rij gouden knopen. 'Akkoord.' Hij knikte. 'Ik zal mijn moeder vragen of ze u te woord wil staan.'

Na enig aarzelen besloot Daisy de drie mannen naar binnen te volgen.

Terwijl Taran zijn moeder ging waarschuwen, wachtte ze met Cedric en de Commodore in de hal. Ondertussen stormden de honden, modderig en wel, naar de keuken. 'Wat is er aan de hand?' Daisy keek van Cedric naar de Commodore.

Cedric schudde met een ernstig gezicht zijn hoofd. De Commodore stak zijn kin naar voren en deed er het zwijgen toe. 'We zijn hevig ontdaan,' bekende Cedric ten slotte, met wiebelende onderkin.

Daisy vond het allemaal maar vreemd. Ze begreep niet waarom de Commodore en Cedric Weatherby de treurende weduwe zo dringend moesten spreken, een dag na de dood van haar man. Wat kon er in 's hemelsnaam zo belangrijk zijn?

Op dat moment kwam Taran terug. 'Loopt u maar even mee.' Hij gebaarde naar de salon. 'Maar ik zou u willen vragen uw bezoek zo kort mogelijk te houden. Mijn moeder kan niet veel hebben. Ik neem aan dat u dat begrijpt.'

Cedric wisselde een blik met de Commodore en knikte. De Commodore knikte terug. Gesterkt door plichtsgevoel – en een flinke bel whisky – volgden de twee mannen Taran naar de salon. Daar liet Taran hen met zijn moeder alleen. Hij liep terug naar de hal, trok de deur achter zich dicht en legde zijn oor ertegenaan. Daisy aarzelde opnieuw, maar net toen ze zich afwendde, zag ze dat Taran haar wenkte. 'Het is me een raadsel wat die twee hier komen doen,' zei hij hoofdschuddend.

Daisy haalde haar schouders op, en terwijl ze elkaar niet-begrijpend aankeken, klonk de stem van de Commodore achter de gesloten deur.

'Staat u mij toe u mijn diepste medeleven te betuigen met uw verlies, Lady Sherwood,' hoorden ze hem zeggen, met de ouderwetse formaliteit die de oud-militair typeerde.

'Dank u wel.'

'Gecondoleerd met uw verlies, Lady Sherwood,' zei ook Cedric. 'Gods wegen zijn duister. Het lijkt wreed dat Hij uitgerekend een goed mens als Sir Owen zo vroeg uit dit leven heeft weggerukt.'

Lady Sherwood knikte instemmend. 'Wat kan ik voor u doen?' vroeg ze vervolgens hoffelijk.

Het bleef geruime tijd stil. Aan de andere kant van de deur keken Daisy en Taran elkaar afwachtend aan.

'Lady Sherwood, ik ben bang dat ik u iets verschrikkelijks moet bekennen,' zei de Commodore ten slotte.

'O?' Lady Sherwood klonk verrast.

Er viel opnieuw een lange stilte, waarin Cedric de Commodore bemoedigend toeknikte, terwijl de Commodore dacht aan de hemelpoort en zijn bezoedelde ziel. 'Lady Sherwood...' begon hij opnieuw.

'Ja?'

'Ik had last van mollen in mijn tuin...'

De uitdrukking op Tarans gezicht was zo komisch dat Daisy een hand voor haar mond sloeg om het niet uit te proesten. Taran schudde verbijsterd zijn hoofd, alsof hij zijn oren niet kon geloven.

'Dennis Fane heeft een val voor me gemaakt. Daar kan ik ze levend in vangen. Mijn vrouw en de kinderen vonden het afschuwelijk dat ik ze doodmaakte. Die mollen. Ze vinden ze schattig. Met hun fluwelen velletje. Voor mijn vrouw en de kinderen zijn mollen net zoiets als konijnen en cavia's. Afijn, nu vang ik ze dus levend. In de val van Dennis. Het is echt een voortreffelijk apparaat. Precies wat je van een mollenval mag verwachten...'

Daisy vertrok haar gezicht van afschuw, en nu was het Taran die een hand voor zijn mond sloeg om een lach te smoren.

'En ik wilde de mollen die ik had gevangen, ergens weer vrijlaten waar ze het naar hun zin zouden hebben,' vervolgde de Commodore. 'Dus niet langs de weg. En ook niet in iemands tuin. Dus toen dacht ik... Nou ja, als ik me verplaatste in een mol, dacht ik dat die het gelukkigst zou zijn in het vrije veld. En zo kwam ik op de landerijen van Sir Owen.'

'Aha,' zei Lady Sherwood alsof ze het begreep. In werkelijkheid begreep ze er niets van, maar ze wilde dat de Commodore ter zake zou komen, in de hoop dat het tweetal zo snel mogelijk weer zou vertrekken.

'Het waren er best veel.' De Commodore hield in gedachten nog altijd vast aan het beeld van de hemelpoort en voelde hoe zijn ziel van zonden werd schoongewassen. 'Wel minstens twintig of dertig. Nogmaals, die val is geweldig. Veel beter dan ik had verwacht. Maar Dennis is dan ook een timmerman met gouden handen, en de mollenplaag was ernstiger dan ik had verwacht. Hoe dan ook, om een lang verhaal kort te maken...'

'Ja?' Lady Sherwood begon haar geduld te verliezen. Er sloop een scherpe ondertoon in haar stem, die maakte dat Taran zich oprichtte en zijn hand op de koperen deurknop legde, op het punt om zijn moeder te hulp te schieten.

'Ik ben ervan overtuigd dat de hartaanval van Sir Owen is veroorzaakt door...' De Commodore aarzelde even om zich geestelijk op zijn bekentenis voor te bereiden. 'Molshopen.'

'Door molshopen?' herhaalde Lady Sherwood langzaam.

'Inderdaad. Door molshopen,' verklaarde Cedric, gretig om ook zijn steentje bij te dragen. 'De Commodore gelooft dat het door zijn mollen komt dat Sir Owen aan een hartaanval is bezweken.'

Het bleef geruime tijd stil.

Taran rolde met zijn ogen naar Daisy. Toen draaide hij aan de deurknop en ging naar binnen. De deur liet hij openstaan, waardoor Daisy getuige was van de rest van het gesprek.

'Daar geloof ik niets van. Dat mijn vader het slachtoffer is geworden van uw mollen,' verklaarde Taran. Tot opluchting van zijn moeder, die blij was dat hij haar te hulp kwam.

'Hoe weet u dat zo zeker?' vroeg de Commodore, vurig hopend op een sprankje licht in de duisternis van zijn schuldgevoel.

'Om te beginnen zijn er geen molshopen op onze landerijen. Of in elk geval geen molshopen die voor problemen zorgen. Als dat wel zo was, zou de bedrijfsleider dat hebben gemeld. En áls er al een externe oorzaak zou zijn aan te wijzen voor de hartaanval van mijn vader, dan zouden naaktslakken de boosdoener zijn geweest.'

Cedric en de Commodore keken elkaar aan. Naaktslakken? Daar hadden ze niemand over gehoord!

'Maar ook al vond mijn vader het ongetwijfeld zorgelijk dat zijn koolzaad door slakken werd opgevreten, het zou hem geen hartaanval hebben bezorgd. Dus u kunt gerust zijn. Er bestaat geen enkel verband tussen zijn dood en uw mollen.'

'Nou, wat een opluchting!' verklaarde de Commodore opgewekt. 'Wat ik wil zeggen... Ik bedoel...' stotterde hij. 'Het stemt me dankbaar dat ik niet de oorzaak ben van uw tragische verlies.' Hij knikte Lady Sherwood en Taran toe. 'Ik eh... Nou ja, nogmaals, ik ben dankbaar dat mijn handelwijze geen rol heeft gespeeld bij het overlijden van uw man en vader. We zullen u verder niet lastigvallen. Kom, Cedric.'

'Bedankt voor uw komst,' zei Lady Sherwood beleefd.

'Ik laat u uit.' Taran klonk iets minder hoffelijk.

Daisy liep naar de keuken, terwijl Taran de bezoekers voorging naar de deur en met hen meeliep naar hun auto. Even later reed de oude Volvo kuchend en sputterend het hek uit.

Toen ze hoorde dat de voordeur weer in het slot viel, kwam Daisy de keuken uit. 'Heb ik dat goed gehoord? Ging het over mollen?'

'Ja, het ging over mollen.' Het kostte Taran moeite zijn gezicht in de plooi te houden.

Op dat moment verscheen Lady Sherwood in de deuropening van de zitkamer. 'Heb ik dat nou gedroomd?' Ze keek verbijsterd van haar zoon naar Daisy.

'Nee, het is echt gebeurd, mam.'

Lady Sherwood schudde haar hoofd. 'Ze roken naar whisky,' zei ze misprijzend.

Taran schoot in de lach. Toen kon Daisy zich ook niet langer beheersen. Uiteindelijk begon zelfs Lady Sherwood te lachen. 'Mollen! Hoe verzin je het? Ach, wat zou Owen daarvan hebben genoten! Mollen! Hij zou er nog wekenlang plezier om hebben gehad. Wás hij maar bezweken aan molshopen op zijn land. Dan zou hij in elk geval lachend zijn doodgegaan.'

'O, mam.' Taran sloeg zijn armen om haar heen.

'Het gaat wel weer.' Ze knipperde haar tranen weg. 'Ik ben blij dat ze langs zijn geweest. Want ik dacht al dat ik nooit meer zou kunnen lachen, maar dankzij die twee goeierds weet ik dat ik mijn gevoel voor humor nog niet kwijt ben.'

Daisy keek van Taran naar zijn moeder. Wat leek ze klein in de sterke armen van haar zoon. Dit leek haar een goed moment om zich terug te trekken, dus ze glipte stilletjes de voordeur uit. Moeder en zoon hadden behoefte aan wat tijd samen. Dat was wel het minste wat ze hun kon geven. En misschien wel het enige.

Iets in de liefde die sprak uit hun omhelzing, inspireerde haar. En op het moment dat ze de schuur binnenkwam, voelde ze haar creativiteit opborrelen. Het was zoals altijd een opwindende sensatie, en ze haastte zich naar haar ezel. Even later ging ze volledig op in haar werk. Met in gedachten nog altijd de ontroerende verbondenheid van moeder en zoon in hun gedeelde verlies, lukte het haar eindelijk greep te krijgen op de arrogante, afstandelijke buldog.

In de week daarop ging Daisy aan de slag met het portret van Cedrics katten. Tegelijkertijd hielp ze Lady Sherwood met de voorbereidingen van de crematie en van de dienst die, slechts enkele weken vóór Suzes bruiloft, in de dorpskerk zou worden gehouden. Gezeten aan het bureau in Lady Sherwoods werkkamer werkte ze een lange checklijst af. Ze zette de advertentie die Lady Sherwood met Tarans hulp had opgesteld, in de *Daily Telegraph*. Ze belde Sir Owens naaste familie met de details over de crematie. Ze regelde de catering voor de ontvangst na de kerk, en hoewel Lady Sherwood de orde van dienst nog niet helemaal rond had, liet ze alvast een drukproef maken met daarop een foto van de overledene: Sir Owen in een oud tweedjasje met een pet op; geleund op een lange stok keek hij uit over de velden die hem zo dierbaar waren geweest. De foto had Lady Sherwood tot tranen toe geroerd.

Ze huilde vaak. In tegenstelling tot Taran. Die toonde weinig emotie, alleen de afgetobde blik in zijn ogen en de verkrampte trek om zijn mond verrieden dat hij het moeilijk had. Daisy bood Lady Sherwood een luisterend oor bij het verwerken van haar verdriet, iets waarbij de emoties elkaar grillig en onvoorspelbaar afwisselden. Het ene moment toverde een dierbare herinnering een glimlach op haar gezicht, het volgende werd ze overweldigd door onbegrip, ongeloof dat ze afscheid had moeten nemen van de man met wie ze zo lang samen was geweest. Om niet in de maalstroom van haar emoties te worden meegezogen, trok Taran zich onopvallend terug wanneer het verdriet zijn moeder te veel werd. Hij werkte in de studeerkamer van zijn vader, helemaal aan de andere kant van het huis, en liep eindeloos door de tuin te ijsberen, met de telefoon tegen zijn oor gedrukt. Met Daisy had hij het niet over zijn vader, en ze wist niet of hij met zijn moeder wel over hem sprak.

Toen ze op een middag terugkwam van een wandeling met de honden, hoorde ze zijn stem van achter de overwoekerde muur van een kleine kersenboomgaard. Blijkbaar zat hij op de houten bank die daar stond. Ze zou zijn doorgelopen, ware het niet dat het onderwerp waarover hij het had, ook háár aanging.

'... Ik denk dat ik het ga verkopen,' hoorde ze hem zeggen. 'Eerlijk gezegd ben ik nogal verrast dat mijn vader het aan mij heeft nagelaten. Ik had verwacht dat het naar mijn moeder zou gaan, en na haar overlijden naar een neef van hem. Hij heeft altijd geweten dat ik geen boer wilde worden. Dat ik geen natuurmens ben. Dat het platteland me niet kan boeien. Daar hebben we vaak verhitte discussies over gevoerd. Mijn leven ligt niet hier, maar in Canada. Dat heb ik hem vaak genoeg gezegd. En het heeft geen zin om een landgoed te erven als je er niets mee doet.'

Daisy stond als aan de grond genageld. Haar hart bonsde in haar keel.

Het bleef enige tijd stil aan de andere kant van de muur. 'Voor een projectontwikkelaar is het goud waard,' hoorde ze Taran toen zeggen. 'En het dorp zit te springen om meer huizen. Dus de bouwvergunning zal geen probleem zijn. Ik begrijp eigenlijk niet waarom mijn vader de grond zelf al niet had verkocht.'

Omdat ze niet betrapt wilde worden op luistervinken, liep Daisy haastig verder. Haar maag verkrampte, een gevoel van misselijkheid nam bezit van haar. Als Taran het landgoed verkocht aan een projectontwikkelaar, zou er vlak achter de tuin van haar ouders gebouwd gaan worden. Dan keken ze niet langer uit op glooiende velden, maar op huizen, op beton en baksteen. Het was een onverdraaglijke gedachte. Haar ouders woonden er al bijna veertig jaar. Haar moeder was zo kwetsbaar, uitgerekend nu; ze had haar tuin hard nodig, de serene rust die er heerste. Daisy kon zich niet voorstellen hoe ze zou reageren wanneer de vrije natuur daarachter door lawaaiige bulldozers zou worden omgeploegd en veranderde in een lelijke steenwoestenij.

Ze was zo van streek dat ze al vroeg stopte met werken. Terwijl ze over de velden naar huis liep, vroeg ze zich af om hoeveel grond het ging die Taran voornemens was aan een projectontwikkelaar te verkopen. Haar blik ging over het rijke, vruchtbare land, en ze besefte niet voor het eerst hoe dierbaar het haar was. Hoezeer ze haar ochtendwandeling over de landweggetjes koesterde. Hoezeer ze, net als haar moeder, genoot van de vogels, de bomen, de bloemen. Haar hart brak bij de gedachte dat daar misschien ooit een einde aan zou komen. Als Taran het landgoed verkocht zou ze niet langer in de schuur kunnen werken. Dan zou ze ergens anders heen moeten. Maar ze wilde nergens anders heen. Ze vond het fijn in de schuur, en ze vond Lady Sherwood – Celia – aardig. Erg aardig.

Die avond was het een beproeving om met haar nietsvermoedende ouders aan tafel te zitten. Marigold was vergeten dat ze bij een vergadering in de Oude Pastorie werd verwacht, waarop Julia haar had gebeld en erg kortaf had gedaan. Daar waren ze allemaal erg door van streek. Voordat ze die ochtend de deur uit ging, had Daisy haar moeder aan de bijeenkomst herinnerd. Maar Marigold was hem alsnog vergeten. Suze dreigde dat ze Julia eens goed de waarheid zou zeggen, Dennis opperde om met haar man, de dominee, te gaan praten, en Nana verklaarde dat ze Julia nooit had gemogen. 'Ze doet altijd zo gewichtig. Wie denkt ze wel dat ze is? Ze heeft het veel te hoog in haar bol,' luidde haar oordeel. 'Vroeger verstopten we een stuk vis in het huis van iemand die we niet mochten. Achter een kast, of onder de bank. Na een paar dagen was de stank niet te harden.' Ze grijnsde kwaadaardig. 'Succes verzekerd!'

Toen Suze die avond het licht uitdeed, besloot Daisy haar in vertrouwen te nemen. Ze moest het aan íémand kwijt. 'Ik ving toevallig een telefoongesprek van Taran op.'

'O, je hebt hem afgeluisterd! Wat zei hij?'

'Dat zijn vader het landgoed aan hem heeft nagelaten.'

'Arme Lady Sherwood. Dat is toch niet eerlijk? En nu? Wordt ze door haar eigen zoon op straat gezet?'

'Nou, zo'n vaart zal het niet lopen. Maar ik hoorde hem wel zeggen dat hij het wil verkopen.'

'Dat zou zonde zijn. Net nu je je als een koekoeksjong in hun schuur hebt genesteld.'

'Hij wil de grond verkopen aan een projectontwikkelaar.'

Het bleef even stil terwijl de ernst van de situatie tot Suze doordrong. Toen vloekte ze.

'Ik durf niks tegen pap en mam te zeggen,' zei Daisy. 'Ze zullen er kapot van zijn.'

'Zeg dat wel. Papa zou zich omdraaien in zijn graf!'

'Hij is nog niet dood!'

'Nee, dat zeg je goed. Nog niet. Maar met bulldozers achter het hek zal dat niet lang meer duren.'

‘Het is verschrikkelijk. Ik weet niet wat ik moet doen.’

‘Ik wel.’

‘O? Wat dan?’

‘Je moet Taran zover zien te krijgen dat hij de grond niet verkoopt.’

‘O, natuurlijk. Geniaal. Dat ik daar zelf niet op ben gekomen!’

‘Doe maar niet zo sarcastisch. Het is het enige wat je kunt doen.’

‘En gedoemd te mislukken. Hij gaat na de begrafenis terug naar Toronto.’

‘Dan mag je wel opschieten!’

‘Dat is al over twee weken. Veel te kort om hem ervan te overtuigen dat hij de grond niet moet verkopen.’

‘Het zal toch moeten. Of weet jij iets beters?’

‘Nee,’ moest Daisy toegeven.

‘Als de grond wordt verkocht aan een projectontwikkelaar, is dat een ramp voor het hele dorp. Niet alleen voor pap en mam.’ Suze rolde op haar zij en deed haar ogen dicht. ‘Wat een akelige geldwolf, die Taran! En hij ziet er nog wel zo smakelijk uit. Echt een lekker ding. Zo zie je maar. Je moet nooit op het uiterlijk afgaan.’

Daisy wilde het al voor hem opnemen, maar wat wist ze nou eigenlijk van hem? ‘Precies. Een akelige geldwolf, dat is hij.’ Ze ging ook op haar zij liggen en staarde angstig de duisternis in.

Marigold kreeg post van de dokter. De resultaten van het bloedonderzoek waren uitstekend. ‘Zo gezond als een pasgeboren baby,’ verklaarde Dennis. Marigold voelde zich enorm opgelucht. Ze zou haar geheugenverlies moeten accepteren. Dat was blijkbaar normaal op haar leeftijd. Ze mankeerde niets. Ouder worden was geen ziekte.

Maar het ging van kwaad tot erger. Ze vergat alles. De naam van klanten van wie het gezicht haar bekend voorkwam; van leveranciers met wie ze al heel lang samenwerkte. Karweitjes die haar altijd gemakkelijk waren afgegaan, werden steeds meer een uitdaging. Wanneer de telefoon ging, herkende ze vaak de stem niet aan de andere kant van de lijn;

ze kon niet bijhouden wat er werd gezegd, wat haar werd gevraagd, laat staan dat ze het kon onthouden wanneer er een bestelling werd gedaan. Ze kon niet meer met de computer overweg, terwijl ze die al jaren had. En alles wat ze deed, kostte haar steeds meer tijd. De simpelste dingen vormden een enorme inspanning. Tegen Dennis durfde ze niet te zeggen dat ze de grootste moeite had met het maken van zijn puzzel, maar tegenover zichzelf kon ze dat niet langer ontkennen. Ze werd er moedeloos van, het leek een onmogelijke opgave. Erger nog, het maakte haar bang. De puzzel hield haar als het ware een spiegel voor en confronteerde haar wreed met haar vergeetachtigheid. Ondertussen probeerde ze tegenover haar omgeving de schijn op te houden, in de vurige hoop dat niemand in de gaten had hoe ze zich voelde. Ze wilde niet dat haar gezin zich zorgen maakte. Misschien ging het probleem vanzelf over, sprak ze zichzelf moed in. Tenslotte was haar bloed in orde. Dus blijkbaar was er niets om zich zorgen over te maken.

Dennis stond aan zijn werkbank toen er werd geklopt. Marigold kon het niet zijn, want die klopte nooit. Anderzijds, hij keek tegenwoordig nergens meer van op. 'Binnen!' riep hij boven het geluid van de radio uit. De deur ging open, en Tasha kwam binnen, duidelijk slecht op haar gemak. 'Tasha! Hallo.' Dennis zette de radio zachter, want hij vermoedde dat ze Iron Maiden minder kon waarderen dan hij. Toen legde hij de blokschaaf neer en veegde zijn stoffige handen af aan zijn T-shirt.

'Sorry dat ik je stoor, Dennis. Maar ik moet met je praten.'

Ongerustheid sloot zich als een ijzeren vuist om zijn hart. 'O. Oké.'

Mac sprong op de werkbank en hypnotiseerde Tasha met een wantrouwende blik. Hij voelde het ongemak van zijn baasje feilloos aan.

'Het gaat om Marigold. Ze vergeet alles. Ik weet niet meer wat ik moet doen.' Tasha haalde haar schouders op. 'Eerst wilde ik er niets van zeggen. Ze wordt tenslotte een dagje ouder. Maar het is meer dan dat. Ik begin me echt zorgen te maken. Is ze al bij een dokter geweest?'

'Ja. Die heeft bloed afgenomen. En dat was dik in orde.'

'O, fijn. En hebben ze ook een MRI gemaakt?'

'Nee.'

'Net wat ik dacht! Het ziekenfonds doet er alles aan om de kosten te drukken. Maar je moet zeggen dat je het niet pikt! Dat je wilt dat er een MRI wordt gemaakt!'

Maar daar was Dennis veel te bescheiden voor.

'Hoe dan ook, misschien moet ze het wat rustiger aan doen,' vervolgde Tasha. 'Ze houdt niet van delegeren. Maar misschien moet ze toch een stapje terug doen en wat meer aan mij overlaten.' Met een verlegen glimlach veegde ze een lok sluik bruin haar uit haar gezicht. Op haar oorlel glinsterde een diamanten knopje. 'Je weet hoe ze is. Ze denkt dat ze het allemaal alleen afkan, maar ze zou meer op mij moeten steunen.'

Dennis fronste. 'Ik wil niet onbeleefd zijn, Tasha, maar ik heb soms de indruk dat ze het ook allemaal alleen móét doen. Omdat jij er niet bent.'

Tasha knikte. 'Daar ben ik me van bewust. En dat spijt me. Ik dacht altijd dat ze me niet nodig had. Dat ze het wel prima vond als ik vrij nam. Maar inmiddels besef ik dat ze het in haar eentje niet redt. En het is ook niet eerlijk tegenover de klanten. Je wilt niet weten hoe vaak het misgaat met het postkantoor, met pakjes die niet of te laat worden verstuurd. En ik heb ook de indruk dat Marigold niet meer met de computer overweg kan...' Ze haalde diep adem. De lok haar viel weer voor haar ogen, en ze duwde hem opnieuw achter haar oor. 'Ik ben dol op Marigold. Ik vind het afschuwelijk om achter haar rug om te klagen, maar ik weet niet hoe ik het anders moet aanpakken.'

Dennis schudde zuchtend zijn hoofd. Want hij wist het ook niet. Maar hij wist wel dat hij met een oplossing zou moeten komen. 'Ik zal met haar praten, Tasha. Misschien krijg ik haar zover dat ze inderdaad een stapje terug doet.'

'Volgens mij denkt ze dat niemand iets in de gaten heeft, maar het halve dorp praat erover.'

Dennis' gezicht betrok. 'Echt waar?'

'Ja, iedereen heeft het gemerkt. En ze denken allemaal...' Tasha keek gegeneerd.

'Wat denken ze?'

Bij het zien van zijn bezorgde gezicht kon Tasha het niet over haar hart verkrijgen hem de waarheid te vertellen. 'Dat ze een dagje ouder wordt,' zei ze dan ook.

Dennis keek haar na toen ze naar de keukendeur liep en door Nana werd binnengelaten. Wat dachten ze in het dorp, vroeg hij zich af. Maar hij kende het antwoord al, en het wierp een duistere schaduw over zijn gedachten. Het hing als een dreigende donderwolk, gevuld met giftige rook, boven zijn hoofd.

14

Daisy legde haar oliekrijt neer en keek uit het raam naar opnieuw een magische ochtend met een zon die stralend aan een saffierblauwe hemel stond. De omstandigheden waren perfect om Taran te overtuigen van de schoonheid en de magie van het Engelse platteland. Sinds ze per ongeluk een flard van zijn telefoongesprek had opgevangen, had ze aan weinig anders gedacht dan aan zijn voornemen om het landgoed te verkopen. Daardoor was zelfs Luca naar de achtergrond verdrongen.

Onder andere omstandigheden zou ze het niet hebben gedurfd Taran te vragen met haar mee te gaan, maar het dreigende vooruitzicht van bulldozers, pal achter de tuin van haar ouders, maakte dat ze alle terughoudendheid overboord zette.

Met kramp in haar maag van de zenuwen liep ze naar het grote huis om de honden te halen. Ze waren zoals altijd bij hun vrouwtje en lagen aan haar voeten terwijl Lady Sherwood de tientallen condoleancebrieven beantwoordde die ze sinds de dood van Sir Owen had ontvangen.

'Ik wil even een frisse neus halen,' zei Daisy vanuit de deuropening. Op slag spitsten de honden hun oren en schoten vol verwachting overeind.

'Het is een prachtige dag.' Lady Sherwood keek op, haar pen zweefde boven het papier. 'Zo'n dag waarvan Owen zou hebben genoten. Als hij niet op de golfbaan was, of in de tuin, trok hij het bos in om hout te hakken. Hij hield van het bos.'

'Zou Taran misschien zin hebben om met me mee te lopen? Hij werkt veel te hard. Dus hij weet niet half hoe heerlijk het hier is.'

Lady Sherwood vertrok haar gezicht. 'Je kunt het hem vragen, maar ik geef je niet veel kans. Ik kan me de laatste keer niet heugen dat hij een eind ging lopen. Dat moet minstens twintig jaar geleden zijn. Zelfs toen was hij al een stadsmens. Natuur zegt hem niet zo veel.'

'Ik ga het toch proberen. Het weer werkt in elk geval mee.'

'Succes! Hij zit in Owens studeerkamer.'

'Bedankt.'

Gevolgd door de honden liep Daisy het huis door, naar de studeerkamer van Sir Owen. Het was een heerlijk huis, vond ze. De ruime kamers hadden grote schuiframen en waren gestoffeerd in gedempte groen- en grijstinten. Het rook er naar hout, dankzij de vele haarden die in de lange wintermaanden permanent brandden. Maar er hing ook een geur die verried dat het huis honderden jaren oud moest zijn. Bij de deur van Sir Owens studeerkamer gekomen, bleef ze staan. Daarachter was het doodstil. Zou Taran er wel zijn?

Ze klopte.

'Daisy! Kom binnen.'

Hij zat op de bank, met zijn voeten op een hocker, verdiept in een stapel paperassen. 'Ik wist zeker dat jij het was.' Hij keek grijnzend naar haar op.

'Waarom niet Sylvia?'

'Die klopt niet. Trouwens, mijn moeder ook niet. Jij bent veel te beleefd.'

'Een kwestie van opvoeding.'

'Precies. Daar kunnen mijn moeder en Sylvia nog wat van leren.'

'O, maar het was niet mijn bedoeling...'

'Ik maakte maar een grapje. Afijn. Wat kan ik voor je doen?'

Hij had zich zo comfortabel geïnstalleerd dat ze bijna terugkrabbelde. Maar ze moest toch wát zeggen, en ze kon geen andere reden bedenken waarom ze had aangeklopt. Dus ze raapte haar moed bij elkaar en vroeg of hij zin had om met haar en de honden mee te gaan. 'Het is zo'n mooie dag, en ik vind dat je veel te hard werkt. Als je alleen maar binnen zit, word je een soort amoebe.'

Hij keek haar vragend aan. 'Hm. Interessant. Ik geloof niet dat ik ooit een amoebe heb gezien. Jij wel?'

'Ja, op school. Onder de microscoop. Amoebes zijn doorzichtig. Heel bleek, bijna wit. Lelijk.'

'Nou, dat klinkt niet als een aantrekkelijk vooruitzicht. Doorzichtig, bleek, lelijk.' Hij legde zijn papieren neer, stond op en rekte zich uit. Toen klapte hij in zijn handen. 'Kom op dan.'

Via een kleine poort in het houten hek liepen ze vanuit de achtertuin de velden in. 'Je komt zeker niet echt aan werken toe?' vroeg Taran. De honden stormden ervandoor met de gretigheid van vrijgelaten gevangenen. 'Geef mijn moeder een vinger, en ze neemt de hele hand.'

Daisy schoot in de lach, terwijl ze bedacht hoe stralend groen zijn ogen oplichtten in de zon. 'Dat valt wel mee. Ik ben alleen maar blij dat ik haar kan helpen, en daar maakt ze absoluut geen misbruik van. Ik heb echt met haar te doen. Mijn moeder zou zich geen raad weten, en ik probeer me voor te stellen hoe verloren en eenzaam jouw moeder zich moet voelen. Dus ik hoop dat ik althans iets voor haar kan betekenen. Dat ik iets kan terugdoen. Je ouders zijn zo goed voor me geweest.'

'Waar werkte je hiervoor?'

'Thuis. In de zitkamer.'

'Woon je nog bij je ouders?'

'Ja. Erg, hè?'

'Helemaal niet. Het zijn bijzondere mensen, je ouders. Tenminste, dat heb ik begrepen.'

Daisy was verrast. Ze had niet verwacht dat hij wist wie haar ouders waren. 'Ja, dat zijn ze. Echt bijzonder. Voor de mensen in het dorp. En voor mij.'

Hij keek haar aan. Zijn gezicht stond nadenkend. 'Wat fijn als je dat kunt zeggen. Ik had een moeizame relatie met mijn vader.'

'Waren jullie erg verschillend?'

'Ja. En dat gold ook voor onze interesses.'

'De stadsmuis en de veldmuis. Dat is een verhaal dat mijn vader me vroeger voorlas.'

'En? Werd de veldmuis in de stad opgegeten door een kat?'

'Nee, de veldmuis had een gruwelijke hekel aan het lawaai, en de stadsmuis vond het op het platteland maar saai.'

'Tja, ik neem aan dat je van mijn vader en mij hetzelfde zou kunnen zeggen. Hoewel, ik vind het platteland niet saai. Helemaal niet. Soms kan ik genieten van de rust, van de stilte.' Met een zucht stopte hij zijn handen in zijn zakken. 'Daar knapt een mens van op. Het is ontspannend.'

Ze liepen het bos in. Het smalle pad tussen de bomen voerde langs een zee van groen en blauw, dankzij de bladeren die zich openvouwden en de uitbottende wilde hyacinten. Vogels kwetterden tussen de takken, een milde bries voerde de rijke, veelbelovende geur van de lente met zich mee.

'Ik heb zes jaar in Milaan gewoond,' vertelde Daisy. 'Daar werkte ik in een stoffig oud museum, midden in de stad. Maar wanneer het maar enigszins kon, trokken we de bergen in. Of we gingen naar de meren. In elk geval de stad uit. Het hart heeft schoonheid nodig. Anders verdort het.'

Daisy meende een zweem van spot in zijn glimlach te zien. Maar ze liet zich niet ontmoedigen. Met de dreiging van bulldozers die de velden achter hun huis omploegden, kon het haar niet schelen of wat ze zei belachelijk klonk. Zolang Taran maar besefte wat de velden, de bossen voor haar familie en voor het dorp betekenden.

'Wie zijn "we"?' Hij keek haar vragend aan.

'Mijn partner en ik. Maar die relatie is voorbij.'

'Dus daarom woon je weer thuis.' Hij knikte.

'Wat ik bedoel te zeggen, is dat ik de natuur nodig heb,' vervolgde ze vastberaden. 'Ik zou niet kunnen leven zonder het bos, het open veld. Ik denk dat ik depressief zou worden als ik de hele dag naar een stel betonnen muren zou moeten staren.'

'En jullie zijn zes jaar samen geweest?' vroeg hij, zonder in te gaan op haar lofzang op de natuur.

'Ja.' In gedachten zag ze Luca voor zich – zijn wijd uit elkaar staande ogen, het kuiltje in zijn kin – en ze voelde een steek van pijn in haar hart.

'Dat is bijna een huwelijk.'

'Precies. Bijna.'

'Zes jaar. Dat is een lange tijd. Ik hoop dat hij je geen pijn heeft gedaan.'

Ze keek hem aan. 'Dat heeft hij wel. We hebben elkaar pijn gedaan,' voegde ze eraan toe, zich bewust van haar aandeel in de breuk.

'Hij lijkt wel gek. Hij had voor je moeten vechten.'

'Het is nogal ingewikkeld.'

'Dat kan best zijn, maar hij is de grote verliezer.'

Ze haalde haar schouders op. 'Dat zijn we allebei.' Ze dacht aan Luca's appje waarop ze niet had gereageerd. Zou hij nog een poging doen tot contact? Of had ze de deur voorgoed dichtgegooid?

Uiteindelijk lieten ze het bos achter zich en kwamen ze bij een veld bloeiend koolzaad. 'Prachtig, dat geel.' Daisy zuchtte genietend. 'Wanneer ik 's ochtends naar het atelier loop, is de hemel soms nog paars. De combinatie met geel is spectaculair.'

'Ja, het is inderdaad prachtig.'

Het klonk alsof hem dat nog niet eerder was opgevallen. Daisy dacht aan haar vader, die als kind met zíjn vader meeging wanneer die bij de mensen thuis kwam. Was Taran als kind met Sir Owen meegelopen over de landerijen?

'Heb je nooit boer willen worden, net als je vader?'

'Nee.'

'Het is een mooi leven. Om elke ochtend wakker te worden tussen het groen.'

'Maar het is ook een leven met veel zorgen.' Hij wierp haar een zijdelingse blik toe. 'Boeren hebben altijd problemen met het weer. Of het is te heet, of het is te koud. Wanneer je op regen zit te wachten, krijg je droogte. Wanneer je droogte wilt, krijg je overstromingen. Als de slakken je oogst niet opvreten, doen de konijnen het wel. En er valt ook niet echt veel geld mee te verdienen.'

Dat laatste verbaasde Daisy. Ze was er altijd van uitgegaan dat Sir Owen er warmpjes bij zat. 'Verdien je als architect beter?'

'Ja, en ik hoef me geen zorgen te maken over het weer.'

'Het leek alsof Sir Owen zich ook nooit zorgen maakte. Hij was altijd zo opgewekt.'

'Mijn vader was meer filosofisch ingesteld dan ik. Hij kon zich beter bij een situatie neerleggen. Daarom liet hij zich niet van streek maken door het weer. Ik ben oppervlakkiger. Mijn vader hield van de natuur, net als jij. Hij vond het fijn om mensen te helpen. Vandaar zijn titel. Die dankt hij aan zijn liefdadigheidswerk. Hij was hartelijk, joviaal. Iedereen mocht hem graag. Maar in zijn enthousiasme kon hij ook behoorlijk dwingend zijn. Hij wilde dat ik net zo werd als hij, en dat vond ik verstikkend. Want ik ben heel anders.'

'Hij zag jou als zijn opvolger, neem ik aan. Voor als hij zelf te oud werd om het landgoed te beheren.'

'Maar dat gaat niet gebeuren. En dat had hij kunnen weten. Ik heb in Canada gestudeerd, ik heb daar een leven opgebouwd. Voor iemand die zich gemakkelijk bij een situatie kon neerleggen, was hij in dat opzicht behoorlijk koppig.'

'Ouders moeten kinderen de kans geven hun eigen weg te kiezen. Dat is zo belangrijk. Veel ouders leven als het ware via hun kinderen. Of ze dwingen hun kinderen te presteren, om er zelf eer mee in te leggen. Dat hebben mijn ouders nooit gedaan, en daar ben ik hun dankbaar voor. Ze hebben ons altijd alle vrijheid gegeven om onze eigen keuzes te maken.'

'En jij hebt met een carrière in de kunst de juiste keuze gemaakt. Hoe gaat het met de buldog?'

'Die is af.'

'En wat is je volgende project?'

'De terriër van Julia Cobbold.'

'Is dat niet de vrouw van de dominee?'

'Ja, en de koningin van het dorp.'

Hij glimlachte. 'Het is een hechte gemeenschap, hè?'

'Dat is het zeker. En ik vind het oprecht leuk om daar deel van uit te maken.'

'Dat vond mijn vader ook. Ik lijk meer op mijn moeder. Ik hou mensen liever een beetje op afstand.'

'Dat heeft ze met mij niet gedaan.' Daisy glimlachte.

'Nee. Trouwens, ik ook niet.' Hij beantwoordde haar glimlach. 'Ik weet niet wat het is, maar je hebt iets heel bijzonders...'

De blik waarmee hij haar aankeek, bezorgde haar een raar gevoel in haar maag. Ze lachte haar ongemak weg. Vergiste ze zich, of flirtte hij met haar?

Marigold stond een klant te helpen toen Suze belde. Ze herkende haar stem niet en vroeg beleefd om een ogenblik geduld. Toen de klant had afgerekend en vertrok, pakte ze de telefoon weer op. 'Bedankt voor het wachten. Wat kan ik voor u doen?'

'Mam! Ik ben het!' Suze klonk ongeduldig, maar ook verbaasd dat haar moeder haar stem niet had herkend.

'Suze! O, sorry! Wat dom van me. Maar het is hier ook zo lawaaiig.' Dat was niet waar, maar ze vond telefoneren de laatste tijd soms erg verwarrend.

'Laat maar. Het geeft niet.'

'Zeg het eens. Waarvoor bel je?'

'Ik heb goed nieuws!'

Marigold glimlachte bij het horen van de opgewonden klank in haar stem. 'Vertel!'

'De jurk is klaar voor de eerste pasbeurt.'

'O, dat is zeker goed nieuws!'

'En ik wil dat jíj de eerste bent die hem ziet.'

'Ik zou het voor geen goud willen missen.'

'Vanmiddag om vijf uur? Kun je dan?'

Bij het vooruitzicht dat ze met de auto de stad in moest, verdween Marigolds enthousiasme. Ze voelde zich onzeker achter het stuur. 'Natuurlijk kan ik.' Ze kon niet weigeren. Ze wist hoeveel het voor Suze betekende dat ze erbij was.

Op het moment dat ze de telefoon neerlegde, verscheen Cedric Weatherby in de deuropening. 'Ik móést het je komen vertellen,' jubelde hij met een blos op zijn wangen. Hij zwaaide de deur wijd open.

Marigold keek hem vragend aan.

Hij kwam met een stralende glimlach naar de toonbank. 'Je dochter is geweldig. Een genie. Dat meen ik oprecht. Ze is een van de allerbeste portretkunstenaars van onze tijd.'

'Dus het is klaar?'

'Ja! Het is eindelijk terug van de lijstenmaker, en het is prachtig! Ze heeft mijn dames perfect getroffen. Die ogen! Ze volgen je overal, net als in het echt. Mijn dames, voor altijd vastgelegd in oliekrijt. Ik ben je dochter innig dankbaar. Dus ik heb haar wat extra's gegeven. Want ik vind dat ze veel te weinig rekent. Ze zou minstens het dubbele kunnen vragen.'

'Wat aardig van je, Cedric.'

'Je moet het portret komen bekijken. Ik heb voor morgenavond een klein feestje georganiseerd, ter ere van de onthulling. Dus ik hoop dat jullie allemaal kunnen. Niets bijzonders. Gewoon een glaasje wijn met wat lekkers erbij. O, en ik heb geen meel meer.' Hij keerde zich naar Tasha, die in een van de paden een bestelling stond uit te pakken. 'Ach, kindje, zou je me een pak meel willen aangeven? Vergeet niet het in je boek te schrijven!' Dat laatste zei hij tegen Marigold.

Hij keek toe terwijl ze het rode boek onder de toonbank vandaan haalde. 'Morgenavond. Zes uur!' dicteerde hij.

'Morgenavond. Zes uur,' herhaalde ze terwijl ze het opschreef. Zodra hij weg was, schreef ze het ook nog in het kleine boekje dat ze altijd bij zich droeg, om zeker te weten dat ze het niet vergat. Nu had ze het op twee plekken genoteerd. Dan kon het niet misgaan.

Net voor de lunch kwam Susan Glenn binnen om een pakje op de post te doen, gevolgd door Dolly, die postzegels nodig had. Phyllida, de vrouw van de Commodore, zat zonder brood, en Julia Cobbold kwam vertellen dat Daisy haar terriër zou gaan tekenen en dat ze die middag zou langskomen om hem een beetje te leren kennen. 'Ze is erg goed met honden,' zei Julia. 'Toby blaft tegen bijna iedereen. Vooral tegen mannen in van die afschuwelijke gele jacks. Je zou het eens moeten zien. Grote stoere mannen... doodsbang voor zo'n klein hondje. Maar tegen Daisy blaft hij niet.'

Toen Julia net weg was, kwam er een echtpaar binnen dat Marigold begroette alsof ze haar kenden. Dat moest een vergissing zijn, vermoedde ze, want ze had hen nooit eerder gezien. Maar voor het geval dat haar geheugen haar weer eens in de steek liet, deed ze beleefd en vriendelijk.

Even later verscheen Eileen. Geleund tegen de toonbank vertelde ze dat Sylvia een gesprek had opgevangen tussen Taran en zijn moeder. Daaruit bleek dat Sir Owen het landgoed niet aan zijn vrouw had nagelaten maar aan zijn zoon. 'En dat is vreemd, want hij wist dat Taran niet in het boerenleven geïnteresseerd was. Die arme Lady Sherwood! Volgens Sylvia is ze nog zo in shock door de dood van Sir Owen dat ze aan niets anders kan denken, laat staan dat ze zich al zorgen maakt over de toekomst. De arme ziel. De mogelijkheid dat Taran het landgoed verkoopt, is waarschijnlijk nog niet eens bij haar opgekomen.'

'Dat hij het verkoopt?' herhaalde Marigold geschokt. 'Dat doet hij niet. In elk geval voorlopig niet. Dat weet ik zeker. Hij wacht tot zijn moeder er niet meer is. En Lady Sherwood is nog jong en gezond.'

'Taran woont in Toronto. Daar heeft hij zijn werk. En Lady Sherwood is Canadese. Dus misschien gaat ze wel terug. Om dichter bij haar zoon te zijn.'

'Maar de bedrijfsleider is er ook nog. Voor zover ik heb begrepen doet David Pullman zijn werk uitstekend. Dus die kan het landgoed blijven beheren.'

Eileen schudde haar hoofd. 'Ik heb geen idee wat er gaat gebeuren, Marigold. Maar we willen niet dat Taran het landgoed verkoopt. Je weet nooit wie er dan komt te wonen. Sir Owen vond het altijd goed dat we over zijn land liepen. Stel je voor dat we iemand krijgen die de boel op slot gooit. Dat zou afschuwelijk zijn.'

Marigold fronste. Ze hoopte dat Taran de grond niet aan een projectontwikkelaar verkocht. Sir Owen had nooit iets willen weten van geldwolven die geen oog hadden voor de schoonheid van de natuur, die alleen maar geïnteresseerd waren in het geld dat zijn groene velden opbrachten als erop gebouwd werd. 'Hij zet zijn moeder heus niet op straat. Dat weet ik zeker,' zei Marigold nog maar eens. Bij die gedachte voelde ze zich iets beter. Ze kon zich niet voorstellen dat een zoon zijn moeder zo harteloos zou behandelen. En Toronto mocht dan ooit haar thuis zijn geweest, Lady Sherwood woonde inmiddels al bijna haar hele leven in Engeland.

'Hm,' mompelde Eileen peinzend. 'Ik geloof niet dat Taran erg aardig is.'

Tasha zorgde voor de winkel terwijl Marigold even naar huis ging om te eten. Nana was, zoals elke week, naar de kapper in de stad. Daar liet ze haar haar wassen en watergolven. Dat deed ze al jaren. Al sinds de jaren vijftig. En dus had ze al sinds de jaren vijftig hetzelfde kapsel.

Marigold maakte een salade van koude ham en nieuwe aardappels in boter en wipte even bij Dennis binnen om te vragen of hij die met haar wilde delen. Aangenaam verrast liep hij met haar mee terug naar de keuken. 'Je bent een engel, Goldie.'

Genietend van zijn waardering dekte ze de tafel. 'Volgens Eileen gaat Taran het landgoed verkopen,' zei ze toen ze eenmaal zaten.

Dennis fronste zijn wenkbrauwen. 'Dat lijkt me erg onwaarschijnlijk. Hij zal zijn eigen moeder heus niet op straat zetten. Sir Owen zou zich omdraaien in zijn graf.'

'Dat denk ik ook,' zei Marigold. 'Hij heeft het landgoed aan Taran nagelaten. Volgens mij in de hoop dat die de uitdaging aangaat en er een succes van maakt.'

'Sir Owen was niet dom, Goldie. Als hij het landgoed aan zijn zoon heeft nagelaten, dan deed hij dat omdat hij wist dat Taran goed voor zijn moeder zou zorgen. En Sir Owen had gelijk. Het is een goeie jongen.'

'Daar denkt Eileen heel anders over.'

'Eileen stelt de dingen graag dramatischer voor dan ze zijn.'

Marigold lachte. 'Zeg dat wel.' Toen schoot Cedrics uitnodiging haar te binnen. 'Morgen is de onthulling van het portret van Cedrics katten. Om zes uur schenkt hij een glaasje wijn met wat lekkers erbij.'

Dennis kauwde genietend op zijn ham. 'Leuk.' Hij knikte.

Marigold was trots op zichzelf dat ze aan de uitnodiging had gedacht. Ze was het niet vergeten, zelfs zonder dat ze in haar boekje had gekeken.

Die middag had ze het verrassend druk in de winkel. Het was een komen en gaan van klanten, en ze wilden allemaal een praatje maken. Tasha liet zich van haar beste kant zien. Ze herinnerde Marigold onopvallend aan dingen die ze vergat, en ze nam het postkantoor voor haar rekening – iets wat Marigold tegenwoordig de grootste uitdaging van haar werk vond.

Om kwart voor vijf ging de telefoon. Marigold nam op.

'Mam!'

Deze keer herkende ze de stem. Het was Suze. 'O, dag kindje.'

'Mam, waarom ben je nog in de winkel?'

Marigold wist even niet wat ze moest zeggen. 'Ik ben aan het werk,' antwoordde ze ten slotte.

'Maar ik zit op je te wachten!'

'Waar dan?'

'Hier! Ik ga de jurk passen!'

'Is dat nu?'

'Ja. En daar moet jij bij zijn.'

'Maar waarom heb je dat dan niet gezegd?'

'Dat heb ik gezegd! Ik heb je vanmorgen gebeld!' Suzes stem trilde van woede.

Angst dreigde Marigolds keel dicht te snoeren. 'Echt waar?'

'Ja, dat weet je best.'

'Maar daar kan ik me niks van herinneren...'

'Omdat je alles vergeet!'

Het huilen stond Marigold nader dan het lachen. 'O, lieverd. Het spijt me! Echt waar.'

'Nou, je hoeft nu niet meer te komen. Het is inmiddels spitsuur. Dus je komt vast te zitten in het verkeer, en waarschijnlijk raak je ook de weg nog kwijt.'

'Ik kan vragen of Tasha wil rijden.'

'Nee, het is nu te laat. En de lol is eraf. Ik doe het wel alleen. Dit had een bijzonder moment moeten zijn, en dat heb je volledig bedorven!' Ze hing op.

Marigold drukte de telefoon tegen haar oor. 'Suze? Suze?' De verbinding was verbroken.

Tasha kwam naar haar toe. *Alles goed?* mimede ze.

Marigold legde langzaam de telefoon neer. 'Heeft Suze me vanochtend gebeld?' Haar stem trilde.

'Ja, dat geloof ik wel.' Tasha knikte. 'Net voordat Cedric binnenkwam.'

Marigold slikte en zocht steun bij de toonbank. 'Ik moet even gaan zitten.'

'Rustig maar. Kom, dan breng ik je naar huis.'

'Nee, ik moet naar buiten! Ik heb behoefte aan frisse lucht.' Marigold greep haar jas van de haak. 'Maak je geen zorgen. Ik red me wel. Een beetje frisse lucht zal me goeddoen.'

Tasha keek haar na. Ze had Marigold nog nooit zo van streek gezien. Moest ze Dennis waarschuwen? Ongerust kauwde ze op een velletje van haar duimnagel.

15

Verblind door tranen liep Marigold met gebogen hoofd de straat uit, in de vurige hoop dat ze niemand tegenkwam. Bij het pad gekomen dat naar boven leidde, naar de kliffen, volgde ze dezelfde route die ze elke ochtend nam sinds het advies van de dokter om meer te bewegen. Dat was goed voor het geheugen, had hij gezegd. Nou, het had niet bepaald geholpen.

Haar schuldbesef omdat ze Suzes grote moment had bedorven, voelde als een dolk in haar hart – een dolk die steeds dieper stak en haar ondraaglijk veel pijn deed. Ze was woedend op zichzelf omdat ze tegenover haar dochter tekort was geschoten. En ze was woedend op haar geheugen omdat het tegenover háár tekort was geschoten. Er mankeerde niets aan haar toewijding, haar betrokkenheid. Integendeel. Maar er mankeerde van alles aan haar hersens, aan haar geheugen. Hoe moest ze dat duidelijk maken nu Suze zo boos was, zo gekwetst en teleurgesteld?

Terwijl ze de helling beklom, gaf ze zich volledig over aan haar wanhoop. Luid snikkend, schor van verdriet, dacht ze aan dokter Farah, die had gezegd dat er niets aan de hand was; aan haar vriendinnen, die zeiden dat ze gewoon een dagje ouder werd; aan Beryl, die probeerde haar gerust te stellen door te zeggen dat het hun allemaal overkwam, dat ze met het klimmen der jaren allemaal vergeetachtig werden. Maar er was wel degelijk iets aan de hand! Het had er niets mee te maken dat ze een dagje ouder werd! Het overkwam hun niet allemaal! Alleen háár! En nu had ze Suze op een van de belangrijkste dagen van haar leven teleurgesteld. Het had een bijzonder moment moeten worden, een moment dat ze als moeder en dochter voor altijd zouden koesteren. Het moment waarop zij haar kleine meisje voor het eerst in trouwjurk zou zien. Bij de gedachte aan wat ze was misgelopen, begon ze nog harder te huilen. Hoe kon ze die afspraak zijn vergeten! Hoe was het mogelijk? Terwijl ze wel had onthouden dat Cedric een feestje gaf?

Met haar handen in haar jaszakken liep ze over de kliffen. Hoog boven haar cirkelden de meeuwen langs de hemel, waaraan het licht al begon te verbleken. De zon zonk als een gloeiend rode bal naar de horizon, besprenkelde de kam van de golven met een regen van vonken en dompelde de vleugels van de meeuwen in goud. Het was zo prachtig dat ze een hand op haar gepijnigde hart legde en zich liet meevoeren door de ontroering die de pracht van de natuur altijd weer in haar wist te wekken. O God, wat gebeurt er toch met me? De meeuwen krijsten; hun roep klonk naargeestig, alsof ze treurden om het uitblijven van een antwoord.

Vanaf het klif keek Marigold in de diepte: naar de zee die schuimend op de rotsen sloeg; naar het rijzen en dalen, het aanrollen en wegebben van de golven in de eeuwige cyclus van de getijden. De aanblik was hypnotiserend. Ze moest denken aan vroeger. Toen hadden Patrick en zij op deze zelfde kliffen gestaan en zich afgevraagd hoe het zou zijn om te springen. Ze had zich destijds wel eens zorgen gemaakt dat haar broer het zou proberen. Want hij was een durfal geweest. Moedig, ondeugend, hunkerend naar aandacht. Marigold had nooit zelfs maar overwogen om te springen, maar nu stelde ze zich voor hoe het zou zijn om te pletter te slaan op de rotsen. Zou het pijn doen? Zou ze op slag dood zijn? Of zou ze met gebroken botten hulpeloos op de rotsblokken liggen, totdat het water steeg en het tij haar wegdroeg? Ze besefte dat zulke dachten morbide waren, dat ze zwolg in haar schuldgevoel. Tenslotte had ze niemand vermoord. Ze had iemand verdriet gedaan, teleurgesteld. Iemand die haar oneindig dierbaar was. Maar dat was geen rechtvaardiging om zich van het klif te werpen, om het leven vaarwel te zeggen. En toch...

Starend naar de schuimende zee werd ze overmand door een gevoel van machteloosheid dat haar als een sluier omhulde en haar dompelde in duisternis.

Suze was nog altijd woedend toen ze thuiskwam. Ze had Ticky gebeld. Die was aan het werk geweest, maar had alles uit zijn handen laten vallen en was naar haar toe gekomen. Even had ze overwogen om lak te hebben aan de traditie en hem erbij te vragen terwijl ze de jurk paste. Louter en alleen om haar moeder een hak te zetten. Maar uiteindelijk had de redelijkheid gezegevierd, en tegen de tijd dat ze de bruidegom onder ogen kwam, was ze weer in spijkerbroek en T-shirt.

De hele weg naar huis, in Ticky's groene busje met ATTICUS BUCKLEY HOVENIERS in paarse letters op de zijkant, had ze haar woede en teleurstelling gelucht. 'Ik kan haar wel vermoorden! Mijn eigen moeder! Hoe kon ze onze afspraak vergeten? Ben ik soms niet belangrijk genoeg? Kan het haar niet schelen? Vindt ze de winkel belangrijker dan mijn trouwjurk? Nu Daisy weer thuis woont, tel ik zeker niet meer mee?' Ze had zo moeten huilen dat Ticky de auto langs de kant van de weg had gezet om haar te troosten.

Hij had zijn armen om haar heen geslagen, haar op het hoofd gekust en gezegd dat zij de verstandigste moest zijn. 'Oude mensen zijn nou eenmaal vergeetachtig. Ze kan er niks aan doen. Je moet een beetje geduld met haar hebben. Tenslotte heeft ze niet het eeuwige leven.'

'Ze is nog helemaal niet oud. Haar leeftijd is geen excuus.'

'Nou ja, misschien niet. Maar vergeten is menselijk. En het is goddelijk om te kunnen vergeven,' had hij met een toegeeflijke glimlach gezegd, in een poging haar woede te bezweren.

'We hebben het over mijn huwelijk! Ik ben haar eerste dochter die gaat trouwen. Dit is míjn jaar. Alles draait om míj!'

'Natuurlijk is het jouw jaar, liefste. En natuurlijk draait alles om jou. Ik weet zeker dat je moeder het afschuwelijk vindt dat ze jullie afspraak is vergeten.'

'Dat mag ik hopen.' Ze had hem met een verbeten gezicht aangekeken. 'Want als dat niet zo is, dan zal ik ervoor zorgen dat ze het nooit meer vergeet!'

'Zo ken ik je niet, Suze. Zo hard en onverzoenlijk. Je maakt het veel te zwaar. Probeer eroverheen te stappen.'

'Ik voel me gekwetst, tekortgedaan.'

'Je moet proberen dat gevoel van je af te zetten. En je moeder niet te hard te vallen.'

Maar Suze had zich nijdig, met haar armen over elkaar geslagen, naar het raampje gekeerd.

Ticky zette haar voor de deur af en ging niet mee naar binnen. Hij had geen behoefte aan een scène. Want hij wist hoe Suze kon reageren wanneer ze zich tekortgedaan voelde. Ze had het ooit uitgemaakt en al zijn kleren uit het raam gegooid. Dat had hem geleerd dit soort scènes te vermijden.

Toen Suze driftig de keuken binnenkwam, trof ze daar alleen Nana.

'Lieve hemel, wat is er gebeurd?' Over de rand van haar bril nam ze haar kleindochter onderzoekend op.

'Ik ben woedend!'

'Op wie?'

'Op mama.'

'Op mama? Wat heeft ze gedaan?'

Suzes gezicht veranderde in een onaantrekkelijke grimas toen ze opnieuw begon te huilen. 'Ze zou naar de stad komen, voor de eerste pasbeurt van mijn trouwjurk. Maar ze is het vergeten. Ik heb een half uur zitten wachten. En toen ik haar belde, kon ze zich onze afspraak niet eens herinneren! Ze wist niet meer dat ik haar had gebeld. Het is toch niet te geloven? Ik ben woedend. Het liefst ramde ik erop los!'

'Als je maar van mij afblijft. Dat kan ik niet hebben op mijn ouwe dag.'

Nog altijd woedend zette Suze water op. 'Ik zou de hele winkel kort en klein kunnen slaan!'

'Dat lijkt me niet verstandig. Waarom ga je niet gewoon met haar praten? Je bent tenslotte geen kind meer. En volwassen mensen slaan de boel niet kort en klein als ze boos zijn. Die praten de dingen uit. Ik was ooit boos op je opa...'

Suze was niet in de stemming voor het zoveelste verhaal waar geen eind aan kwam. 'Oké. Ik zal met haar gaan praten,' kapte ze haar oma af, en dat was precies wat Nana had gehoopt.

Driftig stak Suze de binnenplaats over. Haar gezicht zag grauw van woede, er lag een verbeten trek om haar mond. Toen ze de winkel binnenkwam, stond Tasha achter de toonbank, druk in gesprek met Eileen. 'Waar is mijn moeder?' Suze keek ongeduldig van de een naar de ander.

'Die is even de deur uit,' antwoordde Tasha.

Suze klakte nijdig met haar tong en zuchtte geërgerd. 'Om wat te doen?'

Tasha wisselde een blik met Eileen. Die deed er het zwijgen toe. 'Ze was nogal van streek,' vertelde Tasha ten slotte. 'Dus ze is een eindje gaan lopen.'

'Ze zou naar de stad komen, voor de eerste pasbeurt van mijn trouwjurk. Maar dat is ze vergeten. En nu heeft ze alles bedorven. De mooiste dag van mijn leven!'

'Volgens mij is dat je trouwdag,' merkte Eileen op.

'Je moet proberen een beetje geduld met haar te hebben,' zei Tasha vergoelijkend. 'Ze was erg van streek. Zo heb ik haar nog nooit meegemaakt.'

Eileen legde een hand op Suzes arm. 'Volgens mij gaat het niet zo goed met je moeder. Dus probeer een beetje lief voor haar te zijn.'

'Hoezo? Wat is er dan?' Suze fronste haar wenkbrauwen.

Eileen schonk haar een blik vol medeleven. 'Ik heb het idee dat ze een beetje begint te dementeren. En ze is niet de eerste. Ik heb een vriendin... die zit inmiddels in een verpleeghuis en bij haar begon het net als bij Marigold. Ze vergat dingen, ze was altijd moe, zonder aanwijsbare reden. Het gebeurde steeds vaker dat ze zomaar viel. Of dat ze mensen niet herkende. Het is een soort vergeetachtigheid, maar dan anders.'

Van Suzes boosheid was op slag niets meer over. 'Weet je dat zeker?' vroeg ze ongerust. 'Denk je echt dat ze dement begint te worden?'

'Ik had het niet willen zeggen,' antwoordde Eileen. 'Maar ik wil ook niet dat je boos op haar bent om iets waar ze niks aan kan doen.'

'En nu?'

'Ze moet naar een dokter,' zei Tasha. 'Ik heb het er met je vader over gehad, maar volgens mij steekt die zijn kop in het zand. Daisy en jij zullen het voortouw moeten nemen. Als ze inderdaad begint te dementeren, dan is er nog heel veel wat je kunt doen om haar te helpen. En duidelijkheid zal op zijn minst tot meer begrip leiden. Tot minder boosheid en ergernis.'

'Als het niet goed met haar gaat, dan neem ik haar natuurlijk niets kwalijk.' Suze voelde zich in de verdediging gedrongen. Ze sloeg haar armen over elkaar. 'Ik moet met haar praten.'

'Volgens mij is ze het klif op gelopen,' vertelde Tasha. 'Net als 's ochtends vroeg. Daar heeft Mary haar destijds ook gevonden toen ze was gevallen.'

'Oké, bedankt!' Suze liep naar de deur.

'Ze was erg van streek,' zei Tasha nogmaals.

'Ja, echt heel erg van streek,' viel Eileen haar bij. Dat wist ze niet uit eigen waarneming, maar ze droeg nu eenmaal graag haar steentje bij.

Suze voelde zich schuldig. Ze had erg lelijk tegen haar moeder gedaan. In haar woede kon ze soms onbeheerst tekeergaan en gemene dingen zeggen. Dat vond ze zelf nog het ergst, maar ze had het niet in de hand. Ook vandaag had ze zich weer niet weten in te houden, met als gevolg dat haar moeder zich ellendig voelde omdat ze haar dochter 'op de mooiste dag van haar leven' had teleurgesteld. Maar natuurlijk was het niet de mooiste dag van haar leven. Na die eerste pasbeurt zouden er nog vele volgen. Suze wenste vurig dat ze er niet zo'n drama van had gemaakt.

Terwijl ze de heuvel op liep, dacht ze aan wat Eileen had gezegd. Suze wist niet veel van dementie, behalve dat mensen die eraan leden, voortdurend van alles vergaten. Er was in de pers veel over geschreven, maar dat had ze nooit gelezen omdat ze zich niet aangesproken voelde. Ze had er ook op Radio 4 over horen praten, het station waar Nana graag naar luisterde. Maar ook dan had ze niet echt geluisterd omdat het onderwerp haar niet interesseerde. Het kon natuurlijk best zijn dat Eileen zich vergiste. Die stelde de dingen nu eenmaal graag dramatischer voor dan de werkelijkheid rechtvaardigde. Het was echt iets voor haar om meteen het ergste te denken en haar vermoeden te delen met iedereen die naar haar wilde luisteren. Maar Suze kon niet ontkennen dat haar moeder de laatste tijd inderdaad erg vergeetachtig was. En waarom hing de deur van de koelkast vol met geeltjes, met lijstjes van dingen die ze moest doen? Het leek wel alsof ze aan de kleinste dingen herinnerd moest worden. Aan dingen waar ieder ander automatisch aan dacht. Suze besloot bij thuiskomst op internet op zoek te gaan naar informatie over dementie. Maar eerst moest ze haar moeder zien te vinden.

Inmiddels rende ze bijna. De wind was aangewakkerd en blies ijzig, snijdend landinwaarts. De zon ging schuil achter een dikke wolk. Zo te zien een regenwolk, die met een kwaadaardige grijze buik langs de hemel joeg, als een woedende stier. Suze vond het een onverdraaglijke gedachte dat haar moeder zo van streek was. Ze was bang dat ze opnieuw zou vallen. Als haar moeder door háár schuld iets overkwam, zou ze zich dat nooit vergeven.

Al rennend keek ze speurend om zich heen, op zoek naar de nietige gedaante van haar moeder. De stier bleef woest snuivend pal boven haar hangen, dikke druppels vielen uit zijn grijze buik. IJzige, scherpe druppels. Had ze maar een paraplu meegenomen! Maar toen ze van huis ging was de hemel nog stralend en onbewolkt geweest.

Het begon harder te regenen, de druppels werden steeds dikker. Suze begon zich zorgen te maken. Ze hoopte dat haar moeder iets op haar hoofd had, dat ze een jas aanhad. Maar misschien was ze alweer thuis. Misschien was ze via een andere weg teruggelopen. Ze stelde zich haar moeder voor in de keuken, druk bezig met theezetten. En ze stelde zich voor hoe haar moeder zou reageren wanneer zij eindelijk drijfnat kwam binnenvallen. Dan zou ze zeggen dat ze onmiddellijk droge kleren moest aantrekken omdat ze anders kouvatte. Suze zou haar om de hals vallen en zeggen dat het haar speet. Bij dat vooruitzicht kreeg ze tranen in haar ogen, waardoor haar toch al beperkte zicht nog verder werd vertroebeld.

Na wat een eeuwigheid leek te duren ontdekte ze een nietig figuurtje aan de rand van het klif. Haar moeder, dat kon niet missen, en ze staarde in de diepte alsof ze elk moment kon springen. Paniek sloot zich als een ijzeren vuist om Suzes hart. 'Mam!'

Haar moeder draaide zich om.

Marigold had niets op haar hoofd, en ze droeg een jas zonder capuchon. Haar haren waren doorweekt. Ze zag lijkbleek, haar gezicht stond strak, de blik in haar ogen was merkwaardig leeg.

'Mam! Ga weg bij die rand!'

Marigold voelde zich gedesoriënteerd. Wat deed ze hier? En waar was hier? Ze had geen idee. Het enige wat ze wist, was dat ze aan vroeger had gedacht; aan dat ze hier vroeger met Patrick had gestaan en dat ze zich hadden afgevraagd hoe het zou zijn om te springen. Maar ze wist niet meer hoe ze hier was gekomen. Toen ze in de vrouw die haar riep, haar dochter herkende, voelde ze een overweldigende opluchting. Suze was als een baken van licht dat haar wenkte vanaf een vertrouwde kust. Marigold zette een stap in haar richting, maar haar benen waren loodzwaar. Ze wankelde en kwam gevaarlijk dicht bij de rand van het klif.

Net op dat moment wist Suze haar arm te pakken. 'Mam! Wat doe je?'

'Ik weet het niet, lieverd.' Marigold hoorde zelf hoe vreemd haar stem klonk.

Suze hoorde het ook. Hevig geschokt keek ze haar aan. 'Hoe bedoel je, "ik weet het niet"?' Bij het zien van de angst in haar moeders ogen werd de bankschroef om haar hart nog strakker aangedraaid.

'Ik weet niet meer hoe ik hier ben gekomen...'

'Je bent er zelf naartoe gelopen.'

'Echt waar?'

'Ja. We hadden ruzie. Ik heb heel lelijk tegen je gedaan door de telefoon. En dat spijt me. Het spijt me echt heel erg.'

Marigold ging in haar geheugen op zoek naar de lelijke dingen die Suze zou hebben gezegd, maar ze kon zich er niets van herinneren. Haar hoofd leek gevuld met een dikke brij. Dus ze schudde haar hoofd, niet in staat onder woorden te brengen hoe ze zich voelde. Nog altijd met een lege blik in haar ogen staarde ze haar dochter aan. Die viel haar om de hals. 'O, mam, het spijt me zo,' zei ze weer.

Marigold had geen idee waar ze het over had, maar ze vergaf haar. Want dat deed je, als iemand ergens spijt van had.

'Kom, dan gaan we naar huis.' Suze schoof zorgzaam haar arm door die van haar moeder en loodste haar weg van de rand, terug naar het pad. 'Je bent doorweekt. Straks vat je nog kou, en dat willen we niet.'

Marigold glimlachte mat. 'Dat zei ik altijd tegen jou toen je nog klein was. "Trek gauw die natte kleren uit, anders vat je kou." Trouwens, jij bent ook drijfnat, lieverd.'

Suze begon te huilen. 'Je hebt me laten schrikken, mam.'

'Echt waar?'

'Ik dacht dat je zou springen.'

'Dat ik zou springen? Hoe kom je daar nou bij? Waarom zou ik dat doen?'

'Omdat ik zo lelijk tegen je heb gedaan.'

Marigold haalde haar schouders op. 'Daar kan ik me niks van herinneren.'

'Nou, dat is dan het voordeel van je vergeetachtigheid.'

Marigold was blij dat Suze een lichtpuntje had gevonden, waar zij tevergeefs naar had gezocht. De brij in haar hoofd begon te verdwijnen, flarden van herinneringen boorden zich als zonnestralen door de wolken. Ze keek om zich heen en herkende het pad. Haar ademhaling werd weer rustig, haar hart klopte weer normaal. 'Ik was vergeten dat je je jurk ging passen, hè?' Waarom herinnerde ze zich dat nu wél?

'Het geeft niet, mam. Er komt nog wel een keer.'

'Ik wilde je echt graag zien in je jurk.'

'En dat gaat ook gebeuren. Ik maak een nieuwe afspraak, en dan kom ik je halen.'

Marigold legde even een hand op die van Suze. 'O, dat zou heerlijk zijn!'

'Maar eerst moet je iets voor me doen.'

'Natuurlijk. Zeg het maar.'

'Ik wil dat je naar de dokter gaat.'

'Maar daar ben ik al geweest.'

'Dan wil ik dat je nog een keer gaat.'

Marigold zuchtte. 'Ik betwijfel of hij dan iets anders zal zeggen.'

'Ik ga met je mee.'

'Dat hoeft niet.'

'Maar dat wil ik graag.'

En Daisy en Dennis wilden ook graag mee. Een week later zaten ze gevieren in de spreekkamer. Dokter Farah had Marigolds dossier in zijn computer staan en bestudeerde het aandachtig. 'Bent u weer gevallen?' Over de rand van zijn brillenglazen keek hij haar aan.

Het was Suze die antwoord gaf. 'Nee, maar een week geleden was ze ineens vergeten waar ze was. Ik vond haar op het klif, volledig in de war, en ik durf er nauwelijks aan te denken wat er had kunnen gebeuren als ik haar níét had gevonden.'

Dokter Farah knikte, toen keerde hij zich weer naar Marigold. 'En dat is al eerder gebeurd, als ik me goed herinner.' Hij bestudeerde zijn aantekeningen.

Nu was het Daisy die antwoord gaf. 'Ja, met Kerstmis. Toen was ze vergeten waar de auto geparkeerd stond. Hè, mam?'

Marigold knikte. 'Het is net alsof ik een soort mist in mijn hoofd krijg, waardoor ik niks meer weet. Als ik een tijdje wacht en rustig ademhaal, trekt de mist uiteindelijk op en weet ik alles weer.'

'En hoe voelt u zich verder?' vroeg de dokter.

'Op sommige dagen voel ik me prima. Maar op andere valt alles me zwaar. Dan zou ik het liefst mijn bed niet uit komen. Ik ben doodmoe, en het is net alsof mijn hersens heel traag werken.' Ze keek Dennis aan. 'Het spijt me, lieverd, maar ik vind je puzzel nogal een uitdaging.'

Dennis legde glimlachend zijn hand op de hare. 'Dat geeft niet. Je moet er plezier aan beleven. Misschien kunnen Daisy en Suze je helpen.'

'Natuurlijk. Doen we!' zei Daisy.

De dokter stelde nog meer vragen, hij controleerde de bloeddruk en nam opnieuw bloed af. Ten slotte schoof hij zijn bril op zijn voorhoofd en leunde achterover in zijn stoel. 'Ik verwijs u door voor een hersenscan. En naar een klinisch psycholoog, om onderzoek te doen naar uw geheugen.'

'Ben ik dement?' Marigold had het niet willen vragen, omdat ze bang was voor het antwoord. Maar nu ze oog in oog met de dokter zat, had ze al haar moed bij elkaar geraapt.

Dokter Farah schudde fronsend zijn hoofd. 'Op die vraag kan ik u nu nog geen antwoord geven. Er zijn problemen met het geheugen, dat is duidelijk. Maar het zou niet professioneel zijn om een diagnose te stellen zonder over alle onderzoeksresultaten te beschikken.'

'Natuurlijk ben je niet dement,' protesteerde Dennis.

'Het komt allemaal goed, mam,' zei Daisy.

Maar Suze zag aan haar krampachtige glimlach dat ze daar zelf niet in geloofde.

Bij thuiskomst gingen Marigold en Dennis bij Nana aan de keukentafel zitten. 'Ze hebben Marigold doorverwezen voor een MRI en voor een afspraak met een klinisch psycholoog,' vertelde Dennis.

'Ik weet wat een MRI is. Maar wat is een klinisch psycholoog?'

'Geen idee. Maar ze gaan wat testjes doen om erachter te komen wat er aan haar geheugen mankeert.'

'Je wordt gewoon een dagje ouder, Marigold.' De toon waarop Nana het zei, suggereerde dat ze het allemaal onzin vond.

Marigold had er genoeg van dat anderen het probleem niet serieus namen. Ze schonk heet water in de theepot en liep ermee naar de tafel. 'Ik wil gewoon weten wat eraan mankeert. Dan kunnen ze me daar iets voor geven. Tenminste, dat hoop ik.' Ze glimlachte vermoeid. 'Ik ben de laatste tijd mezelf niet.'

Nana trok een gezicht. 'Je maakt het alleen maar erger door je er zo over op te winden. Als je er niet zo zwaar aan zou tillen, zou het waarschijnlijk vanzelf overgaan.'

'Dus jij vindt dat ik het maar moet vergeten?' Marigold glimlachte. Dennis keek haar aan. Toen schoten ze allebei in de lach. 'Helaas is mijn vergeetachtigheid het énige wat ik níét kan vergeten.' Marigold ging zitten. 'Zo. Nu een lekkere kop thee en dan hebben we het er niet meer over.'

'Goed idee, Goldie,' zei Dennis.

Marigold schonk in. 'Wat is er mis met nu?'

Nana's gezicht werd zachter. Ze glimlachte bij de herinnering aan haar man. 'Niets. Helemaal niets.'

Marigold knikte tevreden. 'Precies.' Ze zette de theepot neer.

Terwijl Nana die avond wegdommelde voor de televisie, en terwijl Dennis in de keuken piepkleine bankjes maakte voor zijn kerk, zaten Marigold, Daisy en Suze in de zitkamer over de puzzel gebogen. Zo legden ze eendrachtig stukje voor stukje op zijn plaats, en geleidelijk aan werd de afbeelding zichtbaar die Dennis met zo veel zorg had uitgekozen en tot puzzel had verzaagd. Als bij stilzwijgende afspraak legden Daisy en Suze stukjes die bij elkaar hoorden, onopvallend in de buurt van hun moeder. Marigold had niets in de gaten. Ze bestudeerde de stukjes, vergeleek ze op kleur en vorm, en paste ze met een zucht van bevrediging in elkaar. Tot haar verrassing en verrukking lukte het haar een deel van de afbeelding op eigen kracht te voltooien. 'Het is een kat die uitglijdt op het ijs!' Ze staarde naar de zwart met witte kat. 'Hij lijkt op Mac. Denk je dat Dennis deze afbeelding daarom heeft gekozen?'

Daisy keek Suze aan, en ze glimlachten. 'Geen idee, maar Mac zou het er vast en zeker niet beter vanaf brengen op het ijs,' zei Daisy.

Marigold schoot in de lach. 'Als het Mac is, dan kan Dennis niet ver weg zijn. Eens kijken of ik hem kan vinden.'

'Ze zijn onafscheidelijk, hè?' Daisy grinnikte.

'Zeg dat wel. Zie je de een, dan zie je de ander,' viel Marigold haar bij.

'Wat gezellig, hè, mam?' Suze schoof de stukjes die een schaatsend paartje vormden, onopvallend naar haar moeder toe.

'Ja, en wat fijn dat jullie me helpen. In mijn eentje had ik het nooit voor elkaar gekregen.'

'We zijn een goed team,' zei Daisy.

'O! Kijk eens wat ik heb gevonden!' Marigold paste met stijgend zelfvertrouwen de stukjes van het schaatsende paartje in elkaar.

'Dat zijn papa en jij,' verklaarde Suze.

'Ja, dat zou best kunnen, hè?' viel Marigold haar bij.

'Ze houden elkaars hand vast, net als jullie,' merkte Daisy op.

Marigolds glimlach haperde even. 'Het is echt iets voor Dennis om zo'n mooie foto te gebruiken.' Ze streek met haar vingers over de afbeelding. 'Wat kan hij dat goed, hè?'

'Nou en of,' viel Daisy haar bij. 'Er is niemand die het beter kan.'

'Nu moeten we op zoek naar Daisy en mij,' opperde Suze.

'En naar Nana.' Daisy giechelde.

Ze keerden zich naar hun oma, die op de bank in slaap was gevallen.

'Nana ligt vast ergens op haar rug in de sneeuw,' fluisterde Suze. 'Omdat ze is uitgegleden.'

'En ze klaagt steen en been,' voegde Daisy eraan toe.

Ze schoten alle drie in de lach, en Marigold had het gevoel dat ze zichzelf had teruggevonden. Misschien had Nana toch gelijk. Misschien moest ze zich niet zo druk maken. Dan gingen haar klachten vanzelf over.

16

Daisy zat de daaropvolgende dagen heel wat uurtjes bij Julia Cobbold, waar ze met de terriër speelde om het beestje beter te leren kennen. Daarnaast hielp ze Lady Sherwood met alles wat er moest worden geregeld voor de crematie en de dienst in de kerk. Ze printte kaartjes uit met de namen van de gasten voor wie een zitplaats zou worden gereserveerd, ze hield de groeiende lijst bij van genodigden die hun komst bevestigden, en ze controleerde de drukproef van de orde van dienst. Verder wandelde ze met de honden, waarbij ze er regelmatig in slaagde Taran mee te krijgen, zelfs wanneer het regende. Hij was duidelijk niet geïnteresseerd in gesprekken over de boerderij, over de bossen, over de schoonheid van de natuur. Dus Daisy gaf haar pogingen op hem in dat opzicht te beïnvloeden. Ze kon alleen maar hopen dat hij ervan zou leren houden, simpelweg doordat hij eraan werd blootgesteld. Het was tenslotte allemaal van hem. Maar hij had het nooit over zijn erfenis, en ook niet over zijn plannen daarmee. Onder het lopen hadden ze het over van alles, er werd regelmatig gelachen, maar Daisy besefte dat ze hem nog steeds niet echt had leren kennen. Hij sprak niet graag over zichzelf en zijn gevoelens, en ook zijn vader was een onderwerp dat hij behendig wist te omzeilen. Daisy veronderstelde dat het in de loop der jaren een soort tweede natuur van hem was geworden om gesprekken over emoties uit de weg te gaan. Hij mocht dan grappig zijn, en charmant, en geestig, maar een zekere koelte en afstandelijkheid waren hem ook niet vreemd. Misschien was hij toch Britser dan zijn half-Canadese afkomst deed vermoeden.

Daisy vergeleek hem met Luca, die hartstochtelijk en emotioneel was, met een neiging tot overdrijven en dramatiseren. Taran was kalm, onverstoorbaar, met droge humor, en ze kon zich niet voorstellen dat hij ooit iets overdreef of dramatiseerde. Wat de twee mannen gemeen hadden, was dat ze allebei creatief en intelligent waren, zich scherp bewust van wie ze waren en van wat ze wilden zijn. Dat laatste had haar in Luca aangetrokken. Hij was geen volger, hij liep niet achter de massa aan, en het deed hem niets hoe anderen over hem dachten. Hij was altijd zichzelf, op het schaamteloze af.

Net als Taran, besefte ze.

Terwijl ze uit het raam van haar atelier staarde en bedacht hoe ondoorgrondelijk hij was, ging haar telefoon. Ze had nog niet zo lang geleden een blaffende hond als ringtone gekozen, dus ze schrok. Want ze dacht even dat er een hond in het atelier was. Tot haar verrassing zag ze Luca's naam op het schermpje. Na een korte aarzeling nam ze op. Ze had niets te verliezen. Tenslotte was ze al bijna alles kwijt.

'Ciao, Luca.' Ze ging zitten.

'Ciao, Margherita.' Hij gebruikte de naam die hij haar bij hun eerste ontmoeting had gegeven en die een rechtstreekse vertaling van Daisy was. 'Wat fijn dat je opneemt. Ik dacht al dat je me nooit meer wilde spreken.'

'Ik ben niet boos meer.' Door Italiaans te spreken stapte ze als vanzelf terug in haar vroegere leven. Het voelde heerlijk. En het bracht Italië en Luca op slag dichterbij.

'Wat heerlijk om je stem te horen, liefste.'

'Hoe gaat het?'

'Met mijn leven? Of wil je het over mijn hart hebben?'

Ondanks zichzelf glimlachte ze. In gedachten zag ze hem voor zich, met een smachtende blik in zijn ogen, terwijl hij met een gebalde vuist op zijn borst beukte. Typisch Luca om zo dramatisch te doen.

'Laten we beginnen met je leven.'

Hij slaakte een zucht. 'Tja. Wel goed, denk ik. Druk met mijn werk. Kun je je Carlo Bassani nog herinneren?'

'Ja.'

'Hij wil nog steeds dat ik de foto's maak voor zijn boek.'

'Die stijlgids voor het interieur?'

'Ja, maar ik weet eigenlijk niet of ik het doe...'

'Je vond het zo'n geweldig idee!'

'Ja, maar dat was toen. Sinds jij weg bent, ontbreekt het me aan bezieling. En dat brengt me op mijn hart.'

'Ik weet wat je gaat zeggen. Dat het pijn doet. Nou, je bent niet de enige.'

'Even voor alle duidelijkheid, Margherita: jij hebt mijn hart gebroken. Ik wilde niet dat je wegging. En je hoeft alleen maar bij me terug te komen om mijn hart weer heel te maken.'

'Dat is niet helemaal waar, en dat weet je best.'

'Dan zijn we weer samen. Dan gaan we samen de wereld veroveren.'

'Die hoef ik niet. De hele wereld. Ik wil een gezin.'

Het bleef geruime tijd stil.

'Ik zou er alles voor geven als je bij me terugkwam. Maar die prijs is te hoog. Ik hoopte dat je me had gemist.'

'Natuurlijk heb ik je gemist. Ik mis je nog steeds. Heel erg zelfs.'

'Heel erg. Wat moet ik me daarbij voorstellen?'

'Ik neem aan dat ik hetzelfde voel als jij. Ik mis je, maar niet genoeg om toe te geven, om akkoord te gaan met een compromis.'

'We lijken wel gek, weet je dat.' Hij slaakte een zucht. 'We beseffen niet half hoe goed we het hadden.'

'Dat besef ik wel degelijk. We zijn zes jaar samen geweest. Juist omdat we het zo goed hadden. Toch voelde ik me niet compleet. En dat los ik niet op door naar je terug te gaan.'

Het bleef opnieuw geruime tijd stil. Het duurde zelfs zo lang dat Daisy zich afvroeg of hij had opgehangen.

'Dan valt er niets meer te zeggen,' zei hij ten slotte. Alle bezieling was uit zijn stem verdwenen.

'Nee, misschien niet.'

Hij grinnikte wrang. 'Nu klink je weer als Daisy. De Engelse versie van mijn Margherita.'

'Ik ben en blijf Engelse.'

'Nee, je begon steeds Italiaanser te worden. Steeds meer Margherita. Maar nu ben je weer Daisy.'

Ze begreep dat hij het niet als compliment bedoelde.

'Je klinkt niet meer als mijn Margherita.'

'Want dat ben ik ook niet. Ik ben míjn Daisy.'

Hij vroeg niet wat ze daaronder verstond. 'Nou, dan is dit het afscheid, neem ik aan.'

'Dat denk ik ook.'

Er viel opnieuw een geladen stilte. Daisy wachtte tot hij iets zei. Ze kon zijn ergernis voelen, door de telefoon heen. Hij hield ervan de situatie onder controle te hebben. En dat had hij nu niet.

Toen hij de stilte eindelijk verbrak, klonk zijn stem zacht en gevoelvol. 'Dat ik niet wil trouwen en geen kinderen wil, betekent niet dat ik niet van je hou. Begrijp je dat?'

'We zijn te verschillend, Luca. Ik heb het je al vaker gezegd. We hebben zulke andere verwachtingen van het leven.'

'Dat is niet waar! We willen allebei hetzelfde! Jij wilt mij, en ik wil jou.'

'Ik moet ophangen.' Ze had geen zin meer in deze discussie.

'Denk er nog eens over na, Margherita.'

'Dag, Luca.'

Toen ze de verbinding verbrak, besefte ze dat hij helemaal niet naar haar had gevraagd. Was hij altijd al zo egocentrisch geweest? Ik ben míjn Daisy, herhaalde ze in gedachten. En zo was het ook. Ze had niemand nodig om zich compleet te voelen.

Maar terwijl ze weer door het grote raam naar buiten keek, werden haar ogen mistig.

Suze hield de voorbereidingen van de bruiloft zorgvuldig in de gaten. Voor de zekerheid controleerde ze alles wat haar moeder op de lijst had afgevinkt. Daisy had meegeholpen, maar die had het nu te druk met de begrafenis van Sir Owen om ook alles wat er voor het huwelijk moest worden geregeld, nauwlettend in de gaten te houden. Dankzij alles wat ze over de voorbereidingen postte, had Suze er tot haar grote vreugde talloze nieuwe volgers bij gekregen op haar Instagram-account. Ze had een aantal schitterende foto's van bloemen, uitnodigingen, ondergoed en sieraden geplaatst. Niet haar eigen bloemen. Niet haar eigen uitnodigingen, ondergoed en sieraden. De foto's had ze gemaakt in bruidswinkels en op de diverse fairs waar ze naartoe ging om inspiratie op te doen. De ondernemers om wiens spullen het ging, waren zo verrukt geweest van haar bijdragen dat ze haar een aanzienlijke korting op hun producten hadden aangeboden.

Marigold was ermee akkoord gegaan om Tasha meer verantwoordelijkheid te geven in de winkel en om een schoolverlater in deeltijd aan te nemen. Dat viel haar niet gemakkelijk. Het delegeren kostte haar moeite, om nog maar te zwijgen van het feit dat ze vertrouwen moest hebben in iemand die dat vertrouwen in het verleden nogal eens had beschaamd. Maar Tasha had plechtig beloofd dat ze haar niet zou teleurstellen. En Marigold zag geen andere mogelijkheid dan haar een kans te geven.

De dag van Sir Owens begrafenis begon zonnig en stralend. Het was het soort dag waarvan hij zou hebben genoten. De lente liep ten einde en liet zich nog even van haar beste kant zien alvorens plaats te maken voor de zomer. De paardenkastanjes die de kerk beschutten tegen de wind uit zee, stonden in volle bloei. De bladeren waren stralend, bijna lichtgevend groen, de kaarsen rijk bekleed met witte bloesem. De vogels die daartussen nestelden, namen jubelend afscheid van het bijna voorbije seizoen. De lucht was zo blauw als lapis lazuli, de zon dompelde het dorp in een warme gouden gloed, waarin de belofte van een lange, hete zomer al besloten lag. Het was, kortom, een perfecte dag.

Nana klaagde over hooikoorts. Ze snoot voortdurend haar neus en niesde luidruchtig. 'Ik zou eigenlijk niet naar de kerk moeten gaan,' zei ze aan het ontbijt. 'Maar Sir Owen wordt maar één keer begraven, en dat wil ik niet missen.'

'U moet een antihistaminicum nemen,' raadde Suze haar aan.

'Nee, daar word ik slaperig van! En ik zou niet willen dat ik wegdommelde tijdens de dienst. Toen je opa werd begraven, snurkte zijn tante Mabel als een wrattenzwijn, dwars door het gebed heen! Dat zal ik nooit vergeten. Dus ik wil geen tante Mabel worden, die alleen nog maar wordt herinnerd omdat ze door het gebed heen snurkte.'

'Dat zal niet gebeuren, Nana,' zei Dennis. 'Iedereen zal zich jou herinneren dankzij je verrukkelijke gevoel voor humor.' Er dansten pretlichtjes in zijn ogen, en Marigold glimlachte besmuikt achter haar theekop.

Nana knikte. 'Ja, ik kan wel tegen een grapje,' zei ze zonder een zweem van humor. 'En af en toe maak ik er zelfs een.'

Suze kon zich niet herinneren wanneer haar oma voor het laatst – en bewust – een grapje had gemaakt. 'Hebt u wel eens een wrattenzwijn horen snurken?'

'Reken maar dat ze snurken,' antwoordde Nana nadrukkelijk.

'Daisy was al vroeg de deur uit,' zei Suze om het over iets anders te hebben. 'Lady Sherwood houdt haar wel aan het werk, hè? Zonder er iets voor te betalen.'

'Maar ze heeft Daisy de schuur in bruikleen gegeven. Zonder er huur voor te vragen,' merkte Dennis op.

'Ze is een enorme steun voor Lady Sherwood,' zei Marigold trots.

'Precies. Dat vertelde Sylvia toen ze gisteren in de winkel langskwam.'

'Zo is het maar net,' zei Marigold, die zich daar niets van kon herinneren.

In de stralende zon liepen ze naar de kerk. Nana klaagde de hele weg over hooikoorts. 'De paardenkastanjes zijn het ergst,' mopperde ze. 'Als ik die pollen in mijn ogen en in mijn keel krijg, zou ik het liefst willen krabben. Maar als ik dat doe smeer ik mijn mascara uit, en dan denken ze dat iemand me een blauw oog heeft geslagen. Stel je voor! Ik moet er niet aan denken dat ik dan moet uitleggen dat het geen gevolg is van huiselijk geweld maar van hooikoorts.'

'Iedereen zou diep teleurgesteld zijn,' zei Suze. 'Ze zijn hier in het dorp gek op een beetje drama.'

Marigold had haar arm door die van Dennis geschoven. Ze had een slechte dag. Terwijl ze naar de kerk wandelden, voelde ze zich wazig, alsof haar hoofd was gevuld met watten. Het kostte haar moeite om zich te concentreren. En om antwoord te geven wanneer haar iets werd gevraagd. Ze had er zelfs moeite mee om haar omgeving te herkennen. Maar Dennis was geduldig. Hij joeg haar niet op. Zelfs Suze, die af en toe erg prikkelbaar kon zijn, was lief voor haar. En Nana leek niets in de gaten te hebben.

Daisy stond al bij de ingang van de kerk om iedereen te begroeten, ordes van dienst uit te reiken en familie en naaste vrienden hun plek te wijzen. Ze was de hele ochtend al in de kerk, had naamkaartjes op de banken gelegd en de bloemist te woord gestaan. Sylvia had haar geholpen. Althans, ze had haar best gedaan, maar voornamelijk in een kletsnatte zakdoek lopen snotteren. Marigold hield haar adem in toen ze de bloemen zag. De geur was bedwelmend, alsof er een boeket lelies en gardenia's onder haar neus werd gehouden. Ze knipperde verwonderd met haar ogen terwijl ze haar blik over de kaarsen liet gaan. Het waren er honderden. Overal dansten kleine vlammetjes, omringd door een stralend gouden aura. Dennis nam haar hand in de zijne en loodste haar naar een bank, helemaal achter in de kerk. Daar zat ook David Pullman, Sir Owens bedrijfsleider, met zijn vrouw en twee dochters. Dennis en Marigold schoven een eindje door zodat Suze en Nana er ook nog bij konden. Voor Daisy bewaarden ze een plekje aan het eind.

Dat bleek uiteindelijk niet nodig. Lady Sherwood stond erop dat Daisy bij de familie kwam te zitten, aan het eind van de tweede rij, pal achter de rij waar plaatsen voor haarzelf, Taran en de zussen van Sir Owen waren gereserveerd. Daisy voelde zich slecht op haar gemak, helemaal vooraan in de kerk, terwijl haar familie achterin zat. Maar ze wilde Lady Sherwood niet voor het hoofd stoten.

Het orgel zette in. Eileen liet haar vingers over de toetsen dansen, en de gesprekken verstomden. Op dat moment kwam Lady Sherwood de kerk binnen en liep, ondersteund door haar zoon en vechtend tegen haar tranen, langzaam door het gangpad. Tarans gezicht stond ernstig, bijna onbewogen, als een masker. Hij liep kaarsrecht, met opgeheven hoofd. In zijn donkere pak bood hij een voorname aanblik. Daisy sloeg hem geboeid gade. Hij keek strak voor zich uit, zocht met niemand oogcontact, en toen hij ging zitten, op de rij vóór haar, zag ze de spanning in zijn kaak waaruit bleek hoeveel moeite het hem kostte om zijn emoties in bedwang te houden. Haar hart ging naar hem uit.

Ze sloeg de orde van dienst open en keek naar de foto van Sir Owen, met zijn pet op, in zijn oude jasje van tweed. Waar zou hij nu zijn? Was zijn ziel aanwezig? Keek hij naar hen terwijl ze treurden om zijn dood? 'Ik wil niet dat jullie zwart dragen op mijn begrafenis,' had haar opa gezegd. 'Die zware zwarte vibraties maken het moeilijker om jullie te bereiken, en ik wil erbij zijn, ik wil horen wat jullie over me te zeggen hebben.' Hij had er hartelijk om moeten lachen. Daisy herinnerde zich zijn diepe, aanstekelijke lach, en ze dacht vol verwondering aan zijn stellige overtuiging dat de dood niet meer was dan een ontwaken uit een lange droom. Was Sir Owen uit zíjn droom ontwaakt? Was hij hier bij hen, benieuwd om te horen wat zijn familie over hém te zeggen had? Ineens besefte ze dat iedereen in het zwart gekleed ging. Misschien zouden 'die zware vibraties' het hem onmogelijk maken erbij te zijn. Bij opa's begrafenis had iedereen er kleurig uitgezien, en aan het eind van de grafrede was de kaars voor zijn foto ogenschijnlijk vanzelf uitgegaan.

Tijdens de dienst voor Sir Owen gingen er geen kaarsen uit, maar er werd door de vrouwen in zijn familie veel gehuild; misschien om het gebrek aan tranen bij de mannen te compenseren. Lady Sherwoods schouders schokten, en Taran sloeg troostend een arm om haar heen. De aanblik van hen samen bezorgde Daisy een brok in haar keel, en ze kreeg tranen in haar ogen. Ze had Sir Owen maar een paar keer ontmoet, en ze huilde dan ook niet om hem, maar om Taran en Lady Sherwood. De meeste tranen golden doorgaans niet zozeer de overledene als wel degenen die zonder hem of haar verder moesten. Als haar opa gelijk had, was rouwen om de doden zinloos. Degenen die achterbleven, zijn te betreuren, had hij altijd gezegd.

Na de dienst werd er thee en een glaasje geschonken in het dorpshuis. De onaantrekkelijke ruimte – steriel, zonder enige charme – had Daisy de nodige hoofdbrekens bezorgd. Maar ze was erin geslaagd de kale witte muren en de kille tl-buizen te camoufleren met bloemen en laurierboompjes. Kosten noch moeite waren gespaard, en Lady Sherwood was aangenaam verrast door het resultaat. 'Je hebt eer van je werk. Het is echt geweldig,' zei ze toen Daisy en zij even alleen waren. 'Ik ken het hier niet meer terug, dankzij al die bloemen en dat groen.'

'De bloemist komt alle eer toe. Ik heb er nauwelijks iets aan gedaan,' wimpelde Daisy het compliment bescheiden af.

Daarna kreeg ze Lady Sherwood niet meer te spreken, want iedereen wilde haar condoleren en vertellen welke rol Sir Owen in zijn of haar leven had gespeeld. Nana en Marigold hadden zich teruggetrokken aan een van de tafeltjes langs de rand van de ruimte. Nana wilde met niemand praten, en Marigold durfde het niet, uit angst dat ze mensen niet herkende. Samen keken ze naar het trage ballet van gasten die elkaar begroetten, in gesprek raakten, weer afscheid namen. Dennis voelde zich als een vis in het water. Hij mengde zich maar al te graag tussen de mensen, en omdat hij zo hartelijk en zo aardig was, wilde iedereen ook maar al te graag met hem praten.

Daisy betrapte zich erop dat ze tussen de gezichten op zoek was naar dat van Taran. Dat ze zich zorgen maakte of het wel goed met hem ging. Voor iemand die anderen bij voorkeur op een afstand hield, moest een gelegenheid als deze een beproeving zijn. Ze baande zich een weg door de mensen en glimlachte beleefd naar de vrienden van Sir Owen en Lady Sherwood wanneer die voor haar opzijgingen. Toen ze Eileen in de gaten kreeg, veranderde ze haastig van richting om haar te ontlopen. Uiteindelijk besefte ze dat Taran waarschijnlijk buiten was. En inderdaad, toen ze de deur uit kwam zag ze hem staan. Op het parkeerterrein. Met een sigaret.

Ze liep naar hem toe. 'Ik wist niet dat je rookte.'

Hij grijnsde. 'Dat doe ik ook niet. Maar bij een gelegenheid als deze snak ik naar een sigaret. Ik zal blij zijn als iedereen straks weer naar huis is.'

'Het was een prachtige dienst.'

'Ik vond het allemaal erg ongemakkelijk.' Hij inhaleerde krachtig. 'Trouwens, ik vind begrafenissen hoe dan ook verschrikkelijk.'

'Nou ja, ik vind het ook geen pretje. Hoe was de crematie?'

Hij schudde zijn hoofd. 'Ook verschrikkelijk. Echt. Ik heb er geen woorden voor. Een crematorium heeft zo'n kille uitstraling. Het is een soort fabriek. Een oven waarin de een na de ander...'

'Hou maar op.'

'We hadden hem moeten begraven. Op de een of andere manier is dat minder schokkend.'

'Ik vind het allebei akelig.'

'Het is haast niet voor te stellen! Mijn vader in een kist.'

'Daar moet je ook maar niet aan denken.'

'Ik kan er niets aan doen. Het is een soort morbide fascinatie. Ik moet er steeds aan denken.' Hij nam nog een trek van zijn sigaret. 'Mijn vader was zo'n krachtige figuur. Bruisend, charmant, sterk, goed in alles wat hij deed. Het is afschuwelijk om te bedenken dat zijn vuur is gedoofd, dat zo'n levenslustige man roerloos in een houten kist ligt. Zo kan ik me hem helemaal niet voorstellen.'

'En dat moet je ook niet willen. Je moet aan hem denken zoals hij was, in de kracht van zijn leven.'

'Dat weet ik. En dat doe ik ook. Maar zoals ik al zei, op de een of andere manier zie ik hem toch steeds in zijn kist. Heb je zin om iets te gaan drinken?' vroeg hij abrupt.

'Nu?'

Hij haalde zijn schouders op. 'Nee, misschien beter van niet. Maar straks? We zouden naar de pub kunnen gaan. Ik vlieg morgen naar huis.' Hij keek haar aan, in de verwachting dat ze nee zou zeggen. Net als met Kerstmis.

'Oké,' antwoordde ze tot zijn verrassing. 'Dan zie ik je straks.'

'Fijn. Om zes uur in de pub?'

Daisy schoot in de lach. 'Ben je wel eens in de pub geweest?'

'Jawel. Maar niet in déze.'

'Dat dacht ik al.'

'Hoezo? Ben ik hier niet welkom?'

'Natuurlijk wel. Het zijn allemaal aardige mensen. Misschien een beetje saai vergeleken bij het uitgaansleven in Toronto.'

'Ik kom niet voor de mensen.'

Zijn groene ogen twinkelden alsof hij met haar flirtte. Daisy schoot in de lach. Het was een soort verdedigingsmechanisme. Ze moest er vooral niet te veel achter zoeken. 'Ik zie je om zes uur. Dan ga ik nu maar weer naar binnen, om te kijken hoe het met je moeder is. Volgens mij kan ze onderhand wel een whisky gebruiken.'

Met zijn hand in het kuiltje van haar rug loodste hij haar naar de deur. 'Maak er maar drie whisky van. We kunnen er allemaal wel een gebruiken.'

Daisy was opgelucht toen de begrafenis erop zat en alles zonder problemen was verlopen. Lady Sherwood bedankte haar uitvoerig en omhelsde haar met een warmte die Daisy verraste. 'Ik weet niet wat ik zonder jou had moeten beginnen.' Ze kreeg weer tranen in haar ogen. 'Als Owen er nog was, zou ik hem vertellen hoe geweldig je bent. Maar hij is er niet meer, dus ik heb niemand tegen wie ik het kan zeggen.'

Daisy dacht onwillekeurig aan Taran, en het was alsof Lady Sherwood haar gedachten had geraden. 'Taran weet al hoe geweldig je bent.'

Die opmerking speelde nog steeds door Daisy's hoofd toen ze de deur van het dorpshuis achter zich dichttrok. Haar ouders, Nana en Suze waren al eerder naar huis gegaan, dus ze was alleen met haar gedachten.

Taran weet al hoe geweldig je bent. Was dat zomaar een vrijblijvende opmerking? Want ze kon zich niet voorstellen dat hij haar geweldig vond. Ze twijfelde er niet aan of hij had de vrouwen voor het uitkiezen. Dus het had niets te betekenen. Door de dood van zijn vader voelde hij zich gewoon kwetsbaar. Dat was alles.

Toen ze thuiskwam, stond haar moeder alweer in de winkel. Suze zat met Nana aan de keukentafel. 'Begrafenissen zijn nooit leuk. Ze herinneren ons aan onze eigen sterfelijkheid,' zei Nana. 'En dat we doodgaan, is onze enige zekerheid in dit leven. Waar of niet? De dood is de grote gelijkmaker. Wie of wat we ook zijn, we moeten er allemaal aan geloven.'

'Wat bent u toch altijd heerlijk positief, Nana.' Suze legde haar handen om haar mok. 'Een baken van licht in donkere tijden.'

'Het heeft geen zin de waarheid te ontkennen, Suze. Uiteindelijk gaan we allemaal de grond in. Of de oven.'

'U zou het misschien iets minder beeldend kunnen formuleren.'

'Zo ben ik nu eenmaal. Ik neem al zesentachtig jaar geen blad voor de mond. En ik heb al zesentachtig jaar geen zonnige kijk op het leven.'

Suze keek op. 'Wat is er met jou aan de hand?' vroeg ze, plotseling alert door de blos op Daisy's gezicht.

'Niks,' antwoordde die net iets te haastig.

Suze vernauwde haar ogen tot spleetjes. 'Jawel. Ik ken je. Ik zie het aan je als "niets" eigenlijk "iets" is.'

'Taran heeft me gevraagd om iets te gaan drinken.'

Nana ademde hoorbaar in. 'En waar moet dat gaan gebeuren?'

'Is het een date?' vroeg Suze.

'Welnee, we gaan gewoon naar de pub. Niks bijzonders. Geen date.'

Suze grijnsde ondeugend. 'Gewoon goede vrienden die samen een borrel gaan drinken. Volmaakt onschuldig. Natuurlijk is het een date, gekkie!'

'Een date!' Nana keek verrassend opgewekt. 'Het werd onderhand tijd. Je moet door met je leven. Moedig voorwaarts! Na een mislukte relatie is het de kunst om niet achterom te kijken.'

‘Want daar weet u alles van?’ Suze trok een wenkbrauw op.

‘Je kent de uitdrukking “Stille wateren, diepe gronden”? Laten we het erop houden dat ik een stil water ben. Als ik achterom had gekeken, dan was ik niet met je opa getrouwd, maar met de kleine Barry Bryce. Zo werd hij genoemd. Ook al was hij bijna twee meter.’ Ze schudde misprijzend haar hoofd. ‘Barry is naar Bodrum verhuisd en opgegeten door een haai. Tenminste, als ik het me goed herinner. Dus kijk nooit achterom, Daisy. Als ik met Barry was getrouwd, was ik op mijn zesentwintigste al weduwe geweest. En dan zou je opa nooit kennis hebben gemaakt met mijn charmes en mijn gevatheid.’

Daisy schoot in de lach en liep de keuken uit om zich te verkleden.

‘Waar gaat ze heen?’ vroeg Nana.

‘Moedig voorwaarts,’ antwoordde Suze. ‘Ze gaat Taran laten kennismaken met haar charmes en haar gevatheid.’

17

Daisy was een beetje te laat. Niet expres. Marigold was iets kwijt, en ze hadden allemaal helpen zoeken. Het probleem was dat ze zich niet kon herinneren wát ze kwijt was. Alleen dat het om iets belangrijks ging. Dat had de zoektocht tot een bijna onmogelijke opgave gemaakt. Het waren niet haar sleutels, niet haar telefoon, niet haar tas. Ze konden zich geen van allen voorstellen wat het dan wel kon zijn.

Daisy had in de zakken van haar moeder gekeken. In de zak van een van haar vesten zat een notitieboekje. Toen ze dat aan haar moeder liet zien, slaakte Marigold een zucht van verlichting en koesterde het in haar handen alsof het een gewond vogeltje was. 'Dat is het! Ik zal zorgen dat ik het niet nog eens kwijtraak.' Maar ze besefte ook zelf hoe onwaarschijnlijk dat klonk.

Toen Daisy de pub binnenkwam, ontdekte ze Taran aan de bar. Met een glas whisky. Hij had zich omgekleed en droeg een jasje met daaronder een donker T-shirt. 'Je bent er!' Het klonk verrast. Zijn glimlach had weer de bravoure die ze zich van zijn vorige verblijf herinnerde.

'Natuurlijk ben ik er. Dat hadden we toch afgesproken?' Ze hees zich op de kruk naast hem.

'Wat wil je drinken?'

Onder andere omstandigheden zou ze een glas wijn hebben genomen, maar Taran had iets waardoor ze besloot een beetje uit de band te springen. 'Een gin-tonic graag.'

Taran stak zijn hand op. De barkeeper begroette Daisy enthousiast en een beetje verbaasd. Hij kwam uit het dorp, ze hadden op dezelfde middelbare school gezeten. Sinds haar terugkeer uit Italië was dit haar eerste bezoekje aan de pub. 'Ben je voorgoed teruggekomen?' Hij nam haar goedkeurend op.

'Dat weet ik nog niet.' Daisy dacht aan haar gesprek met Luca. 'Misschien.'

'Oké. Nou, het is in elk geval leuk om je weer eens te zien.' Hij liep weg om haar drankje te mixen.

'Volgens mij ben je onbedoeld de persoonlijke assistente van mijn moeder geworden.' Taran grijnsde. 'En krijg je daar niets voor betaald.'

'Ik heb haar geholpen met de dienst en de crematie. Nu heeft ze me niet meer nodig.'

'Daar vergis je je in. Ze vindt je geweldig.'

De barkeeper zette de gin-tonic voor haar neer.

'Als je het mij vraagt, ben je behoorlijk onmisbaar voor haar geworden. Want ze zal erg eenzaam zijn zonder mijn vader.'

Daisy keek hem fronsend aan. 'Waarom kom jíj niet terug? Dan zou ze niet zo alleen zijn.'

Hij haalde zijn schouders op. 'Mijn leven ligt in Canada.'

'Daar kun je wat aan doen.'

'Misschien. Maar dat wil ik niet.'

'Wat je hebt geërfd, is een van de mooiste landgoederen in Engeland. Dat weet ik, want ik loop er dagelijks doorheen. En je moeder heeft niet het eeuwige leven.'

'Dat besef ik. Maar het is niet zo simpel als jij denkt.' Zijn gezicht verried dat hij het er verder niet over wilde hebben.

Ze nipte van haar gin-tonic. 'Het gaat me niks aan, maar ik ben blij dat ik weer thuis ben nu mijn ouders me nodig hebben. Dat kan ik je wel vertellen.'

Hij trok een wenkbrauw op. 'Gaat het niet goed met ze?'

'Mijn moeder wordt vreselijk vergeetachtig, en ze is soms erg in de war. Ik ben bang dat dit het begin is van iets wat alleen maar erger zal worden.'

Taran knikte begrijpend. 'Het leven wordt steeds gecompliceerder,' zei hij zacht. 'Als je jong bent, denk je alleen aan jezelf. Maar nu hebben we ook onze ouders om rekening mee te houden. En om ons zorgen over te maken. De rollen worden omgedraaid, en eerlijk gezegd heb ik daar best moeite mee.'

'Je bent enig kind. Dus dat ís ook niet gemakkelijk. De verantwoordelijkheid rust volledig op jouw schouders. Ik heb tenminste Suze nog, ook al valt er van haar niet veel te verwachten. Ze denkt alleen aan zichzelf.'

'Uiteindelijk ben jij het die voor alle oudjes zorgt,' zei hij met een ondeugende glimlach. 'Ook voor mijn moeder.'

'Geen sprake van. Het is jouw moeder. Jij gaat voor haar zorgen.'

'Natuurlijk. Ik ben er als ze me nodig heeft. Het duurt alleen een uur of negen om bij haar te komen.'

Ze bleven tot sluitingstijd in de pub. Na dat eerste drankje volgden er nog meer, ze bestelden wat te eten en ze praatten honderduit, zo ontspannen alsof ze oude vrienden waren die elkaar al jaren kenden. Het feit dat ze in hetzelfde dorp waren opgegroeid en op de lagere school bij elkaar in de klas hadden gezeten, verleende hun ontluikende vriendschap zowel een basis als een gevoel van vertrouwdheid. Tijdens die gezellige uurtjes met Taran dacht Daisy geen moment meer aan haar gesprek met Luca. Toen de rekening kwam stond Taran erop te betalen.

Tegen de tijd dat ze de pub uit kwamen, was Daisy de tel kwijt van het aantal glazen dat ze had gedronken. Taran had ook de nodige drankjes op en stond enigszins onvast op zijn benen. Een dikbuikige maan stond laag aan de hemel en dompelde het landschap in een zilveren gloed. Daisy geloofde oprecht dat ze de maan nog nooit zo groot had gezien, dat de sterren nog nooit zo stralend hadden geflonkerd. Ze boden een hypnotiserende aanblik. 'Laten we nog een eindje gaan lopen,' stelde ze spontaan voor.

'Wat? Nu? Weet je hoe laat het is?'

'Ja, maar het is zo'n prachtige nacht. Zonde om erdoorheen te slapen. Over een paar uur is het voorbij.' Ze trok Taran aan zijn mouw. 'Kom, dan nemen we het pad langs de velden.'

'Hm, misschien is het inderdaad verstandig om een beetje te ontnuchteren. Ik wil mijn moeder niet wakker maken met mijn dronkenmansgestommel.'

'De frisse lucht zal ons allebei goeddoen.' En ik wil je laten zien waarom je vader zo van het landgoed hield, dacht ze enigszins aangeschoten, terwijl ze doelbewust het pad in sloeg dat ze elke ochtend nam.

Ze lieten het dorp achter zich en liepen in de richting van de bossen. Daisy's hart ging open bij de aanblik van de bomen die zich zwart aftekenden tegen een indigoblauwe hemel, met daaronder de verstilde velden tarwe en koolzaad. Het was alsof ze een parallelle wereld waren binnengestapt. Een mooiere wereld. Een serene, geheime wereld waarin het zachte geritsel van kleine dieren klonk en de spookachtige roep van uilen. 'Het is prachtig! Zo mooi heb ik het nog nooit gezien!' Verrukt ademde ze de aardse geuren in die van de grond opstegen en in de koele nachtlucht bleven hangen.

'Ik weet nog dat ik hier als tiener liep… na een feestje… met een meisje. De zon kwam op, en toen zag het er ook zo prachtig uit.'

'Weet je nog wie dat meisje was?'

'Nee, geen idee.' Hij schoot in de lach en stopte zijn handen in zijn broekzakken. 'Maar ik weet nog wel dat we hebben gezoend. En waar.'

'O ja? Waar dan?'

Hij grijnsde kwajongensachtig. 'Ik zal het je laten zien. We komen erlangs.'

'Zou zij het zich nog herinneren?'

'Dat betwijfel ik. Zo boeiend was ik niet.'

'Daar geloof ik niks van.'

Hij schoot opnieuw in de lach. 'Dat zeg je alleen maar om aardig te zijn.'

Ze liepen op hun gemak langs de rand van het bos, want het was te donker om zich tussen de bomen te wagen. Na een tijdje kwamen ze bij een bankje met een schitterend uitzicht op de glooiende velden en landerijen, zo ver als het oog reikte. In het waterige licht van de maan lag er een magische gloed over het landschap. 'Toen pap het landgoed erfde heeft hij deze bank hier neer laten zetten. Vanwege het uitzicht. Dit was zijn lievelingsplek. Wanneer hij erlangs kwam, ging hij hier altijd even zitten.' Taran slaakte een diepe zucht. 'Het is ook echt prachtig, hè?' zei hij weemoedig, alsof hij het ineens met andere ogen zag.

'Je mag je gelukkig prijzen,' zei Daisy uit de grond van haar hart. 'Het is allemaal van jou. Al dat moois. Je kunt hier uren lopen zonder iemand tegen te komen. Het is van jou, en je kunt er altijd heen, wanneer je maar wilt. Besef je wel hoe bijzonder dat is?'

Taran zette zijn ellebogen op zijn knieën en wreef over zijn kin. 'Zo heb ik het nooit bekeken. Ik heb het altijd als iets vanzelfsprekends beschouwd.'

'Dat is logisch. We beseffen vaak pas wat we hadden als we het verliezen.'

Taran sloeg zijn handen voor zijn gezicht. Daisy liet haar blik over de welvende contouren van het landschap gaan, in de ban van de heuvels die zich eindeloos voortzetten, in een opeenvolging van nachtelijke grijstinten, waartegen de inktblauwe silhouetten van bomen en gesnoeide hagen zich aftekenden. Taran zat nog altijd met zijn handen voor zijn gezicht. Aanvankelijk had Daisy niets in de gaten. Ze dacht dat hij probeerde te ontnuchteren, maar na een tijdje merkte ze dat zijn schouders schokten. Hij huilde! Ze legde een hand op zijn rug en boog zich naar hem toe, geschokt dat zij onbekommerd van het uitzicht had zitten genieten terwijl hij worstelde met zijn verlies. 'O, Taran, het spijt me! Ik zit maar te praten, terwijl jij net je vader hebt verloren. Sorry. Daar had ik aan moeten denken.'

Hij vermande zich, veegde met de rug van zijn hand over zijn ogen en ging met een diepe zucht rechtop zitten. 'Ik heb mijn vader nooit voldoende gewaardeerd, en nu is hij er niet meer...'

Daisy wist niet wat ze moest zeggen. Woorden konden hem zijn vader niet teruggeven. Ze probeerde te bedenken wat haar opa zou hebben gezegd, maar dit leek haar niet het moment om Taran gerust te stellen met de opmerking dat zijn vaders ziel altijd bij hem zou zijn. Dat leek zo'n cliché. Het klonk zo vrijblijvend. Bovendien wist ze niet eens zeker of ze het zelf geloofde.

'We waren het over heel veel dingen niet eens, maar ik hield wel van hem,' vervolgde Taran. 'En nu is het te laat om dat tegen hem te zeggen.' Hij staarde naar de heuvels. De tranen kwamen opnieuw, en hij liet ze ongehinderd over zijn wangen stromen. 'Was ik maar niet zo koppig geweest. Had ik maar over mijn trots heen kunnen stappen.'

'Hij wist dat je van hem hield. Daar ben ik van overtuigd.' Daisy wilde hem zo graag troosten, maar ze wist niet hoe. Ze was geschokt dat ze hem koud en gevoelloos had gevonden. 'Voor zover ik je vader ken, had hij een groot hart.'

'Hij was erg geliefd. Want hij nam altijd alle tijd, voor iedereen. Hij gaf mensen het gevoel dat ze ertoe deden. Hij was bij zijn leven al legendarisch. Een groot man in elk opzicht.'

'Precies. Een nobel mens in de ware betekenis van het woord.'

'Hij was een beter mens dan ik.' Het kostte Taran hoorbaar moeite niet verbitterd te klinken.

'Daar geloof ik niets van. Jij bent anders. Maar daarom ben je niet minder.'

'De boerderij betekende alles voor hem. Hij kocht telkens land bij om het bedrijf uit te breiden en hij was voortdurend in de bossen te vinden om te snoeien en te hakken. Of hij was met de honden op pad. En dat begrijp ik. Dat begrijp ik echt. Hij hield van het land. Hij hield van het huis. Hij wilde dat ik het na zijn dood zou overnemen, maar ik had nooit gedacht dat hij al zo jong zou sterven. Ik ben er nog niet klaar voor.'

'Omdat hij zo veel van het landgoed hield, wilde hij die liefde met je delen. Je was zijn enige kind. Hij was gelukkig met zijn leven, en hij dacht ongetwijfeld dat een leven op het land jou ook gelukkig zou maken. Want dat was, volgens mij, het enige wat hij wilde. Dat jij gelukkig was.'

'Maar ik ben geen boer. Ik heb nooit boer willen worden, en dat wil ik nog steeds niet. Ik weet niets van het beheren van een landgoed. Dus ik zou er niets van terechtbrengen.'

'Je hebt de bedrijfsleider op wie je kunt rekenen. Met de juiste hulp moet het te doen zijn. We kunnen meer dan we denken. En dat geldt ook voor jou.'

Het bleef geruime tijd stil terwijl Taran nadacht over wat Daisy had gezegd. De dageraad liet op zich wachten, en uiteindelijk begonnen ze het koud te krijgen. 'Trouwens, hier heb ik dat meisje gezoend,' zei Taran ten slotte. Er gleed een glimlach over zijn gezicht.

Daisy schoot in de lach. 'Het is ook een erg romantisch plekje.'

Hij keek haar aan, zijn groene ogen glansden vochtig. 'Je bent lief,' zei hij zacht. 'Dank je wel voor je begrip en voor het luisterend oor.'

Daisy had het gevoel dat de wereld om haar heen verstilde. Er lag een tedere uitdrukking op zijn gezicht, zijn glimlach leek ineens kwetsbaar; alle bravoure was eruit verdwenen.

'En jij bedankt voor het vertrouwen.'

'Met jou kan ik echt praten.' Hij nam haar fronsend op, alsof hij haar voor het eerst zag. 'Dat ben ik vanavond pas gaan beseffen.'

Daisy voelde dat hij haar ging zoenen. Ze kende die blik; de wereld die verstilde; die verandering in de dynamiek wanneer twee mensen zich plotseling met elkaar verbonden voelen. Zij was inmiddels weer nuchter, maar ze wist niet of dat ook voor hem gold. En hoe aantrekkelijk ze hem ook vond, ze had geen idee of dat wederzijds was. Of ze voor hem niet gewoon een sympathieke vriendin was bij wie hij zijn hart had gelucht, op een bankje waar hij ooit met een vriendinnetje had gezoend.

Ze stond op en stak hem haar hand toe. 'Kom, je moet naar huis.'

Hij keek op, in verwarring gebracht en niet in staat zijn teleurstelling te verbergen. Dankzij de whisky was er van zijn geremdheid niets meer over. Hij grijnsde, met een blik in zijn ogen alsof hij probeerde haar te doorgronden, alsof hij probeerde erachter te komen wat voor spelletje ze speelde, alsof hij niet kon geloven dat ze hem had afgepoeierd. Daisy zag dat hij iets wilde zeggen, maar blijkbaar bedacht hij zich. Want hij legde berustend zijn hand in de hare en kwam overeind. Maar toen ze haar hand wilde terugtrekken, hield hij die stevig vast. Zo liepen ze terug naar het dorp. Daisy probeerde zich ervan te overtuigen dat het niet raar voelde om hand in hand te lopen met iemand die ze amper kende.

'Ik ben niet dronken,' zei hij na een tijdje, terwijl hij krampachtig zijn best deed in een rechte lijn te lopen.

'Dat weet ik.'

'Ik ben hoogstens een beetje licht in het hoofd. Maar dan wel op een prettige manier.'

'Dat ben ik ook.'

'Vind je het erg dat ik je hand vasthoud?'

'Nee, natuurlijk niet.'

'Gelukkig maar.'

'Heb je een relatie?' vroeg ze abrupt, beseffend dat de vraag de magie van het moment zou kunnen verstoren. Maar ze besefte ook dat het bijna niet anders kon of een aantrekkelijke man als hij had een vriendin.

Hij aarzelde, ging langzamer lopen. 'Zo zou je het kunnen noemen.'

Het verraste Daisy hoezeer het antwoord haar pijn deed. 'Wat bedoel je daarmee?'

'Ik heb een relatie, maar ik voel me er niet aan gebonden.'

'O.'

'Het klinkt harteloos. Maar dat is het niet. Het is een knipperlichtrelatie. Sinds een jaar of twee. We wonen niet samen, ze is gewoon een goede vriendin. Met *benefits*. Ik mag haar erg graag, het is een leuke meid. Maar onze relatie heeft geen toekomst.'

Die uitleg nam Daisy's onaangename gevoel niet weg. Integendeel. Ook al ontkende hij dat, het klonk kil, harteloos. En zo wilde ze hem niet zien. 'Weet zij dat ook? Dat jullie geen toekomst hebben samen?'

Hij haalde zijn schouders op. 'Geen idee. Daar hebben we het nooit over gehad. We zien elkaar af en toe. Met onregelmatige tussenpozen.'

Daisy liet zijn hand los. 'Ik vind dat je het tegen haar moet zeggen. Het is niet eerlijk om een meisje aan het lijntje te houden.' Ze hoorde zelf hoe beschuldigend het klonk. Dat was niet haar bedoeling.

'Is dat ook het verhaal van jou en je Italiaan?'

Ze knikte. 'Min of meer.'

Taran stopte zijn handen in zijn zakken. Ze liepen zwijgend verder.

Bij Daisy's huis gekomen bleven ze staan. Een beetje ongemakkelijk. Ze wisten niet hoe ze afscheid moesten nemen, en eigenlijk wilden ze dat ook helemaal niet.

'Ik vertrek morgen.' Het klonk een beetje verdrietig.

'Maak je over je moeder geen zorgen. Ik hou een oogje in het zeil.'

'Dat weet ik.' Hij keek haar diep in de ogen, alsof hij niet wilde dat de nacht zou eindigen. Alsof hij bang was dat de magie van hun momenten op de bank door de dageraad zou worden verjaagd. 'Je bent een bijzonder meisje, Daisy Fane.'

Ze haalde haar schouders op. 'Ik kan iemand die het moeilijk heeft toch niet in de steek laten?'

'Dat heb ik begrepen.' Hij grijnsde uitdagend. 'Zie je mij ook zo? Als iemand die het moeilijk heeft?'

'Nee.' Ze koos zorgvuldig haar woorden. 'Jij bent een goede vriend. Een goede en een onwaarschijnlijke vriend.'

'Hoezo "onwaarschijnlijk"? Ik weet niet of ik het daar wel mee eens ben.' Hij boog zich naar haar toe en kuste haar op de wang. Net iets langer dan nodig. 'Dag, onwaarschijnlijke vriendin.'

Ze glimlachte. 'Goede reis morgen.'

Hij richtte zich op en rekte zich uit. 'Ik denk dat ik de hele vlucht slaap.'

'Dat is misschien ook maar beter.' Ze fronste. 'Kun je rijden?'

'Nee, ik laat de auto bij de pub staan. Het is goed voor me om naar huis te lopen. Daar wordt mijn hoofd weer helder van. En het zou nog leuker zijn als jij met me meeliep.'

Ze stak de sleutel in het slot van de voordeur en draaide zich naar hem om. 'Welterusten. Ik vond het een leuke avond,' voegde ze eraan toe bij het zien van de terneergeslagen blik in zijn ogen.

'Ik ook. Welterusten, Daisy.'

Hij bleef staan totdat de deur achter haar in het slot was gevallen.

Toen Daisy onder de dekens kroop, schoot Suze overeind. 'Hé! Waar ben je geweest? Het is al bijna ochtend.'

'In de pub. En daarna zijn we nog een eind gaan lopen.'

'Midden in de nacht?'

'Ja, het was zo prachtig buiten. Ik kon de verleiding niet weerstaan.'

'Je was dronken!'

'Aangeschoten.'

'En Taran?'

'Ook aangeschoten.'

'Heeft hij je gezoend?'

'Nee, natuurlijk niet.'

'Wat? En hij heeft het ook niet geprobeerd?'

'We hebben niet gezoend.'

'Maar je had het wel gewild. Ik hoor het aan je stem.'

'Suze, het is vier uur 's nachts. Je zou moeten slapen.'

'Jij hebt me wakker gemaakt. Dus nou kun je me niet met een kluitje in het riet sturen. Kom op. Vertel!'

Daisy zuchtte. 'Wat moet ik vertellen?'

'Hoe moet ik dat weten?'

Daisy slaakte opnieuw een zucht. 'Je bent onmogelijk. Een puber. Je lijkt wel een kind van twaalf.'

'Niet om het een of ander, maar ik ga trouwen.'

'Inderdaad. Over twee weken.'

'Nou, vooruit. Vertel op!'

'Laat je me dan slapen?'

'Ja.'

‘Goed dan. Ik vind hem leuk.’

‘Je vindt hem léúk?’

‘Ja. Hoe leuk, dat weet ik pas sinds vanavond.’

‘Precies wat ik dacht.’

‘Maar... Luca is er ook nog.’

‘Nee, die is er niet. Luca is een sukkel. Je moet door!’ Suze draaide zich op haar zij. ‘Welterusten, Daisy.’

Daisy sloot glimlachend haar ogen. ‘Welterusten, Suze.’

Een paar dagen voor het huwelijk ging Daisy met haar moeder mee naar de afspraak bij de klinisch psycholoog. De praktijk was gevestigd in een fraaie witgepleisterde villa, in de deftige wijk van het stadje. De muren in de wachtkamer waren lichtgroen, het tapijt had een rustgevend geometrisch patroon in gedempte tinten, op een lage tafel lagen tijdschriften. Daisy en Marigold gingen naast elkaar op de bank zitten. Marigold peuterde nerveus aan een draadje in de mouw van haar jasje. Daisy was ook nerveus. Ze had al een tijdje het gevoel dat haar moeder niet helemaal zichzelf was. Maar ze had het niet onder ogen willen zien. Vandaag zou duidelijk worden of haar gevoel klopte.

Na wat een eeuwigheid leek te duren, ging de deur naar de spreekkamer open en verscheen er een jonge vrouw in een chic broekpak. ‘Marigold?’ zei ze met een warme glimlach. Marigold en Daisy stonden op.

‘Dat klopt. En dit is mijn dochter Daisy.’ Marigold glimlachte om haar nervositeit te verbergen. Haar ogen lachten niet mee.

‘Caroline Lewis,’ stelde de psycholoog zich voor. ‘Kom verder.’

De spreekkamer was gestoffeerd met dezelfde rustgevende kleuren als de wachtkamer. De psycholoog bood hun een stoel aan en ging zelf aan de andere kant van het grote antieke bureau zitten. ‘Ik noem vier woorden, Marigold,’ begon ze het consult. ‘Het is de bedoeling dat je die onthoudt. Aan het eind van ons gesprek vraag ik ernaar. Is dat duidelijk?’

Marigold knikte. ‘Ja. Duidelijk.’

'Jogger. Pony. Eiland. Huis.'

Marigold herhaalde de woorden om ze in haar geheugen te prenten. 'Jogger. Pony. Eiland. Huis.'

Het leek zo simpel.

Daarop stelde Caroline wat persoonlijke vragen, en Daisy zag dat haar moeder geleidelijk aan begon te ontspannen. Het gesprek ging over de winkel, over Marigolds dagelijkse routine, maar ook over haar levensverhaal, over hoe ze Dennis had leren kennen. Terwijl Marigold aan het woord was, maakte Caroline notities. Daisy luisterde alleen maar. Haar moeder formuleerde helder en welsprekend, en naarmate ze zich meer op haar gemak begon te voelen, maakte ze zelfs af en toe een grapje. Misschien vroeg Caroline zich wel af wat ze hier kwamen doen, dacht Daisy. Want het leek alsof Marigold niets mankeerde.

Uiteindelijk vroeg Caroline geduldig en begripvol hoe het stond met Marigolds geheugen. Die vertelde over het opschrijfboekje dat ze altijd bij zich droeg – en dat ze af en toe kwijtraakte of vergat te raadplegen – en over het rode boek onder de toonbank; over de geeltjes naast haar bed voor als haar 's nachts iets te binnen schoot waarvan ze wist dat ze het de volgende ochtend weer vergeten zou zijn; en over de lijst op de koelkast. Toen zag Daisy dat Caroline zich helemaal niet afvroeg wat ze hier kwamen doen. Integendeel. Daisy merkte dat haar moeders symptomen Caroline maar al te bekend voorkwamen. De psycholoog maakte notities, knikte, mompelde 'Juist ja' en nam Marigold onderzoekend op. Hoe meer Marigold vertelde over namen, mensen, plekken die haar ontschoten, over de momenten waarop ze dingen vergat, de momenten waarop ze zich gedesoriënteerd voelde, waarop ze het gevoel had door een dichte mist te waden, hoe meer Carolines interesse werd gewekt. Dit was haar terrein. Het terrein dat ze beter kende dan wie ook. En het feit dat ze zich zo geïnteresseerd toonde, wakkerde Daisy's ongerustheid aan.

Toen Marigold aan het eind van haar lange lijst met vergeetmomenten was gekomen, vroeg Caroline of ze zich de vier woorden nog herinnerde die ze haar aan het begin van het gesprek had gevraagd te onthouden. Marigold dacht ingespannen na. Ze zocht in de mist die haar het zicht belemmerde, maar vond daarin slechts de leegte waarin de vier woorden waren verdwenen. Dus ze schudde haar hoofd. 'Het spijt me, maar ik weet ze niet meer.' Ze klonk teleurgesteld. Daisy's hart ging naar haar uit. Ze keek zo beteuterd.

Caroline glimlachte begripvol. 'Trek het je niet aan. We hebben het over zo veel dingen gehad. Waarschijnlijk schieten ze je in de auto weer te binnen.'

Daisy legde een hand op de arm van haar moeder. Het liefst zou ze zeggen dat zíj ze ook was vergeten. Maar dat was niet zo. Ze wist ze nog. *Jogger. Pony. Eiland. Huis.*

Caroline stond op. 'Je bent een drukbezet mens met veel verantwoordelijkheden, Marigold. De winkel, je gezin, alle comités en commissies in het dorp waar je deel van uitmaakt. Misschien neem je wel te veel hooi op je vork. Ik zou je aanraden om het wat rustiger aan te doen. Om de verantwoordelijkheden die je liever kwijt zou zijn dan rijk, aan anderen over te dragen. Concentreer je op de dingen waar je plezier aan beleeft. En maak je geen zorgen wanneer je hoofd mistig wordt. Laat het gebeuren. Gewoon rustig blijven ademhalen, dan gaat het uiteindelijk vanzelf weer over. Val wat meer terug op je gezin. Zo te horen word je omringd door een liefdevolle familie. Ik weet zeker dat iedereen thuis je maar al te graag wil helpen als dat nodig is. En laat het ook merken als je hulp nodig hebt. Dat is heel belangrijk. Laat het merken als je wilt dat anderen je steunen. Ik stel voor dat we elkaar over een half jaar weer zien. Ik zal een verslag maken van ons gesprek en dat naar jou en dokter Farah sturen. Hij heeft je doorverwezen voor een MRI, heb ik begrepen.' Ze keek in haar aantekeningen. 'Die afspraak is volgende week, als ik het goed zie.'

Marigold knikte.

'Mooi zo. Dan zien wij elkaar in december weer.' Ze stond op en schudde Marigold de hand.

‘Hoe vond je dat het ging?’ vroeg Marigold terwijl ze naar de auto liepen.

‘Je deed het prima, mam.’

‘Ik kon me die woorden niet meer herinneren.’

‘Maak je daar nou maar geen zorgen over. Dat deed Caroline ook niet, volgens mij.’

‘Nee. Ze liet in elk geval niets merken.’ Marigold slaakte een zucht. ‘Ze zei niet wat ze dacht dat eraan scheelde.’

‘Nee. Dat zal wel in die brief staan.’

‘Nog langer wachten.’ Marigold klonk wanhopig.

‘Ik ben bang van wel, ja.’

Marigold zocht naar de zon achter de wolken. ‘Afijn, Suze gaat trouwen!’ Ze voelde zich op slag beter.

‘Ja, dat is iets om ons op te verheugen!’

‘En op een kop thee,’ zei Marigold opgewekt. ‘Daar snak ik naar.’

‘Ik ook,’ viel Daisy haar bij. ‘Er gaat niets boven een lekkere kop thee!’

18

Op de ochtend van de bruiloft hoorde Daisy dat er een appje binnenkwam op haar telefoon. Van Taran, hoopte ze. Maar tot haar teleurstelling was het van Luca. IK MIS JE NOG STEEDS, MARGHERITA. Zij miste hem helemaal niet. Sinds hun nachtelijke wandeling had ze alleen nog maar aan Taran gedacht.

Het was nu twee weken geleden dat hij was vertrokken, en ze had niets meer van hem gehoord. Waarom had ze verwacht dat hij zou bellen of appen? Daar had hij niets over gezegd. Ze hadden gewoon een gezellige avond gehad in de pub. Als goede vrienden. En ook al had het er even op geleken dat hij haar zou zoenen, het was niet gebeurd. Misschien had ze het zich zelfs wel verbeeld dat hij haar wilde zoenen. Tenslotte had ze, net als hij, te veel drank opgehad. Waarschijnlijk was het een bevlieging geweest, aangewakkerd door alcohol en verdriet. En als hij haar wel zou hebben gezoend, dan had het niets betekend. Althans, niet voor hem.

Daisy bracht haar tijd voornamelijk door achter haar ezel, of ze zat met een kop koffie bij Lady Sherwood in de keuken. Het gebeurde ook regelmatig dat ze er met de honden op uit ging. Haar wandelingen waren haar dierbaar geworden. De hyacinten hadden een spectaculaire aanblik geboden, als een zee van blauw. Inmiddels was het juni en waren ze verdwenen. Maar de rododendrons bloeiden uitbundig, hun reusachtige roze en rode bloemen glansden in het zonlicht alsof ze van was waren gemaakt. De bomen en de struiken stonden vol in het blad, dat donkerder kleurde naarmate het dikker werd. Daisy hield van de vroege zomer, wanneer alles nog zo nieuw en fris was. Op haar wandelingen met de honden ging ze tegenwoordig altijd even langs het bankje waar ze met Taran had gezeten. En waar Sir Owen had genoten van het uitzicht. Daisy vond het ook heerlijk om er even te gaan zitten. Het was nu meer dan een bankje met een mooi uitzicht; het was de plek waar Taran haar bijna had gezoend.

Waar kwam die plotselinge verandering in haar gevoelens vandaan, vroeg ze zich af. Was het een reactie? Na zes jaar met Luca kon ze zich nauwelijks voorstellen dat ze al zo snel voor een ander zou vallen. Bovendien was Taran niet bepaald de ideale man om verliefd op te worden. Hij woonde in Canada, en uit niets bleek dat hij er klaar voor was om zich te binden. Tenslotte hield hij zijn vriendin al twee jaar aan het lijntje. Dus nee, Taran was eerder een man om heel hard voor weg te lopen. Toch kon ze hem niet uit haar hoofd zetten.

Ze negeerde Luca's appje en zette haar telefoon uit. Totdat hij belde om te zeggen dat hij bereid was overstag te gaan voor haar wensen, wilde ze niets meer van hem horen.

Suze stond in haar badjas voor het raam van haar kamer en maakte foto's van de regen. Waarom moest het uitgerekend vandaag regenen? Op de belangrijkste dag van haar leven, dacht ze woedend. Nana verscheen in de deuropening met een geborduurd blauw bloemetje. 'Alsjeblieft. Iets blauws. Je was het toch niet vergeten, Suze?'

Nee, ze was het niet vergeten. Integendeel! Ze had net een uitgebreid artikel over die traditie ingeleverd bij de redactie van *Woman and Home*. Onder haar badjas droeg ze de blauwe jarretelgordel die ze speciaal voor de gelegenheid had gekocht en waarvan ze foto's op haar Instagram-account had gezet. Het had haar een hoop likes opgeleverd. Maar dat zei ze niet tegen Nana.

'Dank u wel. Ik zal het aan de binnenkant van mijn jurk spelden. Misschien brengt het geluk en helpt het tegen de regen!'

'Maak je daar maar geen zorgen over. Regen op je bruiloft brengt geluk. Op mijn trouwdag regende het ook, en je opa en ik zijn achtenvijftig jaar gelukkig geweest.'

Suze zuchtte. Dat had ze Nana al minstens tien keer horen zeggen. 'Dat weet ik. Maar van regen gaat mijn haar kroezen.'

'Nou en? Atticus houdt van je om wie je bent. Niet om je sluike haar.'

'Maar *ík* hou van sluik haar. En dit is *míjn* dag. Alles moet perfect zijn.'

'Dat wordt dan een teleurstelling,' zei Nana opgewekt. 'Want niets is perfect.'

Suze keerde zich weer naar het raam. 'U hebt gelijk. Niets is perfect.' Met een diepe zucht zette ze haar handen op haar heupen. 'Maar op mijn trouwdag lijkt het me toch niet te veel gevraagd om te hopen op een zonnetje.'

Marigold was met een goed gevoel wakker geworden. Vol energie en met een helder hoofd. Ze had vertrouwen in de dag die voor haar lag, en ze was vastbesloten ervan te genieten. Suzes grote dag! Toen ze zag dat het regende, was ze even teleurgesteld geweest. Maar aan de horizon leek de hemel op te klaren, dus misschien zou de zon alsnog tevoorschijn komen. Op tijd voor het huwelijk.

Ze pakte de geeltjes waarop ze in de loop van de nacht dingen had genoteerd die ze niet mocht vergeten. Vervolgens keek ze in haar opschrijfboekje. Ook daarin stond een lange lijst van belangrijke dingen, maar op de een of andere manier dacht ze dat ze die vandaag niet nodig zou hebben. Merkwaardig hoe sommige dagen helemaal niet goed voelden, terwijl ze op andere weer bijna gewoon zichzelf was. Ze schoot haar badjas aan. Sinds de hersenscan een week eerder was ze zich iets beter gaan voelen. Misschien had haar moeder gelijk. Misschien zat het allemaal tussen haar oren en maakte ze van een mug een olifant.

Na het ontbijt kwam de post. Behalve Marigold was iedereen al naar boven om zich klaar te maken. Ze pakte de stapel brieven van de mat en liep ermee naar de keuken. Er zaten een paar rekeningen bij – die legde ze apart voor Dennis – en het gebruikelijke reclamedrukwerk. Toen ontdekte ze ook een brief die aan haar was geadresseerd, met het logo van de klinisch psycholoog op de envelop. Met een licht gevoel van onpasselijkheid liet ze zich op een stoel vallen en maakte ze de brief open. Haastig liet ze haar blik over de inhoud gaan. Dat ze zo intelligent was en zo duidelijk formuleerde; dat Caroline onder de indruk was van al het werk dat ze wist te verzetten, enzovoort, enzovoort. Totdat haar oog viel op het enige woord dat ertoe deed: *Dementie*. Het oordeel van Caroline Lewis als klinisch psycholoog luidde dat Marigold mogelijkerwijs leed 'aan de eerste fase van dementie'. Na hun volgende afspraak, over een half jaar, zou ze daarover 'meer zekerheid' hebben.

Dementie. Marigold had het gevoel dat een ijzige vuist zich om haar hart sloot. Ze had zich afgevraagd of ze misschien bezig was dement te worden, maar Beryl had die suggestie weggewuifd en gezegd dat het hun allemaal overkwam, dat ze een dagje ouder werden en dat het normaal was om dingen te vergeten. Toch had Marigold diep vanbinnen geweten dat het níét normaal was wat haar overkwam. Dat haar vergeetachtigheid niet vergelijkbaar was met die van anderen. Omdat ze er bang voor was, had ze de diagnose 'dementie' ver weggestopt. Maar nu werd ze ermee geconfronteerd. Daar stond het, zwart-op-wit. Onontkoombaar. Vernietigend. Ze stopte de brief terug in de envelop en plakte die weer dicht. Dennis mocht niet weten dat ze hem had gelezen. Dan zou hij zich alleen maar zorgen maken, en daardoor zou hij niet van Suzes grote dag kunnen genieten.

Vanwege het huwelijk zou de winkel die dag dicht blijven. Marigold liep erheen, deed het licht aan en googelde 'dementie' op de computer. Als ze het dan toch had, moest ze weten wat het inhield. Zonder bang te hoeven zijn dat ze werd gestoord trok ze de kruk bij, zette haar bril op en tuurde naar het scherm.

Het begrip dementie duidt geen specifieke ziekte aan, maar is een verzamelnaam voor stoornissen waarbij de hogere verstandelijke vermogens, met als meest opvallende het geheugen, achteruitgaan. De klachten wor-

den geleidelijk aan dermate ernstig dat ze het uitvoeren van de normale, dagelijkse activiteiten belemmeren. De ziekte van Alzheimer is verantwoordelijk voor zestig tot tachtig procent van de gevallen...

Genezing is nog niet mogelijk...

Er wordt nog altijd niet voldoende geïnvesteerd in onderzoek naar een effectieve behandeling...

Uit onderzoeken blijkt dat vrouwen met dementie sneller achteruitgaan dan mannen...

Ze kon niets, maar dan ook niets positiefs vinden.

Terwijl ze even later over de binnenplaats terug naar huis liep, duizelde het haar. Gestoord, zo gek als een deur. Zes letters. Dement!

Ze hoorde dat Nana haar riep. 'Marigold!' Niet omdat ze haar hulp nodig had bij het oplossen van haar kruiswoordpuzzel, maar om te zeggen dat Patrick had gebeld.

'Hij komt naar de bruiloft!' Nana zat in haar badjas aan de keukentafel. 'Hij zit met Lucille in The Gables,' vertelde ze opgewonden. 'Hier om de hoek! Is het niet geweldig dat hij voor Suzes huwelijk is overgekomen? Hij zou het voor geen goud willen missen, zei hij. En het moest een verrassing zijn. Nou, dat is gelukt! Die Patrick! Een zoon om trots op te zijn!' verklaarde ze stralend.

Marigold had haar broer in geen acht jaar gezien, en hoe leuk ze het ook vond dat hij voor de bruiloft van haar dochter was overgekomen, ze kon niet helpen dat de oude vertrouwde wrokgevoelens naar boven borrelden. Patrick was zijn leven lang onzorgvuldig met de gevoelens van anderen omgesprongen. Hij dacht alleen aan zichzelf en wist als geen ander hoe hij in het middelpunt van de aandacht kon komen te staan. En dat gebeurde nu ook weer. Zijn nichtje ging trouwen, maar hij wist het voor elkaar te krijgen dat alles om hém draaide. 'Nee maar! Wat een verrassing. Wat fijn!' Marigold deed haar uiterste best enthousiast te reageren. Dwingend, charmant en innemend als hij was, had haar broer haar altijd naar de achtergrond gedrongen, en dat had haar zusterliefde aanzienlijk doen bekoelen. 'Toch had ik liever gehad dat hij gewoon op de uitnodiging had gereageerd,' vervolgde ze. 'Ik zal tegen Daisy zeggen dat ze de reserveringen in de kerk moet aanpassen.'

'Patrick heeft het altijd zo druk, en Australië ligt helemaal aan de andere kant van de wereld. Maar zijn familie is belangrijk voor hem. Ik wist wel dat hij de grote dag van zijn nichtje niet zou willen missen. Hij mag dan soms vergeten zijn moeder te bellen, maar hij heeft het hart op de goede plaats.' Nana glimlachte zo stralend dat Marigold ervan opkeek. Dat was ze niet van haar moeder gewend.

Marigold ging op zoek naar Daisy. In haar paniek over de plotselinge komst van haar broer vergat ze de brief van Caroline Lewis. Die bleef boven op het stapeltje post liggen, en daar vond Dennis hem.

Toen hij het logo van de psycholoog herkende, schrok hij, en hij besloot de brief open te maken. Bij het lezen van de voorlopige conclusie die Caroline Lewis had getrokken, bevroor hij. Dementie? Dat kon niet waar zijn. Zijn Marigold? Nee, dat weigerde hij te geloven.

Hij liet zich op een stoel zakken en krabde aan zijn baard. Ze werd gewoon vergeetachtig. Dat had niets met dementie te maken. Dementie was iets voor oude mensen. En Marigold was pas zesenzestig. Hij herinnerde zich dat hij ergens had gelezen dat dementie de hersens uiteindelijk volledig lamlegde. Daardoor hield het brein op te functioneren en vergat het lichaam te ademen. Met de dood tot gevolg. Het was een akelig einde. Het kon niet waar zijn dat Marigold een dergelijke dood tegemoet ging. Dat kon niet. En dat mocht niet.

Toen hij voetstappen hoorde, vouwde hij de brief haastig dicht en liet hem in zijn zak glijden. Hij besloot voorlopig niets tegen Marigold te zeggen en te proberen van deze dag te genieten. Vandaag draaide alles om Suze. Niets mocht haar grote dag bederven. En niets mocht die dag voor Marigold bederven.

'Raad eens wie er is? Patrick!' Marigold kwam de keuken binnen. 'Hij wilde Suze verrassen.'

'Nee maar. Dat is een verrassing voor ons allemaal.'

'Echt iets voor hem. Ik heb Daisy gevraagd een plekje voor hem te vinden in de kerk. Dat zou ze regelen. Ze vindt het alleen maar geweldig dat hij er is. Waar hij moet zitten, daar maakt ze zich niet druk over.'

'Tja, het kan niet anders of je verandert wanneer je zo lang in Australië woont. Blijkbaar maakt Patrick zich ook nergens meer druk over.' Dennis nam Marigold onderzoekend op. Had ze de brief gelezen? Dat bleek uit niets, constateerde hij opgelucht. Ze maakte zich alleen maar zorgen over de gereserveerde plaatsen in de kerk.

'Dat heeft niks te maken met Australië en je nergens druk over maken,' mopperde Marigold. 'Hij wil gewoon de grote held uithangen. Maar Suze zal het ook geweldig vinden. Ze is dol op Patrick, dus ze zal diep geroerd zijn dat hij die lange reis heeft gemaakt.' Ze keek uit het raam. 'Het wordt een prachtige dag. Kijk eens, het begint al op te klaren.'

'Ik wil niet dat het regent op de grote dag van mijn kleine meisje.'

'Ons kleine meisje is groot geworden.'

'En gaat het huis uit,' voegde Dennis er weemoedig aan toe.

'Dan hebben we alleen Daisy nog. En Nana natuurlijk.' Marigold fronste. 'Het zal stil zijn zonder Suze. Ik denk dat ik zelfs haar driftbuien ga missen.'

'En het kan bijna niet anders of we krijgen er vandaag ook nog een.'

Marigold grinnikte. 'Een laatste driftbui. Echt iets voor Suze. Afijn, het wordt tijd dat ze op eigen benen staat. Dat ze aan een nieuwe fase van haar leven begint, samen met Ticky. Denk je dat we hem Atticus moeten noemen als ze eenmaal getrouwd zijn?'

'Welnee. Volgens mij raakt hij zijn bijnaam nooit meer kwijt.'

'Het is een aardige jongen. We hadden ons geen betere schoonzoon kunnen wensen.'

'Precies.'

'Ik hoop dat Daisy ook ooit zo'n aardig iemand vindt.'

'Eerst Suze. Daarna gaan we ons op Daisy concentreren.'

'Precies,' zei Marigold weer. 'Eerst Suze. Dan Daisy.'

Dennis keek op zijn horloge. 'Ik denk dat je je moet gaan verkleden, Goldie.'

'Lieve hemel!' Marigold keek naar haar badjas. 'Je hebt gelijk. Ik dacht dat ik dat al had gedaan. Goed dat je het zegt! Stel je voor dat ik zo naar de kerk was gegaan!' Ze glimlachte naar hem. 'Jij bent al helemaal klaar. En je ziet er prachtig uit.'

Hij glimlachte terug. 'Ik wil Suze niet teleurstellen.'

'Ik ook niet.' Marigold haastte zich de kamer uit.

Terwijl ze de trap op liep, schoot de brief haar te binnen. Die zette een domper op haar stemming. Ineens wist ze het weer. Ze leed aan een beginnende vorm van dementie.

Boven in haar kamer trok ze het lichtblauwe mantelpakje aan dat ze voor de gelegenheid had aangeschaft. Ze was met Daisy de stad in geweest, en ze hadden er ook een lichtblauwe hoed en bijpassende tas bij uitgezocht. Het was een smaakvol geheel, gepast voor de moeder van de bruid. Daarin kon ze de dag met vertrouwen tegemoetzien. Precies zoals Daisy had gezegd. Ze maakte zich niet te zwaar op en gebruikte alleen wat poeder en mascara. Een schoonheid was ze nooit geweest – alleen in de ogen van Dennis. Terwijl ze zichzelf in de spiegel bekeek, wist ze dat hij haar prachtig zou vinden. Dat was een zonnestraal die door de wolken brak. Een zonnestraal die er altijd was, besefte ze dankbaar.

Daisy had Suze geholpen met aankleden. De prachtige roze prinsessenjurk had de tere pasteltint van gesuikerde amandelen. Marigold, die in de deuropening stond, kreeg tranen in haar ogen. 'Je ziet er prachtig uit, Suze,' zei ze hees. De emoties snoerden haar keel dicht. 'Echt prachtig. Ik heb nog nooit zo'n mooie bruid gezien!'

Suzes ogen glansden verdacht, en ze wapperde zichzelf koelte toe met haar hand. 'Denk erom dat je me niet aan het huilen maakt! Want ik doe je wat! Je hebt geen idee hoe lang ik met mijn make-up bezig ben geweest.'

'En die ziet er perfect uit,' zei Daisy.

Suze liep naar het raam. 'Volgens mij klaart het op. Misschien gaat de zon toch nog schijnen.'

'Natuurlijk schijnt de zon!' zei Marigold. 'Hij zal jouw grote dag niet willen missen.'

'Jij ziet er ook perfect uit, mam,' zei Daisy. 'Dat lichtblauw was een goede keuze.'

'Ik denk dat jij je ook moet gaan klaarmaken, Daisy. Nog even, dan moeten jij en ik met Nana naar de kerk.'

'Het komt goed. We hebben nog alle tijd totdat Cedric ons komt halen.'

'Die goeie ouwe Cedric,' zei Suze. 'En die goeie ouwe Commodore dat hij ons de Bentley wilde lenen. Een museumstuk nog wel. Geweldig!'

Nana werkte zich langs Marigold heen. 'Nee maar, je ziet er prachtig uit, Suze! Ik zou nooit roze hebben gekozen, maar Atticus zal verrukt zijn van zijn bruid.'

'Ticky,' verbeterde Suze haar.

'Ik verwacht dat hij Atticus genoemd wil worden wanneer hij eenmaal getrouwd is. Kinderen willen geen vader met zo'n rare naam. Daar worden ze mee gepest.'

'Hij kan zijn naam niet meer veranderen. Want die heb ik op mijn schouder laten tatoeëren.' Suze grijnsde boosaardig.

Nana's mond viel open. Marigold hield haar adem in. 'Echt waar?' vroeg Daisy verbaasd. 'Heb je een tattoo laten zetten?'

'Ja, en Ticky heeft SUZE op zijn schouder staan. Romantisch, hè?' Ze genoot van de afschuw op het gezicht van haar moeder en haar oma. Dat was precies de reactie waarop ze had gehoopt. 'Het is ons huwelijkscadeau aan elkaar. Wanneer we op huwelijksreis zijn, zet ik het op Insta. Mijn fans zullen het geweldig vinden.'

'Je fans?' herhaalde Daisy.

'Ja, mijn fans.' Suze bekeek zichzelf bewonderend in de spiegel. 'Ik begin een beroemdheid te worden. Laatst werd ik herkend in het winkelcentrum! Stoer, hè?'

'Roem heeft nog nooit iets goeds opgeleverd, kindje.' Nana was weer enigszins hersteld van de schrik. 'En dat geldt ook voor tatoeages. Ik hoop niet dat je ooit gaat scheiden. Want je vindt nooit meer een man die Ticky heet.'

Toen Daisy, Marigold en Nana bij de kerk arriveerden, zaten alle gasten al op hun plaats en kwam Patrick net aanlopen met Lucille, zijn vrouw. Daisy stapte uit, en ook Nana wachtte niet totdat Cedric het portier opendeed, maar haastte zich achter haar kleindochter aan. Ze viel haar zoon uitbundig om de hals, met een enthousiasme zoals ze dat in geen jaren aan de dag had gelegd. Patrick bukte zich en sloeg zijn armen om haar heen.

'Je bent gegroeid!' Ze klonk verbaasd.

'Ik denk eerder dat jij gekrompen bent, mam,' zei hij grinnikend.

'En je klinkt als een Australiër.' Ze liet hem los en nam hem onderzoekend op. 'Maar je blijft mijn grote jongen!'

Marigold wachtte een rustig moment af, toen stapte ze naar voren. 'Hallo, Patrick.'

'Marigold! Zusje van me!' Patrick schonk haar zijn oogverblindende glimlach. 'Je ziet er geweldig uit.' Hij kuste haar gepoederde wang. 'En je ruikt heerlijk.'

Hij was niets veranderd, bedacht ze. Ouder geworden, met grijzende slapen, kraaienpootjes bij zijn ooghoeken en rimpels rond zijn mond. Maar nog altijd atletisch gebouwd, lang en slank van postuur waardoor hij er jonger uitzag, en met pretlichtjes in zijn ogen die een gevoel voor humor verrieden. 'Jij ziet er ook goed uit,' zei ze naar waarheid. Patrick was altijd een knappe verschijning geweest. 'Ik lijk ineens veel ouder dan jij. Als ik niet oppas, denken ze nog dat je mijn zoon bent!'

Ze keerde zich naar de vrouw die naast hem liep en die haar toelachte alsof ze elkaar kenden. Toch wist Marigold zeker dat ze haar nog nooit had gezien. Paniek legde een knoop in haar maag, terwijl ze zich glimlachend door de vrouw liet omhelzen. 'Wat fijn om je te zien, Marigold,' zei die met een Australisch accent.

'Insgelijks,' antwoordde Marigold, maar ze wist dat haar blik haar verried. Dat zag ze aan de verwarde uitdrukking op het gezicht van de vrouw.

Op haar beurt in verwarring gebracht zag ze dat Nana de vrouw omhelsde en dat Daisy haar arm door die van de vrouw schoof, waarop ze samen de kerk binnengingen. 'Ik heb jullie op de voorste rij gezet, bij ons,' zei Daisy. 'Maar het was beter geweest als Patrick had laten weten dat jullie erbij zouden zijn.'

De vrouw schoot in de lach; het klonk luchtig, als rinkelende belletjes en het verried dat ze zich op haar gemak voelde met de mensen om zich heen. 'Ach, je kent Patrick,' antwoordde ze. 'Die maakt zich nergens druk over. Vergeleken met hem zijn zelfs wij Australiërs stresskippen.'

Patrick liep gearmd met zijn moeder en zijn zus. Het liefst zou Marigold vragen wie die vrouw was, maar iedereen kende haar. Blijkbaar hadden ze al geruime tijd een relatie. Ze zou moeten proberen subtiel naar haar te informeren. Die ellendige vergeetachtigheid ook! Bij de deur van de kerk gekomen keerde ze zich naar haar broer. 'Hebben jullie ook al trouwplannen, Patrick?'

Haar broer fronste zijn wenkbrauwen. 'Huh? Wat bedoel je?'

'Jij en je vriendin. Ze lijkt me erg aardig. Hebben jullie al trouwplannen?' Marigold keek glimlachend naar hem op, in de verwachting dat hij blij zou zijn met haar positieve oordeel.

'Dat is Lucille! Mijn vrouw. Weet je dat niet meer?' Hij was duidelijk in verwarring gebracht.

Marigold verstijfde. Ze slaagde erin te blijven glimlachen, ook al had ze het gevoel dat ze een stomp in haar maag had gekregen. 'Ach, natuurlijk! Sorry. Dat zullen de zenuwen zijn. Ik ben misschien nog wel nerveuzer dan de bruid.'

Patrick glimlachte, maar zijn ogen bleven ernstig; er stond bezorgdheid in te lezen. 'En dat is begrijpelijk. Tenslotte ben je de moeder van de bruid. Het is voor jou ook een grote dag.'

Terwijl ze door het gangpad liepen, probeerde Marigold zich te herinneren wanneer Patrick was getrouwd. Het was tevergeefs. Ze had geen enkele herinnering aan zijn vrouw. Hadden ze kinderen? Ook die kon ze zich niet herinneren. En ze durfde er nu ook niet meer naar te vragen.

Ze vond zijn verbijsterde, verontruste blik onverdraaglijk. Die bezorgde haar een gevoel alsof ze afkomstig was van een andere planeet. Ze wilde die blik nooit meer zien.

Hun vrienden zaten aan de rechterkant van het gangpad, en in het voorbijgaan besefte Marigold dat ook veel van hun gezichten haar niet bekend voorkwamen. Ze wist dat ze hier waren omdát ze elkaar kenden; omdat ze vrienden waren. Toch hadden het net zo goed wildvreemden kunnen zijn, die onuitgenodigd op de bruiloft van haar dochter waren verschenen. Ineens schoot de brief haar weer te binnen. Het woord dementie doemde op voor haar geestesoog en haakte zijn scherpe klauwen in haar bewustzijn. Was dit haar toekomst? Dat ze niet meer wist dat haar broer getrouwd was? Dat ze had kunnen zweren dat ze zijn vrouw nooit eerder had gezien? Dat ze mensen met wie ze al jarenlang bevriend was, niet meer herkende? Dat ze in toenemende mate mensen en gebeurtenissen vergat?

Dementeren. Dat betekende gek worden van frustratie, van bezorgdheid, van schaamte. Van angst. Tenminste, als je eraan toegaf. Ze ging op haar plaats zitten en legde haar hand op de plek naast haar, die was gereserveerd voor Dennis. Ze zou het niet laten gebeuren, nam ze zich voor. Ze zou er niet aan toegeven. Want ze had Dennis die over haar waakte. Zolang ze Dennis had, was alles in orde.

Totdat ze hem ook vergat!

Plotseling gingen de deuren wijd open. De mensen gingen staan, de bruid kwam binnen. Marigold moest zich lang maken om haar te zien, maar daar was ze! Haar dochter. In haar roze prinsessenjurk, met bloemen in het haar en een sluier met kleine pareltjes. Marigold kreeg tranen in haar ogen. Dennis, die naast hun dochter liep, in het pak dat hij voor de bruiloft had gekocht, straalde – hij zag er zo knap uit. Marigolds hart stroomde over. Van trots of verdriet, dat wist ze zelf niet.

Hoe lang zou het duren totdat ze niet meer wist wie Suze was?

En Daisy?

Hoe lang had ze nog totdat ze haar dierbaren vergat?

Verblind door tranen kon Marigold haar man en haar dochter niet meer zien, maar plotseling zat Dennis naast haar. En stond Suze naast Ticky, die met een stralende glimlach en met ogen vol liefde op haar neerkeek.

Dennis nam Marigolds hand in de zijne.

Toen ze naar hem opkeek en hij de pijn, de rauwe angst in haar ogen las, wist hij dat zij de brief ook had gelezen. Hij drukte haar hand. Toen wendde hij zich af, terugdeinzend voor haar angst omdat hij niets kon doen om die weg te nemen. Hij stond machteloos. En dus concentreerde hij zich op zijn dochter, die haar trouwgelofte uitsprak, en probeerde hij zijn pijn, zijn verdriet naar de achtergrond te dringen.

Dementie. Het woord hing als een demon tussen hen in; als een demon die zich niet liet verjagen. Maar Dennis hield Marigolds hand in de zijne. Niet alleen tijdens de dienst, maar ook toen ze na afloop weer naar buiten liepen, waar de zon was gaan schijnen. Het liefst zou hij haar hand voor altijd in de zijne houden en nooit meer loslaten.

Zou er ooit een moment komen waarop ze dat niet meer wilde?

Omdat ze hem ook niet meer herkende?

19

Marigold was in haar nopjes. Het huwelijk had volledig aan Suzes verwachtingen voldaan. Haar dochter had haar omhelsd, gezoend en 'Dank je wel, mam' gefluisterd. Waarop Marigold voor de zoveelste keer die dag tranen in haar ogen had gekregen. Dennis had een arm om haar heen geslagen en haar tegen zich aan getrokken. Hij hoopte dat ze deze dag nooit zou vergeten. Maar tegenover dementie stond elke hoop machteloos. Nietig als een veertje in het geweld van een orkaan.

Zelfs Nana had het huwelijk schitterend genoemd. 'Ik ben zo blij dat Patrick erbij was,' verklaarde ze met een diepe zucht. 'We waren eindelijk weer compleet. Net als vroeger.' Toen had ze bedenkelijk haar lippen getuit. 'Hij zag er wel moe uit. Ik hoop dat Lucille niet te veeleisend is. Patrick heeft zijn slaap hard nodig. Dat is altijd al zo geweest. Als ze hier komen eten, moet ik haar misschien even apart nemen.'

Pas de volgende morgen bracht Dennis de brief ter sprake. Hij zat op de rand van het bed, Marigold op de kruk voor haar kaptafel. Ze zocht een paar oorbellen in het juwelenkistje dat hij voor haar had gemaakt. 'Goldie, we moeten praten.'

Bij het zien van de brief die hij in zijn hand hield, gleed er een schaduw over haar gezicht. Haar vingers beefden toen ze het deksel van het juwelenkistje sloot. Ze stond op, ging naast hem zitten en legde met een zucht haar handen in haar schoot. 'Die dokter, of wat ze ook mag zijn, denkt dat ik lijd aan dementie.'

Dennis klemde zijn kaken op elkaar. Hij moest sterk zijn, voor hen allebei. 'Ja, dat denkt ze. In een heel vroeg stadium.'

Het bleef geruime tijd stil terwijl ze naar de brief staarden. Ze wisten allebei wat erin stond, en toch keken ze aandachtig naar het woord, alsof het voor hun ogen zou worden vervangen door een ander. Door een woord dat minder angstaanjagend klonk, minder alsof Marigold bezig was gek te worden. Uiteindelijk legde Dennis de brief weg. Hij pakte haar hand, trok die op zijn schoot en legde ook zijn andere hand eromheen. Marigold keek ernaar. Naar haar kleine, kwetsbare hand in zijn stevige, eeltige knuisten. Als een vogeltje, veilig in zijn nest. Het voelde bemoedigend.

'Ik heb het opgezocht op internet,' bekende ze. 'En ik heb niets positiefs kunnen vinden. Blijkbaar kun je het vergelijken met een boekenkast. De boeken op de bovenste plank zijn recente herinneringen. Verder naar beneden worden de herinneringen steeds ouder. Die uit je jeugd staan op de onderste plank. Dementie zorgt ervoor dat de boeken op de bovenste plank als eerste uit de kast vallen. Soms samen met boeken op de plank daaronder. Maar die op de onderste plank blijven staan. Althans, voorlopig. Ik neem aan dat ze uiteindelijk ook uit de kast vallen. Totdat de kast helemaal leeg is.'

'Misschien duurt dat nog heel lang.'

'Ja, misschien wel.'

Het bleef opnieuw geruime tijd stil. In de gang klonk de stem van Nana, die vroeg of Daisy klaar was in de badkamer. Dennis drukte Marigolds hand. 'Je hoeft het niet alleen te doen, Goldie. Ik ben bij je. En ik zal er altijd voor je zijn.'

'Dat weet ik, Dennis.' Ze legde haar hoofd op zijn schouder. 'Ik ben zo blij dat ik jou heb.'

'Wat zeggen we tegen de meisjes? En tegen Nana?'

'Ik neem aan dat we het moeten vertellen. Het is beter als ze het weten. Ik wil ze niet van streek maken, maar als het erger wordt kunnen we het uiteindelijk toch niet voor ze geheimhouden.'

'Nee, dus ik denk dat je gelijk hebt. Op die manier kunnen we je allemaal helpen. Als gezin.'

Marigold tilde haar hoofd van zijn schouder en keek hem met grote, verschrikte ogen aan. 'Hoe moet dat als ik de meisjes niet meer herken?'

Dennis reageerde geschokt. 'Die vergeet je niet, Goldie. Je dochters! Natuurlijk vergeet je die niet.'

Dat stelde haar gerust. 'Nee, natuurlijk vergeet ik ze niet. Ze hebben in mijn buik gezeten, ik heb ze grootgebracht, ze zijn een deel van me. Dat kan ik toch niet vergeten? Een deel van mezelf?'

'Nee, Goldie. Dat kun je niet vergeten.'

'Maar Dennis...' Er kwam opnieuw een angstige blik in haar ogen. 'Hoe moet het als ik vergeet wie jij bent? Als ik vergeet dat ik van je hou?'

Zijn keel werd dichtgesnoerd, en het kostte hem de grootste moeite zijn tranen terug te dringen. Hij legde zijn wang tegen de hare en rook de vertrouwde geur van haar dagcrème. 'Het maakt niet uit als je vergeet dat je van me houdt, Goldie.' Hij sloot zijn ogen. 'Ik heb genoeg liefde voor ons allebei.'

Marigold begon te huilen. Ze sloeg haar armen om zijn gespierde schouders en koesterde zich in zijn omhelzing, in de kracht die hij uitstraalde en waaraan het haar ontbrak. Zijn warmte, zijn sterke armen en zijn brede borst, de ruwe stoppels van zijn baard tegen haar slaap gaven haar het gevoel dat ze bij hem veilig was.

Ten slotte richtte ze zich op, ze legde haar handen langs zijn gezicht en keek hem diep in de ogen. 'Dennis, als ik niet meer weet dat ik van je hou, wil dat niet zeggen dat ik dat niet doe. Begrijp je wat ik wil zeggen? Ik zal altijd van je houden! Je betekent alles voor me. Alles!'

Nu stroomden de tranen over zijn gezicht, en Marigold veegde ze weg met haar duimen. Ze drukte teder haar lippen op de zijne. Hij wist niet wat hij moest zeggen, kon de juiste woorden niet vinden, maar dat hoefde ook niet. Ze legde glimlachend haar voorhoofd tegen het zijne. 'Maar ik vergeet niet dat ik van je hou. Liefde zit niet in mijn hoofd. Die zit in mijn hart, en daar mankeert niks aan.'

Ondanks het verdriet dat hem dreigde te overweldigen, glimlachte hij ook. 'Nee, Goldie, er mankeert niks aan je hart.'

Aan het ontbijt vertelde Marigold haar dochter en haar moeder bijna nonchalant over de brief van de klinisch psycholoog. Ze wachtte niet tot Dennis naar beneden kwam, in de hoop het op die manier niet te zwaar te maken. Daisy keek haar moeder geschokt aan.

Nana schudde haar hoofd. 'Volgens Caroline Lewis zou het dementie kúnnen zijn,' zei ze streng. 'Maar dat weet ze in december pas zeker. Over een half jaar. Dus het lijkt me niet nodig er een drama van te maken zolang we geen zekerheid hebben. Trouwens, een dokter kan zich ook vergissen. Dat gebeurt voortdurend.'

'Toch denk ik dat de klinisch psycholoog gelijk heeft.' Marigold probeerde beheerst te klinken, om haar dochter te sparen. 'Ik neem aan dat de hersenscan de diagnose zal bevestigen. Maar het leven gaat door. En ik ben vast van plan om op de oude voet verder te gaan. Met jullie begrip, jullie hulp denk ik dat er niet veel hoeft te veranderen. Ik ben gewoon vergeetachtiger dan de meeste mensen.'

'We vergeten allemaal wel eens wat,' zei Nana scherp. 'Maar dat je vergeetachtig bent, betekent nog niet dat je hersens bezig zijn te verschrompelen.'

'Beeldend geformuleerd, Nana,' zei Daisy bits.

'Marigold heeft een beter stel hersens dan ik,' reageerde haar oma. 'Ze is briljant in het maken van alle soorten puzzels. En dat is ze altijd al geweest.'

'Maar de puzzel van Dennis, die vind ik lastig,' bekende Marigold. 'Een jaar geleden had ik hem nog moeiteloos kunnen maken. Maar nu lukt het me niet. Althans, niet alleen.' Haar glimlach haperde. 'Maar jij hebt me enorm geholpen, Daisy. Als jij me helpt, moet het lukken.'

Nana sloeg haar armen over elkaar. 'Die dokter heeft wel lef, zeg! Om je van alles aan te praten en je bang te maken. Als je nog niet dement was, zou je het ervan worden. We waren ooit op een cruise, je vader en ik, en toen zei hij dat hij hoopte dat ik niet zeeziek zou worden. Als hij niks had gezegd, was er niets aan de hand geweest. Maar omdat hij me op het idee bracht, heb ik tien dagen lang lopen spugen. Zonde! Die cruise had hem een rib uit zijn lijf gekost. Maar dan had hij ook maar niet over zeeziekte moeten beginnen!'

'We zullen je helpen, mam. Maak je geen zorgen.' Daisy legde een hand op haar moeders arm.

'Ik zal het ook tegen Suze zeggen wanneer ze thuiskomt van de huwelijksreis. Ik hoop dat ze ervan genieten.'

'Vast en zeker,' zei Daisy.

'Het eten in Spanje is afschuwelijk,' mopperde Nana. 'Alleen maar varkensvlees. Daar hou ik niet van. Nooit van gehouden ook. Veel te roze.'

Dennis kwam in zijn beste pak de keuken binnen, klaar om naar de kerk te gaan. Marigold stond op om zijn zondagse ontbijt klaar te maken. 'Goeiemorgen, schat,' zei ze opgewekt. Ze zette water op en pakte een mok uit de kast.

Dennis gaf haar een kus en hield haar net iets langer tegen zich aan dan anders. 'Goeiemorgen, Goldie.'

'Marigold vertelde net dat ze misschíén beginnende dementie heeft,' zei Nana.

Dennis keek zijn vrouw vragend aan.

Marigold haalde haar schouders op. 'Dat klopt. Maar laten we er vooral geen toestand van maken.'

'Dat doen we zeker niet,' zei Daisy haastig, om te voorkomen dat haar oma nog meer tactloze opmerkingen maakte. 'Het komt dik in orde, want we gaan je allemaal helpen, mam.'

'Ik vind het erg onverantwoordelijk van die dokter,' zei Nana misprijzend. 'Als ze het nog niet zeker weet, kan ze beter haar mond houden. Waarom zou je een patiënt nodeloos ongerust maken?'

Dennis gaf Marigold een bemoedigend kneepje in haar schouder. 'Zo is het genoeg, Nana,' zei hij resoluut. Zijn schoonmoeder keek hem verrast aan. Die toon was ze niet van hem gewend.

Marigold liep naar de koelkast om melk te pakken. Daarbij viel haar blik op de lijst die op de deur hing. LUNCH PATRICK EN LUCILLE, stond er in rode letters. Ze aarzelde, in verwarring gebracht door een gevoel van angst dat plotseling de kop opstak en dat een knoop in haar maag legde. Wat moest ze maken? En wie was Lucille? Patricks vriendin? Ze zocht door de mist naar het gezicht van Lucille, naar iets wat haar althans enige duidelijkheid zou verschaffen, maar ze kon niets vinden.

Daisy zag dat haar moeder verbijsterd naar de lijst stond te staren. 'Ik maak de lunch vandaag,' zei ze opgewekt. 'Jij hoeft niets te doen, mam.'

'Wat je ook maakt, ik zou alle hoeveelheden verdubbelen,' adviseerde Nana. 'Patrick heeft een enorme eetlust. Altijd al gehad.'

'We eten Italiaans,' verklaarde Daisy. 'Ik ben goed in de Italiaanse keuken.'

'Dat kan ook bijna niet anders, na zes jaar Italië,' zei Dennis.

'Het is een wonder dat je niet moddervet bent.' Nana keek bedenkelijk. 'Die Italiaanse vrouwen zijn allemaal zo rond als een ton.'

Daisy schoot in de lach. 'Dat is niet waar, Nana. Wanneer bent u voor het laatst in Italië geweest?'

Dat was heel lang geleden, dus Nana negeerde de vraag. 'Waarom denk je dat Italianen vrouwen altijd in hun kont knijpen? Omdat die vrouwen zulke dikke billen hebben.'

'Dat is echt belachelijk, Nana.'

Die stak haar kin naar voren. 'Belachelijk, maar waar.'

Dennis grinnikte. 'Als een man een vrouw in haar achterwerk knijpt, krijgt hij tegenwoordig een draai om zijn oren. En terecht. De tijden zijn veranderd, Nana.'

Marigold stond aan het fornuis in de witte bonen met tomatensaus te roeren. Ondertussen hield ze de koekenpan met eieren in de gaten. Ze zou dankbaar moeten zijn dat Daisy haar wilde helpen. En dat wás ze ook. Érg dankbaar. Maar ze was het zo gewend om voor iedereen te koken, om voor iedereen te zorgen. Ze vond het een afschuwelijk idee om niet meer nodig te zijn. Om zich niet langer nuttig te maken. Om anderen tot last te zijn.

Toen ze Dennis zijn ontbijt voorzette, keek hij stralend naar haar op.

'Dat ziet er heerlijk uit, Goldie.' Ze deed haar best om te glimlachen, om hem het gezicht te laten zien dat hij van haar kende, om hem niets te laten merken van de angst die haar dreigde te verstikken. Hoe lang zou het nog duren totdat ze zijn ontbijt niet meer kon klaarmaken? Totdat Daisy het in haar plaats zou moeten doen? Marigold keek naar haar handen, ten prooi aan een overweldigende moedeloosheid. Wat moest ze in 's hemelsnaam doen wanneer ze de simpelste huishoudelijke taken niet meer aankon? Ze keek uit het raam, naar de vogels die in de haag verdwenen, weer tevoorschijn kwamen, over het gras hipten. Zolang ze haar tuin en haar vogeltjes nog had, zou ze tevreden zijn, stelde ze zichzelf gerust.

Ziek van ongerustheid ging Daisy na het ontbijt een eind lopen. Nana mocht dan haar kop in het zand steken, voor Daisy was het alsof de stukjes van een puzzel plotseling in elkaar vielen. Haar moeders vergeetachtigheid, de momenten van desoriëntatie, de vermoeidheid, het was allemaal te verklaren met de voorzichtige diagnose die de psycholoog had gesteld. Dat Nana het niet zag, kwam omdat Nana het niet wílde niet zien. Omdat ze wilde dat er voor haar werd gezorgd, en omdat ze daarom weigerde zich zorgen te maken over anderen.

Tijdens het ontbijt had Daisy haar best gedaan opgewekt te blijven. Het had haar zo veel inspanning gekost dat ze doodop was. Alles leek ineens zo onzeker. Wat was de prognose van haar moeder? Hoe lang zou het duren voordat ze de winkel niet meer draaiende kon houden? Voordat ze zich moest terugtrekken uit alle comités en commissies waarvan ze deel uitmaakte? Voordat ze thuis kwam te zitten? Hoe lang zou het duren voordat ze verzorgd moest worden? Daisy dacht aan de velden en landerijen achter het huis die Marigold zo dierbaar waren. Meer dan ooit maakte ze zich zorgen over de plannen van Taran om het landgoed aan een projectontwikkelaar te verkopen. Hoe vaak had ze haar moeder niet horen verzuchten hoe heerlijk het was dat ze de wisseling van de seizoenen kon zien in het weidse landschap achter haar tuin? Het gele koolzaad in de lente, de gouden tarwe in de zomer, de geploegde akkers met hun rijke aarde in de herfst, en de groene scheuten die 's winters uit de bevroren grond staken. Het was elke ochtend dezelfde zon die opkwam, maar door de verandering van het licht bood het landschap steeds weer een nieuwe aanblik, en dat maakte elk moment uniek. Als Marigolds uitzicht werd geblokkeerd door baksteen en beton, zou ze de opeenvolging van de seizoenen niet langer vanuit haar slaapkamerraam kunnen volgen. Daisy vond het een onverdraaglijk vooruitzicht dat haar moeder dat zou worden ontzegd, wanneer de vreugden van het leven haar toch al geleidelijk aan zouden worden ontnomen.

Toen ze maandagmorgen bij de boerderij arriveerde, trof ze Lady Sherwood in de hal, in gezelschap van een oudere man met een bril en een aanzienlijk jongere met een jeugdig, fris gezicht. Gewapend met een klembord boden ze een officiële aanblik. 'Daisy, mag ik je even voorstellen? Dit zijn Simon Wentworth en Julian Bing. Van het veilinghuis. Ze zijn hier voor de taxatie in verband met de afwikkeling van de erfenis. Erg saai, kortom.' Ze slaakte een zucht terwijl Daisy de mannen de hand schudde. 'Het gaat weken duren om de hele inboedel en al Owens spullen te inventariseren.'

'Kan ik iets doen?' vroeg Daisy.

'Nee, helaas niet. Ik ben de enige die weet wat hij allemaal had. En dan was hij ook nog een verzamelaar. Je kunt maar beter zorgen dat je niet te veel spullen nalaat. Want anders moeten je nabestaanden het bezuren. Zodra dit achter de rug is, ga ik al mijn kasten opruimen en een heleboel wegdoen.'

'Goed idee,' zei Daisy. 'Ik ben in de schuur als je me nodig hebt.'

'Bedankt, maar het wordt tijd dat je eindelijk weer eens aan het werk kunt. Ik heb al genoeg beslag op je gelegd.'

'Die honden kunnen wel even wachten.'

'Maar kunnen hun baasjes dat ook?' Lady Sherwood glimlachte. 'Sommige zijn erg veeleisend. Daar weet ik alles van.'

Daisy vertrok naar de schuur. Ze werkte aan het portret van de springerspaniël van iemand in de stad, die via een aanbeveling van Cedric bij haar was terechtgekomen. Het was haar eerste opdracht buiten het dorp. Een belangrijke stap. Ze hoopte dat die tot meer bekendheid zou leiden.

Om twee uur kwam Lady Sherwood verhit de schuur binnen met de telefoon in haar hand. 'Daisy!' Toen die van achter haar ezel tevoorschijn kwam slaakte ze een zucht van verlichting. 'Ik heb Taran aan de lijn. Hij heeft papieren nodig uit Owens bureau. Maar ik heb geen idee waar ik moet zoeken. Dus ik vroeg me af of jij me zou kunnen helpen.'

Daisy's hart sprong op. Ze had Taran niet meer gesproken sinds die nacht dat hij haar naar huis had gebracht, niet lang nadat hij haar misschien had willen zoenen. Terwijl ze de telefoon aanpakte, kreeg ze op slag vlinders in haar buik. 'Taran. Hallo.' Ze probeerde nonchalant te klinken.

Lady Sherwood liep de schuur uit en trok de deur zachtjes achter zich dicht.

'Daisy! Hoe gaat het?' Zijn diepe stem was haar inmiddels zo vertrouwd dat het leek alsof hij naast haar stond.

'Prima. En met jou?'

'Druk. Je kent het. Sinds ik terug ben heb ik nog geen moment rust gehad.'

'Je moeder heeft het ook druk. Er zijn hier wat mannen van het veilinghuis.'

'Ja, dat heb ik begrepen. Vervloekte belastingambtenaren. Veertig procent is je reinste diefstal.'

Daisy vroeg zich somber af of een hoge belastingaanslag zou betekenen dat hij het landgoed wel móést verkopen.

'Ben je nog een beetje aan werken toegekomen, of vindt mijn moeder het wel makkelijk, zo'n gratis hulpje?'

Daisy schoot in de lach. 'Je moeder is een schat. En ik kom genoeg aan werken toe om de schoorsteen rokende te houden.'

'Waar ben je nu mee bezig?'

'Met een spaniël. Hij heet Rupert.'

Taran grinnikte. 'Wat een grappige naam voor een hond.'

'Het is de hond van Mrs. Percival Blythe. Haar voornaam weet ik niet.'

'Is ze oud?'

'Tja. In elk geval niet jong meer. En nogal formeel.'

'Dus heel anders dan mijn moeder.'

'Je moeder wil dat ik haar Celia noem.'

'Dan moet ze wel erg op je gesteld zijn.'

'En dat is wederzijds. Er is zo veel wat op haar afkomt, en dat terwijl ze het toch al zo moeilijk heeft met haar verdriet. Ik heb echt met haar te doen.' Daisy hoopte dat hij zich schuldig zou voelen en naar huis kwam.

'Sorry dat ik nu ook een beroep op je doe. Maar mijn moeder weet de weg niet in mijn vaders studeerkamer. Laat staan in zijn administratie. Er is een lijst met spullen die de executeurs nodig hebben voor de verificatie van het testament. Ik kom over een paar weken weer naar huis, maar zou jij alvast een paar dingen voor me kunnen opzoeken?'

Hij kwam naar huis! Daisy werd er blij van. 'Natuurlijk. Waar gaat het om? Trouwens, ik vind dat je zoiets ook niet aan je moeder moet vragen. Ik werkte in Milaan destijds op kantoor. Op de administratie van een museum. Dus roept u maar.'

'Fijn. Kan het nu even?'

'Ja hoor.'

'Oké. Als je dan naar zijn studeerkamer gaat, bel ik je over een paar minuten terug. Het is gemakkelijker om dit via de telefoon te doen. Beter dan via appjes en e-mails. Ik kan je erdoorheen praten. Mijn vader had zo zijn eigen systeem om dingen op te bergen, maar samen komen we er wel uit.'

Daisy ging naar de studeerkamer van Sir Owen. Ze was er maar één keer eerder geweest, toen Taran er zat te werken. In gedachten zag ze hem weer zitten, op de bank met zijn voeten op de hocker, verdiept in een stapel paperassen. Ze herinnerde zich de lichte ergernis in zijn stem toen hij riep dat ze kon binnenkomen, de twinkeling in zijn ogen die daarmee in tegenspraak leek. Dat was het moment waarop ze vrienden waren geworden. De studeerkamer lag er nu verlaten bij. Het rook er naar de brandende houtblokken in de haard. En naar Sir Owen: een enigszins bedompte geur van tweed, laarzen, honden en oud leer. Daisy had hem niet echt gekend, maar in die geur galmde zijn aanwezigheid nog na, alsof hij de studeerkamer net had verlaten nadat hij wat papieren in zijn zware antieke bureau had geraadpleegd.

De telefoon ging. Ze nam op. 'Hallo.'

'Hallo.' Het was Taran. 'Ben je in de studeerkamer?'

'Ja.'

Het bleef even stil, alsof hij zich voorstelde hoe ze daar stond. 'Die is nog precies zoals hij hem heeft achtergelaten.' Het ontging Daisy niet dat er een klank van weemoed in zijn stem doorklonk.

'Zoals jíj hem hebt achtergelaten. Een beetje chaotisch,' zei ze in een poging tot luchtigheid.

'Vergis je niet. Er heerst orde in de chaos.'

'Er liggen nog oude grootboeken op een plank. Tenminste, daar lijkt het op.'

'Klopt. Mijn vader had wel iets dickensiaans. Het liefst noteerde hij alles met de hand. Als hij een ganzenveer had gehad zou hij daarmee hebben geschreven.'

'En er is een plank met zilveren wedstrijdbekers.' Daisy bekeek ze aandachtig. 'Landbouwtrofeeën.'

'Ja, daar was hij erg trots op.'

'Ze moeten dringend gepoetst worden.'

'Zeg dat maar tegen Sylvia.'

'Nee, dat moet jij zeggen. Als ik dat doe, denkt ze dat ik me probeer op te dringen.'

'Volgens mij doet ze weinig anders dan hier en daar een beetje stof afnemen.'

‘En roddelen,’ voegde Daisy er wrang aan toe. ‘Ze houdt het hele dorp op de hoogte van wat hier gebeurt.’

Hij grinnikte. ‘Goed om te weten. Daar kan ik een geintje mee uithalen wanneer ik terugkom.’

Daisy schoot in de lach, maar ze vroeg zich tegelijkertijd af wat hij bedoelde.

‘Gaan we dan weer naar de pub?’ vroeg hij abrupt.

Zijn vraag verraste Daisy. ‘Oké.’ Ze dacht aan hun dronken wandeling in het holst van de nacht. ‘Maar misschien dat ik dan wel wat minder drink.’

‘Geen sprake van. Ik zal nauwlettend in de gaten houden wát je drinkt, en hoeveel.’ Hij lachte aanstekelijk. ‘We kunnen na sluitingstijd weer een eind gaan lopen. En op het bankje van mijn vader gaan zitten.’

‘Dat klinkt goed.’ Ze stelde zich de bank voor. En het uitzicht. En de kus die er nooit van was gekomen. ‘Zullen we nu aan het werk gaan?’

‘Ja. Het zal helaas wel moeten. Ik praat liever gewoon met jou.’

‘Dat kan terwijl we aan het werk zijn.’

Hij zuchtte. ‘Oké. Sta je bij het bureau?’

‘Ja.’

‘Schuif de papieren opzij totdat je mijn naam ziet. Gekrast in het hout.’

Ze deed wat hij zei. En inderdaad, daar stond het. TARAN. De kinderlijke hanenpoten waren in het glanzende hout gekrast.

‘Wat een kleine vandaal was je!’

‘Ik moet een jaar of zeven zijn geweest, en mijn vader ging door het lint…’

Met een glimlach liet Daisy zich in de grote leren bureaustoel zakken. Dit zou een langdurig telefoongesprek worden. Had hij haar hulp eigenlijk wel nodig? Of wilde hij gewoon met haar praten?

Marigold zat met een kop thee bij Beryl aan de keukentafel. Beryl liep inmiddels zonder stok en liet trots de vijftig chocoladebrownies zien die ze voor de zomerbazaar had gebakken. Marigold was de zomerbazaar totaal vergeten. En ze vroeg zich af waarom niemand haar had gevraagd ook iets te bakken.

'Zo, nu hebben we het lang genoeg over mij gehad. Hoe is het met jou?' Beryl nam haar vriendin onderzoekend op. 'Je bent wat verstrooid de laatste tijd.'

Marigold nam een slok thee en raapte al haar moed bij elkaar. 'Ik lijd aan beginnende dementie, Beryl.'

'Onzin!' Beryl zette grote ogen op en keek bijna boos. 'Hoe kom je daar nou bij?'

'Waarom geloof je me niet?'

'Omdat… Het kan niet! Het zou zo oneerlijk zijn.'

'Het leven is niet eerlijk.'

'Wie zegt dat? Dat je aan dementie lijdt? Die waardeloze huisarts van je? Hoe heet hij ook alweer? Zie je nou wel, ik vergeet ook van alles! Die man heeft bij mij ook al meer dan eens een verkeerde diagnose gesteld. Dus die moet je niet geloven.'

'Ik ben getest.'

'Door wie?'

'Door een klinisch psycholoog.'

'Nou, zo erg kan het niet zijn als je dat nog weet. Een "klinisch psycholoog". Wat is dat eigenlijk?'

'Ik weet niet meer hoe ze heette.'

'Dat zegt niks.'

Marigold keek haar vriendin recht aan. 'Er is ook een hersenscan gemaakt, Beryl. En daarop is te zien dat de conditie van mijn hersens aan het verslechteren is. Ik stel me voor dat het eruitziet als een soort gatenkaas. Hoe dan ook, ik heb de symptomen opgezocht.' Ze probeerde niet te laten merken hoe bang ze was. 'Het is niet het einde van de wereld,' zei ze met een glimlach. 'Ik ben er nog. Er zijn genoeg anderen die dat niet kunnen zeggen.'

'Als het echt waar is, Marigold, als je echt dement begint te worden, dan wil ik alles doen om je te helpen.'

'Er is één ding dat ik graag zou willen.'

'Wat is het? Zeg het maar. Moet ik je excuseren, vanavond bij de vergadering?'

Marigold wist niet eens dat er die avond een vergadering wás.

'Julia is zo vervelend,' vervolgde Beryl. 'Ik zou ook het liefst wegblijven. Maar ik ben het aan het dorp verplicht. Tenminste, dat gevoel heb ik. Dus ik moet erheen. Maar ik wil jou met alle plezier excuseren.'

'Nee, dat is het niet. Je had het een tijdje terug over Rosie. Rosie Price. Dat ze in een verpleeghuis was opgenomen.'

'Dat klopt. En dat heb je goed onthouden. Zie je nou wel dat je niet dement bent? Arme Rosie.'

'Ik zou graag bij haar langs willen.'

Beryl keek haar vol afschuw aan. 'Waarom in 's hemelsnaam? Lijkt dat je niet erg deprimerend?'

'Ik wil weten wat mijn voorland is. Waar ik misschien terechtkom.'

'Dennis zal niet willen dat je naar een tehuis gaat.'

'Hij heeft geen keus als hij niet meer voor me kan zorgen.'

'Natuurlijk kan hij voor je zorgen. Jouw Dennis is anders dan andere mannen...'

'Hij is ook maar een mens, Beryl. En ook al zal hij zijn uiterste best doen om het te voorkomen, het kan zijn dat het hem uiteindelijk te veel wordt.'

Beryl slaakte een zucht. 'O, Marigold!' Het klonk machteloos.

'Ik weet wat ik kan verwachten. Ik heb het gegoogeld.'

'Je moet dat soort dingen niet googelen. Die kan je beter aan een deskundige vragen. Google is volstrekt onbetrouwbaar.' Ze slaakte opnieuw een zucht. 'Goed. Als je dat per se wilt, dan gaan we erheen. Wanneer wil je dat doen?'

'Kan het vandaag nog?'

'Wie zorgt er dan voor de winkel?'

'Tasha. Ik heb een stapje teruggedaan. Het wordt me de laatste tijd allemaal een beetje te veel.'

'Eileen zal het vreselijk vinden als ze haar nieuwtjes niet bij je kwijt kan.'

Marigold glimlachte. 'Maak je geen zorgen. Eileen weet me wel te vinden. Dan komt ze gewoon aan mijn keukentafel zitten.'

Beryl stond op. 'Goed. Ik zal ze bellen om te zeggen dat we vanmiddag langskomen.' Ze nam haar vriendin onderzoekend op. 'Weet je het zeker?'

'Ja.' Marigold knikte vastberaden. 'Ik moet het weten, Beryl.'

20

Beryl en Marigold stonden voor de zware eikenhouten deur van Seaview House, en Beryl drukte op de bel. Vanaf het moment dat Marigold in de auto stapte, had ze zich ellendig gevoeld. En dat was er inmiddels niet beter op geworden. De strenge aanblik van de gotische villa bezorgde haar koude rillingen. Als dit kille, intimiderende oord haar laatste bestemming moest worden, kon ze er net zo goed meteen een eind aan maken en van het klif springen.

'Binnen is het echt wel gezellig,' probeerde Beryl haar op te beuren.

'En het uitzicht is prachtig,' moest Marigold toegeven.

'Ja, ik denk dat ze het daarom gekocht hebben. Het uitzicht is erg rustgevend.'

De deur werd opengedaan door een vrouw van middelbare leeftijd. Ze droeg een marineblauw vest en dito broek, gemakkelijke schoenen en een praktisch, kort kapsel. Bij het zien van haar glimlach kon Marigold zich voorstellen dat ze oprecht probeerde het de bewoners van het tehuis naar de zin te maken.

'We komen voor Rosie,' zei Beryl.

'Ach, ja natuurlijk. Welkom in Seaview House.' Ze deed een stap opzij, en Marigold volgde Beryl via de veranda naar een grote hal waar een niet langer gebruikte haard, antieke tegels op de vloer en een zwierige trap herinnerden aan de tijd dat de villa nog gewoon in gebruik was geweest als woonhuis. Op een ronde tafel in de hal stond een boeket van lelies, rozen en fluitenkruid. Marigolds oordeel over het tehuis werd al iets milder. Of misschien klampte ze zich vast aan elk sprankje gezelligheid, altijd op zoek naar de zon achter de wolken.

De dame van het tehuis ging hun voor naar een soort huiskamer. Het eerste wat Marigold opviel, was dat het er inderdaad echt huiselijk was. Er stond een grote flatscreentelevisie met daarvoor een bank. Sommige vrouwen keken televisie, andere zaten in gemakkelijke fauteuils en op banken die in de rest van de ruimte tot zitjes waren geschikt. De grote schuiframen boden uitzicht op een gazon, omlijst door bomen en borders met struiken en bloemen. Daarachter lag de zee, een weidse marineblauwe uitgestrektheid. Het leek hier wel een resort. Bemoedigend, vond Marigold. De zon die achter de wolken scheen. Ze begon zich iets beter te voelen.

Totdat ze besefte dat de bewoners niet met elkaar spraken. Dat er geen enkel onderling contact was. Dat alle bewoners op hun eigen eilandje zaten, verzonken in hun eigen gedachten. Of misschien dachten ze wel helemaal nergens meer aan. Bij hen was het proces van aftakeling al vergevorderd. Het verleden bestond voor hen niet meer, net zomin als de toekomst. Ze leefden in het moment. Dat was alles wat ze nog hadden.

Beryl liep naar een verzorgde, smaakvol geklede dame die door het raam naar buiten zat te staren. Haar handen lagen gevouwen in haar schoot. Ze zag er niet uit alsof ze ongelukkig was. Haar ogen stonden uitdrukkingsloos. Niet somber of gekweld. Marigold moest aan Winnie de Poeh denken, aan de boeken die haar vader haar vroeger had voorgelezen. *Soms zit ik te zitten en te denken, en soms zit ik gewoon alleen maar te zitten.* Bij de herinnering aan Winnie de Poeh voelde ze zich opnieuw iets beter. Rosie zat gewoon alleen maar te zitten. En dat had eigenlijk wel iets vredigs.

'Hallo, Rosie,' zei Beryl glimlachend. 'Ik ben Beryl, je vroegere schoolvriendinnetje.'

Rosie glimlachte terug, maar de zweem van herkenning in haar blik was duidelijk gespeeld. Marigold herkende die glimlach. Zo reageerde zij ook op mensen die ze zich niet kon herinneren. Het was een glimlach waarmee ze haar angst, haar paniek maskeerde. Toch leek Rosie niet angstig, niet in paniek. Ze leek alleen haar haperende geheugen te maskeren. 'Hallo, Beryl,' antwoordde ze.

'En dit is Marigold. Weet je nog? Zij zat vroeger ook bij ons op school.'

Rosie herkende haar niet. 'Hallo, Marigold,' zei ze, nog altijd met een serene glimlach. Ze keerde zich naar Beryl. 'Ik weet niet wie al die mensen zijn,' zei ze zachtjes. 'En wat ze hier in mijn huis te zoeken hebben.' Ze keek wantrouwend de kamer rond. 'Ik wou dat ze weggingen.'

'Dat doen ze straks ook.' Beryl trok een stoel bij.

Rosie leek opgelucht. Haar schouders ontspanden, haar glimlach werd iets minder krampachtig. 'O, daar ben ik blij om. Papa en mama kunnen elk moment terug zijn, en tante Ethel komt op de thee. Dan willen ze niet dat hier allemaal vreemde mensen zitten.'

'Tegen die tijd zijn ze weg,' zei Beryl.

Rosies ouders waren al lang dood, wist Marigold. Net als haar tante Ethel. Maar Beryl liet haar in de waan dat ze nog leefden. En waarom ook niet? Rosie zou zich het gesprek later toch niet meer herinneren, en als ze zich verheugde op de thuiskomst van haar ouders, en op tante Ethel die op de thee kwam, wat school er dan voor kwaad in om het spelletje gewoon mee te spelen?

'Zal ik een kop thee zetten?' Marigold keek hoopvol om zich heen. 'Er is hier vast wel een keukentje of zoiets.'

'Ja, daar.' Beryl wees naar het eind van de kamer.

'Oké. Ik ben zo terug.' Marigold vluchtte naar de keuken, in de hoop troost te vinden in het vertrouwde ritueel van water opzetten en mokken uit de kast pakken. Maar ondertussen bonsde haar hart tegen haar ribben en stond het klamme zweet in haar handen. Was dit haar voorland? Dat ze niet meer wist waar ze was? Dat ze dacht dat haar ouders nog leefden wanneer die al lang dood waren? Was dit wat haar te wachten stond?

Ze wilde niet naar een verpleeghuis! Ze kon zich niet voorstellen dat ze ooit ergens anders zou wonen dan in haar eigen huis, met Dennis en Nana en Daisy. Ze vond het heerlijk om haar spulletjes om zich heen te hebben. Ze hield van haar huis, van haar vertrouwde omgeving. Haar keel werd dichtgesnoerd, haar handen begonnen te beven, een gevoel van paniek nam bezit van haar.

Toen de thee klaar was en ze met de mokken op een blad kwam aanlopen, schonk Rosie haar dezelfde beleefde maar lege glimlach als even daarvoor. 'Hallo,' groette ze vriendelijk, en de toon waarop ze het zei, verried dat ze zich hun eerdere ontmoeting niet herinnerde.

Beryl vertrok geen spier. 'Dit is Marigold. Weet je nog? Zij zat vroeger ook bij ons op school.'

'Hallo, Marigold.'

Marigold deed haar best om te glimlachen, maar slaagde daar niet in. 'Hallo, Rosie,' zei ze, vechtend tegen haar tranen. 'Ik heb een lekkere kop thee voor je.'

'O, wat heerlijk!' Rosie keek oprecht blij. 'Ik ben dol op thee.'

'En je wilt er graag suiker in,' zei Beryl.

'Is dat zo?' Rosie fronste. 'Ja, ik geloof dat je gelijk hebt.'

Marigold deelde de mokken uit, ging zitten en nam een grote slok. Ze had nog nooit zo naar thee gesnakt.

Zodra Beryl haar thuis had afgezet, besloot Marigold een eind te gaan lopen. Ze was zo wanhopig dat ze niet naar de winkel wilde. En ze had ook even geen behoefte aan Nana, die bleef volhouden dat haar niets mankeerde. Dennis was geen optie omdat ze hem niet van streek wilde maken. Ze moest alleen zijn.

Eenmaal boven op de kliffen liet ze haar tranen de vrije loop. Haar schouders schokten, haar adem stokte, terwijl de wind haar snikken meevoerde. Ten slotte ging ze op een bankje zitten en staarde voor zich uit, naar de horizon die rood kleurde nu de zon aan de westelijke hemel naar de golven zakte.

Ze voelde zich machteloos. Verloren. Alsof ze in een roeibootje op weg was naar een donkere, angstaanjagende einder. Wat er ook gebeurde, uiteindelijk zou ze die donkere, angstaanjagende horizon bereiken en erdoor worden opgeslokt. Die onvermijdelijkheid maakte haar bang, joeg al haar moed op de vlucht. Het liefst zou ze erachteraan vluchten, maar dat was zinloos. Ze kon niet weglopen voor zichzelf.

Links van haar bewoog iets. Haar eerste gedachte was dat er nog iemand op de bank was gaan zitten. Toen ze opkeek, zag ze dat ze gelijk had. Maar het was niet zomaar iemand die daar zat. Het was haar vader.

'Pap?' zei ze, ademloos van verbijstering.

Haar vader keerde zich met een warme glimlach naar haar toe. 'Dag, Goldie.'

Hij was het echt.

'O pap, ik ben zo bang,' zei ze gesmoord.

Hij legde een hand op de hare. Het voelde geruststellend, net als vroeger, wanneer ze als kind troost bij hem zocht. 'Je hoeft niet bang te zijn, Goldie. Want je bent niet alleen.'

'Maar ik vóél me wel alleen.' Ze begon weer te huilen. 'Ik heb het gevoel dat ik langs een helling naar beneden glijd en dat niemand me kan tegenhouden.'

'En dat is ook zo. Als dat je bestemming is, als je bedoeld bent om langs een helling naar beneden te glijden, dan kan niemand je tegenhouden.'

'Dus er is niets aan te doen?'

'Nee, Goldie. Het hoort bij het leven. Bij de lessen die je moet leren. En daar kan niemand iets aan veranderen. Het maakt allemaal deel uit van het Grote Plan. Maar je bent niet alleen, Goldie. Ook niet wanneer je het gevoel hebt dat je van een helling glijdt. Ik ben bij je. En ik laat je nooit in de steek. Je ziet me misschien niet altijd, maar je weet wat ik je heb geleerd. Dat de dood niet bestaat. Dat we alleen ons lichaam afleggen – want dat is een loden last als je eenmaal weet hoe het is om ervan verlost te zijn – en dat we naar huis gaan, dat we teruggaan naar waar we vandaan komen.'

'Maar nu zie ik je. Nu ben je hier.' Ze knipperde met haar ogen en wist een beverige, dankbare glimlach tevoorschijn te toveren.

'Ik ben er altijd!' zei hij met grote stelligheid.

Bij het zien van zijn wijze glimlach begon Marigolds angst weg te ebben.

Hij zag er goed uit. Bruisend, gezond. Niet langer de zwakke oude man die aan kanker was bezweken. Zijn lichtbruine ogen stonden helder, zijn donkere haar glansde. Een man in de kracht van zijn leven.

'Ik begin mijn geheugen kwijt te raken, pap. En ik ben bang dat ik mijn verstand ook ga verliezen.' Ze keek hem aan met een blik vol wanhoop. 'Wat moet ik beginnen zonder mijn herinneringen? Wie ben ik dan nog?'

'Je blijft wie je bent, Goldie,' antwoordde hij kalm. 'Je blijft wie je altijd bent geweest. Niets kan daar afbreuk aan doen. Ook het verlies van je geheugen niet. Want je bent tijdloos. Je hebt het eeuwige leven. Niets kan een einde maken aan jóú. Aan wie jíj bent.' Hij keek haar aan alsof wat hij zei, zo vanzelf sprak dat het hem verbaasde dat ze dat nog niet wist. 'Stel je voor dat je in een auto rijdt. Die auto is je lichaam, je hersens zijn de motor. Maar jij staat daar los van. Jij gebruikt de auto alleen tijdens je reis door dit leven. Wanneer die reis ten einde is, heb je de auto niet meer nodig. Op dit moment verliest de auto misschien een wiel, en de motor hapert af en toe, maar jij bent nog net zo volmaakt, nog net zo compleet als altijd. En dat zul je ook altijd blijven.' Hij glimlachte breed. 'Waar je heen gaat, heb je de auto niet nodig, Goldie. Het enige wat je nodig hebt, is liefde. En je hebt genoeg liefde om je bestemming te bereiken. En om ook weer terug te komen.'

Marigolds ogen begonnen te glanzen. 'Genoeg liefde om mijn bestemming te bereiken. En om ook weer terug te komen.' Ze herhaalde zijn woorden om ze goed tot zich te laten doordringen.

'En dat geldt ook voor mij, Goldie. Daarom ben ik teruggekomen. Uit liefde.' Hij legde een hand op zijn hart. 'Dat is het enige wat ertoe doet. Het is zo simpel. En onbegrijpelijk dat zo veel mensen dat niet beseffen. Ze vergooien hun leven, zonder te beseffen waar het om draait.'

Marigold vermande zich. 'Als jij bij me bent, pap, dan denk ik dat ik de reis aankan.'

'Zo ken ik mijn meisje weer! Je reis stond al vast, lang voordat jij werd geboren. En ik zal je een geheimpje vertellen.' Hij grijnsde ondeugend.

'O? Wat dan?' Ze glimlachte, want ze vond de twinkeling in zijn ogen onweerstaanbaar.

'Je doet het erg goed.'

Daar vrolijkte ze nog meer van op. 'Echt waar?'

'Nou en of. Je krijgt een tien met een griffel!'

Ze kreeg opnieuw tranen in haar ogen. 'Die heb ik op school nooit gehaald.'

'De belangrijkste school is het leven zelf. Dat is de enige school die telt.'

'Hoe lang kun je nog blijven voordat je weer terug moet naar… Nou ja, naar waar je vandaan komt?'

Hij haalde zijn schouders op. 'Nog een klein poosje, denk ik.'

'Maar je komt ook weer terug?'

'Ik kom ook weer terug, Goldie. Dat beloof ik. Als je me nodig hebt, kom ik terug.'

En Marigold wist dat ze op hem kon rekenen.

Een paar dagen later had zich in het huis van Beryl een groepje vrienden verzameld. Het gezelschap bestond uit Eileen Utley, Dolly Nesbit, Cedric Weatherby en de Commodore met Phyllida, zijn vrouw. De stemming was somber, de sfeer enigszins gespannen en afwachtend. Eileen kon als geen ander voor het vaderland weg babbelen. En dat deed ze dan ook, bij voorkeur met Marigold. Maar nu die niet meer elke ochtend in de winkel stond, moest ze met Tasha genoegen nemen. Die was echter niet geïnteresseerd in vrijblijvend gebabbel, en ze had er ook geen tijd voor. Ze had het altijd druk met dozen uitpakken, vakkenvullen of met het helpen van de klanten. Maar op dit moment leek het hele gezelschap Eileen dankbaar omdat ze zorgde voor afleiding, omdat ze althans iets van de spanning, de somberheid verdreef.

Beryl had wijn ingeschonken. Phyllida dronk liever wodka, maar wilde niet onbeleefd zijn. Dus ze nipte weinig enthousiast van haar chardonnay, die langzaam warm werd doordat haar handen klam waren van de zenuwen. Met haar duim veegde ze onopvallend haar rode lippenstift van de rand van het glas.

Cedric, die een flamboyante aanblik bood in een roze overhemd en een gele ribfluwelen broek, zat op de bank. Naast Dolly, die naar viooltjes rook en last had van een trillende hand. Het was niets engs, had de dokter haar verzekerd. Maar het betekende dat ze haar glas in de andere hand moest houden. Soms vergat ze dat, en dan morste ze. Gelukkig had Beryl een donkergroene, gedessineerde bank dus een paar druppels witte wijn konden geen kwaad.

Eileen babbelde nog altijd vrolijk door. Ze koos voor veilige onderwerpen, zoals eten en het weer. Het onderwerp dieren lag gevoelig, vanwege de kat van Dolly en de mollen van de Commodore. Dus Eileen waakte ervoor om niemand van streek te maken door over dieren te beginnen. Maar ze begon wel een beetje door haar onderwerpen heen te raken. Dus ze hoopte dat Tasha niet te lang op zich liet wachten.

Toen werd er eindelijk aangebeld. Beryl ging opendoen en kwam terug met Tasha in haar kielzog. Dolly schoof dichter naar Cedric toe om plaats voor haar te maken. Tasha begroette iedereen een beetje nerveus. Beryl schonk haar een glas wijn in, en Tasha nam hoorbaar een slok. 'Sorry.' Ze legde een hand op haar keel. De anderen glimlachten haar bemoedigend toe. Het maakte niet uit, zei hun blik. Ze waren allemáál nerveus.

'Ziezo! Laten we beginnen.' Beryl klonk kordaat, bijna officieel. 'Jullie weten allemaal waarvoor we hier zijn.'

Er werd ernstig geknikt. Eileen schudde haar hoofd en perste haar lippen op elkaar. Van alle aanwezigen was zij Marigolds allerbeste vriendin. Daar was ze heilig van overtuigd. 'Ik kan het nog steeds niet geloven,' zei ze. 'Het voelt zo oneerlijk!'

'Het leven is nu eenmaal niet eerlijk,' zei Cedric. Dat kon niemand ontkennen. Dus iedereen knikte instemmend.

'Ik begrijp niet waarom goede mensen toch soms zulke afschuwelijke dingen overkomen.' Het was Phyllida die dat zei.

'Nee, dat is ook onbegrijpelijk. Als we dat wisten, hadden we de oplossing van alle mysteriën des levens,' zei haar man.

Beryl ademde hoorbaar in door haar neusgaten. 'Ik heb jullie uitgenodigd omdat we een plan moeten bedenken. Omdat we een verenigd front moeten vormen. Ik heb een vriendin in een verpleeghuis die aan dementie lijdt. Dus ik weet hoe we de situatie moeten aanpakken. Want daar draait het om. Het gaat om de juiste aanpak. En die aanpak behelst een aantal regels. Als we ons daaraan houden, aan die regels, kunnen we Marigolds leven een stuk aangenamer maken.'

'Wat voor regels?' vroeg Eileen, die al begon te steigeren bij het idee dat iemand anders haar vertelde hoe ze met Marigold moest omgaan. Als haar beste vriendin wist ze heus wel hoe ze Marigold het beste kon helpen.

'Marigolds geheugen zal langzaam maar zeker slechter worden...' begon Beryl.

Cedric onderbrak haar. 'Ik zou het woord "langzaam" niet willen gebruiken. Ze gaat de laatste maanden hard achteruit, heb ik gemerkt. Bij Suzes huwelijk herkende ze haar eigen schoonzus niet meer. Ze is niet achterlijk. Meestal weet ze haar vergeetachtigheid te maskeren. Maar ze is er slechter aan toe dan je op het eerste gezicht zou zeggen.'

'Het zal niet lang duren of ze kan geen nieuwe informatie meer opnemen,' vervolgde Beryl, zonder op Cedrics opmerking in te gaan. 'Ze zal steeds meer in het verleden gaan leven, waardoor dat zich op een verwarrende manier vermengt met het heden. Zo vertelde ze me gisteren dat ze uitvoerig met haar vader had gesproken. Terwijl Arthur al... wat zal het zijn... vijftien jaar dood is. Maar Marigold is soms zo in de war dat ze denkt dat hij nog leeft. Op zulke momenten kun je haar beter niet tegenspreken, maar moet je gewoon het spelletje meespelen.'

'Wat heb je gezegd? Toen ze vertelde dat ze haar vader had gesproken?' Dolly vroeg zich heimelijk af of Marigold misschien zijn geest had gezien. Want zíj had nog niet zo lang geleden bezoek gehad van de geest van haar opa.

'Ik zei "Wat heerlijk". Ik heb niet gevraagd wat hij had gezegd, want dat zou ze waarschijnlijk toch niet meer hebben geweten. Begrijpen jullie wat ik bedoel? Ik heb het spelletje meegespeeld, en dat zou ik jullie ook op het hart willen drukken. Het is belangrijk dat we een verenigd front vormen,' zei ze nogmaals, tevreden over haar beeldspraak.

'Wat verdrietig.' Phyllida slaakte een zucht.

'En het overkomt altijd de aardigste mensen,' voegde de Commodore er ernstig aan toe.

'Dus jij vindt dat we tegen haar moeten liegen, Beryl?' vroeg Eileen wantrouwend. Ze ging er prat op de dingen bij de naam te noemen.

'Het is niet echt liegen,' antwoordde Beryl. 'Het gaat erom dat je je in haar verplaatst, in haar wereld. Ze leeft in het moment, en het is aan ons om te zorgen dat ze daarin gelukkig is. Stel je voor dat ik had gezegd dat haar vader al jaren dood is! Wat zou ik daarmee hebben bereikt? Ik zou haar alleen maar ongelukkig hebben gemaakt. Ze zou het niet hebben begrepen. Dat moeten we proberen te voorkomen.'

'Maar zo ver is ze nog niet heen,' protesteerde Eileen. 'Marigold weet heel goed dat haar vader dood is.'

Beryl zette haar glas op het tafeltje naast haar stoel en vouwde haar handen in haar schoot. 'Natuurlijk weet ze dat. Althans, meestal. Ze heeft goede dagen en slechte dagen. Blijkbaar had ze een slechte dag toen ze haar vader zag. Maar het zal niet lang duren of ze is echt vergeten dat hij dood is. Niet alleen op slechte dagen. Haar hersens raken als het ware aangevreten, als een stuk kaas waar muizen aan knabbelen. Maar als we met elkaar afspreken hoe we met haar omgaan, en als we ons daar allemaal aan houden, dan hoop ik dat we onaangename situaties zo veel mogelijk weten te voorkomen.' Beryl keek Tasha aan, die nog niets had gezegd. 'Wat vind jij, Tasha? Jij ziet haar vaker, en langer, dan wij.'

Tasha bloosde toen iedereen plotseling naar haar keek. 'Ze schaamt zich vreselijk als ze dingen vergeet,' vertelde ze. 'Toen ze nog in de winkel stond, vergat ze elke dag wel wat, en dat werd steeds erger. Het valt niet mee om een bedrijf draaiende te houden als je voortdurend van alles vergeet. Ze dacht dat niemand het merkte, maar ondertussen hadden we het allemaal in de gaten. Volgens mij is ze inmiddels wat meer ontspannen, nu ze zich over de winkel geen zorgen hoeft te maken.'

'Het is haar vast zwaar gevallen om een stap terug te doen,' zei de Commodore. 'Toen ik met pensioen ging wist ik me geen raad. Ik liep echt met mijn ziel onder de arm.'

'Dat liep je zeker.' Zijn vrouw knikte ernstig.

'Maar ik heb nieuwe bezigheden gevonden, en inmiddels kan ik niet zeggen dat ik het nog mis, de goeie ouwe tijd.'

'Dat geldt straks ook voor Marigold,' zei Tasha.

'Al was het maar omdat ze het zich niet meer herinnert,' merkte Eileen op.

'Ter zake. Wat spreken we af? Wat zijn de regels waaraan we ons moeten houden?' vroeg Cedric. 'Ik weet graag waar ik aan toe ben. Om te voorkomen dat ik iets verkeerds doe.'

'Het voornaamste is dat we haar niet tegenspreken,' zei Beryl vastberaden. 'Wat ze ook zegt, speel het spelletje mee. Verwacht niet dat ze zich iets herinnert. Wees geduldig als blijkt dat ze iets niet meer weet. Stel geen vragen, probeer haar niet onder druk te zetten om zich iets te herinneren. We willen niet dat ze in paniek raakt. We moeten er voor haar zijn. Daar gaat het om.'

'Hoe lang duurt het nog voordat ze ons niet meer herkent?' vroeg Dolly bezorgd.

'Dat weet ik niet,' antwoordde Beryl. 'Het proces verloopt bij iedereen anders.'

'Ik weet nog dat ze de kerstpuddingen was vergeten die Lady Sherwood had besteld,' vertelde Cedric. 'Dat was vorig jaar. Destijds zocht ik er niets achter.'

'Dat geldt voor ons allemaal,' zei Beryl.

'Ze wordt gewoon een dagje ouder, dacht ik. Ze heeft ze misschien niet meer allemaal op een rijtje,' viel Dolly haar bij.

'Niemand van ons heeft ze nog allemaal op een rijtje.' De Commodore grinnikte vreugdeloos.

'Maar Marigold was niet zomaar verstrooid en vergeetachtig,' zei Phyllida zacht. 'Volgens mij hebben we dat inmiddels allemaal wel gemerkt.'

'Ik heb wel eens aan dementie gedacht, maar dat durfde ik niet te zeggen,' bekende Eileen. Ze sloeg haar ogen neer en keek naar haar rimpelige oude handen, die rusteloos in haar schoot lagen. 'Ik hoopte zo dat het niet waar was. Marigold is mijn vriendin. Ik wil haar niet kwijt.'

'We raken haar niet kwijt,' zei Beryl resoluut. 'Als we samen optrekken, als we een verenigd front vormen, dan raken we haar niet kwijt.'

'En we mogen niet laten merken dat we het weten.' Cedric keek van het ene sombere gezicht naar het andere. 'Marigold is erg gevoelig.'

'Precies!' viel de Commodore hem bij. 'We moeten het onder de pet houden.'

'Wat verdrietig,' zei Phyllida weer, en ze slaakte opnieuw een diepe zucht. 'Waarom overkomt het toch altijd de aardigste mensen?'

De Commodore schudde zijn hoofd. Niemand zei iets. Tasha dronk haar glas leeg. Beryl zag het. 'Laten we nog een wijntje nemen!' Met een geforceerde glimlach werkte ze zich overeind. 'Dat kunnen we wel gebruiken.'

Suze kwam diep gebronsd terug van haar huwelijksreis; haar huid glansde als gewreven teakhout, en ze had tientallen vlechtjes in haar haar, kleurig versierd met kralen. In combinatie met de nieuwe kleren die ze had gekocht, zag ze eruit als een hippie uit de jaren zeventig. 'Ik heb zo veel geblowd, dat ik tien dagen lang het gevoel had dat ik zweefde,' bekende ze aan Daisy toen ze in de keuken gingen zitten.

'Dan wordt het tijd dat je weer landt. Want ik heb slecht nieuws.'

Suzes gezicht betrok. 'O? Wat dan? Is er iets met Nana?'

‘Nee, met mama.’

Suze staarde haar zus aan, maar zei niets.

‘Ze lijdt aan dementie.’

Suze werd bleek. ‘Weet je dat zeker?’

‘De uitslag van het onderzoek kwam binnen toen jij op reis was. De diagnose is bijna zeker dementie. En dat wordt bevestigd door een hersenscan.’

‘Is er iets aan te doen?’

Daisy schudde haar hoofd. ‘Nee. Helaas niet.’

‘Wat? Het is niet te behandelen? We kunnen raketten de ruimte in sturen, we kunnen mensen op de maan zetten, maar er is geen middel tegen dementie?’

‘Er zijn een heleboel ziektes die we niet kunnen genezen.’

‘Maar hier zou toch iets aan te doen moeten zijn!’ Suze vloekte van woede en frustratie. ‘Gaat ze dood?’

Daisy voelde dat het bloed wegtrok uit haar gezicht terwijl ze in de verschrikte ogen van haar zusje keek. Dat hun moeder misschien niet lang meer te leven had, was iets wat ze niet kon bevatten. Maar de gedachte om haar geleidelijk aan steeds meer kwijt te raken, leek bijna nog erger. Ze verdrong het vooruitzicht dat hun moeder ooit alleen nog maar een lege huls zou zijn. ‘Natuurlijk gaat ze niet dood!’

Suze glimlachte verbitterd. ‘Je hebt nooit goed kunnen liegen.’

‘Nou ja, uiteindelijk gaan we allemaal dood.’

‘Gaat ze achteruit?’

‘Ja.’

‘Mogen we erover praten? Of is het geheim? Wat moet ik doen? Wat moet ik tegen haar zeggen?’

‘Je moet gewoon doen. Net als altijd. En we moeten geduld met haar hebben. Heel veel geduld.’

Suze staarde in haar thee. Het was maar goed dat ze het huis uit was en bij Ticky’s ouders woonde, want ze dacht niet dat ze erg veel geduld kon opbrengen met iemand die ziek was. Zelfs niet met haar moeder.

'Alles wordt anders. Waar of niet?' Ze klonk angstig. 'In de toekomst moeten wíj voor háár zorgen. In plaats van andersom.'

'Ik ben zo blij dat ik ben teruggekomen,' zei Daisy plotseling. 'Dat ik hier ben nu mama ons nodig heeft.'

'Ik ben ook blij dat je bent teruggekomen,' viel Suze haar bij. 'Jij bent goed in dit soort dingen. Ik zou het niet aankunnen. Zeker niet in mijn eentje. Ik weet me geen raad met dit soort verantwoordelijkheden.'

'Dat leer je wel. We zullen het allebei moeten leren.'

Suze keek zuchtend naar buiten. 'Denk je dat ze ooit ook vergeet om haar vogels te voeren?' Ze glimlachte bij de herinnering dat ze zich er altijd aan had geërgerd wanneer hun moeder het over 'mijn vogels' had.

Daisy keek ook naar buiten, naar het voederhuisje aan een van de takken van de appelboom dat in de zomermaanden leeg bleef. 'Wanneer ze dat vergeet moeten we ons echt zorgen gaan maken.'

21

Marigold was al een tijdje erg neerslachtig. Ze had zich al dagenlang niet in de winkel laten zien. In plaats daarvan verstopte ze zich liever in huis, waar ze naar de televisie staarde of probeerde een sudoku te maken. Dennis besloot dat het tijd werd voor hun weekendje weg. Het cadeau dat ze met Kerstmis van Daisy en Suze hadden gekregen, spookte al een tijdje door zijn hoofd. Hij had eigenlijk in de lente willen gaan, maar toen had Suzes huwelijk roet in het eten gegooid. Bovendien had Marigold het toen nog veel te druk gehad met de winkel. Maar nu Tasha daar de scepter voerde, voelde Dennis dat dit het juiste moment was om te gaan. Het was begin augustus, en ze hadden allebei behoefte aan een paar dagen rust. Aan tijd voor hen samen. En Marigold had afleiding nodig. Iets om haar op te vrolijken. Daisy had hem verzekerd dat zij voor Nana zou zorgen. Waarop Nana had gezegd dat er niet voor haar gezorgd hoefde te worden. En Suze had het druk met haar nieuwe bestaan als getrouwde vrouw. Ze hadden haar nauwelijks gezien sinds ze van haar huwelijksreis was teruggekomen.

Dennis zat achter het stuur met Marigold naast zich. Het was twee uur rijden naar het hotel aan de kust. De meisjes hadden er foto's van laten zien. Het zag er prachtig uit. Echt een plek waar ze konden uitrusten en waar ze hun zorgen even konden vergeten. De radio stond aan, op een station met golden oldies die ze allebei leuk vonden. Marigold hield niet van rock. Meer van ABBA en country. Dus Dennis had Magic Radio opgezet. Zo reden ze door het weelderige groene landschap.

Na een tijdje dommelde Marigold in slaap. Wat zag ze er jong uit, dacht Dennis, met haar ogen dicht en met een ontspannen uitdrukking op haar gezicht. Zonder rimpels in haar voorhoofd en met een vluchtige glimlach om haar mond. De nerveuze rusteloosheid was verdreven door een serene kalmte. Het deed hem goed haar zo te zien, en hij betrapte zich erop dat hij meeneuriede met de radio.

Net voor de lunch arriveerden ze bij hun bestemming. De portier schoot onmiddellijk toe om zich over hun bagage te ontfermen, ook al hadden ze maar één bescheiden koffer bij zich. Marigold was onder de indruk van het hotel, en van de zee daarachter. Turkooizen luiken vormden een aantrekkelijk contrast met de witte muren. Het schuine dak was belegd met grijze pannen. 'Prachtig, hè?' Ze keek Dennis aan en pakte zijn hand. Dat deed ze de laatste tijd steeds vaker. Ze had behoefte aan het gevoel van veiligheid dat alleen Dennis haar kon geven.

'Precies wat we zoeken, Goldie. Het doet me denken aan dat hotel waar we ooit waren, in de buurt van Land's End. Weet je dat nog?'

Marigold had geen moeite met oude herinneringen. Het waren de recente waar ze mee worstelde. 'Het had blauwe luiken, was het niet? Ik ben dol op luiken. Die doen me aan Frankrijk denken.'

'Wil je dat ik voor ons huis ook luiken maak?'

Marigold straalde. 'Wat een goed idee. Dat zou ik enig vinden. Als ik dan in de tuin zit en naar mijn vogeltjes kijk, kan ik net doen alsof ik in de Provence ben.'

'Dan maak ik luiken voor je. En ik verf ze blauw.'

'Groen is leuker, denk ik. Dat past beter bij de tuin. Blauw is mooi aan de kust. Maar wij zitten midden tussen de velden. Dus ik denk dat groen dan mooier is.'

'Wat jij wilt, Goldie.'

'Dank je wel, Dennis.' Ze keek lachend naar hem op.

Haar glimlach deed hem goed. Hij las bewondering en dankbaarheid in haar ogen, maar ook een kinderlijk soort verwondering die nieuw voor hem was. 'Voor jou doe ik alles, Goldie.' Hij trok haar dicht tegen zich aan en plantte een kus op haar slaap.

Eenmaal binnen beseften ze pas goed hoe bijzonder het hotel was dat de meisjes voor hen hadden uitgekozen. De inrichting en de stoffering waren een combinatie van wit met een stralende kleur blauw; van de witte muren en blauwe banken in de ontvangstruimte, tot de blauw met witte sprei en dito kussens op hun kamer. Alles oogde chic, ingetogen, smaakvol. Marigold liep naar het balkon en keek naar beneden. De bloemen op het terras waren ook blauw, net als de parasols die schaduw boden aan de gasten die zaten te lunchen. Haar blik ging naar de deinende vissersboten op het water, naar de baai daarachter, naar de glooiende groene heuvels die uit zee leken op te rijzen.

Marigold hield van de zee. Die maakte haar blij, hielp haar om haar angsten te vergeten en in het moment te leven. *Wat is er mis met nu?* Ze glimlachte. Alles was volmaakt.

Dennis kwam naast haar staan.

'Wat is het hier heerlijk, hè?' Ze slaakte een zucht van geluk.

'Ja, dat is het.'

'Wat heb je dat goed bedacht.'

'Maar het was niet mijn idee.'

'O nee? Van wie dan?'

Dennis fronste zijn wenkbrauwen. 'Van Daisy en Suze. Zij hebben ons dit weekend cadeau gedaan. Met Kerstmis. Weet je nog wel?'

'Echt waar? Wat leuk.'

Dennis was zo verstandig er niet op door te gaan. 'Ik heb trek. En jij?'

'Ik ook wel, denk ik.'

'Laten we buiten gaan zitten. Onder zo'n parasol. Ze zijn mooi, hè?'

'Ja, dat blauw is prachtig. Een kleur waar je blij van wordt.'

'Op een zonnige dag als vandaag zijn ze net zo blauw als de zee.'

'Ja. Dat klopt.'

'En laten we na de lunch een eind gaan lopen. Misschien over het strand. Dan kun je pootjebaden.'

Marigold schoot in de lach. 'Dat deed ik als kind altijd. Dan stak ik mijn tenen in het water. Brrr. Koud. Nee, ik denk dat ik mijn schoenen maar aanhoud.'

Terwijl ze naar beneden gingen, legde Marigold haar hand in de zijne. 'Wat een goed idee van je om me hier mee naartoe te nemen,' zei ze, en deze keer verbeterde hij haar niet.

Na de lunch liepen ze naar het strand. Meeuwen cirkelden boven hun hoofd, jan-van-genten en sternen hupten over het zand, op zoek naar voedsel dat het tij daar had achtergelaten. De middagzon verwarmde hun gezicht, de frisse wind speelde met hun haar. Marigold wees op van alles wat haar boeide: kleine krabben die haastig dekking zochten, schelpen die uit het zand staken, en een stuk flesgroen zeeglas dat ze opraapte om mee te nemen en waarvan ze zich voorstelde dat het afkomstig was van een kostbare schat, buitgemaakt door piraten wier schip eeuwen geleden op de rotsen was stukgeslagen.

Terwijl ze genoten van de kleine vreugden die het strand hun bood, besefte Dennis dat het cadeau van Daisy en Suze veel meer inhield dan een paar nachten in een mooi hotel. Wat de meisjes hun hadden gegeven was de kans om in het moment te leven. In het hier en nu. Want daarin voelde Marigold zich het meest op haar gemak. Daarin konden ze onbezorgd samen zijn, zonder angst, zonder twijfel. De meisjes hadden geen beter cadeau kunnen bedenken.

Die avond dineerden ze bij een restaurant aan de haven. De twinkelende lichtjes van de huizen op de helling waren betoverend – ze schitterden net zo stralend als de sterren aan de donkere hemel daarboven. Het was warm genoeg om buiten te zitten, dus ze kozen een tafeltje op het terras, zo dicht mogelijk bij het water. Dennis bestelde een fles wijn.

'Wat vieren we, Dennis?' vroeg Marigold toen de ober een slokje pinot grigio in zijn glas schonk om te proeven.

'We vieren óns. Jou en mij.' Dennis nam een slokje.

Marigold glimlachte. 'Dat klinkt goed.'

Dennis trok zijn wenkbrauwen op, proefde aandachtig. 'Prima,' zei hij toen. 'Erg lekker.'

De ober vulde de glazen, en zodra hij hen alleen had gelaten reikte Dennis over de tafel en nam Marigolds hand in de zijne. Zijn ogen glansden, zijn gezicht leek bijna jongensachtig door de emoties waar hij mee worstelde. Door het vooruitzicht dat hij haar ging verliezen, wenste hij meer dan ooit dat hij haar voorgoed bij zich zou kunnen houden. 'Je bent altijd mijn grote liefde geweest, Goldie.'

Marigold bloosde van blijdschap.

'Vanaf die allereerste ontmoeting. Weet je dat nog, Goldie? De eerste keer dat we elkaar zagen?'

'Ja. Je had een rode anjer in je knoopsgat.'

'Precies. En jij droeg een gele jurk met blauwe bloemen. En een blauwe bloem in je haar.'

'Je vroeg me ten dans.'

'Ja. Want je was het mooiste meisje in de zaal.'

'Alleen in jouw ogen, Dennis.'

'Toen je naar me glimlachte, was ik verloren.'

Ze glimlachte van geluk en voelde dat hij zijn greep op haar hand verstrakte.

'En sindsdien heb je me met elke glimlach opnieuw veroverd. Telkens en telkens weer.'

'O, Dennis! Je bent zo'n romanticus.'

'Alleen voor jou, Goldie.' Hij hoopte dat ze de traan niet zag die hij met zijn vrije hand wegveegde. 'Want ik hou van je.'

'En ik hou van jou.' Ze fronste, probeerde een herinnering vast te houden die bij haar opkwam, maar haar onmiddellijk weer ontglipte. 'Liefde is het enige wat ertoe doet.' Wie had dat ook alweer tegen haar gezegd? Ze wist het niet meer. Maar ze herinnerde zich nog wel het warme gevoel van veiligheid dat ze toen had ervaren. 'Er zijn zo veel mensen die dat niet beseffen. Ze vergooien hun leven, zonder te begrijpen waar het om draait.'

'Zo klink je net als je vader.'

'Echt waar?'

'Ja. Dat had hij kunnen zeggen.'

'Nou, dan zal hij wel moeten lachen als ik het hem vertel.' Marigold pakte haar glas en nam een slok.

Dennis nam haar fronsend op. Er kwam een verdrietige blik in zijn ogen.

Marigold zag het niet. 'De wijn is heerlijk, Dennis. Op ons!' Ze hief haar glas.

'Op ons, Goldie.'

Dennis werd gewekt door de telefoon. Het was donker. Ergens midden in de nacht. Hij reikte naar het nachtkastje, tastte naar de telefoon. Toen hij die had gevonden, drukte hij hem tegen zijn oor. 'Hallo?' zei hij slaperig.

'Mr. Fane, het spijt me dat ik u wakker maak. Maar uw vrouw zit hier, bij de receptie. Het lijkt me het beste als u haar komt halen.'

Dennis schoot overeind en keek naar de plek naast zich. Die was leeg. Zijn hoofd leek gevuld met watten. Wat was er aan de hand? Hij vroeg zich af of hij had gedroomd, of het een nachtmerrie was. Toen hij het licht had aangedaan, legde hij de telefoon terug. Haastig liet hij zich uit bed glijden en pakte hij de badjas van de haak aan de binnenkant van de badkamerdeur. Toen liep hij de kamer uit, de gang op. Een gevoel van misselijkheid bekroop hem. Wat deed Marigold in het holst van de nacht bij de receptie? Voelde ze zich niet lekker? Waarom had ze hem niet wakker gemaakt? Ongeduldig wachtte hij op de lift. Het leek een eeuwigheid te duren. Zijn hart bonsde in zijn keel. Marigold zat in de problemen!

Toen hij uit de lift stapte lag de receptie er verlaten bij. Dodelijk ongerust keek hij om zich heen. Daar zat ze, op een van de blauwe banken. Doodsbleek, handenwringend, in haar nachtjapon. De tranen stroomden over haar wangen. De receptionist zat naast haar en probeerde haar tevergeefs te kalmeren.

Toen ze Dennis in de gaten kreeg, schoot Marigold overeind en rende als een klein meisje naar hem toe. 'O, Dennis!' verzuchtte ze opgelucht. 'Wat ben ik blij dat je er bent!'

‘Goldie! Wat doe je hier?’ Hij sloeg zijn armen om haar heen. Toen hij voelde hoe ze beefde, raakte hij nog meer in paniek. Zo had hij haar nog nooit meegemaakt.

De receptionist kwam zichtbaar opgelucht naar hen toe. ‘Ze zei dat ze naar huis wilde. Volgens mij wist ze niet waar ze was.’

‘Dank u wel,’ zei Dennis. ‘Ze was waarschijnlijk aan het slaapwandelen. In het vervolg zal ik de deur op slot doen.’

Hij loodste haar terug naar hun kamer en stopte haar in bed. ‘Gaat het nu weer een beetje, Goldie?’

Ze keek verbijsterd naar hem op. ‘Ik wist niet waar ik was.’

‘Dat geeft niet. Volgende keer moet je me wakker maken.’

Ze knikte. ‘Maar ik wist niet waar je was.’

‘Ik lag naast je.’

‘Echt waar?’

‘Ja.’

Met een zucht sloot ze haar ogen. ‘Morgen ben ik weer helemaal de oude.’

‘Natuurlijk, Goldie. Dan gaan we op verkenning uit, en onderweg zoeken we een gezellige pub voor de lunch.’

‘Ja, dat lijkt me leuk!’

Dennis keek naar haar toen ze in slaap was gevallen. Ze zag er tevreden en ontspannen uit. Alle angst was uit haar gezicht verdwenen.

Maar Dennis kon zijn bezorgdheid niet zo gemakkelijk van zich afzetten. Hij haalde een flesje whisky uit de minibar, schonk de inhoud in een glas en liep ermee naar buiten, het balkon op. Een ronde maan stond stralend aan de hemel, als de kristallen bol van een waarzegster, en schilderde een baan van zilver op de golven, als een magisch pad naar de hemelpoort. Hij leunde op de reling en nam een grote slok. De whisky verwarmde zijn keel en kalmeerde zijn zenuwen. Marigold ging achteruit. Dat viel niet te ontkennen. En het tempo waarin ze achteruitging, werd steeds hoger. Het was niet alleen de vergeetachtigheid. Alles wat ze deed, ging langzamer. Haar bewegingen, haar spraak, haar vermogen om zich te concentreren. Ze was vaak verstrooid en dromerig. Tot voor kort was ze verbaal altijd sterk geweest, maar nu moest ze soms zoeken naar de simpelste woorden. Voor zijn puzzels had ze vroeger maar een paar dagen nodig gehad. De puzzel van vorige kerst was de beste die hij ooit had gemaakt. Tenminste, dat had hij gedacht. Maar het tegendeel bleek het geval te zijn. De puzzel lag nog steeds op de tafel in de zitkamer. Onafgemaakt. Als een metafoor voor wat er in haar hoofd gebeurde. Maar in haar geval zouden de stukjes nooit meer op hun plaats worden gelegd.

Met een diepe zucht keek hij om zich heen, naar de zilveren schoonheid van de nacht. In zijn verbeelding zag hij dat alles door de ogen van Marigold, en hij glimlachte van vertedering. In gedachten hoorde hij haar stem terwijl ze hem wees op de golven die glinsterden in het maanlicht, op de sterren die schitterden aan de indigoblauwe hemel, op de enorme ronde maan die zo dichtbij leek dat het was alsof ze haar konden aanraken. Marigold zag in alles iets betoverends. Dat was een van de redenen waarom hij zo van haar hield. Haar vermogen om in alles iets goeds, iets moois te zien. Zou ze ook in haar huidige situatie nog in staat zijn de zon te zien die achter de wolken scheen? Hem lukte dat niet, hoe hij ook zijn best deed. Hij nam opnieuw een grote slok whisky.

De volgende morgen wist Marigold niets meer van haar middernachtelijke avontuur. Zodra ze wakker werd, liep ze enthousiast naar het raam. 'Het is weer een prachtige dag, Dennis! Wat gaan we doen?'

'We gaan de omgeving verkennen. Volgens mij moet hier vlakbij een ruïne zijn van een kasteel.'

'Ik ben dol op ruïnes.'

'Ik ook.'

Dennis zette het drama van die nacht uit zijn hoofd. Dit moest een bijzondere dag worden. Voor hen allebei. Zo vaak gingen ze er niet tussenuit, en misschien was dit wel de laatste keer. Dus hij zou ervoor zorgen dat deze vakantie onvergetelijk werd.

Taran belde Daisy bijna elke dag. Hij wilde weten hoe het met zijn moeder ging. Of hij had gegevens nodig die alleen in de studeerkamer van zijn vader te vinden waren. Maar Daisy had al snel in de gaten dat het smoesjes waren om met haar te kunnen praten. Meestal gingen hun gesprekken over niets in het bijzonder, maar hij begon steeds vaker over zijn vader, en geleidelijk aan sprak hij steeds uitvoeriger over zijn verlies, over zijn gevoelens. Daisy voelde zich gevleid. Ze besefte inmiddels allang dat ze hem verkeerd had beoordeeld. Dat hij een product was van zijn afkomst en zijn opleiding. De emoties waren er wel degelijk, hij wist alleen niet hoe hij ze moest uiten.

Ze vermoedde dat hij met zijn knipperlichtrelatie niet over zijn vader kon praten. Anders zou hij háár niet steeds bellen.

'Die jongen belt vaak, hè?' Nana keek televisie in de zitkamer, Daisy zat voor het raam wat te schetsen. Het was te heet om buiten te zitten, en Nana keek graag naar quizprogramma's, vooral als ze de antwoorden eerder wist dan de deelnemers.

'Taran? Ja, omdat hij gegevens nodig heeft voor de afwikkeling van de erfenis. Bovendien wil hij weten hoe het met zijn moeder gaat.'

'Ik had eigenlijk verwacht dat Lady Sherwood meer dan genoeg mensen om zich heen had om haar te helpen. Op zo'n grote boerderij is altijd een hoop te doen.'

'Ze heeft alleen Sylvia.'

'Aha, Sylvia. Het toonbeeld van discretie.'

'Tja, ze is niet bepaald discreet, hè?'

'Sir Owen had zijn hele bezit al aan Taran geschonken, want hij hoopte dat hij nog minstens zeven jaar te leven had. Dan had Taran geen successierechten hoeven te betalen. Vraag me niet hoe het zit, ik snap niks van al die belastingregeltjes, maar zo schijnt het te werken. Hoe dan ook, helaas gooiden de mollen van de Commodore roet in het eten. En nu zal die arme Taran het landgoed waarschijnlijk moeten verkopen. Want reken maar dat de fiscus hem een poot uitdraait.'

Daisy legde haar houtskool neer. 'Heeft Sylvia u dat verteld?'

'Nee, dat heeft Sylvia aan Eileen verteld. En die heeft het weer aan mij verteld.'

'De geruchtenmolen van het dorp is buitengewoon efficiënt.'

Nana grinnikte. 'Je weet niet half hóé efficiënt.'

'Hoezo? Wat hebt u nog meer gehoord?'

'Dat hij de boel aan een projectontwikkelaar gaat verkopen. Er zouden zich al geïnteresseerden hebben gemeld. En de bouwvergunning zal geen probleem zijn, want de gemeente zit te springen om nieuwe woningen. De meest voor de hand liggende plek voor nieuwbouw is hier, pal achter het hek.'

Daisy beet op haar lip. 'Laten we voorlopig nog maar niks tegen papa en mama zeggen. Als het inderdaad zover komt, is het nog vroeg genoeg.'

'In dat geval zullen we moeten verhuizen.'

'Nana!'

'Ja, natuurlijk! Met al die herrie kunnen we hier niet blijven wonen. Ik zou stapelgek worden. Ik ben oud en broos. Op mijn leeftijd heeft een mens rust nodig.'

'Maar mama kán niet verhuizen. Ik heb het gegoogeld. Mensen die lijden aan dementie, moeten zo lang mogelijk in hun vertrouwde omgeving blijven. Een verhuizing is wel het ergste wat ze kan overkomen.'

'Je moeder is niet dement,' zei Nana met een verbeten trek om haar mond.

'Hoe weet u dat zo zeker?'

Nana sloeg haar armen over elkaar en stak haar kin naar voren. 'Dokters vergissen zich voortdurend, en op het resultaat van die scan viel nog wel het een en ander af te dingen. Dementie is moeilijk vast te stellen. En wat die klinisch psycholoog betreft, daar heb ik al helemaal geen vertrouwen in!'

'Caroline Lewis is een autoriteit binnen haar vakgebied.'

'Trouwens, wat ís een klinisch psycholoog eigenlijk precies?'

'Volgens mij maakt de diagnose nauwelijks meer uit. Er is toch niks wat ze voor haar kunnen doen.'

'Ze is bijna zeventig, Daisy. Op die leeftijd worden mensen vergeetachtig. Dat is normaal.'

Daisy had geen zin in wéér een discussie. Nana weigerde simpelweg te accepteren dat haar dochter achteruitging.

'Ze moeten tegenwoordig overal een etiket op plakken. Zelfs bij de kleinste afwijking wordt er een diagnose gesteld, een etiket geplakt, een therapie voorgeschreven. Dat komt allemaal overgewaaid uit Amerika. Iedereen heeft wel wat. Dyslexie. Autisme. Asperger. Alzheimer. Dementie. Maar mensen zijn mensen. Niet iedereen is hetzelfde. Marigold begint gewoon onzeker te worden. Aarzelend. Zo simpel is het. Vroeger zeiden we dan dat je een dagje ouder werd. Maar als jullie je beter voelen door er een etiket op te plakken, ga vooral je gang.'

'Ik hoop dat ze genieten,' zei Daisy om het over iets anders te hebben.

'Tja, je kunt hier natuurlijk nooit op het weer vertrouwen. Je opa en ik zijn eens naar Spanje geweest. Daar hadden we elke dag mooi weer. Altijd zon, altijd lekker warm. Het was volmaakt. Ik heb zo'n idee dat Marigold en Dennis het met het weer hebben getroffen, maar er gaat niets boven het buitenland.'

Daisy pakte haar houtskool weer op en luisterde niet meer toen Nana begon te vertellen over een vakantie op Cyprus. Haar gedachten gingen naar Taran, naar de projectontwikkelaars aan wie hij het landgoed blijkbaar wilde verkopen. Er moest een manier zijn om hem tot andere gedachten te brengen. Misschien moest ze hem vertellen wat er met haar moeder aan de hand was, in de hoop dat hij op zijn beslissing zou terugkomen. Ze verwachtte er niet veel van, maar het was het enige wat ze kon bedenken.

Haar telefoon trilde toen er een appje binnenkwam. IK MIS JE, MARGHERITA.

Deze keer had Luca een foto meegestuurd. Een foto van hen samen. Lachend. Met de armen om elkaar heen. Toen ze nog gelukkig en onbezorgd waren. Voordat zij was gaan beseffen dat ze hem niet kon veranderen. Voordat zij was gaan beseffen dat ze zo niet verder wilde.

Nana's stem klonk ver weg terwijl Daisy naar de foto staarde. Wat een dwazen, dacht ze verdrietig. Wat een stel koppige dwazen.

22

Dennis en Marigold hadden het heerlijk gehad, zo bleek bij hun thuiskomst. Daisy zette water op, en ze gingen gevieren om de keukentafel zitten, terwijl Dennis vertelde hoe het weekend was verlopen. Alles kwam aan bod, behalve dat Marigold midden in de nacht aan het dwalen was geslagen. Dat vertelde hij aan niemand, had hij besloten. Want dat zou Marigold niet willen, ook al was ze het zelf alweer vergeten.

Suzes afwezigheid was duidelijk voelbaar. De balans in huis leek zoek zonder haar. Iedereen was er allang aan gewend dat Daisy weer thuis woonde, maar dat kon het ontbreken van Suze niet goedmaken. Ze misten haar lach, haar grappige opmerkingen. En ze misten zelfs haar gemopper.

'Hebben jullie nog iets van Suze gehoord?' vroeg Marigold.

'Nee, die heeft het blijkbaar te druk met getrouwd zijn,' antwoordde Daisy een beetje hatelijk.

'Is ze helemaal niet langs geweest?' vroeg Dennis verrast. 'Had ze niks nodig?'

'Blijkbaar niet. Ze heeft nu Ticky's moeder om voor haar te wassen en te strijken. Maar ik zal haar eens bellen.'

'Ik heb tegenwoordig nogal moeite met telefoneren,' zei Marigold. 'Vraag of ze langskomt voor een kop thee. Ik ben zo benieuwd hoe het gaat. Bovendien wil ze vast wel weten hoe we het hebben gehad. Het was echt een geweldig idee van Dennis, dat hotel.'

Dennis zocht oogcontact met Daisy. Die begreep dat ze haar moeder niet moest tegenspreken.

Nana zag het niet. 'Dat weekendje weg was een idee van Daisy en Suze.'

'Echt waar?' Marigold bloosde. 'Ach ja, natuurlijk,' zei ze toen snel. 'Dat bedoelde ik ook. Dat het geweldig was van Daisy en Suze. We hebben het heerlijk gehad, hè, Dennis?'

'Nou en of, Goldie.' Dennis glimlachte stralend, zonder ook maar iets te laten merken van zijn ergernis over Nana's tactloosheid.

'Het was hun kerstcadeau voor jullie,' vervolgde die. 'Je hebt vast en zeker diep in de buidel moeten tasten, Daisy. Ik kan me tenminste niet voorstellen dat Suze er veel aan heeft bijgedragen.'

'Jawel hoor,' loog Daisy. 'We hebben de kosten eerlijk gedeeld.'

'Het is me een raadsel hoe ze haar geld verdient,' vervolgde Nana. 'Ze zou een echte baan moeten zoeken.'

Haar moeder raakte haar geheugen kwijt, en Nana viel voortdurend in herhaling. Daisy vroeg zich af of Suze dáárom niet meer thuiskwam. Of ze hen ontliep.

Suze wilde niet naar huis. Ze besefte dat het niet aardig was, dat haar ouders haar misten. Maar ze wist niet hoe ze zich tegenover haar moeder een houding moest geven. Marigolds toestand maakte haar bang. Ze ontliep haar liever dan te moeten toezien hoe haar moeder steeds verder achteruitging.

Het was egoïstisch van haar. Maar daar kon ze niets aan doen. Het was de schuld van haar ouders. Die hadden haar zo gemaakt. Ze wist niet beter of haar moeder zorgde voor háár. Dat de rollen nu werden omgedraaid, was iets waar ze niet mee overweg kon. Met het vooruitzicht dat zíj in de nabije toekomst voor haar moeder zou moeten zorgen. Ze was er nog niet klaar voor dat zíj de rol van de volwassene zou moeten spelen in hun relatie. Want ook al was ze nu getrouwd, ook al woonde ze bij haar schoonouders in, ze wilde niet dat er ook maar iets veranderde aan de verhouding tussen haar en haar moeder. Ze wilde kunnen blijven rekenen op haar ouderlijk huis. Op de steun van haar moeder wanneer ze die nodig had. Op haar luisterend oor wanneer ze haar hart moest luchten. Op haar vertrouwen en haar aanmoediging wanneer ze zich onzeker voelde. Suze wilde gewoon dat Marigold de moeder bleef die ze altijd was geweest. Maar van nu af aan had ze niets meer te willen.

En dan was Daisy er ook nog. Daisy die alles kon waarin Suze tekortschoot. Daisy die altijd opgewekt was en nooit driftig, nooit chagrijnig. Iedereen was altijd vol lof over Daisy. Maar wanneer het over háár ging, rolden ze met hun ogen, dacht Suze somber. Daisy wist hoe ze voor hun moeder moest zorgen. Daisy was geduldig, meelevend, een en al plichts- en verantwoordelijkheidsbesef. Allemaal eigenschappen die Suze niet bezat. En die ze ook nooit nodig had gehad. Daisy deed alles, en ondertussen kon zij de rol van toeschouwer spelen.

Voor Suze betekende Marigolds dementie het afscheid van haar jeugd. Ze zou eindelijk volwassen moeten worden.

Ticky was op zoek naar een appartement in de stad, naar een eigen plek voor hen samen. Suze werd er een beetje zenuwachtig van. Een eigen plek bracht ook verantwoordelijkheden met zich mee. Ze was het niet gewend zelf haar rommel op te ruimen, om te wassen en te strijken, om te koken. Vooral dat laatste vond ze afschuwelijk. Het was niet zo dat ze het allemaal niet kon, ze had gewoon een hekel aan het huishouden.

En als er kinderen kwamen? Wat dan? Wie moest haar dan helpen als Marigold dat niet meer kon? Suze mocht haar schoonmoeder graag, maar ze was niet zo gezellig, niet zo moederlijk, niet zo gul en ruimhartig als Marigold. Haar schoonmoeder had het druk met haar werk als lerares. De hoeveelheid huiswerk die ze moest nakijken, was verschrikkelijk. De moed zonk Suze in de schoenen toen ze besefte dat haar moeder onvervangbaar was.

Ze had haar niet gebeld, omdat ze van Daisy had gehoord dat hun moeder telefoneren verwarrend vond. Om een voor Suze onbegrijpelijke reden was Marigold niet in staat haar stem te herkennen en het gesprek te volgen wanneer ze haar niet kon zien. Zo kwam het dat ze al een paar weken geen contact hadden gehad. En omdat Suze zich daarover schuldig voelde, had ze de telefoontjes van haar zus genegeerd. Ze had haar familie buitengesloten met het excuus dat ze het druk had met haar blog, met de artikelen die ze schreef, en met getrouwd zijn. Terwijl dat laatste weinig verschilde van verloofd zijn, gebood de eerlijkheid haar toe te geven.

Ze was dan ook niet echt verbaasd toen Daisy onaangekondigd op de stoep stond. 'Laten we ergens koffie gaan drinken,' stelde ze voor.

Omdat Daisy haar had betrapt op pantoffels en met de *Vogue* onder haar arm, kon Suze moeilijk weigeren.

In het café namen ze een tafeltje bij het raam. Op de stoep ruzieden reusachtige meeuwen om een ijshoorntje. 'Het lijken wel honden. Zo groot zijn ze,' grapte Suze, in de – vergeefse – hoop een glimlach op het gezicht van haar zus te toveren. Nadat ze een caffè latte had besteld, begon ze aan de afbladderende vuurrode nagellak op een duimnagel te peuteren.

Daisy bestelde een espresso. 'Waarom ben je al zo lang niet thuis geweest?' Ze keek haar zus strak aan.

Suze schrok van haar harde toon en kromp ineen onder haar verwijtende blik. 'Ik heb het druk gehad,' antwoordde ze kortaf. In een stilzwijgende krachtmeting zochten haar ogen die van Daisy.

'En waarom negeer je mijn telefoontjes? Niemand heeft het te druk om een appje te sturen of om de telefoon op te pakken. En jij al helemaal niet. Je zit je hele leven op dat ding. Wat is er aan de hand?'

'Niks.' Maar Suze hoorde zelf hoe ongeloofwaardig het klonk.

'Pap en mam willen je vertellen over hun weekendje weg. Over het hotel. Ze hebben het heerlijk gehad. Een beter cadeau hadden we ze niet kunnen geven, zeiden ze. Ben je helemaal niet nieuwsgierig naar hun verhalen?'

Suze wendde haar blik af toen de serveerster hun bestelling kwam brengen. Ze maakte van het moment gebruik om haar gedachten te ordenen. Door het raam zag ze dat de meeuwen waren weggevlogen, met achterlating van een groot stuk van de ijshoorn. In een stadje als dit was honger iets wat meeuwen niet kenden.

Ze besloot dat het zinloos was haar angsten voor Daisy verborgen te houden. Die zou niet rusten voordat ze alles uit haar had getrokken. 'Ik weet er gewoon niet zo goed raad mee.'

'Met mams ziekte?'

'Ik heb het gegoogeld. Blijkbaar is het geen ziekte, maar een verzamelnaam voor stoornissen.'

'Dat doet er nou niet toe. Je weet best wat ik bedoel.'

Suze slaakte opnieuw een zucht, nam een slok koffie, en toen ze haar zus weer aankeek glinsterden haar ogen vochtig en stond er angst in te lezen. 'Sorry. Ik heb het er moeilijk mee dat mam zo achteruitgaat. Dat kan ik niet aan.'

'Hoezo, je kunt het niet aan? Het gaat niet om jou. Mam heeft je nodig. Ze heeft ons allemaal nodig. Je kunt haar toch niet in de steek laten, alleen omdat je het moeilijk vindt? Als familie zorg je voor elkaar. Mam heeft je hele leven voor jou gezorgd. Nu ben jij aan de beurt.'

'Dat weet ik. En ik voel me zo'n loser. Ik kan mezelf wel slaan.'

Daisy beet op haar tong. Het was typisch Suze om te zwelgen in zelfbeklag. 'Je bent geen loser.' Ze dwong zichzelf geduldig te blijven. 'Maar je moet wel je verantwoordelijkheid nemen.'

'Dus ik ben een egoïst?'

Dat was ook weer typisch Suze. Om haar woorden in de mond te leggen die ze niet had gebruikt.

'Dat zeg ik niet. En nogmaals, het gaat niet over jou. Ik ben ook bang. We zijn allemaal bang. We vinden het allemaal verschrikkelijk om te zien hoe mam achteruitgaat, maar we kunnen haar niet in de steek laten. Ze heeft ons hard nodig. Ze heeft altijd voor ons klaargestaan, en nu heeft zij óns nodig.'

Er biggelde een traan over Suzes wang. Ze veegde hem weg. 'Maar dementie is afschuwelijk. Er komt een dag, dan weet ze niet meer wie we zijn. Dan kent ze haar eigen dochters niet meer. En uiteindelijk vergeet ze hoe ze adem moet halen. Dan gaat ze dood,' zei ze met een klein stemmetje. 'Ik kan het niet verdragen om haar te zien lijden.'

Daisy's keel werd dichtgesnoerd, en ook zij moest vechten tegen haar tranen. ‘Zover is het nog lang niet,’ zei ze zacht. ‘Daar moet je gewoon niet aan denken. Weet je nog wat opa altijd zei?’

‘Opa zei zo veel.’

‘“Wat is er mis met nu?” Dat zei hij.’

Suze beet op haar lip. ‘Wat daar mis mee is? Álles! Onze moeder lijdt aan dementie.’

‘Nee. Dat zie je verkeerd. Op dit moment zitten jij en ik aan een kop koffie in een gezellig café. Het gaat erom dat je leeft in het moment en je niet druk maakt over de toekomst. Op dit moment weet mam nog wie je bent. Op dit moment is ze het grootste deel van de tijd volkomen normaal. Ze mist je. Pap mist je. Zelfs Nana mist je. Ze is onmogelijker dan ooit. Ik heb je nodig. Waarom kom je niet langs voor een kop thee? Dan zeg je maar dat je voor Ticky moest zorgen. En dat je het daar erg druk mee hebt gehad. Dat zal Nana als muziek in de oren klinken.’

Suze slaagde erin een vluchtige grijns te produceren. ‘Het is eerder andersom, vrees ik.’

‘Dat weet ik.’ Daisy grijnsde terug. ‘Trouwens, dat weten we allemaal, zelfs Nana. Maar het klinkt goed.’

Toen Suze weer een zucht slaakte, wist Daisy dat de boodschap was doorgedrongen.

‘Goed dan. Ik kom vanmiddag op de thee.’

‘Fijn. Daar zal mam erg blij mee zijn.’

‘Kunnen we het dan nu over iets anders hebben?’

‘Natuurlijk. Je zegt het maar.’

‘Ben je nog iets opgeschoten met Taran?’

‘Over het landgoed?’

‘Ja. Ook. Maar heb je hem al gezoend?’ Suzes grijns werd breder.

‘Hij zit in Toronto, en ik ben nog niks opgeschoten. Niet met het landgoed. En niet met het zoenen. Maar ik heb maar één prioriteit.’

‘Het zoenen.’

‘Nee, het landgoed.’

‘Als ik jou was, zou ik proberen twee vliegen in één klap te slaan.’

Toen Marigold die middag met Dennis en Nana buiten zat – de vogels zongen, de schaduwen werden langer en kropen over het gras – kwam Suze de tuin in lopen, samen met Daisy. Dennis begon te stralen. 'Suze! Dat is lang geleden!'

Marigold kon zich niet herinneren wanneer ze haar jongste dochter voor het laatst had gezien. 'Wat fijn dat je er bent.' Ook zij straalde.

'Ik moet tegenwoordig voor mijn echtgenoot zorgen. Daar heb ik het erg druk mee.'

Nana knikte goedkeurend, precies zoals Daisy had voorspeld.

'Sterker nog, een echtgenoot betekent een volledige baan,' vervolgde Suze. 'Die mannen zijn allemaal verwend door hun moeder. Als ze trouwen, dan neemt hun vriendin die rol over. En dan verwachten ze nog steeds dat alles voor ze wordt gedaan.'

'Kom, kom. Zo erg zal het toch niet zijn?' Daisy trok een tuinstoel bij.

'Nou en of,' verklaarde Nana resoluut. 'Het klinkt allemaal leuk en aardig, de jonge vrouwen van tegenwoordig die beweren dat ze het huishouden delen met hun man. Maar het is gewoon niet waar. Mannen kunnen niet met de stofzuiger en de wasmachine overweg. Dat zit niet in hun DNA, en je kunt een patroon van duizenden jaren niet zomaar veranderen. Je opa heeft nooit geleerd om borden in de vaatwasser te zetten, en volgens mij heeft jullie vader dat ook nooit gedaan. Als Atticus de vaatwasser inruimt, dan verf ik mijn haar roze!'

'Pas op wat je zegt,' zei Dennis. 'Een man als Ticky weet heel goed hoe hij zich in het huishouden nuttig kan maken.'

Suze ging naast haar moeder zitten. 'Hoe is het, mam?' vroeg ze, en ze probeerde de subtiele veranderingen te negeren die haar moeder had ondergaan. Wie Marigold niet kende, zou niets in de gaten hebben. Maar voor Suze was de afwezige uitdrukking op haar moeders gezicht ronduit verontrustend. Zo kende ze haar niet.

'Heel goed, kindje,' antwoordde Marigold met een wazige glimlach.

'Hoe vond je het hotel?'

Het bleef geruime tijd stil terwijl Marigold probeerde te begrijpen wat haar was gevraagd. Iets over een hotel. Maar welk hotel?

Dennis kwam tussenbeide. Hij was het inmiddels gewend dat hij Marigold te hulp moest komen wanneer haar geheugen haar in de steek liet. 'We zijn in dat heerlijke hotel aan de kust geweest. Weet je nog, Goldie? Alles was er wit met blauw. Dat vond je zo mooi.'

Marigold vernauwde haar ogen tot spleetjes. Het was duidelijk dat hun weekendje weg door de mist in haar hoofd was opgeslokt. Maar ze glimlachte, in een poging de schijn op te houden dat ze het nog wist.

'We hebben over het strand gelopen, we zijn uit eten geweest. De wijn was uitstekend, net als de bediening. Het was een schitterend cadeau.' Hij keek Daisy en Suze aan. 'Echt waar. Het was geweldig.'

'Ja. Het was erg lief van jullie,' viel Marigold hem bij. Ze werd er steeds handiger in niets te laten merken wanneer ze zich iets niet kon herinneren.

Dennis keek Suze aan. 'Vertel! Hoe is het leven als getrouwde vrouw? En hoe gaat het met Ticky in zijn...'

'Atticus,' viel Nana hem in de rede. 'Zo'n idiote bijnaam past niet bij een respectabele getrouwde man. Ook al heeft Suze die naam op haar schouder laten tatoeëren!'

Marigold schoot overeind. 'Suze? Heb je een tatoeage?' vroeg ze verbijsterd.

Suze zocht in paniek de blik van haar zus. Dit gesprek hadden ze toch al gevoerd?

'Ja, mam. Die heeft ze laten zetten voor het huwelijk,' antwoordde Daisy.

'En toen zei ik nog dat ze nooit meer van hem kon scheiden,' vulde Nana aan. 'Omdat ze nooit meer een tweede man zou vinden die ook Ticky heet. Dus ik hoop dat je er geen spijt van krijgt, Suze.'

Daisy keek Suze aan en grijnsde. Met hun oma die alles herhaalde en hun moeder die alles vergat, was de situatie bijna komisch. En misschien was dat de beste manier om ermee om te gaan: de humor ervan inzien.

Daisy schudde lachend haar hoofd. En Suze viel haar opgelucht bij. Dennis keek van de een naar de ander en begon te grinniken. 'Wat is er zo grappig, meisjes?'

'Nana herhaalt alles.' Daisy keek Nana aan, in de hoop dat die niet beledigd zou zijn.

'Is dat zo?' vroeg ze wantrouwend. 'Ik geloof er niets van.'

Daisy knikte. 'Echt waar.' Ze waagde het erop. 'En mam vergeet alles.' Met een liefdevolle glimlach pakte ze haar moeders hand.

Marigold glimlachte terug, gerustgesteld door de blik in de ogen van haar dochter. 'Ja, dat is misschien inderdaad wel grappig,' zei ze zacht.

Nana stak haar kin naar voren. 'Nou ja, we worden nu eenmaal een dagje ouder. Dus het zou jullie niet moeten verbazen.'

Toen lachten ze allemaal. Zelfs Nana, zij het als een boer met kiespijn.

'Wat zei opa ook alweer?' vroeg Suze.

'"Wat is er mis met nu?"' antwoordde Marigold prompt.

De anderen keken haar verrast aan.

'Ik denk niet dat ik dát ooit vergeet,' vervolgde Marigold, en ze keek dankbaar de kring rond. 'En nu we het er toch over hebben, er is niets mis met nu!'

23

Op het bankje aan de rand van het bos liet Daisy haar blik over de velden gaan. Het was eind augustus, een warme middag. Rafelige wolken hingen roerloos aan de hemel, daaronder vloog een zweefvliegtuig in volmaakte stilte zijn rondjes, sierlijk als een vogel. Mordy de labrador lag aan Daisy's voeten, met zijn tong uit zijn bek. Ondertussen schoten de twee spaniëls door de tarwe, achter de fazanten en konijnen aan die daar hun toevlucht hadden gezocht.

Haar gedachten gingen naar Luca. Zijn appjes werden steeds langer, ze kwamen steeds vaker en er sprak steeds meer verlangen uit. Hij miste haar. Konden ze niet tot een compromis komen waar ze allebei mee konden leven? MISSCHIEN KUNNEN WE EEN HOND NEMEN. Een hónd? Daisy schoot in de lach, want de suggestie was te bizar om serieus te worden genomen. En telkens wanneer ze aan Luca dacht, kwam Taran met grote stappen dwingend haar hoofd binnenwandelen.

Maar hij was niet de man om haar hoop op te vestigen. Hij woonde in Toronto, was niet bereid zich te binden – dat had hij min of meer met zo veel woorden gezegd. En het feit dat hij van plan was het landgoed aan een projectontwikkelaar te verkopen, waardoor er pal achter het huis van haar ouders een nieuwe wijk zou verschijnen, maakte een romantische relatie hoe dan ook onmogelijk. Ze kon niets met een man die zoiets liet gebeuren, een man die geld belangrijker vond dan het welzijn van zijn medemens. Sir Owen had zijn geliefde boerderij niet aan zijn zoon nagelaten opdat die het landgoed zou verkopen aan de hoogste bieder. Dat wist ze zeker. En hoe moest het dan met Lady Sherwood?

Waar moest ze heen wanneer het landgoed werd verkocht? Hield Taran dan helemaal geen rekening met zijn moeder?

Daisy was zich bewust van het patroon in haar keuze van mannen. Waarom kon ze niet verliefd worden op een man die dichtbij woonde? Op een man die, net als zij, hield van het platteland? Maar het hart luisterde niet naar rede. Het maakte zijn eigen keuzes, hoe ze ook probeerde daartegenin te gaan. Want ze kon hier niet weg, ze kon haar ouders nu niet in de steek laten. Haar moeder was op dit moment haar eerste prioriteit. Ze had zes jaar in het buitenland gezeten, maar Engeland was haar thuis. En zeker nu haar moeder haar zo hard nodig had, moest ze hier zijn. Daaraan twijfelde ze geen moment.

Mordy tilde zijn kop op en spitste zijn oren. In de veronderstelling dat hij een konijn had ontdekt, volgde ze zijn blik. Tot haar verrassing zag ze dat er iemand kwam aanlopen over het pad. Ze herkende hem onmiddellijk aan zijn bewegingen, aan zijn lange benen. Het was Taran.

Er ging een schok van plezierige opwinding door haar heen. Ze stond op, terwijl Mordy hem al tegemoet rende, op de hielen gevolgd door Archie en Bendico, die in een wilde achtervolging uit de tarwe kwamen aanstormen. Even later sprongen de drie honden enthousiast kwispelend om hem heen. Hij bukte zich om ze te aaien en kwam toen glimlachend naar Daisy toe. Gebruind als hij was, in een spijkerbroek en marineblauw overhemd met opgerolde mouwen, bood hij een ontspannen aanblik en leken zijn ogen nog groener, nog stralender dan anders. Zijn haar krulde over zijn kraag, en er lag een donker waas op zijn kaken. Daisy voelde zich plotseling slecht op haar gemak en wist niet wat ze moest zeggen. Ze kon zich bijna niet voorstellen dat hij ooit had geprobeerd haar te zoenen. En dat zij dat toen zo resoluut had afgewimpeld!

'Hallo, Daisy.' Hij boog zich naar haar toe en gaf haar een prikkerige zoen op haar wang. 'Je ziet er goed uit.'

Ze had een gevoel alsof hij dwars door haar heen keek. 'Ben je net aangekomen?' Ze wenste dat ze die ochtend haar haar had gewassen en zich had opgemaakt. Maar er zat geen zweem van make-up op haar gezicht, en ze droeg haar haar in een rommelige paardenstaart.

Hij zette zijn handen in de zij, ademde diep in door zijn neus en liet zijn blik over de velden gaan. 'Ja, ik ben vanmorgen geland. Het is fijn om weer thuis te zijn.' Hij keerde zich grijnzend naar haar toe. 'Ik hoop niet dat ik je stoor?'

'Nee hoor. Je stoort helemaal niet.'

'Dit is geen bank om in je eentje op te zitten.' Hij liet zich naast haar ploffen.

'Daar dacht je vader heel anders over.'

'Maar nu is het mijn bank.' Hij legde zijn arm achter haar op de leuning. 'En ik geef de voorkeur aan gezelschap.'

'Je honden zijn blij dat je er bent.'

'Het is alsof ze weten dat ze een nieuw baasje hebben. Toen mijn vader nog leefde, zagen ze me niet staan.'

'Ik ben echt aan ze gehecht geraakt. En ik ben vooral dol op Mordy. Hij ligt altijd in de schuur op de bank toe te kijken terwijl ik aan het werk ben.'

'Hoe gaat het? Heb je Rupert af?'

Ze schoot in de lach. 'Rupert is af. Ik ben inmiddels aan Basil begonnen.'

Hij schudde zijn hoofd. 'Basil? Is dat een terriër?'

'Bingo!'

'Grappig. Het is ook echt een naam voor een terriër.' Hij leunde voorover, zette zijn ellebogen op zijn knieën en keerde zich met een ernstig gezicht naar haar toe. 'Bedankt voor alles wat je voor mijn moeder doet. Je bent echt een geschenk uit de hemel.'

'Ik ben blij dat ik iets kan doen. De leegte die je vader heeft achtergelaten moet enorm zijn. Ik kan me niet voorstellen hoe het is om iemand te verliezen met wie je zo lang samen bent geweest. Dus ik probeer ervoor te zorgen dat ze zich althans een heel klein beetje minder alleen voelt.'

'En dat doe je geweldig. Zonder jou was ze de afgelopen maanden niet doorgekomen, zegt ze. En ze zegt ook dat je erg wijs bent. Wijs en een vrouw met inhoud, diepgang. Dat waren letterlijk haar woorden.'

Daisy besloot alle terughoudendheid overboord te gooien. 'Je zou vaker en langer hier moeten zijn. Dat gemis kan ik niet goedmaken. Je bent haar enige kind.'

Hij richtte zich op en harkte met zijn vingers door zijn haar. 'Je maakt dat ik me schuldig voel.'

'Goed zo. Iemand moet het doen.'

Hij grinnikte. 'Je bent de stem van mijn geweten, Daisy Fane.'

'Er gaat niets boven familie wanneer het tegenzit, wanneer het leven zwaar valt.'

'Over familie gesproken, hoe is het met de jouwe?'

Daisy was niet van plan geweest haar zorgen met hem te delen, maar het was eruit voordat ze er erg in had. 'Mijn moeder lijdt aan dementie.'

Taran keek haar verrast aan, maar de blik in zijn ogen verried ook medeleven. 'O, wat erg.' Hij legde een hand op haar schouder. 'Dat moet wel heel zwaar voor je zijn.'

'Ja, dat is het,' gaf ze toe, vechtend tegen het inmiddels vertrouwde besef van een onontkoombaar verlies.

'Hoe lang weten jullie het al?'

'Ach, het is heel geleidelijk gegaan. Al sinds ik terug ben is ze in toenemende mate vergeetachtig geworden. Vergeetachtig, verstrooid, afwezig.'

'Is er ook een definitieve diagnose gesteld?'

'Min of meer. Maar er is hoe dan ook niets aan te doen. We moeten proberen haar zo veel mogelijk te ondersteunen, totdat...' Haar keel werd dichtgesnoerd.

'Totdat?' vroeg hij voorzichtig.

'Totdat het niet meer gaat.'

Hij knikte begrijpend. 'Weet ze het zelf?'

'Ja, ze weet het. Nu nog wel. Ik neem aan dat er een tijd komt dat ze het niet meer weet. En uiteindelijk weet ze helemaal niets meer. Het is een afschuwelijke ziekte. Of eigenlijk is het geen ziekte, maar een verzamelnaam voor symptomen, voor stoornissen.' Ze haalde haar schouders op. 'Nou ja, zo precies weet ik het ook niet.' De tederheid in zijn blik bracht haar in verwarring. Het verraste haar dat een man die ze als arrogant en materialistisch beschouwde, zo empathisch kon zijn. 'Weet je waar ze het gelukkigst van wordt?' vroeg ze, in de hoop te ontdekken dat hij ook een groot hart had. 'Van haar tuin. Ze kent geen grotere vreugde dan haar vogeltjes voeren en uitkijken over de velden. Jouw velden.'

Hij glimlachte nadenkend. 'Ik ben blij dat ze daar zo van geniet.'

'Naarmate haar wereld kleiner wordt, blijven alleen dat soort dingen over. Ze gaat niet meer naar de winkel. Tasha heeft bewezen dat ze het alleen afkan, dat we op haar kunnen rekenen. Misschien was het probleem dat mijn moeder nooit heeft kunnen delegeren. Nu ze de volle verantwoordelijkheid heeft, doet Tasha het geweldig.' Daisy glimlachte wrang. 'Mijn moeder doet nu eenmaal het liefst alles zelf. Of ze deed het liefst alles zelf, moet ik zeggen. Ze nam ons altijd alles uit handen. Nog voordat je de kans kreeg het zelf te doen.' Ze dacht daarbij vooral aan Suze en Nana, maar terwijl ze het zei besefte ze dat haar vader ook niet beter wist of hij werd op zijn wenken bediend. Dat ging nu veranderen. Ze zouden allemaal moeten leren voor zichzelf te zorgen.

Daisy wilde de geruststelling dat het uitzicht waar haar moeder zo van hield, er altijd zou zijn. Maar ze wist niet hoe ze dat aan Taran moest duidelijk maken. Ze wilde niet toegeven dat ze hem had afgeluisterd, en hij had het met haar nooit over zijn erfenis gehad. Trouwens, Lady Sherwood ook niet. Het enige wat ze verder wist, was afkomstig van Eileen. Die het op haar beurt van Sylvia had gehoord. Taran zelf had tegen haar nooit iets gezegd over zijn eventuele plannen. Dus ze kon alleen maar benadrukken hoeveel ze om het landgoed gaf, in de hoop dat haar enthousiasme aanstekelijk zou zijn.

'Mis je je ouderlijk huis wanneer je in Canada bent?'

'Het is grappig dat je dat vraagt. Ik miste het nooit, maar sinds de dood van mijn vader heeft het een andere betekenis voor me gekregen.'

'Heeft het ook méér betekenis voor je gekregen? Omdat je vader erin voortleeft?'

Hij keek haar fronsend aan. 'Ja, misschien wel.' Zijn blik ging naar het land dat zijn vader zo dierbaar was geweest. 'Dit is wat mijn vader heeft nagelaten. Het landgoed. En een zoon. Ik behoor in zekere zin ook tot zijn nalatenschap.' Hij zweeg alsof die gedachte voor het eerst bij hem opkwam. 'Als klein jochie mocht ik met hem mee. Dan zat ik op het dak van de jeep, de honden renden naast de auto, en we gingen "op safari", zoals hij het noemde. Ik zag herten en hazen, konijnen en fazanten. De honden hadden de tijd van hun leven en joegen erachteraan. In de oogsttijd zaten we samen op de motorkap. Dan aten we onze boterhammen en keken we naar de combines die vraatzuchtig de wuivende halmen van gerst en tarwe neermaaiden. Ik herinner me het opwaaiende kaf. Hoe het glinsterde als goud in het zonlicht. Grappig. Daar heb ik in geen jaren aan gedacht.'

'Het klinkt idyllisch.'

'En al die tijd woonde jij in het dorp en kende ik je niet.' Hij keek haar glimlachend aan. 'Met je staartjes.'

'Ik weet zeker dat ik geen staartjes had.'

'Volgens mij wel.'

'Nee, echt niet. Hoogstens knotjes.'

'Staartjes!'

Ze sloeg hem speels op de arm. 'Wat deed je nog meer met je vader?'

'Hij nam me mee over het landgoed, liet me alles zien en probeerde me enthousiast te maken voor het boerenbedrijf. Maar wanneer ik grond zag, dacht ik aan bouwen.'

'Je kunt hier toch niet gaan bouwen?' riep ze uit. 'Dat is zonde!'

'Ik bedoel het niet letterlijk. Niet hier. Maar ik wilde als kind al architect worden. Als klein jongetje bouwde ik in mijn fantasie al huizen. Toen zag ik het ontwerp al voor me. Prachtige huizen die pasten in het landschap.'

Betekende dit dat hij het landgoed niet ging verkopen? Daisy was er nog niet gerust op. ‘En dat bouwen, dat moet per se in Toronto gebeuren? Dat kan niet hier, in Engeland? Dichter bij je moeder?’

‘Het zou wel kunnen, maar...’

‘Je moeder heeft niet het eeuwige leven. Het is zo belangrijk om tijd met haar door te brengen zolang ze er nog is.’ Ze zweeg toen ze zich bewust werd van de gedrevenheid in haar stem. Hij wist dat ze daarbij aan haar eigen moeder dacht. Dat zag ze aan zijn gezicht.

‘Het is goed dat je naar huis bent gekomen, Daisy. En dat je zo veel mogelijk tijd met je moeder doorbrengt.’

‘Ik weet me geen raad als ze er ooit niet meer is,’ zei ze zacht. ‘Ze was er altijd. Ze is het hart van mijn wereld. Van onze wereld. Ze is onze basis. Ons anker. Zonder haar zijn we stuurloos. Het is vreselijk. Een leven zonder haar. Ik kan me er niets bij voorstellen. Sorry dat ik over mezelf begin. Maar ik zie mijn moeder achteruitgaan. En dan zie ik jouw moeder die het zo moeilijk heeft, helemaal in haar eentje. Liefde is zo belangrijk. Dat ben ik nu pas goed gaan beseffen. Ooit zijn ze er niet meer, en dan is het te laat.’

‘Dementie dwingt je om te leven in het moment.’

‘Dat is ook het enige wat ze hebben. De mensen die eraan lijden.’

‘En volgens mij is dat moment nog niet zo slecht.’

‘Wat is er mis met nu,’ zei ze zacht. ‘Dat zei mijn opa altijd wanneer we ons zorgen maakten over de toekomst. Of wanneer we spijt hadden van iets in het verleden. “Wat is er mis met nu, Daisy?” zei hij dan. En hij had gelijk. Daar was niets mis mee. Maar het valt niet mee om in het moment te leven. Je gedachten gaan steeds terug naar het verleden, of ze springen vooruit, en je maakt je zorgen over dingen die nog moeten gebeuren. Herinneringen zijn in staat ons uit het hier en nu te halen, en hetzelfde geldt voor wat in het verschiet ligt en nog onzeker is. Mijn opa maakte zich nooit ergens zorgen over. Hij leefde in het moment. Altijd.’

‘Je opa klinkt als een wijs mens. Pieker niet over de toekomst zolang dat niet hoeft. Verlies het hier en nu niet uit het oog. Laat de werkelijkheid niet verdringen door de toekomst, want je weet nog niet wat die gaat brengen. Daar valt een hoop voor te zeggen. We zouden allemaal een stuk gelukkiger zijn als we in het moment konden leven.'

'En dat probeer ik ook. Ik probeer het echt. Maar ik ben bang voor de toekomst, voor het grote verdriet dat onvermijdelijk gaat komen.'

'En het verleden? Kijk je wel eens achterom?'

Ze wist dat hij op Luca doelde, en haalde haar schouders op. Waarom zou ze hem niet over Luca vertellen? Taran was een goede vriend. Een onwaarschijnlijke vriend. Ze hadden geen relatie. 'Hij heeft contact gezocht. Tenminste, ik neem aan dat je daarop doelt. Op mijn verbroken relatie. Hij wil dat we het nog een keer proberen samen. We zouden wel gek zijn om zoiets moois op te geven, zegt hij.'

Taran schudde zijn hoofd. 'Dat wil je niet. Je wilt het niet nog een keer proberen.'

'Waarom niet?'

'Het is niet voor niks uitgegaan. De enige reden om het weer te proberen, is dat het vertrouwd is, dat je bang bent voor de toekomst.'

'Ik ben niet bang voor de toekomst. Tenminste, niet voor de míjne.' Daisy wist dat het niet waar was. Ze was wel degelijk bang voor haar toekomst. Bang om alleen te blijven. 'Ik ben bang voor de toekomst vanwege mijn moeder. Hoe dan ook, ik ga niet terug naar Italië. Ik blijf hier. Mama heeft me nodig, en ik kan mijn vader ook niet in de steek laten. Ik zou bijna zeggen dat het zo heeft moeten zijn. De breuk in mijn relatie. Dat het lot daar de hand in heeft gehad.'

Taran knikte peinzend.

'En hoe is het met jouw knipperlichtrelatie?' vroeg ze om het over iets anders te hebben. Ze voelde zich niet op haar gemak als ze het over Luca hadden.

'Die bestaat niet meer.' Hij grijnsde. 'Ik heb open kaart gespeeld. Dankzij jou ben ik een beter mens geworden. Zullen we vanavond in de pub afspreken? En als we dronken zijn, samen een nachtwandeling maken?'

'Dat laatste betwijfel ik. Maar de pub klinkt goed.'

Hij stond op. 'Als je een personage was uit een boek, dan was je Elizabeth Bennet.'

'Want? Ik ben verstandig en terughoudend, om niet te zeggen geremd?'

Hij keek grijnzend op haar neer. 'Je bent slim, snel van begrip, en wanneer je wat losser wordt, dankzij een paar borrels, blijkt pas goed hoe fascinerend je bent.'

'Toe maar!' Daisy schoot overeind. Hij volgde haar voorbeeld, ze floten de honden en sloegen het pad in naar de boerderij. 'Gelukkig heb jij niets van Mr. Darcy,' zei ze. 'Want die heeft geen gevoel voor humor.'

'Dat ben ik niet met je eens. Als je hem beter leert kennen, zou hij wel eens heel vermakelijk kunnen zijn.'

'Dankzij een paar borrels,' zei ze scherp.

'Ach, dan gaat het geremde er een beetje af.'

'En dat heb ik nodig, vind je? Dat het geremde er een beetje af gaat?'

'Dat hebben we allemaal nodig. We zitten allemaal veel te veel in ons hoofd. We denken en piekeren veel te veel.'

'Waar pieker jij over?'

Hij glimlachte. 'Dat is geheim.'

'Dus dat ga je me niet vertellen?'

'Nog niet. Misschien later.'

'Na een paar borrels.'

Zijn groene ogen twinkelden met de humor waaraan het Mr. Darcy volgens haar ontbrak. 'Zoals ik al zei, dat haalt het geremde er een beetje af!'

Toen ze de keuken binnenkwamen zat Lady Sherwood met de krant aan het kookeiland. Over de rand van haar bril keek ze hen glimlachend aan. 'Aha. Dus je hebt haar gevonden.' De honden lieten zich hijgend in hun mand ploffen. 'Wil je koffie, Daisy?'

'Nou, ik moet eigenlijk maar weer eens aan het werk.'

'Basil kan best even wachten,' zei Taran. 'Mijn koffie is ongeëvenaard. Hoe drink je hem?'

'Sterk.' Daisy ging naast Lady Sherwood op een kruk zitten. 'Ik heb in Italië gewoond. Het land met de lekkerste koffie van de hele wereld. Maar voel je vooral niet onder druk gezet.'

'Zelfs de Italianen kunnen niet tegen me op.' Taran pakte kopjes uit de kast. 'In Toronto weten we alles van koffie.'

Daisy schoot in de lach.

Even later kwam Taran met twee koppen naar het kookeiland. 'Proef maar. Ik weet nu al wat je gaat zeggen. Dat je nog nooit zulke lekkere koffie hebt gehad.'

Grijnzend bracht ze het kopje naar haar mond.

Hij trok vragend zijn wenkbrauwen op.

Ze knikte. 'Niet slecht. Voor een Canadees.'

'Taran is geen volbloed Canadees,' zei Lady Sherwood met gespeelde verontwaardiging. 'Hij is half-Engels. Ook al wil hij daar niet aan.'

Hij nam een slok van zijn koffie. 'Nog niet. Maar het begint te komen.'

Terwijl hij het zei, ontging het Lady Sherwood niet dat hij alleen maar oog had voor Daisy.

Dennis had de kerk voor zijn modeldorpje af en zat aan de keukentafel het dorpshuis te schilderen toen Daisy thuiskwam. 'Waar is mama?' Ze zette haar tas op een stoel.

'Op de thee bij Beryl.'

'O. Dat is fijn.' Ze was blij dat haar moeder nog dingen ondernam.

'En Nana is bridgen. Ze had er geen zin meer in, mopperde ze. Blijkbaar speelt een van de dames vals. Ik weet niet meer wie. Volgens Nana doen de anderen alsof ze niks in de gaten hebben. Maar integer als ze is, kan Nana daar niet mee leven. Dus ik ben bang dat er ruzie van komt. Dan weet je het maar vast.'

'Het zou me niets verbazen.'

'Ik ben blij dat ik je even alleen spreek.' Dennis legde zijn penseel neer. 'Ik heb eens zitten denken.'

Daisy ging tegenover hem zitten. 'Vertel! Want dat betekent meestal een nieuw project.'

'Hoe raad je het!' Hij aarzelde even, en er kwam een blos op zijn wangen. 'Ik wil een puzzel maken. Voor je moeder.'

'Maar ze heeft de vorige nog niet af,' zei Daisy een beetje verdrietig.

'Ik bedoel een ander soort puzzel. Een puzzel met herinneringen.'

Daisy voelde een steek in haar hart. Ze legde haar hand erop, maar met wrijven ging de pijn niet weg. 'O pap, wat een lief idee,' zei ze toen ontroerd.

'Ze is bang dat ze straks al haar herinneringen kwijt is. Ik heb haar gerustgesteld. Gezegd dat ze die niet nodig heeft, want dat wij ze voor haar bewaren. Voor mij blijft ze altijd Goldie. Voor Suze en jou blijft ze altijd jullie moeder. En voor Nana zal ze altijd Marigold blijven. En ook al herinnert zij zich niet meer alles wat er is gebeurd, wij weten dat nog wel. Dus ik had bedacht om een groot bord met herinneringen voor haar te maken. In de vorm van een puzzel. We zouden er allemaal aan mee kunnen doen,' zei hij zacht. 'Als familie zouden wij de herinneringen uitkiezen, en dan zou jij ze kunnen schilderen.'

'O, pap, dat lijkt me geweldig!'

'Het zou een grote puzzel moeten worden, met grote stukken. Maar ook weer niet te veel. Iets wat ze aankan. Iets om haar aan al het moois in het leven te herinneren. Aan de leuke, de dierbare dingen.'

'Zodat ze die niet vergeet,' voegde Daisy er zacht aan toe.

'En zodat ze weet dat we van haar houden.' Dennis keek naar zijn handen.

Wat zag hij er plotseling verloren uit, dacht Daisy. Als een kind, een radeloze kleine jongen.

'Ze wordt niet meer beter, Daisy,' zei hij schor.

'Ik weet het, pap.'

'Maar we moeten zorgen dat we haar zo lang mogelijk bij ons kunnen houden.'

Ze knikte.

'Zo'n puzzel lijkt me ook een goede manier om haar terug te halen wanneer we het gevoel hebben dat we haar kwijtraken.'

'En wanneer ze hem af heeft, kan ze hem nog eens maken. En dan nog eens. Op die manier traint ze haar hersens en haar geheugen. En het zal haar helpen om te weten wie ze is,' zei Daisy. 'Ze kan die puzzel maken zo vaak als ze maar wil.'

'Het leek me een goed idee om de herinneringen achter op de stukken te zetten. Wat wij als gezin altijd hebben gehad, en wat we nog steeds hebben, is bijzonder. Ik wil dat ze dat weet.'

'Ik vind het een prachtig idee, pap.' De liefdevolle blik die Daisy haar vader schonk, werd vertroebeld door de tranen in haar ogen.

'Ja, dat vind ik ook,' viel hij haar verlegen bij.

Over de tafel heen pakte ze zijn grote, eeltige hand, die plotseling zo kwetsbaar leek. 'Ze zal het geweldig vinden.'

'Ja, dat denk ik ook.' Hij pakte zijn penseel weer op. Zijn oude ogen glansden vochtig. 'En de afbeelding in het midden van de puzzel...'

'Dat moet een kop thee zijn,' viel Daisy hem glimlachend in de rede.

Zijn gezicht klaarde op. 'Precies! Wij met z'n allen om de tafel met een kop thee.'

Daisy veegde haar tranen weg. 'Wanneer beginnen we?'

'Nu meteen. We hebben geen tijd te verliezen.'

En dat was het verdrietige. Ze hadden inderdaad geen tijd te verliezen.

Daisy was nog altijd ontroerd toen ze naar de pub liep. De zon ging onder en dompelde de ragdunne wolken aan de hemel in het westen in een roze gloed. Ze zagen eruit als fraai gevormde veren die langzaam voorbijtrokken. Marigold was in een opperbeste stemming thuisgekomen. Ze had het erg gezellig gehad bij Beryl. Die had haar oude fotoalbums tevoorschijn gehaald. Met het verre verleden had Marigold geen moeite. Ze vond het heerlijk om herinneringen op te halen aan toen ze nog jong was; om terug te gaan naar een tijd toen het leven nog gewoon zijn gangetje ging, toen ze nog niet werd gekweld door angst en twijfel. Later had Beryl de Commodore en Phyllida, Cedric en Dolly en Eileen op de thee gevraagd. Ze hadden het over vroeger gehad, toen Reg het pompstation beheerde, toen er in het dorp nog een afdeling was van de padvinderij, en toen er in het dorpshuis nog regelmatig een thé dansant werd gegeven.

Daisy had het hartverwarmend gevonden om haar moeder zo gelukkig te zien.

Daarna was Nana thuisgekomen. Hevig mopperend. Ze had de valsspeler de deur gewezen. Die had alles ontkend, maar Nana had geweigerd haar te geloven. Met als gevolg dat ze nu op zoek moest naar een vervanger om het viertal weer compleet te maken. Dennis had haar een glas sherry ingeschonken en de televisie aangezet. Daarna was hij bij Marigold aangeschoven, aan de tafel in de zitkamer, om haar met de puzzel te helpen. Toen Daisy de deur uit ging, waren ze alweer een eindje opgeschoten. Wat is er mis met nu, hield ze zichzelf voor. Niets. Helemaal niets. Op dit moment was alles dik in orde.

Toen ze de pub binnenkwam, zat Taran al aan de bar. Hij droeg een wit overhemd op zijn spijkerbroek en schonk haar een brede glimlach. Ze kreeg op slag vlinders in haar buik. Hij zag er fantastisch uit. Maar de band die tussen hen was ontstaan, ging verder dan uiterlijkheden. Ze waren vrienden geworden. Echte vrienden.

Deze keer bestelde ze een glas wijn, en ze nam zich voor niet te veel te drinken. Ze gingen aan een tafeltje in een hoek zitten en bestelden ook iets te eten. Zonder besef van tijd, blind en doof voor hun omgeving, hadden ze alleen maar oog voor elkaar. Daisy koesterde zich in Tarans gezelschap. Door de manier waarop hij naar haar keek, voelde ze zich op-en-top vrouw; zijn warme, tedere blik gaf haar het gevoel dat ze bijzonder was. Bovendien maakte hij haar aan het lachen. Dankzij zijn humor kon ze haar zorgen althans even vergeten, en het was heerlijk om plezier te maken terwijl ze reden genoeg had tot somberheid. Tegen de tijd dat ze weer buiten stonden, was het al donker. De volle maan dompelde velden en bossen in een zilveren gloed. Toen ze het landweggetje insloegen en hij haar hand pakte, voelde dat niet vreemd.

Bij het bankje gekomen gingen ze zitten en sloeg hij een arm om haar heen. 'Je vroeg waar ik over piekerde.'

'Ja. En dat was geheim. Ga je het me nu vertellen?'

'Ja.'

Ze keerde zich naar hem toe.

'Ik was met mijn gedachten bij deze bank. En ik stelde me voor dat ik hier weer zou zitten, samen met jou, midden in de nacht. Maar dan nuchter.' Toen hij zag dat ze haar wenkbrauwen fronste, streek hij een lok haar achter haar oor. 'Je dacht dat ik dronken was. Maar dat was ik niet. Ik wilde je zoenen, en dat wil ik nu weer. Of ik nou drank opheb of niet, ik wil je gewoon zoenen.'

Daisy hield haar adem in.

Hij zei niets meer, schoof zijn hand onder haar haar en tikte speels haar neus aan met de zijne. Ze liet het gebeuren, trok haar hoofd niet weg. Toen vonden zijn lippen de hare en kuste hij haar.

Ze sloot haar ogen. *Wat is er mis met nu?*

24

Dennis was in zijn schuur bezig met de luiken voor Marigold toen er werd geklopt. Mac, die op de vensterbank zat in het warme zonnetje, tilde wantrouwend zijn kop op. De deur ging open, en Eileen stak haar hoofd om de hoek.

'Hallo, Eileen.' Dennis keek op van zijn werkbank.

Eileen glipte naar binnen en trok de deur achter zich dicht. 'Fijn dat ik je tref, Dennis.' Een beetje schuldbewust klemde ze haar tas tegen zich aan.

'Wat kan ik voor je doen?' Hij was het niet gewend dat mensen bij hem in zijn schuur langskwamen.

'Het gaat om Marigold.'

Hij trok zijn wenkbrauwen op.

'Ik hoorde dat je een puzzel gaat maken. Een puzzel met haar herinneringen.'

'Van wie weet je dat?' vroeg Dennis verbaasd. Hij had het er alleen met Daisy over gehad.

'Van Sylvia.'

'Van Sylvia?' Dennis werd steeds verbaasder. 'Hoe weet *zíj* van de puzzel?'

'Ik neem aan dat Daisy het aan Taran heeft verteld. Die zal het wel tegen zijn moeder hebben gezegd, en toen heeft Lady Sherwood het aan Sylvia verteld. En ik heb het weer van haar gehoord. Maar ik zal er met niemand over praten.' Ze legde een vinger op haar lippen. 'Echt niet.'

Dennis verbeet een glimlach. Iedereen wist dat Eileen geen geheim kon bewaren.

'Je weet dat Daisy iets met Taran heeft?' Eileen hield haar hoofd schuin, vurig hopend dat hij het nog níét wist.

Dennis trok opnieuw zijn wenkbrauwen op. 'Nee. Dat wist ik niet.'

'Ze waren in de pub gisteravond. Ik vind het een leuk stel. Hij zo lang en charmant, en dan een knappe meid als Daisy. Ik heb het meteen gezegd. Vanaf de eerste keer dat ze elkaar weer tegenkwamen. Dat was in de winkel. Ze hadden elkaar niet meer gezien sinds de lagere school. Daisy keurde hem nauwelijks een blik waardig. En toen was hij meteen verkocht. Mannen zoals Taran Sherwood zijn het gewend dat de vrouwen hen naar de ogen kijken. Maar doordat Daisy dat níét deed, trok ze juist zijn aandacht. Ik zag het gebeuren.'

'Het valt in dit dorp niet mee om iets voor jezelf te houden.' Dennis krabde zich op het hoofd.

'Maar waar ik eigenlijk voor kom,' vervolgde Eileen, 'is om te zeggen dat ik ook graag wil meedoen met de puzzel. Ik heb een leuke anekdote die je misschien met een notenbalk zou kunnen weergeven.'

'Een notenbalk?'

'Ja. Weet je nog dat Marigold bij mijn koortje ging, in de kerk? Het is al heel lang geleden, maar ik weet nog hoe ze ervan genoot. Ze heeft een prachtige stem.'

'Dat heeft ze zeker. En ze was altijd dol op zingen.'

'Wat hebben we gelachen! Weet je nog dat Beryl altijd zo haar best deed op snelle loopjes en tremolo's? Het kostte ons de grootste moeite ons gezicht in de plooi te houden. Misschien zou Daisy het koor kunnen tekenen, of een kwelende Beryl, of mij op het orgel. Ik mag dan drieënnegentig zijn, ik speel nog als een jonge meid.'

'Ik vind het een geweldig idee, Eileen. Het is leuk om ook wat herinneringen van haar vriendinnen toe te voegen. Overleg maar met Daisy. Zij is bezig een lijst aan te leggen.'

'Goed. Dat doe ik!' zei Eileen enthousiast. Toen legde ze opnieuw een vinger op haar lippen. 'En ik zal er met niemand over praten.'

Dennis begreep dat hij het plan ook aan Suze en Nana zou moeten vertellen voordat het hele dorp het erover had.

Nu Marigold niet meer naar de winkel hoefde, begon ze zich hoe langer hoe nuttelozer te voelen. Niemand had haar nodig. Daisy kookte, Dennis hielp met de afwas, alles kwam in orde zonder dat zij zich ermee hoefde te bemoeien. Ze werd somber, en het kostte haar steeds meer moeite de zon achter de wolken te ontdekken. Hij was er natuurlijk wel, maar zij zag hem niet. Haar wereld werd donker, er was niets meer om naar uit te kijken, en ze had het gevoel dat ze geleidelijk aan van zichzelf vervreemd raakte.

Toen vroeg Dennis of ze misschien iets aan de tuin kon doen. 'Ik wou dat ik er tijd voor had, maar ik heb het zo druk.' Hij keek haar radeloos aan. 'Alles raakt overwoekerd door onkruid. Als we nu niks doen wordt het een chaos. De hele tuin staat vol met zevenblad en woekerkruid. We hebben onderhand meer onkruid dan bloemen.'

Marigold was blij dat ze iets kon doen. Ze vond het altijd fijn wanneer ze nodig was. En ze vroeg zich af waarom ze zelf niet op het idee was gekomen om in de tuin aan de slag te gaan. Met de kleine roodborst als gezelschap liet ze zich op haar knieën zakken en begon ze het zevenblad uit de grond te trekken. Ze maakte er kleine bergjes van op het gras, zodat Dennis die later kon ophalen met de kruiwagen. Wanneer ze moe werd, ging ze naar binnen om een kop thee te zetten. Daar liep ze dan mee naar buiten, om vanuit haar tuinstoel uit te kijken over de velden. Zo bleef ze soms heel lang zitten, als gehypnotiseerd door de zacht trillende bladeren aan de bomen, door de combine die de tarwe maaide en dorste, door het opwolkende kaf dat glinsterde als goud. Dan vergat ze dat ze in de tuin aan het werk was en zat ze alleen maar te genieten, tevreden als een kat in de zon.

Na Eileen werd er nog vaker op Dennis' deur geklopt. Nana rolde met haar ogen, liet de bezoekers met een dreigend gezicht binnen en ging hun voor naar de keukendeur. Ze vond het allemaal maar onzin, die puzzel. In haar ogen maakte Dennis van een mug een olifant. En het ergerde haar dat de dorpsbewoners een voor een aan de deur kwamen, omdat ze een bijdrage wilden leveren aan het cadeau. Niemand was haar Arthur te hulp gekomen toen hij zijn rug kapot had gewerkt met sneeuw scheppen. En ook later niet, toen hij kanker kreeg. Niemand had zich over háár ontfermd toen haar baarmoeder eruit moest. Waarom liep iedereen nu te hoop rond Marigold? Krankzinnig, dat was het. Ze werd gewoon een dagje ouder, ook al moest zelfs Nana toegeven dat ze wel erg vergeetachtig was. Maar verder mankeerde haar niets. En die 'samenzwering' om haar niet tegen te spreken was ook krankzinnig. Wanneer Marigold zei dat ze een praatje had gemaakt met haar vader, deed Dennis alsof dat de normaalste zaak van de wereld was. 'Wat leuk,' zei hij dan. 'Hoe gaat het met hem?' Maar Nana weigerde het spelletje mee te spelen. Hoe kon Marigold ooit weer beter worden als iedereen haar voortdurend gelijk gaf? Als ze niet in de gaten had dat ze in de war was?

Arthur was al vijftien jaar dood, en Nana was de enige die dat hardop zei. Het was niets voor Marigold om nijdig te worden, maar wanneer het om haar vader ging, kon ze lelijk uitvallen. 'Papa is niet dood!' riep ze dan gefrustreerd, met ogen die fonkelden van boosheid. Dennis probeerde met zijn schoonmoeder te praten, Daisy deed een beroep op Nana's begrip, maar ze liet zich niet ompraten. Ze had haar dochter opgevoed tot een verstandig mens, en ze accepteerde het niet dat ze nu wartaal uitsloeg. Als íémand wartaal mocht uitslaan, was zij het. Tenslotte was zij verreweg de oudste in huis! Het was een kwestie van tijd voordat zij ze niet meer allemaal op een rijtje had. Zou Dennis voor haar dan ook een puzzel maken?

Na Eileen was de Commodore bij Dennis aan de deur geweest. Hij stelde voor dat hij met een mol werd uitgebeeld. Na hem kwam Dolly, die vroeg of Daisy haar misschien met Precious zou willen schilderen. Cedric stelde een kerstpudding voor, omringd door zijn kattendames. Mary wilde graag op het pad langs het klif worden afgebeeld, samen met Bernie. In haar rode jas die Marigold altijd zo mooi vond. En Beryl kwam met een zwart-witfoto van haar en Marigold uit hun lagereschooltijd.

Toen de dominee van het plan hoorde, was hij een en al waardering en klopte ook hij bij Dennis aan de deur, gewapend met Bijbelcitaten over liefde en onzelfzuchtigheid. Wanneer zijn tijd kwam, was er voor Dennis een heel speciaal plaatsje in de hemel gereserveerd, aldus de dominee. Dat wist hij zeker. Dennis vroeg zich af hoe Daisy de dominee zou kunnen afbeelden. Een zeepkist leek hem nog niet zo gek. Mac en hij moesten er hartelijk om lachen toen de dominee weer weg was.

Julia, de vrouw van de dominee, stelde voor dat Daisy haar theeservies zou schilderen. Echt Herend-porselein uit Hongarije. Marigold was nu eenmaal dol op thee, en Julia's servies was erg duur. Phyllida, de vrouw van de Commodore, kreeg ruzie met haar man over de mol en vond een slagschip gepaster, om niet te zeggen waardiger. Uiteindelijk kwamen ze tot een compromis en werden ze het eens over een slagschip waarop zij samen aan dek stonden, de Commodore met een mol op zijn schouder. Net zoals Mac altijd op Dennis' schouder zat.

Toen Sylvia hem in de kerk even apart nam en vroeg of ze ook mee mocht doen, kostte het hem moeite geduldig te blijven. Werd het project niet veel te groot? Zouden Daisy en hij alle verzoeken wel kunnen verwerken?

Begin september hing Dennis de luiken voor de ramen. Hij stond drie dagen op de ladder, terwijl Marigold ondertussen in de tuin werkte. Toen hij klaar was, deed hij een stap naar achteren om zijn werk te bewonderen. Marigold kwam naast hem staan. 'Mooi.' Ze trok haar tuinhandschoenen uit.

'Voor jou,' zei hij trots.

'Voor mij?'

'Ja, je zei dat je luiken wilde. Dan kon je net doen alsof je in de Provence was.'

'Ben ik daar wel eens geweest? In de Provence?'

'Ja, vroeger. Met mij. Toen we nog jong waren.'

Ze keek hem verdrietig aan. 'Is dat weer een herinnering die ik ben kwijtgeraakt?'

'Het geeft niet, Goldie.' Hij trok haar tegen zich aan. 'Het is niet echt een belangrijke herinnering.'

'De luiken zijn prachtig.'

'Ik ben blij dat je ze mooi vindt.'

'Ik zal ze bewonderen onder het wieden.'

'Zo mag ik het horen. Het verleden doet er niet toe. Het gaat om het hier en nu.'

'Nu klink je net als pap. Die zegt dat ook altijd.' Marigold schoot in de lach.

'Dan zal ik het wel van hem hebben.'

'Hij is erg wijs. Zonder jou en pap had ik me de afgelopen maanden geen raad geweten.' Ze trok haar handschoenen weer aan. 'Zo, ik kan maar beter weer aan het werk gaan. Dank je wel voor de luiken, Dennis. Ze zijn prachtig.'

Daisy kwam nauwelijks aan tekenen toe doordat Taran bijna al haar aandacht opeiste. Ze stond amper achter haar schildersezel of hij kwam haar van haar werk houden. En ze liet zich maar al te graag afleiden, met als gevolg dat het portret van Basil de terriër onvoltooid bleef. Omdat ze genoeg had van de gemiste oproepen en appjes van Luca, nam ze een ander telefoonnummer.

Taran zou maar twee weken blijven, en hij wilde zo veel mogelijk tijd met haar doorbrengen. Ze maakten lange wandelingen met de honden. Ze zoenden op de bank. Ze vrijden in het bos. En ze picknickten op de bank van Sir Owen, vanwaar ze uitkeken over de akkers die in het vroegeherfstlicht glansden als goud. Op heldere avonden lagen ze naast elkaar op het gras voor de schuur en keken ze naar de sterren. Ze hielden elkaars hand vast, ze praatten over van alles en nog wat, en ze lachten, ze schaterden het soms uit. Wanneer Daisy voelde dat ze werd bekropen door angst, wanneer ze ongerustheid voelde opkomen, dacht ze aan de wijze woorden van haar opa. *Wat is er mis met nu?* Niets, luidde het antwoord. Taran was bij haar, en de liefde maakte haar zorgeloos, optimistisch. Dankzij de liefde voelde ze zich onoverwinnelijk.

'Kom naar Toronto,' zei hij op hun laatste avond samen.

Ze lagen in elkaars armen in de schuur, in het bed dat voor zijn vakanties en weekends bedoeld was geweest, maar dat tot voor kort nooit was gebruikt. Hij liet zijn vingers over haar blote rug wandelen.

'Dat zal niet gaan. Mijn moeder heeft me nodig, en ik moet mijn vader helpen met de puzzel.'

'Dat kan best even wachten. Kom bij me logeren. Dan kun je zelf zien hoe je het daar vindt.'

'Ik weet zeker dat ik het er heerlijk zou vinden. Maar het kan niet. Ze hebben me hier nodig.'

Hij slaakte een zucht. Het bleef even stil. Toen streek hij een lok haar achter haar oor en keek hij haar ernstig aan. 'Ik geef echt om je, Daisy. Dat heb ik nog nooit tegen een vrouw gezegd. Je bent heel belangrijk voor me. Ik wil bij je zijn. En ik wil niet dat jij hier blijft, terwijl ik in Canada zit. Een van ons tweeën zal zich moeten aanpassen.'

'Ik heb de laatste zes jaar niet anders gedaan.'

'En dus?'

'En dus doe ik dat niet meer.'

Hij keek haar smekend aan, in de hoop op haar gevoel te werken. 'Zelfs niet voor mij?'

Ze schudde haar hoofd. 'Nee, voor mij geen compromissen meer. Ik weet wat ik wil, en met minder neem ik geen genoegen.'

'Je wilt bij je moeder zijn. Dat begrijp ik.'

'En ik wil hier zijn.'

'Hier?'

'Ja, hier. Thuis.'

Hij knikte. 'Oké. Kom dan een weekje. Dan kan ik je de stad laten zien. En zelfs als je het er fijn vindt – en dat weet ik zeker – zal ik je niet vragen om te blijven.'

'Misschien. Ik zal erover nadenken.'

Hij pakte haar glimlachend bij haar polsen, trok haar op haar rug en ging boven op haar liggen. 'Misschien. Dat is al bijna ja.' Hij kuste haar.

Ze schoot in de lach. 'Misschien is misschien.'

'Nee, het is ja.' Hij kuste haar weer.

'Misschien.'

'Alweer een ja.'

Na Tarans vertrek was Daisy blij dat ze genoeg omhanden had. Anders zou ze hem vreselijk missen en de hele dag aan niets anders kunnen denken. Alles in de schuur herinnerde haar aan hem, maar het lukte haar het portret van Basil te voltooien. Daarna concentreerde ze zich op de puzzel. En 's avonds laat, vlak voordat ze naar bed ging, facetimede ze met Taran. Tot diep in de nacht.

In het dorp was de puzzel het gesprek van de dag. En bracht hij zelfs het gesprek op gang waar dat al geruime tijd was verstomd. Zoals bij John Porter en Pete Dickens, die ruzieden om de magnolia in Petes tuin. Nadat ze met Daisy over Marigolds puzzel hadden gesproken, besloten ze tot verbijstering van hun echtgenotes een biertje te gaan drinken in de pub en in alle redelijkheid over de magnolia te praten. Twee uur later, na ettelijke biertjes en een potje darten, kwamen ze als de beste vrienden weer naar buiten. En vroeg Pete zich af waarom hij niet meteen akkoord was gegaan met snoeien. 'Het leven is te kort om ruzie te maken,' zei hij tegen zijn vrouw. 'Te kort en te onvoorspelbaar. Ik wil de tijd die ons nog rest niet verspillen met gekibbel over zoiets onnozels als een boom.'

Toen Daisy het hoorde, bedacht ze hoe geweldig haar moeder het zou vinden dat de twee buurmannen zich dankzij haar hadden verzoend. Maar ze kon het haar niet vertellen. De puzzel moest een verrassing zijn, en bovendien wist Daisy niet zeker of haar moeder nog wel wist wie John Porter en Pete Dickens waren. Ze begon geleidelijk aan steeds meer namen uit het recente verleden te vergeten, en het lag voor de hand dat John en Pete tot de eerste boeken zouden behoren die van de plank vielen.

Eileen bood Daisy aan haar te helpen met het verzamelen van de verhalen, ook al had Daisy haar verzekerd dat ze het prima alleen afkon. Maar Eileen miste haar ochtenden in de winkel, haar gesprekken met

Marigold; ze miste het komen en gaan van klanten, over wie ze zonder uitzondering wel iets te roddelen had wanneer ze hadden afgerekend en weer waren vertrokken. Zonder haar vriendin was de winkel niet meer hetzelfde. En dus ging ze bij Marigold thuis langs om de plaatselijke nieuwtjes te delen. Maar die werd steeds verstrooider, ze leek steeds minder geïnteresseerd in het reilen en zeilen van het dorp. Soms vroeg Eileen zich af of Marigold eigenlijk wel wist over wie ze het had. Zo kwam het dat ze zich eenzaam voelde en zich verveelde. De puzzel voor Marigold was precies wat ze nodig had.

Dennis ging aan de slag met een plaat triplex van zes millimeter dik die hij op maat zaagde. Triplex was beter dan hout, want het trok niet krom en daardoor kwamen er geen barsten in. Ten overvloede voorzag hij de achterkant van een verstevigende laag. Op de voorkant plakte hij het zware papier dat Daisy ging beschilderen. Het was een secuur karwei, want op de achterkant van de puzzelstukken zou komen te staan voor wie de bewuste afbeelding symbool stond, opdat Marigold zich haar vrienden zou blijven herinneren. Opdat ze de mensen die ze bijna haar hele leven had gekend, niet zou vergeten. En opdat ze niet zou vergeten hoe dierbaar ze iedereen was.

Eileen ging het hele dorp rond om verhalen te verzamelen. Met veerkrachtige tred liep ze van de een naar de ander. En overal dronk ze thee in de keuken en vertelde ze de dorpsroddels. John en Susan Glenn, de buren van Marigold en Dennis, hadden een grappig verhaal over Marigold die ooit haar sleutel kwijt was geweest; Brian, de man van Mary, herinnerde zich dat Marigold hun dochter cupcakes had leren bakken die eruitzagen als hommels.

Tegen het eind van de middag wipte Eileen even binnen bij Jean Miller, die nog niet zo lang geleden haar man had verloren. Ze woonde in een witte cottage met uitzicht op de baai. Hoewel ze ruim tien jaar jonger was dan Eileen, zag ze er door het verdriet en de eenzaamheid een stuk ouder uit. Eileen groette haar altijd vriendelijk wanneer ze elkaar tegenkwamen in de kerk of in de winkel, maar ze zocht haar gezelschap niet op. Jean was nogal stil, een beetje verlegen, en het leek wel alsof ze altijd haast had om weg te komen, als een schuchtere muis die terugvluchtte naar haar holletje. Gewapend met haar notitieboekje volgde Eileen haar gastvrouw naar de patio, waar ze met een kop thee aan tafel gingen zitten en uitkeken over het water. 'Ik vind het zo erg, van Marigold,' zei Jean met haar zachte, bedeesde stem. 'Het is afschuwelijk, dementie. En er zijn zo veel mensen die eraan lijden.'

'Maar Marigold houdt zich erg goed,' zei Eileen, want haar vriendin zou niet willen dat ze somber deed. 'Ze geniet van haar tuin, van haar familie, haar vrienden. Het gaat erom dat we leven in het moment. Dat zeggen de filosofen al duizenden jaren. En Marigold hoeft er niet eens moeite voor te doen.'

'Marigold is een goed mens,' zei Jean ernstig. 'Aardig, attent, ze staat altijd klaar voor anderen. Het is fijn dat wij nu eens iets voor haar kunnen doen.'

'Ja. Wist je dat Pete heeft beloofd dat hij zijn magnolia gaat snoeien? En dat komt door Marigold. Ze inspireert mensen om hun beste beentje voor te zetten.'

Jean zette grote ogen op. 'Echt waar?'

'Ja. John en hij zijn samen naar de pub geweest, en daar hebben ze de strijdbijl begraven. Het was ook een idiote ruzie. Ik begrijp niet waarom het zo lang heeft moeten duren.'

'En dat komt door Marigold? Dat ze de ruzie hebben bijgelegd?'

Eileen knikte. 'Mensen beseffen pas hoe gelukkig ze zich mogen prijzen wanneer anderen in de problemen zitten.'

'Ja, dat denk ik ook,' zei Jean peinzend. 'Na Roberts dood had ik het echt zwaar. En toen is Marigold af en toe bij me langs geweest. Gewoon om een luisterend oor te bieden. Dat is het enige waaraan ik behoefte had. Ik moest over hem kunnen praten. En Marigold kan goed luisteren. Ze leeft oprecht met je mee. Hoe dan ook, ze heeft me toen zo'n geweldig advies gegeven.' Jeans gezicht werd ineens levendiger, haar grijze ogen glansden. 'Ze zei dat ik iets omhanden moest hebben. Wat, dat deed er niet toe. Iets waar ik enthousiast over was. Iets waarvoor ze me midden in de nacht wakker konden maken. Nou ja, bij wijze van spreken.'

'En? Wat is het geworden?'

Jean werd weer verlegen. 'Het is eigenlijk best gênant. Maar wat maakt het uit.'

'Tegen mij kun je het rustig zeggen. Ik zal het aan iemand vertellen.'

'Ik ben helemaal weg van romantische films. *Gone with the Wind*, *An Affair to Remember...*'

Eileens mond viel open. 'Ik ook!' zei ze ademloos. 'En waar kijk je die dan?'

'Op dvd. Ik heb een hele verzameling. Wil je hem zien?'

'Ja, graag!' Eileen volgde haar naar binnen. Jean deed een kast open in de zitkamer, en Eileen sloeg bijna steil achterover. De kast bleek een complete filmotheek te bevatten: planken vol dvd's, keurig gerangschikt. Eileen las een paar van de titels. 'O, *Doctor Zhivago*! Daar was ik dol op. Echt een klassieker.'

'Vond je Omar Sharif niet verrukkelijk?' vroeg Jean dweepziek.

'En *Roman Holiday*! Ook al zo'n geweldige film!' Eileen kon haar enthousiasme nauwelijks bedwingen. 'Ik zou ze ook wel willen kijken.'

'Je mag ze wel van me lenen. Heb je een dvd-speler?'

'Nee,' moest Eileen bekennen. 'Wat jammer nou!' Diep teleurgesteld beet ze op haar lip, terwijl ze nog altijd verlangend naar de dvd's keek.

'Je kunt ze ook hier komen kijken. Tenminste, als je dat wilt. Dan kijken we samen. Het hoeft niet, maar misschien is het een idee.' Jean glimlachte aarzelend.

'O, dat zou ik enig vinden. Tenminste, als jij het niet erg vindt.'

'Integendeel. Ik vind het leuk om gezelschap te hebben.'

Eileen slaakte een zucht. 'Ik ook,' bekende ze. En dat was voor het eerst. Want ze had nooit willen toegeven dat ze genoeg had van het alleen-zijn. 'Ik vind het best eenzaam, in mijn eentje. Heb jij dat ook?'

'Ja.' Jean knikte begripvol.

'We zouden onze eigen club kunnen beginnen,' zei Eileen opgewonden. 'Een filmclub.'

'Wat een goed idee! Een club voor twee.'

'Precies. Heel exclusief. En dat kunnen we maar beter aan niemand vertellen, want anders willen ze allemaal meedoen.'

Ze schoten allebei in de lach.

'Maar nog even over de puzzel voor Marigold,' vervolgde Eileen. 'Wat wil jij erop laten schilderen? Om te zorgen dat Marigold je niet vergeet?'

'De poster van *Gone with the Wind.* Dat vinden Marigold en ik de mooiste film aller tijden. Ik weet zeker dat ze díé nooit vergeet.'

Een paar weken later was de lijst af en begon Daisy met de voorbereidende schetsen. Suze kwam langs om te zien hoe het project vorderde en ging daarna bij haar moeder en Nana in de keuken zitten. Ticky en zij zouden niet lang meer bij zijn ouders inwonen, vertelde ze. Want ze hadden een klein appartement in de stad gevonden. 'Het ziet er leuk uit.' Ze keek er een beetje angstig bij. 'En het is vlak bij de Starbucks. Dus ik hoef niet zelf koffie te zetten.'

'Heb je enig idee hoe duur dat is?' vroeg Nana verontwaardigd. 'Je kunt beter een koffiezetapparaat kopen.'

'Daar is toch niks aan? Thuis koffiedrinken? Ik moet mensen zien. Hoe denkt u anders dat ik aan de ideeën voor mijn verhalen kom? Ik moet de deur uit. Ik moet zien wat mensen doen, wat ze dragen. Ik moet weten waar ze het over hebben.'

Terwijl Nana en Suze in gesprek waren, deed Marigold er het zwijgen toe en probeerde ze te volgen wat er werd gezegd. Haar gezicht stond kalm, maar haar blik was leeg. Toen ze hoorde dat ze het over Ticky hadden, besefte ze dat die naam haar vertrouwd in de oren klonk. Maar ze was wel zo verstandig niet te vragen wie hij was. Wanneer ze hem zag, zou ze hem vast wel herkennen, ook al zag ze op dit moment geen gezicht voor zich bij de naam Ticky.

'Pap zegt dat je zo goed bezig bent in de tuin.' Suze wilde haar moeder bij het gesprek betrekken.

'Ja, de borders staan vol onkruid,' zei Marigold traag. 'Dat moet ik er allemaal uit halen, anders...' Ze zocht naar het juiste woord. Tot haar verrassing doemde het op uit de mist in haar hoofd. 'Anders verstikt het de planten.'

Nana schoot in de lach. 'Er staat geen sprietje onkruid meer in de tuin. Je hebt het er allemaal uit getrokken. Trouwens, ook een heleboel wat geen onkruid was.'

Suze schrok van de ongeduldige toon van haar oma. 'Ik weet zeker dat je nog wat vindt, mam. Daar heb je altijd een scherp oog voor gehad. En ik zie dat je de vogels ook al voert. Maar de herfst is nog maar net begonnen.'

Marigold glimlachte stralend. 'Ik vind het zo leuk om ze in de tuin te zien.'

'Hoe is het met de roodborst? Komt die nog steeds?'

Marigold knikte. 'Ja, die is er nog. Ik voer de vogels elke dag. Ook al is de herfst nog maar net begonnen.'

'Ze begint zich steeds vaker te herhalen,' zei Nana alsof Marigold er niet bij was.

Suze werd woedend. 'Dat doet u ook!'

'Ach, we worden allemaal een dagje ouder. Jij komt ook ooit aan de beurt. Denk maar niet dat het leuk is om oud te worden.'

'Oud worden is niet voor watjes.' Marigold grijnsde.

'Dat is mijn tekst,' zei Nana.

Suze schoot in de lach. 'Ik moest maar weer eens opstappen. We gaan naar een feestje vanavond. Ik moet me verkleden en mijn haar doen met de steiltang.'

'Onzin. Je moet het gewoon laten opdrogen,' zei Nana. 'Het is veel zachter als je de slag er niet uit haalt.'

'Misschien is dat een idee voor je verjaardag. Een steiltang,' opperde Marigold.

'Ja, leuk!' Suze keek haar stralend aan.

Nana klakte misprijzend met haar tong. 'Die heb je haar met Kerstmis al gegeven,' zei ze tegen Marigold. 'Weet je dat niet meer?'

'Waarom zou mama dat nog moeten weten? Zo belangrijk is het niet.'

'Dat heb ik alleen bij jou,' zei Marigold gekwetst tegen haar moeder. 'Dat ik dingen vergeet. Bij anderen heb ik er geen last van.'

Omdat die haar niet verbeterden wanneer haar geheugen haar in de steek liet, dacht Suze. Maar dat zei ze niet hardop.

'Waar ga je heen, Suze?' vroeg Marigold.

'We hebben een feestje in de stad. Een vriend van ons wordt dertig, en dat viert hij in een restaurant. Het wordt echt schitterend. Met alles erop en eraan.'

'Dan kun je maar beter naar boven gaan als je nog in bad wilt.'

'Suze woont hier niet meer,' zei Nana bot.

'Ik heb een appartement gevonden, mam,' zei Suze, alsof ze dat nog niet had verteld. 'Ik trek bij Ticky in. We gaan samenwonen.'

Marigold boog zich naar haar toe, glimlachend als een kind met een geheimpje. 'Zeg dat maar niet tegen Nana,' fluisterde ze. 'Want die vindt het maar niks als je in zonde leeft.'

'Lieve hemel!' Nana stond op. 'Ik ga televisiekijken.'

'Zie je wel.' Marigold keek haar moeder na toen die de keuken uit liep. 'Ze vindt het niet goed dat je in zonde leeft.'

Suzes glimlach haperde, maar ze dacht aan wat Daisy had gezegd: dat ze haar moeder niet moest verbeteren wanneer die in de war was. Dus ze pakte haar hand. 'Maar jij vindt het toch wel goed, mam?'

'Ik wil alleen maar dat je gelukkig bent,' zei Marigold, en haar ogen straalden van liefde.

'En ik wil alleen maar dat jij gelukkig bent,' zei Suze. Toen wendde ze zich haastig af, want haar ogen werden vochtig en ze wilde niet dat haar moeder dat zag.

25

Eind september had Daisy de schets af en kon ze met schilderen beginnen. Daar had ze bijna drie maanden voor, want het was de bedoeling dat Marigold de puzzel met Kerstmis zou krijgen. Dus ze had ruimschoots de tijd.

Behalve de grappige, vaak excentrieke anekdotes die waren aangeleverd door de mensen uit het dorp, had Daisy ook voorwerpen uit het leven van Marigold in de afbeelding verwerkt. Daaromheen kwam een rand met vogels en bloemen. De schuur van Dennis stond in het ontwerp, net als Suzes mobiele telefoon en de kruiswoordpuzzels van Nana. Voor zichzelf had ze haar kist met teken- en schildermaterialen gekozen. Dennis had verder wat spulletjes aangedragen uit hun huwelijk, zoals foto's van de kerk waarin ze waren getrouwd en van het hotel waar ze tijdens hun huwelijksreis hadden gelogeerd, maar ook de koekoeksklok die hij tijdens een vakantie in de Zwitserse Alpen voor Marigold had gekocht. En net als alle katten die hem waren voorgegaan, kreeg ook Mac een plaatsje in het geheel. Het resultaat zou een verrukkelijke caleidoscoop van herinneringen worden, een feest van vormen en kleuren, afgestemd op Marigold.

Daisy was bezig haar verf te mengen toen ze onverwacht bezoek kreeg. 'Hallo, Nana,' zei ze verrast, want haar oma was nog nooit op de boerderij van de Sherwoods geweest. 'Alles goed?' Ze keek naar haar telefoon. Die stond aan. Als er iets met haar moeder was geweest, zouden ze haar wel hebben gebeld.

'Ja hoor. Alles goed.' Nana liet haar blik in het rond gaan. 'Wat een geweldige ruimte. En heerlijk rustig. Geen wonder dat je hier zo goed kunt werken.'

'Ja, ik ben er erg blij mee.' Wat was dat voor boek dat ze onder haar arm hield, vroeg Daisy zich af. 'Bent u dat hele eind komen lopen?'

'Nee, je vader heeft me gebracht. Met de auto.'

'O.' Daisy had nog altijd geen idee wat ze kwam doen.

Nana scharrelde het atelier door. Bij de tafel met de puzzelplaat bleef ze staan. 'Het wordt heel bijzonder.'

Het ontging Daisy niet dat er een verkrampte trek om haar mond verscheen. 'Ja, echt fantastisch. Iedereen heeft meegedaan.' *Behalve u.*

Nana kwam naar haar toe en hield haar het boek voor. 'Dit is het album met de foto's van je moeder als klein meisje. Het ligt al jaren op de plank. Niemand kijkt meer in fotoalbums. Iedereen zit op zijn computer. Dat is zo jammer. Het was destijds echt een hoop werk, foto's maken en inplakken. Afijn, misschien heb jij er nog wat aan. Misschien staat er iets in wat je kunt gebruiken. Voor de puzzel.'

'Wat een goed idee!' Daisy was meteen enthousiast. 'Kom, dan gaan we even zitten. En dan bekijken we de foto's samen. Misschien herken ik niet iedereen.'

'Nou, met Patrick zul je geen moeite hebben. Die is in al die jaren niets veranderd, alleen ouder geworden. En je opa herken je natuurlijk ook.' Ze gingen op de bank zitten. Nana legde het album op hun knieën en zette haar bril op. 'Kijk, dit is je moeder als baby. Niet echt een mooi kind, hè?'

'Juist wel!' protesteerde Daisy. 'Wat is ze schattig!'

'Ze was dol op die beer. Hij had belletjes in zijn oren, en hij heette Honey. Misschien kun je Honey op de puzzel zetten. Ze sleepte dat beest overal mee naartoe.' Nana sloeg de bladzijde om. 'Kijk, zie je wel hoe dol opa op haar was? Marigold was zijn kleine meisje. En dat is ze altijd gebleven. Tegen Patrick was hij veel strenger. Volgens mij is dat meestal zo. Dat vaders strenger zijn tegen hun zoons. Patrick is altijd mijn oogappel geweest.' Ze slaakte een zucht. 'En toen ging hij naar Australië. Verder weg kan bijna niet. Ze hebben daar zelfs een andere tijd dan wij. Het is er bijna een dag later.'

'Hij vertrok naar Australië om zijn eigen weg te gaan,' zei Daisy peinzend.

'Dat had hij hier toch ook kunnen doen?'

'Hij wilde zijn horizon verbreden. Hij ging op zoek naar het avontuur. Tenminste, dat denk ik.'

'Welnee. Hij wilde Lucille.'

Daisy schoot in de lach. 'Australië is inderdaad afschuwelijk ver weg. Het zou voor u leuker zijn geweest als hij wat dichter in de buurt was gebleven. Ergens in Europa.'

'Precies. Maar nee hoor, hij moest zo nodig naar de andere kant van de wereld. Dus toen opa stierf, had ik alleen nog Marigold.'

'En die heeft fantastisch voor u gezorgd. Ik betwijfel of Patrick dat zou hebben gedaan. Die heeft het vooral erg druk met zichzelf.'

Nana dacht even na. 'Ja, daar heb je denk ik wel gelijk in.' Ze sloeg weer een bladzijde om. 'Het is echt bijzonder, zoals Marigold al die jaren voor me heeft klaargestaan.'

'Ze heeft een groot hart,' viel Daisy haar bij.

'Een groter hart dan ik.'

Daisy bekeek een foto waarop Marigold een jaar of tien moest zijn geweest. 'Wat had ze een lief gezicht, hè?'

'Dat heeft ze nog steeds.' Nana streek met haar knoestige vingers over de foto. 'En dat heeft ze van haar vader. Die had dezelfde lichtbruine ogen. Trouwens, die heb jij ook. En hij had ook zo'n lieve glimlach.' Ze wees naar een foto van haar man. 'Zie je wel. Jullie drieën lijken sprekend op elkaar. Patrick lijkt meer op mij. Hij is ook net zo egocentrisch als ik. Wij zijn niet echt aardig. Niet lief.'

'Kom, kom, wees niet zo streng voor uzelf.'

Nana stak haar kin naar voren. 'Ik kan er niet goed mee overweg,' bekende ze plotseling. 'Met Marigold. Met eh... nou ja, met de hele toestand.' Ze legde haar hand met gespreide vingers op het album. 'Het valt niet mee voor een moeder. En nogmaals, ik ben niet zo lief als Marigold en je opa. Ik heb niet zo veel geduld. Je opa zou precies hebben geweten wat hij moest zeggen. Hij zou haar hebben kunnen opbeuren, zodat ze zich niet zo ongelukkig voelde. En dan zou ík me des te ongelukkiger hebben gevoeld, omdat ik niet zo veel begrip kan opbrengen.'

'We doen ons best, Nana. Allemaal op onze eigen manier,' probeerde Daisy haar te troosten.

Nana zei niets, maar bladerde verder door het album totdat ze bij een foto kwam van het hele gezin. 'Opa zei altijd dat je thuis, in het gezin, de meest waardevolle lessen leert. Anders dan je vrienden heb je je familie niet voor het kiezen. Maar je zult het ermee moeten zien te redden. En volgens mij heb ik het met mijn familie nog niet zo slecht gedaan.'

'En met uw vrienden ook niet, volgens mij.'

'Elsie speelt vals.' Nana snoof verontwaardigd. 'Ik vermoedde het al een hele tijd, maar nu weet ik het zeker.'

'En nu? Hoe moet het nu verder? Om te bridgen heb je vier spelers nodig, toch?'

Nana haalde haar schouders op. 'Ach, ik hoef niet zo nodig te bridgen. Ik vind wel wat anders.' Maar ze had geen idee wat.

Op dat moment ging de deur open. Lady Sherwood kwam de schuur binnen. 'O, sorry. Ik wist niet dat je bezoek had.'

'Dat geeft niet. Het is mijn oma maar.'

Lady Sherwood glimlachte. 'O, hallo. Ik had niet in de gaten dat u het was.'

'We zitten oude foto's te kijken. Van mama als klein meisje.'

'O, wat leuk! Ik ben dol op oude foto's.' Lady Sherwood boog zich over het album.

'We zoeken iets voor op de puzzel,' vertelde Nana trots.

'Daar kom ik ook voor.' Lady Sherwood keek Daisy aan. 'Is dat goed? Mag ik ook meedoen? Ik ben toch niet te laat, hoop ik?' Haar blik ging naar de puzzelplaat op de tafel. 'Zo te zien sta je op het punt om te beginnen.'

Nana sloeg het album dicht. Daisy stond op van de bank. 'Het is juist leuk als je ook meedoet. Natuurlijk kan er nog iets bij.'

'Het is maar een klein dingetje. Je moeder was altijd zo vriendelijk als ik bij haar in de winkel kwam. Altijd opgewekt en stralend. Dus ik wilde voorstellen om een zonnetje in de puzzel te verwerken. Of heb je dat al?'

'Nee! Dat heb ik nog niet.'

'Nou, misschien kan het er nog bij. Dat is dan mijn bijdrage. Want zo zie ik haar. Als een zon die iedereen in het dorp toelacht. Die voor niemand een uitzondering maakt. En net zoals het dorp niet zonder zon kan, zo kunnen wij niet zonder Marigold. Ik wil dat ze dat weet. Dat ze weet hoe bijzonder ze is.'

'Dank je wel,' zei Daisy ontroerd.

Zelfs Nana was zo onder de indruk van Lady Sherwood dat ze niks onaardigs wist te bedenken. 'Marigold is inderdaad een zon. Daar hebt u gelijk in. Ik zou geen betere manier kunnen bedenken om haar te beschrijven.'

Daisy keek haar oma verrast aan. Het was niets voor haar om zoiets liefs te zeggen.

'En hoe gaat het met u, Lady Sherwood?' vervolgde Nana. 'Het valt niet mee als je plotseling alleen komt te staan. Zeker niet als je met zo'n bijzondere man getrouwd bent geweest.'

Er gleed een schaduw over het gezicht van Lady Sherwood. 'Nee, dat valt zeker niet mee. Owen was een goed mens. Het gemis is er altijd.'

'Ik mis Arthur ook nog steeds. Volgens mij gaat dat ook nooit over. Het verdriet wordt minder acuut. Het nestelt zich dieper in je. Maar verdwijnen doet het nooit.'

'Gelukkig hebt u uw familie nog,' zei Lady Sherwood. 'Ik heb alleen Taran. En die woont in Toronto.'

'Ja, ik mag dankbaar zijn.' Nana schonk Daisy een vluchtige glimlach. 'Zelfs Suze komt regelmatig langs, ook al woont ze inmiddels in de stad. Maar mijn zoon Patrick zit in Australië. Dus die zie ik heel weinig. U moet zich wel hopeloos alleen voelen in dat grote huis.'

'Zo groot is het nou ook weer niet. En erg gezellig,' haastte Daisy zich te verklaren. Typisch iets voor Nana om zo'n tactloze opmerking te maken!

'Jawel. Het is groot. Veel te groot voor mij alleen,' sprak Lady Sherwood haar tegen. 'Maar ik heb me er nog niet toe kunnen zetten om mensen uit te nodigen of om de deur uit te gaan.'

'Ach, het is ook allemaal nog maar zo kortgeleden,' zei Daisy.

'Bridget u?' vroeg Nana.

Daisy kreeg het er op slag warm van. Ze kon zich niet voorstellen dat Lady Sherwood behoefte had aan Nana's bridgeavondjes.

'Ja, Owen en ik bridgeten regelmatig. Hij was echt goed. Ik niet zo, maar ik hou van het spel. Vooral met een goed glas wijn erbij.'

'Ik ook,' zei Nana. 'Maar ik ben meer een cognacliefhebber.'

'Cognac! Dat klinkt zelfs nog beter.'

'Ik had een bridgegroepje met drie andere vrouwen. Maar er is er een vertrokken. Is het misschien iets voor u? We spelen regelmatig.'

'Krijg ik dan ook de dorpsroddels te horen?' Lady Sherwood glimlachte.

'Meer dan u lief is.'

'In dat geval wil ik het graag proberen. Met de nadruk op proberen. Want nogmaals, ik ben er niet echt goed in.'

'Dat geldt voor ons allemaal. We spelen omdat we het leuk vinden. Voor het plezier en de gezelligheid.'

'Misschien wilt u ook wel eens hier komen spelen. Ik heb nog een enorme voorraad cognac. Owen was er dol op.'

Nana's gezicht klaarde op. 'Dat klinkt geweldig. En u hebt er ook de ruimte voor.'

Lady Sherwood klapte in haar handen. 'Mooi. Dat is dan geregeld.' Ze wierp een blik op Daisy, die haar stomverbaasd aankeek. 'Wanneer beginnen we?'

Marigold zat in de tuin, genietend van het uitzicht. Zoals zo vaak zat haar vader naast haar, in zijn favoriete zachtpaarse v-halstrui en een bruine ribfluwelen broek. 'Hoe gaat het, Goldie?' Er lag een liefdevolle blik in zijn lichtbruine ogen.

'Mam zegt dat je dood bent.' Ze glimlachte, want ze wist maar al te goed dat haar moeder ongelijk had.

'De dood bestaat niet. Daar weten wij alles van, waar of niet?'

'Ze denkt dat ik in de war ben. Dat ik spoken zie.'

'Dat zou kunnen. Dat je soms spoken ziet. Maar daar hoor ik niet bij.'

'Ik ben blij dat je er bent, pap. Bij jou voel ik me minder angstig.'

'Je hoeft niet bang te zijn, Goldie. Neem het leven gewoon zoals het komt. Laat je meevoeren, als een blad op het water van een rivier.'

'Wat denk je, pap? Kom ik uiteindelijk in een verpleeghuis terecht? Want ik weet niet of ik dat wel kan. Wonen in een verpleeghuis.'

'Misschien, Goldie. Je weet nooit wat het leven je brengt. Maar alles wat ons overkomt, is een avontuur. Zelfs een verpleeghuis kan een avontuur zijn.'

'Maar ik ben zo graag hier.'

'Ik ook. Daarom ben ik teruggekomen. Het is hier fijn, met dat prachtige uitzicht over de velden.'

'Als ik dat in het verpleeghuis ook had, velden om over uit te kijken, zou ik het misschien minder erg vinden. Of als ik daar kon uitkijken over de zee. Ik hou van de zee.'

'Je bent aan zee opgegroeid, Goldie.'

'En ik hou van de vogels. Als ik vogels had om naar te kijken, zou ik me ook overal thuis kunnen voelen.'

'Je bent altijd al dol op vogels geweest.'

'En jij blijft altijd bij me, hè?'

Haar vader glimlachte. 'Je bent mijn kleine meisje, Goldie. Ik laat je niet in de steek. Dat heb ik van meet af aan gezegd. Ik laat je nooit in de steek. Ik ben er altijd.'

'Heb je niks beters te doen?'

'Wat zou ik nou beter kunnen doen dan bij mijn kleine meisje zijn?'

'Ik weet het niet. Je houdt ook van tuinieren. Heb je geen tuin? Moet je geen onkruid wieden?'

Hij haalde zijn schouders op. 'Ik heb alle tijd van de wereld om dat te doen.' Hij glimlachte stralend. 'O, als je de bloemen eens kon zien, Goldie. Je zou je ogen niet geloven.'

'Weet je nog, die enorme bos lichtroze rozen die ik ooit van Dennis heb gekregen?'

'Nou en of. Jullie kenden elkaar nog maar net.'

Ze glimlachte vertederd bij de herinnering. 'De rozen waren heel lichtroze. En ze roken verrukkelijk. Lieflijk. De geur van de liefde.' Ze werd overvallen door paniek. 'Hoe moet het verder als ik dat allemaal vergeet?'

'Ook zonder je herinneringen kun je nog steeds van rozen genieten, Goldie. Die ruiken dan nog net zo verrukkelijk, nog net zo lieflijk als de rozen die je van Dennis kreeg. Voor jou zal de geur van rozen voorgoed de geur van de liefde zijn.'

Marigold dacht even na. 'Ja,' zei ze ten slotte. 'Je hebt gelijk. Ik heb die herinnering niet nodig om te weten dat Dennis van me houdt.'

'En dat doet hij, Goldie. Hij houdt heel erg veel van je.'

'Ja, en als het niet anders kan, als hij ooit geen andere mogelijkheid ziet dan een verpleeghuis, dan is dat niet erg. Dat moet ik tegen hem zeggen.'

'Dat lijkt me inderdaad verstandig.'

'Ik zou het afschuwelijk vinden als hij het gevoel had dat hij me in de steek liet.'

'En dat zou echt iets voor Dennis zijn. Om zich daarover schuldig te voelen.'

'Ja, maar dat wil ik niet. Hij mag er niet onder lijden.'

'Ach, Goldie. Je denkt ook altijd aan anderen. Dat deed je als klein meisje al.'

'Ik moet het tegen hem zeggen voordat ik het vergeet. Want ik vergeet tegenwoordig alles.' Ze keek haar vader ongerust aan. 'Hoe zorg ik dat ik het niet vergeet?'

'Ik zal je helpen onthouden.'

‘Kun je dat dan?’

‘Je zou versteld staan als je wist wat ik allemaal kan.’

‘Je bent echt heel bijzonder.’

‘Dat zijn we allemaal.’ Hij legde zijn hand op de hare. ‘Waarom ga je het hem nu niet vertellen? Hij is in de schuur.’

‘Ja, dat is een goed idee.’

Marigold stond op. Niet vergeten wat ik tegen Dennis moet zeggen, dacht ze terwijl ze naar de schuur liep. Niet vergeten wat ik tegen Dennis moet zeggen.

Dennis legde zijn zaag neer toen de deur opengging. ‘Hallo, Goldie. Alles goed?’

Marigold knikte, met een frons van concentratie op haar voorhoofd. ‘Ik moet je wat zeggen. Ik eh…’ Ineens wist ze het niet meer.

‘Wat wilde je zeggen, Goldie?’

Een plotselinge windvlaag blies de schuur binnen. De krant op Dennis’ werkbank werd erdoor opgetild en viel open op een binnenpagina. Met een grote foto van een verpleegster. Marigold zag het, en ze wist op slag weer wat ze had willen zeggen. ‘Het is niet erg als je me in een verpleeghuis stopt. Dat wilde ik tegen je zeggen. Ik vind het goed als je dat doet. Want ik begrijp het.’

Dennis keek haar geschokt aan. Toen kwam hij naar haar toe en sloeg zijn armen om haar heen. ‘Maar dat gebeurt niet, Goldie. Dat zou ik je niet aandoen.’

Marigold sloeg haar armen om zijn brede schouders. ‘Dat moet je niet zeggen, Dennis. Want dat weet je niet. Het leven is een aaneenschakeling van avonturen, en misschien is een verpleeghuis ook wel weer een avontuur. Dat ik zo vergeetachtig ben, daar mag jij niet onder lijden.’

Hij hield haar dicht tegen zich aan. ‘Dat gebeurt niet. Zolang jij er maar niet onder lijdt.’

‘Weet je nog, die rozen die ik van je heb gekregen? We kenden elkaar nog maar net.’

‘Natuurlijk weet ik dat nog. Heel lichtroze waren ze. Ik heb geen idee waar ik ze had gekocht. Maar ze waren prachtig.’

‘En ze roken zalig.’

‘Ja, dat weet ik ook nog.’

‘Als ik naar een verpleeghuis moet, dan is dat omdat ik me niets meer kan herinneren. Maar als je dan lichtroze rozen voor me meeneemt, herinner ik me het gevoel dat daarbij hoort. En dan weet ik dat je van me houdt.’

‘O, Goldie.’ Kreunend begroef hij zijn gezicht in haar hals. Hij kon geen woord meer uitbrengen. En wat had hij ook moeten zeggen? Woorden schoten tekort om haar duidelijk te maken hoeveel hij van haar hield.

Marigold zei ook niets. Het lukte haar steeds beter om in het moment te leven. En dit moment wilde ze koesteren. Zo lang als ze kon.

Mary Hanson stond met een schoenendoos bij Dolly Nesbit voor de deur. Ze was nerveus. Zo nerveus dat ze stond te trillen op haar benen. Ze hoopte dat Dolly alleen thuis was. Dat ze niet toevallig Cedric over de vloer had. Want met Cedric erbij was Dolly minder aardig. Dan durfde ze meer. Mary stelde zich voor dat Cedric haar opstookte om lelijk te doen. En dat was haar goed recht. Mary besefte drommels goed dat het onvergeeflijk was wat Bernie had gedaan. Maar ze kon Precious niet meer levend maken. Ze zou er alles voor hebben gegeven als ze de klok zou kunnen terugdraaien. Maar dat kon niet. Ze zou met haar berouw, met haar schuldgevoel moeten leren leven. Ondertussen had Bernie nergens last van. Die leefde in het moment.

Ze wilde al op de bel drukken toen ze plotseling aarzelde. Was het wel verstandig wat ze deed? Onaangekondigd met haar cadeau bij Dolly aanbellen? Was het geen gekkenwerk? Misschien smeet Dolly de deur wel voor haar neus dicht. In dat geval zou Mary misschien wel moeten verhuizen. En daar zou Brian niet blij mee zijn. Maar er zat niets anders op. Ze kon hier niet blijven wonen in de wetenschap dat ze door sommige mensen in het dorp zo werd gehaat. Maar predikte Jezus geen vergevingsgezindheid? Was dat niet zijn belangrijkste boodschap? En Dolly ging trouw elke zondag naar de kerk. Dan zou ze toch eigenlijk moeten kunnen vergeven.

Mary drukte op de bel. Haar hart bonsde tegen haar ribben. Ze trilde nog altijd als een riet. Het was belangrijk om door te gaan met ademhalen. Maar ze vergat het steeds. Onwillekeurig hield ze haar adem steeds in, en dat was niet goed. Daar werd je niet lekker van. Vroeger op school hadden ze een wedstrijdje gedaan. Wie het langst zijn adem kon inhouden. De onderwijzer had hen betrapt en gezegd dat het levensgevaarlijk was, dat ze wel dood konden gaan als ze dat te lang en te vaak deden. Dus ze moest doorgaan met ademhalen!

Na wat een eeuwigheid leek te duren, ging de deur eindelijk op een kiertje open en gluurde Dolly naar buiten. Toen ze Mary zag staan, zette ze grote angstige ogen op, als een geschrokken konijn.

'Gooi de deur alsjeblieft niet dicht,' zei Mary met de moed der wanhoop. 'Ik heb een cadeautje voor je.'

'Ik wil geen cadeautjes,' bitste Dolly.

'Dat weet ik. En ik weet dat Precious onvervangbaar is. Maar ik kan je wel iemand anders geven om van te houden. En dit jonge katje heeft dringend behoefte aan liefde.'

De deur ging een beetje verder open. 'Een jong katje?' Dolly kneep haar ogen wantrouwend tot spleetjes.

'Ja, het is nog heel klein.' Mary hield de doos omhoog.

'Maar ik wil helemaal geen kat. Er is op de hele wereld geen kat die de leegte kan vullen die Precious heeft achtergelaten.'

'Dat begrijp ik. Zoals Precious was er maar één. Dit katje is anders, maar wie weet. Misschien ga je er uiteindelijk net zo veel van houden als van je lieve Precious.'

Dolly wilde de deur al dichtgooien toen er een iel kattenstemmetje uit de doos klonk. Een zacht miauwen. De deur bleef halverwege steken. Dolly stond als verstijfd. Mary zag haar kans. Ze deed de doos open, stak haar hand erin en tilde er een piepklein wit katje uit. Dolly's mond viel open, en hetzelfde gold voor de deur. Op het moment dat ze het hulpeloze schepseltje zag, stroomde Dolly's hart over van liefde.

'Een poesje! O, wat is ze mooi!' dweepte ze. 'Waar heb je haar gevonden?'

'Ik heb overal gezocht. Want ik wilde iets bijzonders. Maar niet hetzelfde ras als Precious, want Precious is onvervangbaar.'

'O, ze is echt bijzonder. Mag ik haar vasthouden?' Dolly strekte haar armen uit.

Terwijl Mary het katje in haar handen legde, stroomde haar hart op zijn beurt over van opluchting. 'Ze is nog heel klein.'

'Ja, ze heeft een moeder nodig.'

'En volgens mij zou jij de perfecte moeder voor haar zijn.'

'Ja, dat denk ik ook.' Dolly begroef haar neus in de vacht van het katje. Toen ze weer opkeek, stonden haar ogen niet langer kil en vijandig. 'Wil je niet even binnenkomen?'

'Meen je dat? Heel graag!'

'Ik heb net water opgezet.'

'Wat heerlijk.'

'Heeft ze al een naam?'

Mary volgde haar naar de keuken. 'Nee, ik dacht dat jij haar liever zelf een naam zou willen geven.'

'Dan noem ik haar Jewel. Die naam heb ik al heel lang geleden bedacht. Als ik ooit nog een kat nam, zou ik haar Jewel noemen. Wat vind je?'

'Ik vind dat Jewel perfect bij haar past. Ze ziet eruit als een diamantje. Een schattig wit diamantje.'

Dolly glimlachte. 'Dat is ook een mooie naam. Ooit, als ik in de toekomst nog een andere kat krijg, noem ik die Diamond.'

Toen Daisy aan het eind van de dag thuiskwam, had ze een e-mail van Taran. Met als bijlage een elektronisch ticket naar Toronto. En ze besefte dat haar misschien inderdaad een ja was geweest.

26

In oktober was het zover en vloog ze naar Canada. Het was die herfst ongebruikelijk warm in Toronto. Daisy wapperde zichzelf koelte toe met een tijdschrift, terwijl de rij voor de paspoortcontrole tergend langzaam opschoof. Vol ongeduld keek ze uit naar het moment waarop Taran haar weer in zijn armen zou sluiten. Hij had gezegd dat hij op het vliegveld zou zijn. Ze glimlachte terwijl ze hem in gedachten voor zich zag. Met zijn lange haar dat hij uit zijn gezicht streek, maar dat telkens weer voor zijn ogen viel; zijn korte baard waar haar oma geen goed woord voor overhad; zijn indringende groene ogen waarin regelmatig pretlichtjes dansten, maar die werden overschaduwd door verdriet wanneer hij aan zijn vader dacht. Hoe had ze ooit kunnen denken dat hij geen gevoel had?

Ze pakte haar koffer van de band en trok hem haastig achter zich aan, langs de douane. Zodra ze door de deuren kwam zag ze hem meteen. In de aankomsthal torende hij boven iedereen uit. Met een brede glimlach op haar gezicht begon ze sneller te lopen. Ondertussen baande Taran zich een weg door de menigte naar haar toe. En het duurde niet lang of ze voelde zijn armen om zich heen.

Hij kuste haar hartstochtelijk. 'Ik heb je zo gemist!'

'Ik jou ook.' Genietend snoof ze zijn vertrouwde geur op.

Hij sloeg een arm om haar schouders en ontfermde zich over haar koffer. 'Kom! We gaan meteen naar huis. Dan kan ik je laten zien hoe vreselijk ik je heb gemist.' Hij trok haar tegen zich aan en drukte een kus op haar hoofd. 'Hmmmm,' zei hij met een zucht. 'Je ruikt naar thuis.'

Daisy had niet verwacht dat zijn appartement zo luxueus zou zijn. Een ultramoderne loft in een voormalige fabriek in Trinity Bellwoods, hartje stad. Volgens Taran de hipste wijk van Toronto. Op loopafstand van het park, dus ze zou haar dagelijkse dosis groen niet hoeven missen. Onder de donkere hemel leek de stad een tapijt van lichtjes, met overal het geraas van het verkeer en het gejank van sirenes. Na de warme dag was het inmiddels afgekoeld, en de lucht trilde van de rusteloosheid van een samenleving die nooit sliep.

Zodra de deur van het appartement achter hen was dichtgevallen, kuste Taran haar opnieuw hartstochtelijk. Daisy voelde hoe sterk en gespierd hij was terwijl hij haar tegen zich aan trok. Zijn handen waren overal. Het was allemaal zo opwindend! Ze was in Toronto, bij Taran! En ze had het gevoel dat er een zware last van haar schouders viel. De last van de verantwoordelijkheden die op haar drukten, van een toekomst die afschuwelijk somber en onzeker leek, van de angst die haar onafgebroken in zijn greep hield. Toen Taran haar meenam naar de slaapkamer en ze in elkaars armen vielen, voelde ze zich bevrijd.

Later die avond liepen ze naar een Frans restaurant aan de Ossington Strip. Het licht was gedempt, de mojito sterk, de sfeer maakte dat ze zich in Parijs waanden. 'Ik wil je mijn stad laten zien. En hoe ik hier leef.' Over de tafel heen pakte hij haar hand en keek haar diep in de ogen.

'Ik vind je leven nu al heerlijk,' antwoordde ze met een zucht van genot.

'Terwijl je er nog niks van hebt gezien. Maar we hebben een hele week de tijd om daar iets aan te doen.'

'Hoef je niet te werken?'

Hij grijnsde. 'Jawel. Maar ik ben de baas. Dus ik kan mijn uren zelf bepalen.'

Daisy fronste. Ze had niet geweten – en niet verwacht – dat hij een eigen bedrijf had. 'Echt waar?'

'We zijn niet groot. Maar wel succesvol,' voegde hij eraan toe. 'Ja, dat had je niet gedacht, hè? Dat ik eigen baas was?'

'Nee, daar heb je nooit iets over gezegd.'

'Je hebt er ook nooit naar gevraagd.' Hij grijnsde. 'Je vindt bomen en bloemen altijd belangrijker dan betonnen muren. Daar word je depressief van, heb je wel eens gezegd.'

'O, maar ik heb heus wel oog voor de schoonheid van de architectuur. En die is nergens zo schitterend als in Italië.'

'De meeste mensen zien alleen de schoonheid van oude gebouwen. Ik ga je laten zien dat moderne architectuur ook mooi kan zijn.'

'Ik ben heel benieuwd naar de gebouwen die jij hebt ontworpen.'

Hij knikte en trok zijn hand terug toen de ober het eten bracht. 'Die zal ik je ook zeker laten zien. Morgen neem ik je mee naar kantoor. Dan kan je zien wat ik doe. En dat verschilt eigenlijk niet zo veel van wat jij doet.'

De volgende morgen ontbeten ze in een café om de hoek. Taran stelde Daisy voor aan de eigenaar, een oude man met een bos grijze krullen. Zijn ogen waren zo blauw als vergeet-mij-nieten, en de levendige blik daarin vormde een ongerijmde combinatie met de dreigende uitdrukking op zijn stoppelige gezicht. 'Dit is Mr. Schulz.'

'En ik heb niks met Snoopy te maken,' zei die vermoeid.

Dat verband had Daisy nog niet eens gelegd.

'Hij zet de lekkerste koffie van heel Toronto,' vervolgde Taran. 'Daar valt die Italiaanse van jou bij in het niet.'

'En de jouwe ook, neem ik aan,' plaagde Daisy.

'Ik ben bang van wel, ja. De koffie van Mr. Schulz is uniek. Ongeëvenaard.'

De oude baas knikte. 'Ik zet al vijftig jaar koffie. En nog steeds op dezelfde manier. Voor mij geen dure machines. Echte koffie, daar gaat het om. Gezet op de ouderwetse manier.'

'We willen graag een espresso. Gezet op de ouderwetse manier,' zei Taran.

'Twee espresso,' herhaalde Mr. Schulz. Hij draaide zich zwierig om en verdween bijna huppelend achter de toonbank.

Daisy vermoedde dat hij geen groter geluk kende dan koffiezetten.

Taran nam haar mee naar buiten, naar een tafeltje op de stoep, in de schaduw. Aan een van de andere tafeltjes zat een oudere vrouw in een knalroze met gele trui. Naast haar stoel lagen twee grote honden te slapen. Aan weer een ander tafeltje was een groepje jongemannen in pak met stropdas verdiept in de krant. Taran begroette iedereen en informeerde bij de vrouw naar haar hond, die herstellende was van een kleine operatie. Behalve koffie bestelde hij bagels met gerookte zalm, want hij wilde Daisy laten kennismaken met het ontbijt zoals dat er in Toronto uitzag. Op het terras was het een komen en gaan van mensen, en Taran leek de meeste te kennen. 'Het is best een hechte buurt,' vertelde hij. Toen vertrok hij zijn gezicht en maakte zich zo klein mogelijk. 'Daar heb je Milly Hesketh. Ze is nogal opdringerig. Kijk haar vooral niet aan, want dan verander je in steen. Ze doet al maanden haar best om me aan haar dochter te koppelen, dus ze zal niet blij zijn als ze jou hier ziet.'

Daisy reikte over de tafel en pakte zijn hand. 'Ik doe ook mijn best.' Ze schoot in de lach. 'Om haar de illusie voorgoed te ontnemen.'

Tarans kantoor bevond zich in het historische hart van de stad, vlak bij de St. Lawrence Market. Daar stonden victoriaanse huizen, opgetrokken in rode baksteen, zij aan zij met moderne scheppingen van glas en staal. Ze deden Daisy denken aan afkeurende grootouders die zich slecht op hun gemak voelden in de hectiek van de jongere generaties. Het architectenbureau bestond uit een reusachtige open ruimte met grote ramen en een glimmende eikenhouten vloer op de vierde verdieping van een voormalige brouwerij. Daisy slenterde wat rond terwijl Taran overlegde met een van zijn collega's. Aan de muren hingen ingelijste foto's van de ontwerpen die hij had gerealiseerd. Twee daarvan waren appartementen in de stad die hij had verbouwd, maar er waren ook houten strandhuizen aan de kust en moderne villa's in de heuvels, gebouwd volgens een strak, geometrisch patroon. Daisy was onder de indruk. De ontwerpen waren stuk voor stuk prachtig. En ze besefte dat hij gelijk had. Er was niet zo veel verschil tussen zijn werk en het hare. Ze waren allebei kunstenaar.

Maar ze besefte ook – en dat maakte haar ongerust – dat hij zijn bedrijf niet in de steek kon laten om in Engeland te gaan wonen. Over illusies gesproken...

'Ik ben diep onder de indruk,' zei ze toen hij achter haar kwam staan en zijn armen om haar middel sloeg.

'Dank je wel.'

'Het is echt schitterend. Alles wat je hebt ontworpen.'

'Ik hou van mijn werk.'

'Heb je het ooit aan je vader laten zien?'

Hij begroef zijn gezicht in haar hals. 'Die was er niet zo in geïnteresseerd.'

'Hoezo? Waarom zou hij niet geïnteresseerd zijn?'

'Hij vond iets pas mooi als het meer dan een eeuw oud was. In zijn ogen waren mijn ontwerpen een onvergeeflijke aanslag op het landschap.'

Ze keek naar de foto van een huis met een zwembad. Met zijn platte dak en glazen pui paste het perfect in de omgeving. Het was prachtig, en heel licht. 'Als hij deze foto's had gezien, zou hij dat niet meer hebben gezegd.'

'Lieve Daisy, jij ziet altijd het goede in anderen. En mijn vader was een goed mens. Absoluut. Maar hij was ook kleingeestig. Echte schrijvers zaten volgens hem op een zolderkamertje, onder een lekkend dak, met een ganzenveer op perkament te schrijven. Hij had een hekel aan computers, aan mobiele telefoons, aan het internet. Hij had in de victoriaanse tijd moeten leven. In de moderne wereld voelde hij zich niet thuis. De enige reden dat hij een combine kocht, was dat hij er niet langer onderuit kon. Maar het liefst had hij landarbeiders gehuurd om de schoven handmatig te binden en op stuiken te zetten.'

'Ik weet niet eens wat dat is.'

'Omdat je een kind bent van deze tijd.' Hij draaide haar naar zich toe.

'Je zou niet in zo'n slaperig dorp moeten wonen, met alleen maar oude mensen. Dat kan later altijd nog. Nu zou je hier in Toronto moeten wonen. Bij mij. En waarom niet? Je kunt hier ook werken.'

Ze zag aan zijn gezicht dat hij het meende. 'Je had beloofd dat je me dat niet zou vragen.'

'Dat klopt. Maar ik wist toen al dat ik me niet aan die belofte zou houden.'

'Taran!'

'Ja, wat moet ik dán zeggen? Ik wil gewoon dat je hier komt wonen.'

'Ik heb niks tegen de stad. Dat weet je. Ik heb jaren in Milaan gewoond, en dat vond ik heerlijk. Maar het gaat nu om mijn moeder. Ik kan haar niet in de steek laten.'

Taran knikte langzaam, en ze vroeg zich af of hij aan zijn eigen moeder dacht. Of hij zich schuldig voelde. 'Zo ver weg is Toronto nou ook weer niet.'

'Dat weet ik. Maar ik kan mijn moeder nou eenmaal niet aan haar lot overlaten. En mijn vader ook niet.' Ze maakte zich los en liep naar het raam. Ver beneden zich zag ze een rustige, lommerrijke straat met een café, een Italiaans restaurant en aan de overkant een rijtje laagbouw met wat boetiekjes.

Taran kwam naast haar staan. 'Je moet ook voor jezelf durven kiezen, Daisy.'

'Je bedoelt dat ik egoïstischer moet zijn?'

'Nee, het is niet egoïstisch om voor jezelf te kiezen. Je bent jong, je bent mooi, je hebt talent en je bent slim.'

Ze glimlachte verdrietig. 'En dus heb ik niks te zoeken in een slaperig dorp met alleen maar oude mensen?'

'Daar gaat het niet om. Je hebt alles in huis om overal gelukkig te zijn. Maar ik wil dat je hier komt wonen. Bij mij.'

Ze slaakte een zucht. 'Dat zou ik ook wel willen.'

'Denk er eens over na. Het hoeft niet meteen. Van vandaag op morgen. Maar jij woont in Engeland, en ik zit hier, aan de andere kant van de oceaan. Dat kan natuurlijk niet zo doorgaan. Tenminste, niet voor altijd.'

Voor altijd. Besefte hij wat hij daarmee had gezegd? Daisy's gedachten gingen onwillekeurig naar Luca. In de zes jaar dat ze samen waren geweest, had hij zich nooit op die manier uitgesproken. Meende Taran het serieus? Wilde hij echt de rest van zijn leven met haar delen?

Het was alsof hij haar gedachten kon lezen. Want hij trok haar tegen zich aan, met een hand op haar schouder, en legde zijn kin op haar hoofd. 'Op onze leeftijd heeft het geen zin om spelletjes te spelen,' zei hij zacht. 'Ik weet wat ik wil.'

In de daaropvolgende dagen nam hij alle tijd om haar de stad te laten zien. Ze bezochten alle bezienswaardigheden, alle iconische plekken die hij zelf al talloze keren moest hebben gezien. Ze gingen joggen in het park, ze dineerden in de hipste restaurants en ze zwierven door de zalen van het beroemde Royal Ontario Museum. Ze beklommen de CN Tower, ze gingen naar Ripley's Aquarium dat prat ging op een collectie van wel zestienduizend waterbewoners, en Taran kocht kaartjes voor een boottocht die hij ook nog nooit had gemaakt en die Daisy hilarisch vond. Ze zaten samen op het dek, tussen de toeristen die foto's maakten, terwijl een gids alle beroemde gebouwen aanwees en van commentaar voorzag met een scherpe, nasale stem die Taran de rest van de dag bleef imiteren.

Daisy dacht eraan hoe het zou zijn als ze bij Taran woonde. Er was in het appartement genoeg ruimte voor een eigen atelier. En dankzij de hoge plafonds was er ook genoeg licht, net als in de verbouwde schuur op het landgoed. Ze zag haar schildersezel er al staan, ze zag zichzelf al aan het werk en af en toe opkijken naar het victoriaanse blok aan de overkant met zijn brandtrappen langs de buitenmuren. Misschien zou ze hier behalve dieren ook mensen gaan portretteren. Want ze had inmiddels genoeg zelfvertrouwen om te weten dat ze dat kon.

Ze kon zich moeiteloos voorstellen dat ze bij Taran introk. Dat ze haar kleren bij hem in de kast hing, dat ze haar toiletspullen bij hem in de badkamer zette. Ze zag zichzelf al pasta koken en groente snijden in de keuken. En ze bedacht dat ze het appartement haar eigen vrouwelijke accent zou geven, met langstelige rozen op het aanrecht, geurkaarsen in de badkamer, geraniums in de vensterbank, misschien wat fleurige kussens op de bank. Nee, het kostte haar geen enkele moeite zich voor te stellen dat ze bij Taran woonde.

Op een ochtend, toen hij aan de telefoon zat om een probleem op te lossen dat op kantoor was gerezen, trok ze er alleen op uit om de buurt te verkennen. Ze zwierf door de straten, keek in de etalages, liep bij de deli naar binnen – haar favoriete winkel – en bleef staan om het aanbod in de bloemenwinkel te bewonderen. Uiteindelijk ging ze op een bankje zitten en liet deze nieuwe, onbekende wereld aan zich voorbijtrekken. Een levendige, kleurrijke wereld, met alles wat een mens zich maar kon wensen. Een betoverende wereld waar ze helemaal in zou kunnen opgaan. Ze had al eerder in een stad gewoond, ze had al eerder een nieuw leven opgebouwd in het buitenland, en dat zou ook nu geen probleem zijn. Het had bovendien iets inspirerends, iets stimulerends: een nieuw begin in een nieuwe stad. Ze dacht aan haar ouders, die hun hele leven in hetzelfde dorp hadden gewoond, en prees zichzelf gelukkig dat ze de kans had gekregen om meer van de wereld te zien, om andere culturen te leren kennen. In Milaan had ze een nieuwe taal moeten leren, maar dat was hier in Toronto niet nodig.

Ze was nieuwsgierig naar Tarans vrienden, naar zijn neven en nichten van moederskant, en ze was aangenaam verrast door de hartelijkheid waarmee ze in hun kring werd opgenomen toen ze hen op een avond tegen het eind van haar weekje Toronto leerde kennen. Maar het meest genoot ze van de momenten dat Taran en zij samen waren. Van de tijd die ze samen doorbrachten in zijn luxueuze, lichte en ruime appartement, innig verstrengeld in bed. Ze raakten niet uitgepraat, ze vrijden tot diep in de nacht, met op de achtergrond het geraas van de stad. Tarans stad. Samen zijn was zo heerlijk, zo dierbaar.

Op de laatste ochtend van haar verblijf was Taran al opgestaan toen ze wakker werd. Ze hoorde hem praten in de woonkamer. Hij zat aan de telefoon. Ze stond op, rekte zich uit, poetste haar tanden en nam haastig een douche. Daarna schoot ze zijn kamerjas aan en liep ze naar de open keuken om een glas sinaasappelsap uit de koelkast te pakken. De kamer baadde in het licht dat door de hoge ramen naar binnen viel. Door het gerommel van een vrachtwagen, beneden op straat, kon ze niet horen wat Taran zei. Ze schonk zichzelf een glas sap in. Behalve kaas en sap stond er weinig in de koelkast. Het liefst zou ze hem volstoppen met groenten, vlees, alles wat ze nodig had om lekker te koken. Maar dat kon niet. Zolang haar moeder haar nodig had, zolang ze haar vader tot steun moest zijn, bleef 'voor altijd' een illusie.

Taran ijsbeerde in een gestreepte pyjamabroek met ontbloot bovenlijf door de kamer. Hij hield de telefoon tegen zijn oor gedrukt, zijn vrije hand lag op zijn hoofd. 'Grond', was een woord dat Daisy opving, en 'verkopen'. Geleund tegen het marmeren werkblad in de keuken spitste ze haar oren. 'Hoe ver zijn we met de bouwvergunning?' Het bleef geruime tijd stil terwijl degene aan de andere kant van de lijn de vraag beantwoordde. De zaak lag blijkbaar ingewikkeld. 'Ik ga het zelf doen,' zei Taran ten slotte. 'Dat is tenslotte mijn werk. Ik geniet van de uitdaging.' Het bleef weer even stil. Tarans gezicht versomberde. 'Die vervloekte planologen!' mopperde hij toen. 'Ze houden de hele boel op. In Engeland is de gemeenteraad zo'n log orgaan. En zo traag! Je zou denken dat ze om huizen zitten te springen. Ik weet niet beter of er heerst enorme woningnood!' Toen hij Daisy zag, schonk hij haar een glimlach.

Hij glimlachte! Terwijl hij wist hoeveel het landgoed voor haar en haar familie betekende! Als verlamd hoorde ze hoe het gesprek verderging over het verkopen en bouwrijp maken van de grond die hij van zijn vader had geërfd, van de velden die grensden aan de tuin van haar ouders. De velden die haar moeder zo dierbaar waren.

Ten slotte hing hij op. 'Je bent prachtig!' Hij kwam naar haar toe.

'Waar ging dat over?' vroeg ze, in verwarring gebracht. 'Dat telefoongesprek? Ik hoorde je iets zeggen over grond die je gaat verkopen.'

Hij leek niet in de gaten te hebben dat ze van streek was. 'O, saai.' Hij sloeg zijn armen om haar heen. 'Laten we weer naar bed gaan.'

'Nee! Ik wil antwoord op mijn vraag! Je zei dat je de grond niet zou verkopen.'

Hij fronste zijn wenkbrauwen. Zijn gezicht verried ergernis, verwarring bij het zien van haar woedende blik. 'Waar heb je het over?'

'De boerderij.' Er brandden tranen in haar ogen. Hij had tegen haar gelogen. *Voor altijd.* Ze had hem geloofd, ze had gedacht dat hij het meende.

'Ik ga de boerderij niet verkopen.'

'Maar je zei...'

'Je hebt me afgeluisterd. Ik zou eigenlijk boos op je moeten zijn.'

'Het is niet grappig.'

Met zijn handen in zijn zij keek hij op haar neer. 'Ik verkoop inderdaad een boerderij. Maar niet de boerderij die jij denkt.'

'Is er dan nog een?'

'Ja, mijn vader had er ook een in de Midlands. Die heeft nooit veel opgeleverd. Integendeel. De boel draaide met verlies. Mijn vader had de verkoop al in gang gezet, met de bedoeling dat er huizen voor in de plaats zouden komen. Hoe dan ook, die grond is nu van mij, en ik ben van plan er zelf te gaan bouwen. Ik wil er niet wonen, en mijn moeder ook niet.' Hij keek haar grijnzend aan. 'Maar als jíj daar per se naartoe wilt...'

Ze glimlachte, ondanks zichzelf. 'Sorry. Ik had me er niet mee moeten bemoeien. Het gaat me niets aan.'

'Het zou je wel degelijk aangaan als ik de grond achter het huis van je ouders ging verkopen. Maar dat zou ik nooit doen.'

'Echt niet? Beloof je dat?'

'Lieve Daisy, dat land was alles voor mijn vader. Op mensen had hij het niet zo. Waarschijnlijk hield hij meer van zijn land. Het was zijn leven. Zijn passie. Op dit moment wil ik er niet wonen, maar ooit wel.' Hij legde zijn handen langs haar gezicht. 'En dat land is jou ook dierbaar.'

Ze las de liefde in zijn ogen. 'Ja, dat is zo.' Ze klampte zich vast aan wat hij had gezegd, dat hij ooit naar Engeland terug zou komen. En ze hoopte vurig dat hij het meende.

'Dan zijn we het daarover eens. Dat land is me heilig. Daar komt niemand aan.'

Ze schoot in de lach toen hij haar optilde en naar de slaapkamer droeg. 'Zo, en je weet wat er gebeurt met meisjes die luistervinken...'

Het afscheid viel Daisy zwaar. Van Taran en van Toronto. Ze had het gevoel dat ze de zon achter zich liet en terugging naar de mist. Haar droom van pasta koken in Tarans keuken, van bloemen op het aanrecht zetten en boodschappen doen bij de deli werd verjaagd door de werkelijkheid; door de harde realiteit van haar moeders afnemende gezondheid en door haar onwankelbare plichtsbesef. In het vliegtuig werd ze opnieuw in volle hevigheid overvallen door angst en bezorgdheid, terwijl haar hart hunkerde naar Taran. Het was een onmogelijke situatie waarin ze verkeerde. Waarom moest zowel de eerste als de tweede man aan wie ze haar hart had verloren, uitgerekend in het buitenland wonen? Waarom kon ze niet iemand dichter bij huis vinden, zoals Suze dat had gedaan? Ze was al in de dertig, maar ze woonde nog thuis. Na haar week bij Taran verlangde ze weer naar onafhankelijkheid. Naar haar eigen huis – met haar eigen koelkast, haar eigen fornuis – waar ze het gezellig kon maken voor de man van wie ze hield. Maar ze was aan haar ouders gebonden. Haar vader had haar nodig, haar moeder ging snel achteruit, en aan Suze hadden ze weinig. Daisy had het gevoel dat ze onmisbaar was. Voor iedereen. En dat benauwde haar.

Ze had een tijdlang gedacht dat ze nooit meer in een stad zou willen wonen. Maar nu vroeg ze zich af of Taran gelijk had. Of ze meer voor zichzelf moest durven kiezen. Of ze inderdaad te jong was voor een slaperig dorp met alleen maar oude mensen. Want had ze het niet heerlijk gehad in Milaan? Was ze dat nu alweer vergeten?

Ze kwam doodmoe thuis, net op tijd voor het eten. Marigold had een kip gebraden en had Suze en Ticky ook uitgenodigd. Iedereen verzamelde zich rond de keukentafel, blij dat ze terug was en benieuwd naar haar verhalen. Daisy's blik viel op de geeltjes met geheugensteuntjes voor het bereiden van de kip. Marigold had alles opgeschreven, zelfs dat ze de oven moest aanzetten en aardappels uit de bijkeuken moest halen. Daisy werd er verdrietig van. Haar moeder werd steeds afhankelijker van de geeltjes, en van haar opschrijfboekje dat ze altijd bij zich droeg, maar dat ze regelmatig vergat te raadplegen. Daisy's gedachten gingen onwillekeurig naar het leven waarmee Taran haar had laten kennismaken; een leven dat zo anders was en dat zich afspeelde in een stad vol lichtjes. Het verlangen naar dat andere leven was plotseling overweldigend.

Toch pakte ze al snel haar oude routine weer op. Ze liep elke morgen door de velden naar de schuur op het landgoed om aan de puzzel te werken. Haar opdrachten voor dierenportretten had ze op de lange baan geschoven, tot na Kerstmis. De puzzel was nu haar eerste prioriteit. Als ze zich daar niet volledig op concentreerde, kreeg ze die niet op tijd af.

Op de eerste ochtend na haar terugkeer dronk ze een espresso met Lady Sherwood om verslag te doen van haar week bij Taran. 'Hij is enorm succesvol in zijn werk. Daar had ik geen idee van. En ik wist niet dat hij zulke prachtige dingen kon maken.'

Lady Sherwood glimlachte weemoedig. 'Ja, hij heeft echt uitzonderlijk veel talent. Maar Owen dacht alleen maar aan het landgoed. Hij wilde Taran klaarstomen om hem ooit op te volgen. Natuurlijk zonder te beseffen hoe snel dat moment zou aanbreken.'

'Tja, maar ik heb nu kennisgemaakt met zijn leven in Toronto. En ik kan niet anders zeggen dan dat hij daar volmaakt op zijn plaats is. Hij is gelukkig. Alles is perfect, tot en met de koffie.'

'Daar ben ik blij om. Als moeder wil je dat je kinderen gelukkig zijn. En ik ben dankbaar dat Taran zijn roeping heeft gevonden. Misschien niet de roeping die zijn vader had gewild, maar ouders moeten hun kinderen de vrijheid geven om hun eigen weg te gaan. Daar was Owen niet zo goed in. Natuurlijk mis ik Taran. Maar ik zou het afschuwelijk vinden als hij het gevoel had dat hij voor mij terug zou moeten komen. Ik hoop dat ik ruimhartiger ben dan mijn man was. Trouwens, ik heb mijn eigen leven.'

Daisy trok haar wenkbrauwen op. 'Hoe gaat het met Nana's bridgeclub?'

Lady Sherwood schoot in de lach, haar groene ogen glinsterden. 'Geweldig. Het is enig!'

'Echt waar?' vroeg Daisy verrast.

'Ja, en Nana is om te gieren.'

'Om te gieren.' Daisy kon zich er niets bij voorstellen.

'Ja, ze is zo grappig. Ik geloof niet eens met opzet. Want ze is natuurlijk een verschrikkelijke mopperaar. Maar we lachen erom, we nemen haar op de hak, en daar geniet ze van. Haar vriendinnen zijn ook aardig. Maar ze heeft wel tegen me gejokt.'

'O?' Daisy schrok een beetje.

'Ze zijn érg goed.'

'Dat had ik je wel kunnen vertellen.' Daisy ontspande. 'Nana bridget al jaren.'

Terwijl Daisy schilderde, Dennis in zijn schuur aan het werk was en Nana televisiekeek en kruiswoordpuzzels maakte, had Marigold voortdurend aanloop. Sommige bezoekers wipten even binnen voor een kop thee, andere bleven langer. Sommige, zoals Cedric, brachten zelfgebakken cakejes mee, andere kwamen met nieuwtjes. Zoals Eileen. Marigold genoot van de cakejes, maar van de nieuwtjes herinnerde ze zich niets. Eileen had al snel door dat ze haar alles kon vertellen, want op het moment dat ze de deur uit liep, was Marigold het alweer vergeten. Een trotse Dolly kwam langs om Jewel te laten zien, het nieuwe katje. En toen Mary even binnenwipte om te vertellen dat Dolly en zij het hadden goedgemaakt, moest Marigold doen alsof ze nog wist waaróm de twee ooit ruzie hadden gekregen.

Iedereen die Daisy tegenkwam in het dorp, informeerde naar de puzzel. Ze waren allemaal razend nieuwsgierig hoe hun bijdrage daarin was verwerkt. En naar Marigolds gezicht wanneer ze het resultaat te zien kreeg. Daar wilden ze allemaal bij zijn. Daisy overlegde met haar vader, en er werd besloten tot de feestelijke aanbieding van de puzzel in het dorpshuis, waarvoor alle betrokkenen zouden worden uitgenodigd. 'Ze zal toch niet beledigd zijn?' vroeg Daisy, die zich plotseling zorgen maakte dat haar moeder het misschien niet leuk zou vinden als bleek dat iedereen op de hoogte was van haar geheugenverlies.

'Nee, daar geloof ik niets van,' verklaarde Dennis met grote stelligheid. 'Ik ken Goldie. Ze zal het idee alleen maar waarderen. Dat weet ik zeker.'

Daisy had in geen maanden aan Luca gedacht. En toen stond hij, een paar weken voor Kerstmis, ineens op de stoep.

Stomverbaasd keek ze hem aan. In zijn dikke jas met vilten hoed en olijfgroene sjaal zag hij er waanzinnig stoer en aantrekkelijk uit. Er lag een waas van stoppels op zijn kaken, zijn grijzende haar krulde rond zijn oren. Om zijn mond speelde een glimlach, en de doordringende uitdrukking in zijn kastanjebruine ogen verried dat hij besefte hoe stom hij was geweest en dat hij haar nooit had moeten laten gaan.

'Luca? Wat doe jij hier?' vroeg ze verbijsterd.

'Doodvriezen. Mag ik binnenkomen?'

Daisy deed de deur wijdopen en keek hem na terwijl hij rechtstreeks doorliep naar de keuken. Daar zat Nana te patiencen. Toen ze Luca zag, viel haar mond open. 'Allemachtig! Het is Lazarus, opgestaan uit de dood!'

'Hallo, Nana.' Hij bukte zich en gaf haar een zoen alsof het de gewoonste zaak van de wereld was dat hij ineens in de keuken stond.

Marigold, die in de zitkamer naar oude afleveringen van *Frasier* keek, kwam haastig aanlopen. 'Luca?' zei ze ademloos. Hém was ze nog niet vergeten.

'Marigold!' Hij omhelsde haar onstuimig, tilde haar bijna van de grond. 'Wat fijn om je te zien!'

Marigold voelde zich in verwarring gebracht. Waren Daisy en hij getrouwd? Daar kon ze zich niets van herinneren. Ze besloot haar mond te houden tot ze zekerheid had.

Daisy kwam nu ook de keuken binnen. 'Waarom heb je niet gebeld?' vroeg ze streng, met haar armen over elkaar.

'Omdat je een ander nummer hebt genomen.' Hij keek haar doordringend aan.

Zich bewust van de gespannen sfeer liep Marigold naar het fornuis. 'Ik zal een pot thee zetten,' verklaarde ze opgewekt.

'Nee,' sprak Daisy haar tegen. 'Luca en ik gaan naar de pub. We hebben een hoop te bespreken. En daar willen we jullie niet mee lastigvallen.'

'O, míj val je niet lastig, hoor,' verklaarde Nana haastig. 'Zeg gerust wat je op je hart hebt. Marigold is het zo weer vergeten, en mij interesseert het niet. Zet maar lekker water op, Marigold. Misschien neem ik wel een scheutje cognac in mijn thee. Waarom niet,' zei ze toen Daisy haar verbijsterd aankeek. 'Dat doet Celia ook.'

27

Daisy en Luca zaten tegenover elkaar, aan een tafeltje in een hoek van de pub. Daisy had een glas wijn besteld, Luca een Peroni. Wat gek eigenlijk, dacht ze terwijl hij haar aankeek met zijn bruine ogen die haar nog altijd zo vertrouwd waren. Ze waren nu een jaar uit elkaar, maar het voelde alsof ze hem de vorige dag nog had gezien. Alsof de laatste twaalf maanden er nooit waren geweest. Alsof ze het allemaal had gedroomd.

Ze nam een slok wijn, in de hoop daar moed uit te putten. 'Wat wil je?' vroeg ze in het Italiaans.

'Nou, ik heb die hele reis natuurlijk niet gemaakt om alleen maar hallo te zeggen. Ik wil je terug, Margherita,' zei hij resoluut. 'Ik weet dat ik je pijn heb gedaan, en dat spijt me,' vervolgde hij haastig toen ze wilde protesteren. 'Ik besefte niet hoeveel je voor me betekent.' Hij slaakte een zucht, zijn gezicht verried hoe geëmotioneerd hij was. 'Ik ben me de afgelopen tijd pas gaan realiseren hoeveel ik van je hou. We zijn zo lang samen geweest. Blijkbaar dacht ik er niet over na en vond ik het allemaal vanzelfsprekend. Inmiddels heb ik bijna een jaar de tijd gehad om na te denken, om andere relaties te proberen. Maar er is geen vrouw die zelfs maar in je schaduw kan staan. Jij bent voor mij de enige. En je kunt krijgen wat je wilt. Je hoeft geen compromissen te sluiten. Ik ben tot alles bereid. Ik had je het moederschap niet mogen ontzeggen. Dat was egoïstisch van me.' Hij glimlachte bijna verlegen. 'Ik heb mezelf overwonnen, Margherita.'

Daisy voelde boosheid opkomen. Een kolkende woede, die opwelde vanuit haar hart. 'Je hebt er een jáár voor nodig gehad om te beseffen hoeveel ik voor je beteken? En nu ben je ineens bereid tot alles wat ik altijd heb gewild? Daar kom je wel een beetje laat mee. Denk je nou echt dat ik al die maanden op jou ben blijven wachten?'

'Ik hoopte dat je gevoelens voor mij nog niet waren veranderd,' antwoordde hij zacht, merkbaar geschokt door haar reactie.

'Waarom denk je dat ik een ander nummer heb genomen?'

Hij haalde zijn schouders op zoals alleen Italianen dat kunnen. 'Ik wilde gewoon graag in contact blijven.'

'En ik wilde graag door met mijn leven.'

'En dat heb je gedaan, neem ik aan?'

Daisy wilde hem geen pijn doen, maar ze vond ook dat ze eerlijk moest zijn. 'Ja. En ik heb iemand anders gevonden.'

De bezeerde blik in zijn ogen sneed door haar ziel. 'We zijn zes jaar samen geweest, Margherita. Er is zo veel wat we delen. En dat gooi jij zomaar weg? Zes jaar van ons leven?' Hij nam een grote slok van zijn biertje. 'Trouwens, wie is dat dan wel? Die ander?'

'Niet iemand die je kent.'

'Een Engelsman?'

'Ja.'

'Engelsen zijn rampzalig slechte minnaars.'

'Dat weet je uit ervaring?'

'Als jij dat wilt, kom ik in Engeland wonen.'

Daisy was verbijsterd. 'Echt waar? Zou je dat echt doen? Voor mij?'

'Nogmaals, ik ben eindelijk zover dat ik me wil binden.' Hij haalde een klein rood doosje uit zijn zak. 'Je hebt me een waardevolle les geleerd, Margherita. Namelijk dat we ons als mens niet kunnen afzonderen. Dat we geen eiland zijn. Dat het in de liefde draait om geven en nemen. Dat het erom gaat de ander gelukkig te maken. En ik wil dat jij gelukkig bent. Met mij.'

'Meen je dat serieus? Ben je echt zo veranderd? Je zei altijd dat je niet wilde trouwen, dat je geen kinderen wilde omdat die je zouden beperken in plaats van verrijken. En nu ben je ineens bereid om naar Engeland te verhuizen? Om te trouwen en vader te worden?'

'Alleen stomkoppen houden hardnekkig vast aan een eenmaal ingeslagen weg. Als fotograaf kan ik overal werken. Als jij hier wilt blijven, dan ben ik bereid te verhuizen. Trouwens, met Milaan heb ik het wel zo'n beetje gehad. Ik ben de veertig gepasseerd. Misschien wordt het tijd voor een wat minder hectisch bestaan, voor een andere manier van leven.' Hij schoof het doosje naar haar toe. 'Ik wil met je trouwen, Margherita.' Zijn bruine ogen straalden hoopvol. 'Ooit heb je van me gehouden, en volgens mij gaat een liefde zoals de onze nooit voorbij. Ik hou nog steeds van je. Zelfs meer dan ooit. Dat was voor mij ook een verrassing, en het betekent dat ik de pijn om het afscheid nog dieper ben gaan voelen.' Zijn blik werd intenser. 'Toe, Margherita. Dit is wat je wilt. Wat je altijd hebt gewild. Straf me niet door te zeggen dat ik daar te laat achter ben gekomen.'

Ze deed het doosje open. 'O, Luca.' Ze slaakte een zucht. Bij het zien van de saffier, omringd door diamantjes, kreeg ze tranen in haar ogen. 'Hij is prachtig.'

'Ik wist dat je hem mooi zou vinden. Je houdt van eenvoudig, ingetogen. Dat weet ik. Zie je nou wel? Ik ken je beter dan wie ook. Beter dan die Engelsman van je. En jij kent hem ook nauwelijks. Denk aan wat we samen hebben meegemaakt. Aan de jaren dat we samen zijn geweest. We waren eigenlijk al getrouwd, maar dan zonder de ringen en de plechtigheid.' Hij pakte haar hand. 'Ik wil dat je weer thuiskomt. En anders maken we hier ons nieuwe thuis. Je hoeft het maar te zeggen.'

Daisy trok haar hand terug. Ze klapte het doosje dicht en schoof het over de tafel terug naar Luca. 'Ik weet het niet. Je overvalt me ermee. Dit had ik niet verwacht. Ik dacht dat ik wist wat ik wilde, maar nu ben ik daar ineens niet meer zo zeker van.'

'Denk erover na. Ik wil je niet onder druk zetten. Maar hoe zit het met die Engelsman? Ken je hem wel goed genoeg? Nee, natuurlijk niet. Mij wel. Waarschijnlijk beter dan ik mezelf ken. Op mij kun je rekenen, Margherita. Kun je dat ook op hem?'

Het bleef geruime tijd stil terwijl ze nadacht over wat hij had gezegd.

'En nu?' vroeg ze ten slotte. 'Wat ga je nu doen? Vlieg je meteen weer terug naar Milaan?'

'Ik ga met de kerst naar Venetië, naar mijn familie. Maar je bent geen moment uit mijn gedachten. Jij en de hoop dat ik deze ring aan je vinger mag schuiven. Dat we samen aan een nieuwe fase van ons leven zullen beginnen.' Hij tikte met het doosje op de tafel. 'Vannacht logeer ik in de stad, in het Bear Hotel. Mijn telefoon staat aan. Je kunt me bellen.'

Er was het afgelopen jaar zo veel gebeurd dat ze amper wist waar ze moest beginnen. Taran wist van haar moeders dementie, van haar nieuwe carrière als kunstenaar. Hij wist hoe haar nieuwe leven eruitzag. Met Luca had ze een jarenlange geschiedenis; ze hadden zo veel meegemaakt samen. Hij kende het verleden. 'Ik denk dat ik beter kan gaan.' Ze stond op.

'Ik breng je naar huis.'

Samen liepen ze de straat uit. Bij haar huis gekomen bleven ze staan.

'Ik kan je wel binnenvragen, maar het is waarschijnlijk beter...'

'Dat begrijp ik. En het geeft niet.' Hij legde zijn hand in het kuiltje van haar rug, trok haar tegen zich aan en drukte een kus op haar wang. De vertrouwdheid overrompelde haar. 'Denk erover na,' fluisterde hij in haar oor. 'En ondertussen denk ik aan jou.'

Daisy besloot niets tegen Taran te zeggen. Althans, niet door de telefoon. Dat voelde niet goed. Hij zou er bepaald niet gelukkig mee zijn dat ze Luca weer had gezien. Ze wilde niet dat hij jaloers werd, of boos, en ze voelde zich schuldig omdat ze heen en weer werd geslingerd tussen hem en Luca. Het leek haar beter niet meer te bellen, maar te appen, met het excuus dat ze het druk had. Eerst moest ze duidelijkheid scheppen voor zichzelf. Ze had tijd nodig om na te denken. De enige reden dat ze met Luca had gebroken, was dat hij haar niet wilde geven wat ze wilde. Maar nu bleek plotseling dat hij tot alles bereid was. Trouwen, kinderen, verhuizen naar Engeland. Wat betekende dat voor haar relatie met Taran? Ze hield van hem, daaraan twijfelde ze geen moment. Maar hield ze ook nog steeds van Luca? Of was het vooral de vertrouwdheid die haar aansprak? Het bekende? Het gevoel van veiligheid?

Of hield ze van hen allebei?

Kon dat? Kon je van twee mannen tegelijk houden?

Een paar dagen later was de puzzel af. Dennis kwam met de auto naar het landgoed om hem te halen. Zonder dat Marigold het zag, droegen ze hem naar de schuur, waar Dennis hem zou verzagen tot stukken die niet al te klein waren, maar klein genoeg om toch een uitdaging te vormen. Want ook al kon ze niet veel meer, Marigold hield nog altijd van een uitdaging.

Dennis ging ermee aan de slag. Eerst met de lintzaag, en daarna met de figuurzaag voor de lastigste karweitjes. Hij werkte lang door, tot laat in de avond. Want de puzzel moest op tijd klaar zijn.

Het resultaat was schitterend. Mooier dan alle eerdere puzzels die hij had gemaakt. Met de hulp van Daisy was er echt iets bijzonders tot stand gekomen.

'Het is echt een kunstwerk,' zei ze ademloos van opwinding toen haar vader haar trots zijn werk liet zien.

Dennis knikte. 'Volgens mij vindt ze hem prachtig.'

'Dat weet ik wel zeker, pap.'

Dennis sloeg zijn armen om haar heen. 'Ik prijs me gelukkig met zo'n dochter. Je moeder is dolblij met je, maar ik ook. Als je dat maar weet. Je bent zo'n steun voor ons. We mogen dankbaar zijn dat je weer thuis woont.'

Met een brok in haar keel omhelsde ze hem. 'Ik ben blij dat ik er voor jullie kan zijn.' Ze legde haar hoofd op zijn brede borst. Onder zijn overhemd hoorde ze zijn hart kloppen. Vanuit zijn onwankelbare liefde klopte het voor haar moeder. Ze dacht aan haar eigen hart. Als ze voor Taran koos, hoe loste ze dan het probleem op dat ze zo ver van elkaar woonden? Op verschillende continenten. Hij kon niet weg uit Toronto, en zij was hier nodig. Met de Atlantische Oceaan tussen hen in was het onmogelijk elkaar halverwege tegemoet te komen. Hij zou naar Engeland moeten komen, of zij zou een nieuw leven in Canada moeten opbouwen. Anders had hun relatie geen toekomst.

En als ze voor Luca koos? Dan zou ze hier kunnen blijven, dicht bij haar ouders. Maar meende Luca het serieus? Was hij oprecht bereid om naar Engeland te verhuizen? En was dat de reden waarom ze zijn aanzoek zelfs maar overwoog? Zijn aanbod om naar háár toe te komen? Of wilde hij haar gewoon zo graag terug dat hij beloften deed waaraan hij zich uiteindelijk toch niet zou houden?

Daisy was zo in de war dat ze hem niet belde. En Taran ook niet. Ze moest helderheid zien te krijgen in haar gedachten, in haar gevoelens. Ze moest erachter zien te komen wat ze werkelijk wilde. Of liever gezegd, wíé ze wilde.

Ondertussen ging Luca door met appen. IK DENK ALLEEN MAAR AAN JOU. JE BENT VOORTDUREND IN MIJN GEDACHTEN. JE WOONT IN MIJN HART. IK HUNKER NAAR JE.

Suze bood aan te helpen met het versieren van het dorpshuis voor het feestje ter ere van Marigold. Ze had kijk op dat soort dingen, zei ze. En Daisy was maar al te graag bereid de supervisie aan haar over te dragen. Dennis en zij hadden de puzzel gemaakt. Het was niet meer dan redelijk dat Suze ook een bijdrage leverde. Met een enthousiasme waarmee ze haar zus verraste, wist Suze, geholpen door Ticky, een groepje vrienden te rekruteren. Samen gingen ze aan de slag en werkten ze onvermoeibaar om de kale, functionele ruimte te veranderen in een winters sprookjesland. Suze wist dat haar moeder dol was op sneeuw, dus ze bedekte de sparren en de hulst waarmee Ticky de ruimte had gevuld met kunstsneeuw die ze in de stad had gekocht. De sneeuw flonkerde als miljoenen diamantjes in het schijnsel van de lichtjes die ze over alles heen drapeerden en die ze als een glinsterend web langs het plafond hadden gespannen. Ze omwikkelden de lichtjessnoeren met gouden en zilveren slingers en hingen er vuurrode ballen aan. Het effect was magisch. Tegen de tijd dat alles klaar was, brachten ze ook buiten versieringen aan, in de vorm van driehonderd theelichtjes op batterijen aan weerskanten langs het pad. Diezelfde lichtjes zetten ze binnen in groepjes langs de rand van de zaal. Toen ze de ongezellige tl-buizen uitschakelden, glinsterde de ruimte als een balzaal in een sprookje.

Tevreden over haar werk maakte Suze foto's voor haar Instagram-account. Haar fans zouden diep onder de indruk zijn, dacht ze tevreden. Ze zou een heleboel likes krijgen. En ze zou Daisy en haar vriendenkring inschakelen om de hele boel de volgende dag weer weg te halen.

Het was een wonder dat Marigolds feestje geheim bleef. Anderzijds, zelfs als iemand zijn mond voorbij had gepraat, zou Marigold het toch meteen weer zijn vergeten, zei Nana. Maar daar was Daisy niet zo zeker van. Ze was ervan overtuigd dat Marigold zoiets opwindends als een feestje, speciaal voor háár georganiseerd, niet zou vergeten.

Dennis had alle gasten mondeling op de hoogte gesteld, om te voorkomen dat Marigold ergens een uitnodiging op een schoorsteenmantel zag staan. De Commodore, die graag iets wilde bijdragen, had erop gestaan de wijn te betalen. Waarop Cedric niet wilde achterblijven en had toegezegd dat hij cupcakes zou bakken. Dolly beloofde kleine worstjes met honing-mosterdsaus. Mary bood aan voor papieren bordjes en bekers te zorgen, en Jean nam het bestek voor haar rekening. Bridget zou een grote salade maken, Beryl had al een enorme ham in huis gehaald. Eileen zou aardappels poffen in folie. Pete en John stelden voor bier mee te brengen voor wie, net als zij, daaraan de voorkeur gaf boven wijn. Tasha regelde de frisdrank, en Ticky benoemde zichzelf tot dj. 'Ik moet er niet aan denken dat de oudjes de muziek uitkiezen!' verklaarde hij met afschuw op zijn gezicht. Waarop Suze hem liet beloven dat hij wel muziek zou draaien die Marigold mooi vond.

Daisy had Lady Sherwood ook uitgenodigd, ervan overtuigd dat ze niet zou komen. Maar tot haar verrassing reageerde ze enthousiast en bood ze aan ook een bijdrage te leveren. 'Kan ik iets meebrengen?' vroeg ze terwijl Daisy bezig was haar verfspullen op te ruimen.

'Volgens mij hebben we van alles meer dan genoeg. Maar bedankt voor je aanbod.'

Lady Sherwood keek teleurgesteld. 'Jammer. Ik had ook zo graag iets willen doen.' Ze vernauwde haar ogen tot spleetjes. 'Ik bedenk wel wat. Er is vast nog wel iets waar je niet aan hebt gedacht.'

De gasten waren keurig op tijd en stalden hun bijdragen uit op de lange schragentafels die Suze helemaal achter in de zaal had laten zetten. Bij het zien van de prachtige versiering, de flonkerende lichtjes en de kunstsneeuw waren de uitroepen van bewondering niet van de lucht. Suze maakte er geen geheim van dat zíj het creatieve brein achter dat alles was. 'Je bent een kunstenaar, net als je zus!' dweepte Eileen. 'Zo veel talent in één gezin. Marigold zal het prachtig vinden!'

Dennis zei tegen Marigold dat ze een mooie jurk moest aantrekken. 'Gaan we uit?' vroeg ze opgewonden. 'Ik vind het heerlijk om me mooi aan te kleden.'

'We gaan naar een feestje.'

'O, leuk! Ik ben dol op feestjes!' Ze haastte zich naar boven om iets geschikts uit te zoeken. 'Welke jurk vind jij het meest gepast, Dennis?' Ze wist niet meer wat ze allemaal had, en dit was haar manier om dat te verbergen.

'We zullen eens kijken.' Dennis deed de kast open, schoof de jurken uit elkaar en koos een rode met witte stippen. 'Deze vind ik mooi. Rood staat je goed.' Hij nam de jurk van het haakje en hield hem haar voor.

'O, ja. Die is leuk,' zei ze, ook al kon ze zich niet herinneren dat ze de jurk ooit had gedragen.

Marigold nam een bad en ging daarna aan haar kaptafel zitten om haar haar en haar make-up te doen. Ze zag er oud uit, dacht ze een beetje verdrietig. Gelukkig was ze behoorlijk mollig, waardoor haar huid niet zo ging hangen als bij haar moeder. Maar er was iets met haar ogen. Ze waren nog altijd prachtig bruin, maar de vage uitdrukking daarin was nieuw voor haar. Nieuw en vreemd. *Niet piekeren, je gaat uit*, zei ze tegen zichzelf. Ze kon zich niet herinneren wanneer ze voor het laatst naar een feestje was geweest. Maar ze herinnerde zich nog wel een feestje van lang geleden. Ze had toen een gele jurk gedragen. Een gele jurk met blauwe bloemen. Dennis was ook op het feestje geweest. En daarna had hij rozen voor haar gekocht. Prachtige, lichtroze rozen, die verrukkelijk roken. Ze glimlachte bij de herinnering. Rozen en Dennis. Die hoorden bij elkaar.

Dennis trok een pak aan en bekeek zichzelf in de lange passpiegel. Hij had het pak speciaal voor Suzes bruiloft gekocht. Het was niet goedkoop geweest, maar zijn geld meer dan waard, dacht hij tevreden. Marigold kwam naast hem staan. Samen keken ze naar hun spiegeldbeeld. Toen pakte Marigold zijn hand.

'Je ziet er prachtig uit, Goldie.'

'Jij ook, Dennis.'

'We zijn nog steeds een knap stel, waar of niet?' Hij grijnsde.

Ze schoot in de lach. 'Jij bent de enige die dat vindt.'

Hij keerde zich naar haar toe en drukte een kus op haar voorhoofd. 'Je bent nog steeds mijn Goldie.'

Ze genoot van de streling van zijn lippen. 'En dat zal ik altijd blijven.'

'Ben je klaar voor het feestje?'

'Ik weet het niet.'

Hij fronste. 'Weet je dat niet?'

'Hou ik van feestjes?'

'Je bent er dol op.'

'Oké. Dan ben ik er klaar voor.'

'Je rijtuig wacht,' zei hij, en hij begeleidde haar de kamer uit, de trap af.

Toen Dennis stilhield voor het dorpshuis, stonden Daisy, Suze en Nana hen al op te wachten bij de deur. Het eerste wat Marigold zag, was het pad omzoomd door lichtjes. Ze hield haar adem in. 'Wat prachtig,' zei ze toen met een zucht, terwijl ze met de grote ogen van een kind naar de dansende vlammetjes keek. Toen zag ze haar dochters en haar moeder. 'Ach, wat leuk. Zij zijn er al,' zei ze toen ze naar haar lachten.

Dennis parkeerde en liep om de auto heen. Terwijl hij het portier voor haar openhield, stak hij haar zijn hand toe.

Daisy kwam aanlopen. 'Je ziet er prachtig uit, mam!'

'Ja, echt prachtig,' viel Suze haar bij.

'Kom maar gauw binnen. Anders vat je kou,' zei Nana, en Marigold was zo overweldigd door alle lichtjes dat ze niet protesteerde.

Toen ze binnenkwamen, keerden alle aanwezigen zich naar hen toe. Marigold glimlachte verlegen. Sommige gezichten herkende ze, ook al wist ze niet altijd welke naam erbij hoorde. Dennis hield haar hand stevig in de zijne, vastbesloten haar niet los te laten. Terwijl ze tussen al die vrolijke gezichten door liepen, kwam Marigold ogen tekort om de lichtjes, de slingers, de kerstbomen, de hulst, de sneeuw in zich op te nemen. 'O, het heeft gesneeuwd!' riep ze uit. 'Ik ben dol op sneeuw.'

'Ik heb de zaal versierd,' zei Suze trots.

'Wat kun je dat goed. Het is geweldig. Ben je jarig?' vroeg Marigold.

'Nee, mam. Mijn verjaardag is op een andere dag.'

Dennis bracht Marigold naar een tafel waar Beryl en Eileen al op haar zaten te wachten. Marigold herkende hen. 'Hallo! Wat een enig feestje, hè?'

'Nou en of,' zei Eileen. 'En wat heeft Suze de boel prachtig versierd!'

'Heeft Suze dat gedaan?' Marigold ging zitten. 'Wat kan ze dat goed.'

Jean bood haar een glas wijn aan. Dolly kwam haar een worstje brengen. Bij het zien van haar gezicht herinnerde Marigold zich dat er iets was met een kat. Iets akeligs. Dus ze zei er maar niets over.

Vanaf de zijkant van de zaal sloegen Daisy en Suze hun moeder gade. 'Wat heerlijk om haar zo blij te zien,' zei Daisy.

'Ja, zo wil ik me haar blijven herinneren.' Suzes glimlach haperde. 'Het valt niet mee, hè? Maar samen staan we sterk.'

Daisy stak haar kin naar voren. Als ze Suze nu aankeek, ging ze huilen. 'Het is echt geweldig wat je met de zaal hebt gedaan,' zei ze om het over iets anders te hebben. 'Ongelooflijk. Ik wist niet dat je zo veel talent had.'

'Ik zet mijn licht onder de korenmaat,' grapte Suze.

'Daar zou ik dan maar eens mee ophouden.'

'Wil je daarmee zeggen dat ik zalen moet gaan versieren om aan de kost te komen?'

'Nee, maar wel dat je met dat bloggen je talent verspilt.'

'Weet je, ik denk erover een boek te schrijven.' Suze glimlachte verlegen toen Daisy grote ogen opzette. 'Maar je mag het tegen niemand zeggen. Stel je voor dat het mislukt.'

'Wat goed! Waar gaat het over?'

Suze aarzelde even. 'Ik wil over mama schrijven,' vertrouwde ze haar zus ten slotte toe.

Daisy keek haar aan. 'Over mama en haar dementie?'

'Ja.' Suze wendde zich af. Ze kreeg plotseling tranen in haar ogen, en ze wilde niet dat haar zus dat zou zien.

Daisy was geraakt. 'Ai, die zag ik niet aankomen.'

'Je vindt het niks?'

'Integendeel. Ik vind het geweldig!'

'Dank je wel.' Suze koesterde zich in de bewondering van haar zus. '*Leven en liefhebben met dementie*. Dat is de titel waar ik aan denk. Ik loop er al een tijdje mee rond.'

'Ik weet zeker dat het een prachtig boek wordt.'

'Ik hoop het.' Suze glimlachte een beetje nerveus. 'Ik heb me nog nooit zo geïnspireerd gevoeld,' vertelde ze enthousiast.

Daisy omhelsde haar. Tot verrassing van Suze – ze waren doorgaans niet zo knuffelig. Aanvankelijk verstijfde ze. Maar terwijl Daisy haar stevig vasthield, ontspande ze. Het voelde goed. 'Trouwens, ik moet je wat zeggen,' zei ze toen ze elkaar weer loslieten.

'O? Wat dan?'

'Ga naar Toronto. Naar Taran.'

'Wat?'

'Kijk maar niet zo verbaasd. Ik weet dat Luca aan de deur is geweest en dat jullie bijna drie uur in de pub hebben gezeten. Vraag me niet van wie ik het heb gehoord. De geruchtenmolen van het dorp draait nog altijd op volle toeren. Laten we het daar maar op houden.'

'Allemachtig, discretie is een woord dat we hier niet kennen.'

'Nee. En gelukkig maar. Want het wordt tijd dat iemand je wakker schudt. Ga naar Toronto, begin een nieuw leven met Taran. Je houdt van die man. Hij is de ware. Als Luca de ware voor je was geweest, zou je harder voor hem hebben gevochten. Dan zou je een compromis hebben gesloten. Ik heb geen verstand van dit soort dingen, maar ik ken je goed genoeg om te weten dat je niet zomaar bij Luca bent weggegaan. Dat was niet alleen omdat jullie het niet eens konden worden over de toekomst. Je wílde bij hem weg. Hoe dan ook.'

Daisy maakte aanstalten te protesteren.

'Ontken het maar niet. Je wilde bij hem weg, anders had je het niet gedaan. En zoals opa altijd zei: kijk niet achterom.'

Daisy glimlachte. 'Opa heeft een onuitwisbare indruk gemaakt, op ons allemaal.'

'Precies. "Er is niets mis met nu." Kon je dat in alle oprechtheid zeggen toen je met Luca was? Nee. Maar volgens mij wel als je met Taran bent. Dat weet ik zeker. Altijd. Op elk moment. "Er is niets mis met nu." Want Taran maakt je gelukkig.' Suze keek haar zus grijnzend aan. 'Ga naar Toronto, sufferd. En durf te leven!'

Daisy sloeg haar armen over elkaar. 'Dat kan niet. Ze hebben me hier nodig.'

'Natuurlijk hebben ze je nodig, maar soms moet je ook voor jezelf durven kiezen. En dat begrijpen ze heus wel. Als jij je licht onder de korenmaat zet, verlies je de enige man die het verdient om dat licht te zien.'

'Maar hoe moet dat dan met pap en mam?' Daisy keek naar haar moeder, die zo kwetsbaar was geworden. 'Ik kan ze toch niet in de steek laten?' Ze beet op haar lip.

Suze vertrok haar gezicht. 'Niet om het een of ander, maar ik ben er ook nog.'

'Jij?'

'Ja. Geef me een kans. Geef me de ruimte om de uitdaging aan te gaan. Die zes jaar dat je in Italië zat, hebben we het ook gered.'

'Maar toen was mam niet ziek.'

'En dat is ze nu ook niet. Want blijkbaar is het geen ziekte.' Het bleef even stil. 'Wees niet zo koppig. Durf voor jezelf te kiezen. En van het leven te genieten.'

Op dat moment voelde Daisy een hand op haar schouder. Ze draaide zich om en keek recht in de ogen van Taran. Zijn gezicht stond grimmig, afstandelijk.

Ze verbleekte.

'Sorry, Suze. Ik moet Daisy dringend spreken,' zei hij ernstig.

Die had het gevoel dat al het bloed uit haar gezicht wegtrok. Dit was niet de Taran van wie ze in Toronto afscheid had genomen, een man met een warm hart en een droog gevoel voor humor. In plaats daarvan oogde hij kil, terughoudend, en de blik in zijn ogen verried dat hij woedend was.

'Laten we naar buiten gaan,' stelde ze voor.

Eenmaal daar, in de donkere straat, keek hij haar hoofdschuddend aan. Woedend. Teleurgesteld. 'Ik had moeten weten dat er iets niet goed zat toen je je telefoon niet opnam. En toen hoorde ik van mijn moeder dat je ex is langs geweest. Was je nog van plan om me dat te vertellen? Of zou je me als een baksteen hebben laten vallen?'

Daisy was geschokt door de pijn die ze in zijn ogen las. 'Ik had gewoon tijd nodig om duidelijkheid te krijgen.' Ze stak haar hand uit, maar hij stopte de zijne in zijn zakken.

'Ik weet dat je een zware tijd doormaakt met je moeder. Maar we hebben allemaal onze moeilijke momenten. Dat is geen excuus voor je gedrag, voor het feit dat je mijn telefoontjes negeert. Respect is wel het minste waar ik recht op heb.'

'Het spijt me,' zei ze zacht.

'Ik dacht dat we een relatie hadden.'

Het feit dat hij in de verleden tijd sprak, bracht haar in paniek. 'Ik heb niets over Luca gezegd omdat ik niet wilde dat je je zorgen maakte,' legde ze uit. 'Het had niets te betekenen.'

'Als dat echt zo was, dan had je me gebeld.' Er verscheen weer een grimmige trek om zijn mond. 'Dan had je het niet voor me verzwegen.'

'Luca heeft me ten huwelijk gevraagd,' zei ze, in de hoop dat hij haar zou vergeven als ze hem alsnog de waarheid vertelde.

'Dat weet ik. Het hele dorp weet het.'

Die vervloekte geruchtenmolen! 'Maar ik heb nee gezegd. Ik wil Luca niet. Ik wil jou.'

Hij zuchtte vermoeid. 'Ik heb geen zin in spelletjes, Daisy. En ik dacht dat ik iemand had gevonden die dat ook niet wilde.'

'Het spijt me. Ik had je moeten bellen. Ik had het je moeten vertellen. Hij zei dat hij hierheen zou verhuizen zodat ik bij mijn ouders kon blijven. En ik heb heel even gedacht dat ik dat misschien wel wilde.' Het klonk haar zelf zwak, ontoereikend in de oren.

'Dus het is een geografisch probleem?'

'Ik dacht alleen aan papa...' Er brandden tranen in haar ogen.

'Heb je je vader gevraagd hoe hij het zou vinden als je weer in het buitenland ging wonen?'

Ze keek verrast naar hem op. Nee, daar had ze het met haar vader nooit over gehad.

'Zoals ik je vader ken, zal hij zeggen dat je je eigen leven moet leiden. Dat je voor je vrijheid moet kiezen. Volgens mij doe je hem onrecht door hem verantwoordelijk te stellen voor jouw keuzes. Je ouders zijn niet het soort mensen dat alleen aan zichzelf denkt. Integendeel.'

'Ik wil bij jou zijn, Taran,' zei ze resoluut.

'Meen je dat echt?' Hij keek haar strak aan.

'Ja, dat meen ik.'

'Maak er dan geen geografisch probleem van.' Hij wendde zich af.

'Waar ga je naartoe?'

'Naar huis.'

'Naar Toronto?'

'Nee, naar de boerderij. Ik spreek je morgen. Je moet terug naar het feestje. En je moet met je vader praten. Bovendien heb ik tijd nodig om na te denken.'

Ze keek hem na totdat hij door de duisternis was opgeslokt, en bleef achter met een gevoel van spijt. Haastig veegde ze haar tranen weg, in de hoop dat haar gezicht niet rood en vlekkerig was, dat niemand zou zien dat ze had gehuild. Toen ging ze weer naar binnen, vastberaden om zich sterk te houden voor haar moeder. Maar haar hart huilde.

Toen Dennis de microfoon pakte, verstomden de gesprekken. Marigold was verrast hem op het kleine podium te zien. Wat deed hij daar? Trouwens, wat deed iedereeén hier? Ze probeerde zich te herinneren wat de aanleiding voor deze bijeenkomst was. Dennis zou het haar wel verteld hebben, maar ze was het vergeten. Ze had aanvankelijk gedacht dat het gewoon een feestje was, maar blijkbaar had ze zich vergist. Met een glimlach probeerde ze haar vergeetachtigheid te maskeren. Die werd steeds erger, de mist in haar hoofd steeds dichter. Maar het deed er niet toe. En al helemaal niet op deze heerlijke middag.

'Welkom allemaal,' zei Dennis. Zijn blik ging naar Marigold. Ze bloosde. 'Dit is een bijzondere dag. Een heel bijzondere dag. Want we zijn hier bij elkaar gekomen om een van ons in het zonnetje te zetten. Iemand in onze gemeenschap die ook heel bijzonder is.'

Wat een lief idee, dacht Marigold, en ze vroeg zich af om wie het ging. Ze zag Suze en Daisy haar kant uit komen en keek om zich heen, op zoek naar lege stoelen. Die waren er niet.

'Het gaat om iemand die haar leven lang voor ons allemaal heeft gezorgd. Iemand die nooit aan zichzelf denkt. Een goed mens. En daarom willen we iets terugdoen.'

Hij keek nog altijd naar haar, besefte Marigold. Sterker nog, nu keken ze allemáál naar haar. Ze voelde zich slecht op haar gemak. Was ze soms jarig? En was ze dat vergeten?

Daisy en Suze stonden inmiddels naast haar. Daisy pakte haar hand. Marigold zag dat haar ogen vochtig waren. Waarom huilde ze? Toen voelde ze de hand van Suze op haar schouder. Hun aanwezigheid stelde haar gerust. Haar twee dochters waren als beschermengelen, zoals ze naast haar stonden. Ze dacht aan vroeger, toen ze klein waren. Toen was het háár taak geweest om hén te beschermen. Wanneer waren de rollen omgedraaid? Ze kon het zich niet herinneren.

'Marigold,' zei Dennis op dat moment, tot haar grote schrik. 'We zijn hier bij elkaar gekomen om jou in het zonnetje te zetten.'

Ze raakte in paniek. Een kille, prikkerige sensatie kroop over haar huid, en ze zou het liefst op de vlucht zijn geslagen. Geschrokken keek ze naar Dennis. Hij hield haar blik vast, en ze voelde de veiligheid, het vertrouwen, de kracht die hij uitstraalde. De liefde in zijn ogen stelde haar gerust. Ze beantwoordde zijn blik. Hij was de enige die ze zag. Haar Dennis. Ze keek alleen maar naar hem terwijl de betekenis van wat hij had gezegd tot haar doordrong.

Ze gingen háár in het zonnetje zetten.

Iemand in onze gemeenschap die ook heel bijzonder is. Toen had hij het over háár gehad.

'Elk jaar met Kerstmis maak ik een puzzel voor je, Goldie,' vervolgde hij. 'Maar dit jaar wilde iedereen me helpen. Eerst waren het er een paar, maar het werden er geleidelijk aan steeds meer. Ik werd als het ware meegevoerd door een stroom van lieve, aardige, zorgzame gedachten en ideeën, afkomstig uit ons kleine dorp.'

Marigolds zicht werd vertroebeld. Ze probeerde Dennis' blik vast te houden, maar ze zag hem steeds waziger. Ze knipperde met haar ogen, in de hoop dat ze weer scherp zou zien.

'Ze kwamen allemaal bij me met hun herinneringen aan jou, Goldie. Net als Suze en Nana, die herinneringen bijdroegen uit de geschiedenis van ons gezin, van onze familie. Daisy heeft er vervolgens een schilderij van gemaakt, en dat heb ik verzaagd tot puzzelstukjes. Deze puzzel is bedoeld als een eerbetoon aan jou, Goldie. We hopen dat je er blij mee bent.'

Nana kwam aanlopen met een doos. Ze gaf hem aan Suze en Daisy, en die zetten hem op de tafel voor Marigold. Nana haalde een zakdoek uit haar mouw en gaf die aan haar dochter, waarop Marigold dankbaar haar ogen bette. Haar handen beefden toen ze van Daisy haar bril kreeg aangereikt. Aandachtig bekeek ze de afbeelding op het deksel van de doos. Er was zo veel moois te zien dat ze het amper kon bevatten. Dieren, vogels, mensen, een stralende zon, cupcakes, een kerstpudding… Het was een verrukkelijke collage van allerlei prachtigs. Daisy nam het deksel van de doos en liet haar de binnenkant zien. Daarop waren de contouren van de figuren getekend, en daarbinnen stond van alles geschreven. 'Dat is de verklaring, mam,' zei ze. 'Alles wat symbool staat voor een herinnering, is op de achterkant voorzien van een uitleg.'

De tranen stroomden over Marigolds wangen. 'Het is prachtig,' fluisterde ze, en ze keek op naar de gezichten die ze kende. 'En dit hebben jullie met z'n allen gemaakt?' Hier en daar werd geknikt. Of instemmend geantwoord. Maar ze zag en hoorde alles vaag. Wazige beelden en een geroezemoes van stemmen.

'Dank jullie wel,' wist ze uit te brengen, waarop de mensen om haar heen – haar vrienden, dacht ze ontroerd – begonnen te klappen.

Dennis pakte haar hand. 'Heb je zin om te dansen, Goldie?'

Marigold wist niet wat ze moest zeggen, maar dat vond Dennis niet erg. Hij zag aan haar stralende glimlach dat het antwoord ja was. Ticky draaide 'The Lady in Red' en Marigold liet zich door Dennis langzaam, zwierig over de dansvloer leiden die Suze in het midden van de zaal had vrijgelaten. 'Ooit vroeg je hoe het verder moest als je al je herinneringen was vergeten,' zei hij.

'O ja?' Ze keek fronsend naar hem op.

'Ja.'

'En wat heb je toen gezegd?'

'Dat je ze niet hoefde te onthouden. Dat ik dat voor je zou doen. Maar ik had het mis.' Hij legde zijn wang tegen de hare en voelde dat ze beefde. 'Want iedereen hier zal ze ook voor je onthouden.'

28

Die nacht deed Daisy geen oog dicht. In de donkere stille uren lag ze maar naar het plafond te staren, piekerend over Taran en Luca, over haar vader en moeder, en ze voelde zich hulpeloos, machteloos. Had ze Taran verloren doordat Luca in haar leven was teruggekomen, met de belofte haar alles te geven wat ze wilde? Wat zou het gemakkelijk zijn om terug te keren naar het verleden, om de draad weer op te pakken. Maar wilde ze dat? Wilde ze dat echt? Het was vertrouwd, comfortabel, maar was het ook genoeg? Ze dacht aan Toronto. Haar herinneringen aan die week daar waren zo verrukkelijk, zo bruisend en vol leven. Glanzend en nieuw, rijk aan nieuwe mogelijkheden. Haar herinneringen aan Luca leken daarentegen dof. Glansloos. Misschien waren ze bezoedeld door alle ruzies, door alle moeizame gesprekken in de laatste maanden van hun samenzijn. Of misschien had Suze inderdaad gelijk en was ze bij Luca weggegaan omdat ze dat wilde. Misschien was het verhaal gewoon uit en had ze het verschil in toekomstverwachting aangegrepen als excuus om een streep onder de relatie te zetten.

De volgende ochtend twijfelde ze niet langer. Taran was de enige aan wie ze dacht; de enige in haar hart, waar ook een vermorzelend gevoel van spijt zetelde. Ze pakte haar telefoon en belde Luca.

'Ciao, Margherita!' Hij klonk opgewekt, alsof hij goed nieuws verwachtte.

'Luca, ik weet niet hoe ik het moet zeggen...'

'Ik weet het al,' viel hij haar in de rede. Zijn stem klonk op slag dof. 'Mijn hart is gebroken. Alweer.'

Met een zucht legde ze een hand op haar borst, want ze had niet verwacht dat het zo veel pijn zou doen. 'Ik wil je geen verdriet doen... Maar het is voorbij, Luca. Het is echt voorbij.'

'Dan hebben we elkaar niets meer te zeggen. Zes jaar! In rook opgegaan.'

'Het spijt me.'

'Mij ook. Maar daar zal ik mee moeten leven. En ik hoop voor jou dat je nooit tot de ontdekking komt dat je de verkeerde keuze hebt gemaakt.'

Daisy wist niet wat ze daarop moest zeggen.

'*Addio, bella* Margherita.'

'Addio, Luca.'

Toen ze beneden kwam voor het ontbijt, zaten haar vader en Nana al aan de keukentafel. Ze hadden het over het feest. Marigold was er nog niet. Ze had steeds meer tijd nodig om zich aan te kleden.

'Je hebt het goed gedaan, gisteravond,' zei Nana over de rand van haar theekop. 'Trouwens, jullie allemaal. Ik ben trots op jullie.'

Daisy wachtte op het onvermijdelijke sarcastische vervolg, maar dat kwam niet.

'Marigold heeft een heerlijke avond gehad.' Dennis aaide Mac, die op zijn schouder zat en in zijn oor spinde.

Daisy maakte een kop koffie voor zichzelf en ging toen ook aan tafel zitten.

'Wat zie jij eruit!' zei Nana toen ze de paarse kringen onder Daisy's ogen in de gaten kreeg. 'Heb je naar gedroomd?'

Daisy legde haar handen om haar mok en keek een beetje angstig op naar haar vader. 'Mag ik je wat vragen?'

Haar vader fronste een beetje beduusd zijn voorhoofd. 'Natuurlijk, lieverd. Wat is er?'

Daisy haalde diep adem. 'Taran heeft me gevraagd om bij hem te komen wonen. In Toronto. Ik heb gezegd dat ik jou niet alleen voor mama kan laten zorgen. Dat je me nodig hebt. Maar...' Haar stem stierf weg.

Het deed pijn om het hardop te zeggen. Met haar handen in haar schoot staarde ze in haar koffie. Ze durfde haar vader niet aan te kijken, uit angst voor zijn gekwetste blik. Ze zou het onverdraaglijk vinden als ze hem pijn deed, als hij dacht dat ze hem in de steek liet. 'Ik wil hier zijn om jou te helpen bij de zorg voor mama. Maar ik hou van Taran...'

Nana klakte met haar tong. 'En je zou wel gek zijn om hem te laten gaan,' zei ze scherp.

'Dat weet ik, maar...' Daisy hoopte vurig dat haar vader iets zou zeggen.

'Nee, geen gemaar.' Nana klonk streng. 'Je wordt er niet jonger op, en volgens mij is Taran je laatste kans. We redden het heus wel zonder jou.' Ze begon te grinniken en keek Dennis aan. 'Het hele dorp helpt inmiddels mee, dus je zou maar in de weg lopen.'

Dennis legde met hartverscheurende tederheid zijn grote warme hand op die van Daisy. 'Lieverd, je bent een geweldige dochter. Altijd geweest en dat zal je altijd blijven. Maar misschien wordt het tijd dat je Suze ook een kans geeft om zich te bewijzen.'

'Als je mensen alles uit handen neemt, leren ze nooit om het zelf te doen,' zei Nana, en Daisy bedacht dat ook haar oma inmiddels prima voor haar eigen ontbijt kon zorgen.

'Ik weet niet zeker of hij me nog wil. Luca...'

'Heeft je ten huwelijk gevraagd,' viel Nana haar in de rede. 'Dat weten we. En volgens mij is er in het hele dorp niemand die het níét weet. Maar als je met hem had willen trouwen, had je meteen ja gezegd. "Wie aarzelt, twijfelt," zei je opa altijd.'

Daisy glimlachte door haar tranen heen. 'Wat zei opa nog meer?'

Nana glimlachte terug. Teder. Liefdevol. 'Je opa zou hebben gezegd dat toeval niet bestaat. Dat alles met een reden gebeurt. De mensen die je pad kruisen – sommige langdurig, andere maar even – doen dat niet voor niets. Hij geloofde dat we hier zijn om te leren en om te groeien in liefde. De school des levens, noemde hij het. Hij zou hebben gezegd dat je een aantal waardevolle lessen hebt geleerd in de jaren met Luca, maar dat het nu tijd is om dat hoofdstuk af te sluiten en aan het volgende te beginnen. Van Taran kun je ook veel leren. En andersom geldt hetzelfde. Daarom hebben jullie elkaar ontmoet. Dat is een kwestie van karma. Dat is omdat je in je leven zelf mensen en gebeurtenissen aantrekt die belangrijk zijn voor je ontwikkeling, voor je spirituele groei. Ik deed altijd wel alsof ik niet luisterde, maar ik herinner me nog alles wat hij zei.' Ze vertrok haar gezicht. 'Je opa had het graag over diepgang, over zingeving. Wil je ook weten hoe ík erover denk?'

Daisy knikte.

'Ik heb Luca nooit gemogen. En ik heb hem nooit vertrouwd. Taran heeft diepgang, en...' Ze grijnsde. 'Ik mag zijn moeder erg graag, en de appel valt nooit ver van de boom. Dat zeggen ze niet voor niets. Taran is een goed mens. Neem dat maar van me aan. Ik heb in mijn lange leven heel wat mensen voorbij zien komen, dus ik weet waar ik het over heb.'

'Taran is woedend omdat ik hem niet heb verteld dat Luca hier is geweest.' Daisy legde zuchtend een hand op haar hart. 'Ik weet niet wat ik moet doen. Ik heb gezegd dat het me spijt.'

'Meer kun je niet doen, lieverd,' probeerde Dennis haar te troosten.

'Zeker wel,' zei Nana. 'Als je Taran niet wilt kwijtraken, dan moet je voor hem vechten. Je bent geen jonkvrouw in nood die wacht tot de prins op het witte paard haar komt redden. De rol van de vrouw is veranderd. En gelukkig maar. Dus wat doe je hier nog? Ga naar hem toe en zeg wat je voor hem voelt. O, en nog wat. Een paar tranen op het juiste moment willen nog wel eens helpen.'

Daisy schoot in de lach. 'U spreekt uzelf behoorlijk tegen, Nana.'

'Het gaat erom dat je als vrouw je talenten op de juiste manier gebruikt. Het speelveld is nu eenmaal niet gelijk. Mannen zijn sterker, maar vrouwen geraffineerder. Dat is altijd al zo geweest en dat zal ook nooit veranderen.'

'Dus jullie zouden het ook zonder mij redden? Stel dat ik in Toronto zou gaan wonen?' Daisy schoof haar stoel naar achteren.

'Lieve hemel, kindje, we leven in de eenentwintigste eeuw! Met het vliegtuig is het maar een kippeneindje,' zei Nana. 'We hoeven niet meer drie weken op een boot!'

'Nana heeft de ramp met de Titanic overleefd,' grapte Dennis.

'Zo oud ben ik nou ook weer niet,' protesteerde Nana. Toen keek ze naar Daisy, die aarzelend bij de deur stond. 'Maak toch niet alles moeilijker dan het is! Vooruit! Diep ademhalen en eropaf!'

Daisy trok haar jas aan, zette haar muts op en haastte zich de kou in. De grond was bedekt met een dikke laag rijp. Die begon al te smelten op plekken waar de zon scheen, waardoor het groen eronder zichtbaar werd. Zoals elke ochtend sloeg ze het pad in dat dwars door de velden leidde. Aan de bleekblauwe hemel waren de dunne wolken door de wind uiteengerafeld. Wat was het hier toch prachtig, elke dag weer, dacht ze terwijl ze haar blik over de bruine velden en de bossen daarachter liet gaan. Zich lavend aan de natuur in al haar schoonheid voelde ze haar hart opengaan. Plotseling uitgelaten en vol vertrouwen versnelde ze haar tred. Ze zou Taran vertellen wat ze voelde, hoe ze de toekomst zag, want dat wist ze nu zeker. Ze had nog nooit iets zo zeker geweten.

Terwijl ze langs de rand van het bos liep, zag ze dat er iemand op het bankje zat. Was het David Pullman, de bedrijfsleider van de boerderij? Maar toen ze dichterbij kwam zag ze dat het Taran was die met zijn ellebogen op zijn knieën voor zich uit staarde. Net als zij was hij dik ingepakt, in een warme jas met een muts en een sjaal.

Alsof hij haar aanwezigheid voelde keerde hij zich naar haar toe.

Hij stond niet op, maar ging rechtop zitten, met zijn rug tegen de leuning van de bank. Zijn gezicht stond onbewogen.

Plotseling onzeker bleef Daisy staan. 'Je hebt hier toch niet de hele nacht gezeten, hè?' zei ze ten slotte met een glimlach, vastbesloten zich niet te laten afschrikken door de onzichtbare muur die hen scheidde.

Zijn gezicht bleef ernstig. 'Als ik hier de hele nacht had gezeten, was ik inmiddels in een blok ijs veranderd.'

Hij was niet van plan het haar gemakkelijk te maken, en Daisy vroeg zich af of ze er wel goed aan had gedaan naar Nana te luisteren. De kille, harde blik in zijn ogen dreigde haar vastberadenheid te ondermijnen.

In gedachten hoorde ze de stem van haar oma. Dit zou een goed moment zijn om er een paar tranen uit te persen.

Ze stak haar kin naar voren en besloot naast hem te gaan zitten. Dat voelde minder ongemakkelijk. Zonder hem aan te kijken liet ze haar blik naar het imposante panorama van velden en bossen gaan. Meegevoerd door de grootsheid ervan voelde ze dat haar vertrouwen terugkeerde.

Ze keerde zich naar hem toe en zag de pijn achter de strenge, ijzige façade. 'Het spijt me dat ik je heb gekwetst,' zei ze zacht. 'Ik raakte in paniek. En toen dacht ik alleen aan mezelf. Dat is geen excuus. Ik had je moeten bellen. Ik had erop moeten vertrouwen dat je het zou begrijpen.'

Taran zette zijn ellebogen weer op zijn knieën, vouwde zijn handen en staarde naar de verre horizon. Daar ontmoetten hun blikken elkaar. 'Het spijt mij ook,' zei hij vermoeid. 'Mijn reactie was ongepast. Maar ik was jaloers.'

'Dat is niet nodig. Mijn toekomst ligt bij jou. Niet bij Luca. Niet in Milaan en ook niet hier. Ik wil bij jou zijn. Waar je ook bent.'

Hij richtte zich op en keek haar doordringend aan. 'Waar komt dat ineens vandaan?'

'Ik heb met mijn vader gesproken. Precies zoals je zei. En je had gelijk. Hij vindt niet dat ik hem tekortdoe, dat ik hem in de steek laat door weer naar het buitenland te gaan. Of dat ik mam in de steek laat. Dus ik denk eigenlijk dat ik alleen mezelf tekort zou doen door niet naar mijn hart te luisteren. Volgens Nana maak ik alles altijd moeilijker dan het is. En misschien heeft ze wel gelijk.'

Zijn gezicht verzachtte, de warmte keerde terug in zijn ogen. 'Ik weet wel zeker dat ze gelijk heeft. Maar dat doe je uit betrokkenheid, uit liefde.'

Bij het zien van de verandering in zijn blik werden haar ogen vochtig. De tranen die erin brandden, waren echt. 'Ja, dat is zo,' zei ze, opgelucht dat hij het begreep. ‘Ik vind het moeilijk. De worsteling die mijn familie doormaakt. Die drukt als een loden last op mijn schouders. Maar ik moet leren dat ik die last niet alleen hoef te dragen. Suze en Nana zijn er ook nog. Ik heb ze onderschat. Dat is inmiddels wel gebleken.’ Ze glimlachte aarzelend. ‘En van Toronto naar huis is het maar een kippeneindje.’

Hij glimlachte ook, en met zijn glimlach veranderde de afstandelijke vreemdeling weer in de man van wie ze hield, met al zijn warmte, zijn humor, zijn liefde. ‘Dus je komt naar Canada?’ Hij streek met de rug van zijn hand over haar wang

‘Ja, ik kom naar Canada.’

Toen trok hij haar in zijn armen. ‘Je hebt me laten schrikken,’ zei hij met zijn gezicht in haar hals. ‘Denk erom dat je dat nooit meer doet.’

Daisy haastte zich naar huis, gretig om haar nieuws te delen. Ze moest het haar moeder als eerste vertellen. Voorzichtig, zonder haar ermee te overvallen, moest ze haar duidelijk maken dat ze weer in het buitenland ging wonen. Daar zag ze wel tegen op.

Maar Marigold was nog boven. En Dennis en Nana zaten nog altijd aan de keukentafel.

‘Nee maar, kijk haar eens stralen!’ zei Nana bij het zien van de blos op Daisy’s gezicht. ‘En? Heeft het geholpen? Een paar krokodillentranen?’

Dennis trok zijn wenkbrauwen op. ‘Ik begrijp dat alles weer goed is?’

‘Ik ga bij Taran wonen! In Toronto!’ Ze kon het niet langer voor zich houden.

Nana keek verrast. ‘In mijn tijd trouwde je eerst voordat je ging samenwonen.’

‘De tijden zijn veranderd.’ Dennis stond op om zijn dochter te omhelzen. ‘Gefeliciteerd, lieverd!’ Hij plantte een kus op haar voorhoofd. ‘Dat is geweldig nieuws.’

Nana schudde haar hoofd om het teleurstellende vervagen van de normen. Toen wenkte ze Daisy. ‘Ik ben blij voor je! Voor jullie allebei.’

Ze zette de teleurstelling van zich af, opgevrolijkt door het vooruitzicht dat Lady Sherwood uiteindelijk familie van haar zou worden. Een Sherwood die met een Fane trouwde, dacht ze bijna opgewonden. Dat zou in haar tijd ondenkbaar zijn geweest. 'En tegen de tijd dat jullie trouwen, ga jij toch wel in het wit, kindje? Ik weet zeker dat Taran grote waarde hecht aan etiquette en traditie. Dat hij Dennis om je hand komt vragen, keurig in pak met stropdas.'

'Voorlopig gaan we samenwonen, Nana. Laten we niet te hard van stapel lopen.' Daisy kon zich Taran amper in een pak met stropdas voorstellen.

Toen Marigold eindelijk beneden kwam, stond Dennis op om haar een kop thee in te schenken. Hij gaf haar een zoen op de wang. 'Goeiemorgen, Goldie. Daisy heeft geweldig nieuws.'

Marigold keerde zich glimlachend naar haar oudste dochter. Zou Luca haar eindelijk ten huwelijk hebben gevraagd?

'Ik ga met Taran samenwonen.' Daisy zette zich schrap voor haar moeders reactie.

Het bleef even stil terwijl Marigold probeerde zich te herinneren wie Taran was. Hij heette toch Luca? En ze woonden toch al samen? Dat wist ze bijna zeker. 'Wat heerlijk, kindje,' zei ze ten slotte.

'Ze gaan in Toronto wonen,' zei Nana.

'Maar we komen heel vaak over,' zei Daisy haastig, om te voorkomen dat haar moeder van streek raakte. Die keek haar ondertussen nietbegrijpend aan. 'Het is maar acht uur vliegen,' vervolgde Daisy. 'Dus we komen om de paar maanden naar huis. Misschien wel vaker. Taran wil natuurlijk ook regelmatig naar zijn moeder.'

Marigold bleef glimlachen, ook al wist ze zeker dat Daisy's vriend in Italië woonde. 'Toronto is een heerlijke stad,' zei ze kalm, en ze ging aan het hoofd van de tafel zitten, naast Nana.

'En hij wil uiteindelijk terug naar Engeland. Naar het landgoed. Dus het is niet voor altijd,' stelde Daisy haar gerust.

'Toronto is een vreselijke stad!' verklaarde Nana resoluut. 'Smerig, lawaaiig. Er wonen veel te veel mensen en de gebouwen zijn er veel te hoog.'

Daisy fronste. 'Bent u ooit in Toronto geweest, Nana?'

'Ik hoef er niet geweest te zijn om te weten dat het er vreselijk is.'

Daisy nam haar moeder onderzoekend op. Ze wist niet of het nieuws tot haar was doorgedrongen. 'Taran woont in Toronto, mam. Daar heeft hij zijn werk. Hij is architect. Een heel goede architect. Hij heeft zijn eigen bedrijf en ontwerpt de mooiste gebouwen. Toen ik bij hem was, begreep ik dat hij zijn bedrijf niet in de steek kan laten, dat hij niet hier kan komen wonen. Tenminste, nog niet.'

'Je hoeft het niet uit te leggen, Daisy,' zei Dennis geduldig, terwijl hij een kop thee voor Marigold neerzette. 'Ik weet zeker dat je het fijn zult hebben in Canada. Je bent jong. Het is heerlijk om van het leven te genieten in een opwindende stad als Toronto.' Hij ging aan Marigolds rechterhand zitten.

Die begreep dat Daisy naar het buitenland ging, maar ze klampte zich vast aan haar verzekering dat ze vaak naar huis zou komen. Zolang ze dat wist, was alles goed. Dan vond ze het niet erg dat Daisy wegging.

'Misschien stapt Suze in het gat,' zei Dennis hoopvol. 'Ze is het afgelopen jaar zo veel volwassener geworden, en volgens mij voelt ze zich in het huwelijk als een vis in het water.'

'Ik zou het leuk vinden als ze wat vaker langskwam,' zei Nana. 'Suze heeft de neiging niet hoger te springen dan nodig. Dus ik ben benieuwd wat er gebeurt als de lat hoger komt te liggen.'

Marigold nam een slok thee, genietend van de vertrouwde routine, tevreden als een kloek op haar nest. 'Papa zegt dat onze kinderen niet van ons zijn, maar zoons en dochters van de hunkering van het leven naar zichzelf,' zei ze.

Het ontging Nana niet dat Marigold in de tegenwoordige tijd sprak, maar ze beet op haar tong. Ze wist inmiddels dat ze haar niet moest verbeteren, ook al was de neiging dat te doen bijna onweerstaanbaar. 'Je vader was een wijs mens,' was alles wat ze zei.

'Dat is een citaat van Kahlil Gibran,' zei Dennis. 'Wat knap dat je dat hebt onthouden, Goldie.'

'Ze komen door ons, maar zijn niet van ons. En hoewel ze bij ons zijn, behoren ze ons niet toe,' vervolgde Marigold, zich koesterend in de lof van Dennis. 'Papa heeft me altijd aangemoedigd mijn eigen weg te kiezen.'

Dennis glimlachte breed. 'En hij heeft groot gelijk. Ik heb onze meisjes ook altijd aangemoedigd hun eigen keuzes te maken. Dus jij gaat naar Toronto, Daisy. Zonder je schuldig te voelen. En je gaat van de stad je nieuwe thuis maken, samen met Taran.'

Marigold voelde zich in verwarring gebracht. Ze wist zeker dat Daisy's vriend Luca heette.

'Het is een vreselijke stad,' zei Nana nog maar eens.

'Ja, Toronto wordt mijn nieuwe thuis. Bij Taran.' Daisy voelde zich een beetje gerustgesteld toen ze zag dat haar moeder haar liefdevol toelachte.

'Je thuis is waar je hart is, kindje,' zei Marigold. Toen keerde ze zich naar Dennis.

Taran ging in het weekend graag de stad uit, naar Muskoka, ten noorden van Toronto, een ruig gebied met heuvels, bergen, meren en eilanden. Hij hield van kanovaren, trektochten maken – 's winters op sneeuwschoenen – en langlaufen. In de zomer kon hij ervan genieten op een steiger aan het water te zitten. Van een klant die een enorm landgoed in de heuvels bezat, had hij een kleine cottage gehuurd, en daar nam hij Daisy mee naartoe. Snakkend naar de serene rust van de natuur nam ze alles gretig in zich op: de weidse blauwe hemel, het kristalheldere water, de steeds van kleur veranderende bossen en de wilde bloemen in het hoge gras. Ze miste haar thuis in Engeland niet, want ze had in Toronto, bij Taran, een nieuw thuis gevonden, en daar was ze volmaakt tevreden.

Begin maart zei Taran in het weekend dat hij haar iets wilde laten zien. Over een kilometerslange zandweg reed hij de heuvels in, naar een open plek verscholen tussen de bomen. Er stond een eenzame, vervallen schuur met uitzicht op een meer. Taran pakte Daisy's hand. 'Denk je dat dit een goede plek zou zijn om een huis te bouwen?'

'Het lijkt me een geweldige plek. Is het voor een klant?'

'Nee.' Hij keek haar aan. 'Voor jou.'

Daisy werd er zo door overvallen dat ze in de lach schoot. 'Dat is een goeie.'

'Nee, ik maak geen grapje. Ik wil hier een huis bouwen. Samen met jou. Een huis voor ons.'

Daisy werd ernstig. 'Je meent het echt, hè?'

Zonder haar hand los te laten liet hij zich op een knie zakken.

Overweldigd door emoties legde Daisy haar vrije hand op haar hart, dat plotseling wild tekeerging.

'Daisy Fane, mijn liefste lief...' Zijn ogen straalden, zijn wangen bloosden in de goudgele gloed van de zonsondergang. 'Wil je met me trouwen?'

Daisy knielde ook. Ze legde haar handen langs zijn gezicht en knipperde haar tranen weg. 'Ja, ik wil met je trouwen, Taran Sherwood. Mijn liefste lief.' Ze legde haar voorhoofd tegen het zijne en kuste hem teder op de lippen.

Hij omhelsde haar hartstochtelijk. 'Ik heb dit stuk grond al heel lang geleden gekocht. Maar ik wachtte nog op de vrouw met wie ik het kon delen. En die heb ik gevonden.'

Daisy sloot haar ogen, zich koesterend in zijn omhelzing. Mama had gelijk, dacht ze. Waar je hart is, daar is je thuis.

Ze trouwden in juni. In de dorpskerk. Lady Sherwood hielp Daisy met de voorbereidingen. Onwillekeurig vergeleek ze het huwelijk met het hare. Toen zij met Owen trouwde, was ze uit Toronto weggegaan om in Engeland te gaan wonen, terwijl Daisy Engeland achter zich liet om bij Taran te zijn. Ze had stilletjes gehoopt dat Daisy haar zoon zover zou weten te krijgen dat hij terugkwam. Tegelijkertijd begreep ze dat hij zijn bedrijf niet in de steek kon laten, en dat Toronto dankzij zijn studie zijn thuis was geworden. Maar hij had haar verzekerd dat ze uiteindelijk terug zouden komen, en daar vertrouwde ze op.

Suze en Ticky hadden de tent versierd die voor de receptie en het diner dansant op het landgoed was opgezet. Nana was diep onder de indruk. Het was een bruiloft met veel meer glamour dan die van Suze. Tarans vrienden en familie kwamen met het vliegtuig uit Toronto, en Patrick en Lucille maakten de lange reis vanuit Sydney. De tweehonderdvijftig gasten zaten aan fraai gedekte ronde tafels, onder een baldakijn van lichtjes die flonkerden als sterren. Dennis had voor de gelegenheid een jacquet gehuurd. Suze en Daisy gingen met Nana en Marigold naar de stad voor een nieuwe jurk met bijpassende hoed. En Suze zorgde ervoor dat Marigold niet één pasbeurt van de bruidsjurk miste. Nana wilde ook mee en had niets onaardigs te zeggen over Daisy's – witte – jurk. Maar ze drukte haar wel op het hart dat ze meer moest eten. 'Mannen houden niet van een gratenpakhuis.' Ze snoof misprijzend. 'Ik wed dat Taran graag iets heeft om vast te houden.'

Marigold kreeg tranen in haar ogen toen Dennis met hun oudste dochter aan de arm de kerk binnenkwam. Ze hoopte dat ze zich dit moment altijd zou blijven herinneren, maar ze was Suzes bruiloft al vergeten. Dus waarschijnlijk zou dat ook met die van Daisy gebeuren. Maar ze leerde steeds beter om te leven in het moment. Om te genieten van het hier en nu. Om geen spijt te hebben van wat ze was kwijtgeraakt of zich nu al zorgen te maken over wat ze nog ging kwijtraken. Haar vader drukte haar op het hart dat ze moest genieten van de simpele vreugden van het moment. 'Want dat is het enige wat er echt toe doet, Goldie,' zei hij tijdens een van hun praatjes in de tuin. 'Dementie laat je leven in het nu. Geniet van de vogels die zingen, van de bries die langs je gezicht strijkt, van het wisselen van de seizoenen. Geniet van dit ogenblik. Alleen door bewust in het moment te leven blijf je verbonden met je ware ik. Je eeuwige zelf.'

'De ik die achter het stuur van de auto zit,' zei ze, trots dat ze dat nog wist.

'Precies. Je eeuwige ziel.'

'Het komt wel goed met me, hè, pap?'

'Nou en of, Goldie.' Hij glimlachte, waardoor de kraaienpootjes bij zijn ooghoeken nog dieper werden, en nam haar hand in de zijne. 'Het komt dik in orde met je, want er wordt van je gehouden. En liefde, daar draait het om. Meer heeft een mens niet nodig.'

In de daaropvolgende maanden werd de mist in Marigolds hoofd steeds dichter. Beetje bij beetje werd haar wereld kleiner. Daisy facetimede vaak, om haar moeder deelgenoot te maken van haar nieuwe leven in Toronto en haar te vertellen dat ze serieus naam begon te maken als kunstenaar, ook al merkte ze dat Marigold moeite had om het allemaal te begrijpen. Suze sprong inderdaad in het gat dat Daisy had achtergelaten. Sterker nog, ze sprong ruimschoots over de lat die hoger was gelegd, en verraste zelfs Nana met haar toewijding jegens haar moeder. Zonder Daisy die haar alles uit handen nam, genoot ze van de verantwoordelijkheid die de zorg voor Marigold haar gaf. Ze voelde zich nuttig, ze had een doel in het leven, en de bewondering die ze van haar oma, haar vader en ook van Ticky ontving, schonk haar een gevoel van bevrediging, van trots dat ze nog niet eerder had ervaren. Het voelde goed om gewaardeerd te worden.

En ze begon te schrijven. Zodra de eerste regel er stond, volgde de rest zo snel dat ze nauwelijks snel genoeg kon typen om haar gedachten bij te houden. De inspiratie borrelde naar boven uit een creatief talent dat ze nog niet eerder had aangeboord. En ze besefte hoe oppervlakkig de ideeën waren geweest die ze vroeger voor inspiratie had aangezien.

In het begin van de zomer werden Ticky en zij ouders van een dochter. Ze ging vaak naar het dorp, naar oma Marigold. Terwijl zij theezette en hielp in het huishouden, keek Marigold naar het gezichtje van de baby en hield heel voorzichtig het kleine handje in de hare. Toen Dennis in de gaten kreeg dat de belasting voor zijn dochter te zwaar werd, regelde hij dat Karen, een nichtje van Sylvia, kwam schoonmaken en de was kwam doen. Nana was maar wat blij met de nieuwe hulp. Nu de meisjes weg waren en Marigold steeds verder achteruitging, was het erg stil geworden in huis. En Karen was, net als haar tante, dol op roddelen. Marigold was veel in de tuin, om naar haar vogels te kijken, of in de zitkamer, gebogen over haar nieuwe puzzel. Ook al werd de uitdaging te groot, ze genoot ervan om naar de plaatjes te kijken en de uitleg achterop te lezen. Die gaven haar een warm gevoel vanbinnen.

In november begon het weer te sneeuwen. Nana klaagde zoals altijd steen en been, Marigold keek verwonderd door het raam naar buiten, en Dennis constateerde opgewekt dat de witte wereld leek op Narnia. Maar die winter vergat Marigold voor het eerst de vogels te voeren. Nana hielp haar eraan herinneren. 'Als je ze niet voert halen ze de lente niet.' Ze hielp Marigold in haar jas. 'Anders vat je kou.' Moeder en dochter gingen samen naar buiten om de voederhuisjes te vullen en met de roodborst te praten, die trouw zat te wachten op het dak van de schuur van Dennis.

Vastberaden om te doen wat hij kon, bedacht Dennis allerlei hulpmiddeltjes zodat Marigold zo veel mogelijk zelfstandig kon blijven. Ze was gehecht aan haar onafhankelijkheid. In de badkamer zette hij een mandje naast de wastafel met haar medicijnen en haar toiletspullen. Op die manier wist ze wat ze had gedaan, vergat ze niks en deed ze ook geen dingen dubbel. Na het tandenpoetsen legde ze haar borstel en de tandpasta opzij. En nadat ze zich had gewassen, kwam het stukje zeep erbij. Wanneer ze crème had opgedaan volgde die dezelfde weg, enzovoort, enzovoort. Net zolang tot het mandje leeg was. Dan deed ze alle spullen er weer in, klaar voor de volgende keer.

Hij maakte glazen deurtjes op de keukenkastjes, zodat Marigold kon zien wat erin stond. Hij deed een bordje op de deur van de badkamer, maar ook op de laden en de kasten in de keuken en de zitkamer. Hij bracht meer lichtpunten aan, zodat Marigold alles goed kon zien, en hij zorgde ervoor dat de vloer niet te glad was, om te voorkomen dat ze struikelde. Om te zorgen dat ze niet in de war raakte, ruimde hij zo veel mogelijk spullen weg zodat er niets overbodigs in huis rondslingerde, en hij creëerde een vaste plek voor belangrijke dingen zoals sleutels en haar mobiele telefoon. Maar het belangrijkste was dat hij haar nooit tegensprak. Dat hij het altijd met haar eens was. Hoe gek het ook klonk wat ze zei – en het klonk soms best gek – hij schonk haar altijd een bemoedigende, begripvolle glimlach. En hij hoopte dat ze niet in de gaten had hoe snel ze achteruitging.

De gedachte dat hij misschien ooit niet meer voor haar zou kunnen zorgen, kwam niet eens bij hem op. Toen ze trouwden had hij met God als getuige beloofd om altijd voor haar te zorgen, in goede en in slechte tijden. Hij peinsde er niet over om die belofte te breken. En hij verwachtte niet dat haar toestand dusdanig zou verslechteren dat de zorg hem te zwaar zou worden.

Maar dat gebeurde toch.

Terwijl de planken in de denkbeeldige boekenkast in Marigolds hoofd steeds leger begonnen te raken, leefde Marigold hoe langer hoe meer in herinneringen van heel lang geleden. Met als gevolg dat ze probeerde weg te lopen. Ze wilde naar huis, zei ze dan.

'Maar dit is je thuis!' Dennis verloor nooit zijn geduld wanneer hij haar buiten op straat aantrof, op blote voeten, in haar nachthemd, bibberend van de kou.

'Nee!' Ze schudde in paniek haar hoofd. 'Ik wil naar huis. Naar papa en mama, en naar Patrick. Ze weten niet waar ik ben. Dus ze maken zich zorgen. Ik moet naar huis.'

Dennis vocht tegen de angst die hem bekroop, nam haar in zijn armen en droeg haar naar huis. Hoe kon hij voor haar blijven zorgen als ze hun huis niet langer als haar thuis herkende?

En toen op een avond weigerde ze in bed te stappen, omdat ze hem niet meer herkende.

'Maar Goldie, ik ben je man!' zei hij wanhopig. 'Je bent met me getrouwd. Al meer dan veertig jaar.' Maar ze drukte zich, in haar kamerjas, trillend van angst tegen de muur. Uiteindelijk zag Dennis zich genoodzaakt Nana erbij te halen om met haar dochter te praten.

Nana vond de situatie onverdraaglijk. En ze vond het onbegrijpelijk dat Marigold zo vergeetachtig kon zijn. Dat ze Dennis niet meer herkende. Dennis, haar grote liefde. 'Hij is je mán, Marigold,' zei ze met bleke, trillende lippen. 'Je grote liefde!' Met die laatste woorden wist ze tot Marigold door te dringen. Maar wat moesten ze doen als het vaker gebeurde? Zou de liefde dan nog door de mist in Marigolds hoofd heen weten te dringen?

Nana besefte dat het moment naderde waarop Dennis niet meer voor Marigold kon zorgen. Diep in zijn hart wist Dennis het ook, maar hij wilde het niet toegeven. Hij kon de gedachte niet verdragen dat hij alleen verder moest, zonder Marigold. En dus zou hij er alles aan doen om dat te voorkomen. Trouwens, waar moest ze heen? Naar een ziekenhuis? Hij huiverde, want hij had afschuwelijke verhalen gehoord over dementerende patiënten die in het ziekenhuis werden verwaarloosd. Maar een verpleeghuis kon hij niet betalen. Dus er zat maar één ding op. Met een bezwaard gemoed maakte hij het werk af dat hij onder handen had en nam daarna geen nieuwe opdrachten aan. Het miniatuurdorpje bleef onafgemaakt in de schuur staan en was al snel bedekt met een dikke laag stof. Ondertussen hielp hij Marigold met wassen en aankleden. Hij maakte eten voor haar klaar. Hij zette thee. Geduldig en liefdevol wijdde hij zich volledig aan de zorg voor haar, en aanvankelijk leek het erop dat hij zich staande wist te houden. Maar het werd Kerstmis, een nieuw jaar brak aan, en geleidelijk aan kreeg hij hoe langer hoe meer het gevoel dat hij begon weg te zakken in drijfzand. Marigold ging steeds verder achteruit. Ze wist zelfs niet meer hoe ze de hulpmiddeltjes die hij voor haar had bedacht moest gebruiken. En wat het ergste was: híj wist niet meer hoe hij háár moest helpen.

Dennis was niet een man die snel huilde, maar toen hij moest erkennen dat hij tekortschoot, dat hij het niet meer aankon, huilde hij als een kind. Een hulpeloos kind dat geen uitweg meer zag.

Nana belde Patrick. Dat deed ze zelden, want bellen naar de andere kant van de wereld was duur, en Patrick had het altijd druk. Maar nu had ze hem nodig. Ze wilde hem om raad vragen. Vroeger zou ze het probleem aan haar man hebben voorgelegd. Arthur wist altijd raad. Maar nu had ze geen andere keus dan bij haar zoon aan te kloppen. ‘Gaat alles goed?’ vroeg die toen hij de stem van zijn moeder herkende.

‘Nee. Het gaat niet goed met Marigold.’ Onder druk van de kosten kwam ze meteen ter zake.

‘Is ze achteruitgegaan?’

‘Ze is heel erg achteruitgegaan.’

‘Dat had ik wel verwacht.’ Hij slaakte een diepe zucht, want vanuit Australië kon hij weinig doen.

‘Dennis probeert nog altijd zelf voor haar te zorgen, maar het groeit hem boven het hoofd. Ik heb hem nog nooit zo moe en afgetobd gezien. Dus ik denk dat Marigold naar een verpleeghuis moet, maar ik ben ook benieuwd wat jij vindt. Dennis wil er niets van weten, dus met hem kan ik niet overleggen. Maar volgens mij hebben we geen keus. Wat vind jij?’

Toen Patrick niet meteen reageerde, slaakte ze een zucht van ongeduld. ‘Ik weet niet hoe lang ik dit nog aankan. Uiteindelijk ga ik er ook aan onderdoor, ben ik bang.’

‘Dan moeten jullie kiezen voor de beste oplossing, niet alleen voor Marigold maar voor jullie allemaal. Zonder dat jullie je schuldig voelen,’ zei Patrick ten slotte. ‘Jij moet, samen met Daisy en Suze, proberen Dennis ervan te overtuigen dat het voor ieders bestwil is als Marigold het huis uit gaat. Professionele zorgverleners weten hoe ze met mensen zoals zij moeten omgaan. In een tehuis is ze in goede handen. Natuurlijk kan Dennis de zorg niet aan.’ Hij grinnikte. ‘Het is erg nobel van hem, maar ik zou het nog geen dag volhouden.’

Nana hoopte voor Lucille dat het nooit nodig zou zijn. Nadat ze het gesprek met Patrick had beëindigd, belde ze Daisy en vroeg haar naar huis te komen.

Toen het eenmaal zover was, liet Suze de baby thuis, bij Ticky, en gingen ze met Dennis om de tafel zitten terwijl Marigold boven een dutje deed.

Daisy schrok ervan hoe grauw en vermoeid haar vader eruitzag. Hij leek jaren ouder te zijn geworden sinds Kerstmis, toen ze voor het laatst thuis was geweest. Als ze nog twijfels had gehad over een verpleeghuis, dan zouden die door het afgetobde gezicht van haar vader uit de wereld zijn geholpen. Een verpleeghuis was het beste, voor hen allebei.

Met zijn handen om zijn mok keek Dennis zijn dochters en zijn schoonmoeder wanhopig aan. In zijn ogen glinsterden tranen. 'Ik weet waar we het over gaan hebben,' zei hij verdrietig.

'We kunnen het niet laten gebeuren dat je onder de zorg voor Marigold bezwijkt,' zei Nana. 'Trouwens, ik woon hier ook,' voegde ze er met haar droge humor aan toe. 'En het is ook niet eerlijk tegenover mij.'

Dennis wist een matte glimlach te produceren, maar hij moest de harde werkelijkheid onder ogen zien.

'En het is ook niet eerlijk tegenover jóú, pap.' Daisy schonk haar vader een liefdevolle blik. 'Je hebt recht op je eigen leven.'

Hij keek haar verbijsterd aan. 'Marigold is mijn leven!'

'Dat weet ik. Maar als je geen hulp zoekt, ga je eraan onderdoor. En dat kunnen we niet laten gebeuren.' Er brandden tranen in Daisy's ogen. Ze kon zich haar vader niet voorstellen zonder haar moeder. Haar ouders waren onafscheidelijk. Twee handen op één buik. De een kon niet zonder de ander. Ze hielden van elkaar, ze hadden samen gelachen en gehuild. Ze hadden bijna hun hele leven met elkaar gedeeld.

'We willen net zomin dat mama het huis uit gaat als jij,' zei Suze. 'Maar mama zou niet willen dat jij het zo zwaar hebt.'

Dennis herinnerde zich hun gesprek, destijds in de schuur, toen Marigold had gezegd dat ze het zou begrijpen als hij haar naar een verpleeghuis bracht. Hij had geschokt gereageerd. Had zich er niets bij kunnen voorstellen. Nu kon hij dat wel, maar de gedachte bleef onverdraaglijk.

'Maar ik kan een verpleeghuis niet betalen.' Het sneed door zijn ziel, want toen hij met Marigold trouwde, had hij oprecht gemeend wat hij beloofde. Dat hij altijd voor haar zou zorgen, in goede en in slechte tijden... *Tot de dood ons scheidt*. Hij hoorde het zichzelf nog zeggen. En misschien was hij ouderwets, maar hij wílde niet alleen voor Marigold zorgen, hij beschouwde het ook als zijn plicht. Dat hij daarin tekortschoot, vervulde hem met schaamte. Hij sloeg zijn ogen neer.

'Ik heb het geld nog van de verkoop van mijn huis,' zei Nana. 'Dat heb ik opzijgezet voor onvoorziene problemen. En ik denk dat we rustig kunnen stellen dat dit daaronder valt.'

Dennis knikte. 'Ja. Wie had dit ooit kunnen voorzien?'

Daisy schraapte haar keel. Ze wilde niets afdoen aan het gulle aanbod van haar oma, maar ze had hier en daar haar licht opgestoken, en ze wist hoeveel een verpleeghuis kostte. 'Taran en ik willen ook meebetalen.' Ze wierp een aarzelende blik op Nana. 'Ik bedoel dat we de kosten delen.'

Nana schonk haar een glimlach en legde toen een hand op Dennis' arm. 'Daar is familie voor,' zei ze. 'Van de overheid hoef je niets te verwachten. Maar op ons kun je rekenen.'

Dennis keek van Nana naar Daisy. Zijn ogen glansden nog altijd vochtig. Hij wist niet wat hij moest zeggen om zijn dankbaarheid onder woorden te brengen. Sterker nog, hij kon hoe dan ook geen woord uitbrengen.

'En wij betalen ook mee,' zei Suze. Ticky en zij konden niet veel missen, maar ze wilde niet buitengesloten worden. 'Alle kleine beetjes helpen, zullen we maar zeggen.'

'Het gaat om de intentie,' viel Nana haar bij. 'En om de constatering dat het kan. En als het kan, dan moet het gebeuren. Zowel voor jou als voor Marigold. Ze heeft professionele zorg nodig, Dennis.'

Hij nam een slok thee en zuchtte. 'Ik weet niet wat ik zonder haar moet beginnen.' Er glinsterden opnieuw tranen in zijn diepliggende ogen. 'Ze is altijd mijn Goldie geweest, en dat zal ze ook altijd blijven.'

'Je kunt elke dag naar haar toe als je dat wilt,' zei Daisy.

'We zoeken naar een verpleeghuis in de buurt,' viel Suze haar bij.

'Beryl vertelde dat ze een paar jaar geleden met Marigold bij een wederzijdse vriendin op bezoek is geweest,' vertelde Nana. 'In Seaview House. Dat is hier een minuut of twintig vandaan. Aan de kust. Dus ze zou de zee kunnen zien. En we weten allemaal hoe dol Marigold op de zee is. Volgens mij zou dat wel eens een geschikt adres kunnen zijn.'

'Zullen we er een kijkje gaan nemen?' vroeg Suze aan haar vader.

'Je hoeft nu nog niets te beslissen,' stelde Daisy hem gerust. 'Ga gewoon mee om een beetje rond te kijken. En als je het niks vindt, zoeken we iets anders.'

Het bleef geruime tijd stil terwijl Dennis nadacht over hun voorstel. Daisy keek haar zus aan en fronste. Suze haalde onopvallend haar schouders op. Ze dronken hun thee en wachtten af.

'Ik weet niet of Marigold zich wel weet te redden zonder mij,' zei Dennis ten slotte zacht. 'Ik ben er altijd om haar te helpen.'

'De helft van de tijd herkent ze je niet meer,' merkte Nana op. 'En dat zal alleen maar erger worden.'

'Ik wou dat ik gewoon voor haar kon blijven zorgen. Ik heb het gevoel dat ik haar in de steek laat.'

'Ach, pap!' zei Daisy. 'Natuurlijk laat je haar niet in de steek. Je bent altijd haar rots in de branding geweest. Haar steun en toeverlaat.'

'Méér had je niet kunnen doen,' voegde Suze er gesmoord aan toe.

Nana knikte. 'Precies. Het is ongelooflijk, wat je allemaal hebt gedaan. Je bent een goed mens, Dennis. Net als mijn Arthur dat was. Marigold en ik hebben geboft. En dat weten we maar al te goed.' Ze legde haar hand op de zijne. 'Marigold mag haar geheugen dan aan het verliezen zijn, haar hart heeft ze nog. Ze weet dat je van haar houdt, en ze weet dat alles wat je besluit, wordt ingegeven door liefde.'

'En dat weten wij ook,' zei Daisy.

'Goed dan.' Dennis knikte. 'Laten we maar eens een kijkje gaan nemen in Seaview House. Om te zien of het goed genoeg is voor onze Goldie.'

29

De seizoenen volgden elkaar op, Marigold zag ze komen en gaan vanuit de fauteuil bij het grote schuifraam dat uitkeek op het gazon van Seaview House. Zomer, herfst, winter, lente. Het was elk jaar dezelfde kringloop, maar de seizoenen waren geen jaar hetzelfde. De tinten rood en geel van het blad dat verkleurde waren de ene herfst dieper karmozijnrood en stralender goudgeel dan de andere. Soms sneeuwde het 's winters, maar meestal niet. Af en toe waren de ramen bedekt met rijp, en dan was het leuk om te zien wat de grillige figuren moesten voorstellen. Marigold zag er elfen in, en kobolden en kabouters, die begonnen te smelten zodra de zon kwam. Maar terwijl ze nog treurde omdat ze verdwenen, kwamen de vogels en fladderden rond de voederhuisjes. De vogels waren er altijd, ongeacht het seizoen. Marigold was verrukt van ze. Hun vrolijke lied raakte haar tot in het diepst van haar wezen, waar alle liefde die ze in haar leven had ontvangen, lag opgeslagen. Van wie ze die liefde had gekregen, dat wist ze niet meer.

Beetje bij beetje verbleekten haar herinneringen, als rook die omhoogkringelde van een dovend vuur. Maar ze merkte het niet. Ze liet ze gaan zonder weerstand te bieden. Zonder strijd, zonder angst, zonder verdriet nam ze afscheid van beelden die voor haar zelfbesef overbodig waren geworden. Precies zoals haar vader had voorspeld, begon de auto geleidelijk aan te roesten, de motor te haperen, maar Marigold zat nog altijd achter het stuur, en ze was nog net zo compleet, nog net zo volmaakt als ze dat altijd was geweest en altijd zou blijven. Ze genoot van het moment. Want dat gaf haar zo veel om van te genieten. Ze keek naar de zee, naar de aanrollende golven, naar het licht dat danste op het water, naar het schuim op de rotsen en naar de zeevogels die zich verzamelden boven de scholen vis die net onder het wateroppervlak zwommen. Wie leefde in het moment, verveelde zich nooit en was nooit ongelukkig. Wat is er mis met nu? Dat was de vraag die ze zichzelf stelde. En het antwoord was altijd hetzelfde: niets.

Soms zat ze te denken, soms zat ze alleen maar te zitten. Soms trok de mist in haar hoofd ineens op. Dan sloeg de motor onverwacht weer aan, de auto hoestte en sputterde, en Marigold kwam tot leven, bezield door althans iets van het enthousiasme dat vroeger zo tekenend voor haar was geweest. Maar de dagen waarop dat gebeurde, werden steeds zeldzamer.

Het was eerste kerstdag. Voor Seaview House hielden twee auto's stil. Zes volwassenen en een heel stel kleine kinderen stapten uit en liepen door de sneeuw naar de villa. Er hing een krans op de voordeur. In de hal stond op de plek van de ronde tafel een grote kerstboom, versierd met kunstsneeuw en zilveren slingers. Er hing een geur van kaneel en gepofte appels.

Dennis ging voorop met een mand vol cadeautjes en een bos lichtroze rozen. Achter hem kwam Nana met Trudie, Suzes dochtertje, aan de hand. Daisy volgde, met Owen, haar zoontje van tien maanden, op de arm. Naast haar liep Suze, die weer zwanger was. Ticky droeg de luiertas en hun zoontje van vijftien maanden. Taran sloot de rij. Zijn moeder had hem een doos vol *mince pies* meegegeven, die Sylvia had gemaakt.

Ze zagen Marigold meteen toen ze de grote zitkamer binnenkwamen. In haar vaste stoel bij het raam keek ze naar de besneeuwde tuin. Ze zag er leuk en verzorgd uit, in een rok met een vest. De kraag van haar gebloemde blouse was netjes gestreken, haar haar glansde, en ze was licht opgemaakt – niet te zwaar, net genoeg om er op haar mooist uit te zien. Op de tafel naast haar lag de puzzel die ze van al haar dierbaren had gekregen. Ze kon de stukjes niet meer in elkaar leggen, maar volgens de verpleging vond ze het heerlijk om naar de plaatjes te kijken en de uitleg op de achterkant te lezen. Dan zagen ze haar glimlachen, met een vertederde uitdrukking op haar gezicht.

Het was rustig in de grote salon. Er was kerstmuziek op de televisie, een groepje dames met grijs haar zat er op de bank naar te kijken. Tussen de tijdschriften op de lage tafel voor de bank lag een recentelijk verschenen boek van de hand van Suze Fane. *Liefde en dementie* had maandenlang op de bestsellerlijsten gestaan.

Toen ze het groepje bezoekers hoorde aankomen, keerde Marigold zich naar hen toe. Haar blik ging over het naderende gezelschap zonder te beseffen dat het voor háár kwam. Haar gezicht verried de nieuwsgierigheid van een toeschouwer. Van iemand die niet verwachtte te worden betrokken bij wat er ging gebeuren, maar die dat tevreden zou gadeslaan. Toen Dennis naar haar glimlachte, schrok ze een beetje.

'Dag, liefste,' zei hij teder. Hij was zo verstandig haar niet te kussen. Dat deed hij vroeger wel, maar inmiddels ging het allemaal een beetje anders. Hij trok een stoel bij. 'Vrolijk kerstfeest, Goldie. We hebben cadeautjes voor je meegebracht.' Hij had geen puzzel gemaakt. Ze herinnerde zich hun traditie niet meer.

Toen ze Nana zag begon Marigold te stralen. Haar moeder herkende ze nog. 'Dag, Marigold.' Nana ging op de stoel naast haar zitten. Suzes dochtertje klom bij haar overgrootmoeder op schoot en nam Marigold wantrouwend op. Ticky en Taran pakten stoelen voor de rest. Ticky zette de luiertas naast zich op de grond, Taran trok een tafel bij voor de zoete pasteitjes. Daisy ging met de kleine Owen dicht bij haar moeder zitten, terwijl Suze haar stoel naast die van Nana schoof. Het duurde niet lang of Trudie stak haar armen naar haar uit, en Suze trok haar op schoot. Het kleine meisje bleef wantrouwend naar Marigold kijken.

'Nou, wat gezellig,' zei Dennis in een poging te doen alsof alles normaal was. Met zijn handen op zijn knieën keek hij naar buiten. 'De tuin ziet er prachtig uit met die sneeuw. Het is net Narnia.'

'Je houdt van sneeuw, waar of niet, Marigold?' zei Nana. 'Als klein meisje was je er al dol op.'

Marigold keerde zich naar het raam en keek naar de tuin, genietend van de sneeuw die flonkerde in het zonlicht, als een deken bedekt met diamantjes.

'Ik hou van Kerstmis,' zei Suze. 'Ik ben altijd dol op cadeautjes geweest.'

Marigold keerde zich weer naar de groep. Ze schonk Daisy een glimlach, een beleefde, onpersoonlijke glimlach. 'Wat bijzonder aardig van jullie om te komen.'

'Ik heb pasteitjes meegebracht, van mijn moeder,' zei Taran.

Marigold herkende hem niet, laat staan dat ze wist wie zijn moeder was. Maar dat liet ze niet merken. 'Wat lief van haar. Dank je wel.' Weer die hoffelijke glimlach van iemand die beleefd wilde zijn, van iemand die bang was iets verkeerds te zeggen.

'Zal ik een kopje thee zetten?' stelde Daisy voor, in de hoop de spanning te verdrijven.

'Ja, wat een goed idee!' zei Marigold plotseling geanimeerd. 'Een kop thee! Er gaat niets boven thee als het buiten koud is.'

Daisy stond op en gaf de baby aan Taran. 'Ik loop even naar de keuken om water op te zetten.'

'Ik zal je helpen.' Suze stond ook op. 'We zijn met zo'n grote groep, en volgens mij lusten we allemaal wel een kop thee.'

Marigold keek de twee jonge vrouwen na, toen gleed haar blik naar de mannen. Wat een knappe mensen allemaal, dacht ze. Toen keerde ze zich naar haar moeder. 'Hoe is het die alleraardigste man toch vergaan? Dennis heette hij. Is hij ooit getrouwd? Wat was hij knap, hè?'

Daisy en Suze verstijfden en keerden zich in paniek naar hun vader. Dennis keek op zijn beurt naar Marigold, die niet besefte hoe pijnlijk het was wat ze had gevraagd.

Nana deed haar mond al open. Daisy was bang dat ze tactloos zou reageren, maar ze wist niet wat ze moest zeggen om dat te voorkomen. Toen legde Nana haar hand op die van haar dochter en knikte. 'Ja, hij was erg knap,' zei ze zacht. Ze had het eindelijk begrepen. 'En hij is getrouwd met een lief meisje. Een heel lief meisje. Ze was erg knap en ze dacht altijd aan anderen, nooit aan zichzelf. Ze zijn samen erg gelukkig geworden. Sterker nog, ze waren het gelukkigste stel dat ik ooit heb gekend.'

'Wat fijn,' zei Marigold.

En Dennis besefte dat het boek met zijn naam erop eindelijk definitief van de plank was gevallen. Wat had het nog voor zin om hier te komen, vroeg hij zich af. Week in, week uit. Jaar in, jaar uit. Wat had het nog voor zin? Hij keek naar de lichtroze rozen op de grond naast zijn stoel. Waarom had hij nog de moeite genomen ze te kopen? Lichtroze rozen konden haar al lang niet meer bij hem terugbrengen. Hij sloeg zijn ogen op en zag de argeloosheid in haar ogen, de lieve, enigszins onzekere glimlach om haar mond.

En toen wist hij het. Tot in het diepst van zijn ziel werd hij zich bewust van een zekerheid die als een machtige vloedgolf in hem oprees, een onstuitbare vloedgolf van onvoorwaardelijke liefde. Het deed er niet toe dat zij niet meer wist wie hij was. Want híj wist wie zíj was. Ze was zijn Goldie. Zijn mooie meisje. Dierbaar. Onvervangbaar. En dat zou ze altijd blijven.

Dankwoord

Aan mijn research voor *Naar de overkant* heb ik tal van inspirerende ontmoetingen te danken met patiënten die aan dementie lijden, met hun familie en vrienden die hen met liefde en zorg omringen, en met hun professionele hulpverleners. Voor hen allen geldt dat hun inzet, kracht en toewijding me diep hebben geraakt. *Naar de overkant* vertelt het verhaal van Marigold en haar voortschrijdende aandoening maar het is bovenal een verhaal over liefde; over onvoorwaardelijke liefde die standhoudt en alle obstakels overwint.

Ik had Marigold en Dennis nooit tot leven kunnen brengen zonder de wijsheid en de goede raad van mijn dierbare vriend Simon Jacobs. Hij was de inspiratiebron voor de centrale boodschap van dit boek: ondanks het verbleken van herinneringen, ondanks het vervagen van de persoonlijkheid, blijft de ziel – het ware zelf – onaangetast en leeft eeuwig voort. Ik ben Simon innig dankbaar voor onze jarenlange vriendschap en voor zijn spirituele levenslessen.

Dennis is geïnspireerd op mijn vriend en uitzonderlijk getalenteerd timmerman Jeff Menear. Jeff heeft in de loop der jaren de prachtigste dingen voor me gemaakt. Dankzij zijn vakmanschap en kunstenaarsoog slaagt hij er telkens weer in mijn wildste ideeën om te zetten in ware meesterwerken. Ik ben hem dankbaar voor de vele uren waarin hij zijn vakkennis met me wilde delen. Die kennis is van onschatbare waarde geweest voor het vormgeven van mijn personage. Mijn dank gaat ook uit naar Siobhan, zijn vrouw, en naar Jean, wijlen zijn moeder, voor de pareltjes die ze aan onze gesprekken hebben bijgedragen.

Mijn kennismaking met de schitterende dierenportretten van Sam Sopwith was beslissend voor Daisy's carrière. Sams werk is echt heel bijzonder. De dieren kijken je aan met een emotionele diepgang die foto's missen. Ik wilde mijn heldin een soortgelijk talent meegeven. Dus dank je wel, Sam, dat je mijn muze wilde zijn. Het is nog slechts een kwestie van tijd voordat ik je vraag mijn hond te tekenen!

Verder wil ik Pablo Jendretzki bedanken, mijn dierbare vriend uit Argentinië, tevens architect in New York. Hij is knap, charismatisch, charmant, getalenteerd. Kortom, de perfecte inspiratie voor Taran.

Mijn ouders, Charlie en Patty Palmer-Tomkinson, ben ik dankbaar voor een jeugd waarin ik werd omringd door liefde en waarin ik opgroeide in vrijheid en geborgenheid, en voor het feit dat ze later mijn beste vrienden en wijze raadgevers zijn geworden. Ik bedank ook mijn tante Naomi Dawson, James en Sarah Palmer-Tomkinson en hun vier kinderen, Honor, India, Wilf en Sam, omdat ik met het ouder worden steeds beter ga beseffen hoe waardevol familie is. Wijlen mijn zus Tara ben ik dankbaar voor wat ze me heeft geleerd over liefde en verlies. Ik mis je.

Dank aan Sheila Crowley, mijn briljante agent, aan Luke Speed, mijn filmagent, en aan iedereen bij Curtis Brown die zich inzet voor mijn boeken: Alice Lutyens, Katie McGowan, Callum Mollison, Anna Weguelin, Emily Harris en Sabhbh Curran. Mijn redacteur Suzanne Baboneau ben ik innig dankbaar voor de onvermoeibare zorgvuldigheid waarmee ze mijn manuscripten onder handen neemt, en ik bedank ook mijn baas, Ian Chapman, en het team bij Simon & Schuster: Gill Richardson, Polly Osborn, Rich Vlietstra, Dominic Brendon, Sian Wilson, Rebecca Farrell en Sara-Jade Virtue.

Vele aangename uren heb ik doorgebracht in de Fountains Coffee Shop en de Bel & Dragon in Odiham, waar ik luisterde naar de soundtrack van *Pearl Harbor* – dank je wel, Hans Zimmerman – en caffè latte dronk, besprenkeld met cacaopoeder.

Boeken schrijven maakt me gelukkig. Toch zou het zonder boekwinkels, boekverkopers en boekenlezers bij een hobby zijn gebleven. Dank jullie wel, allemaal.

Ten slotte – ik heb het belangrijkste voor het laatst bewaard – bedank ik mijn man, Sebag, en onze kinderen, Lily en Sasha, voor hun liefde en voor de bron van vreugde die ze in mijn leven zijn.

Lees ook de *Deverill*-serie

Lees ook de *Deverill*-serie

Tegen de wensen van zijn halfzus Kitty Deverill in, verkoopt JP Deverill het familiekasteel aan een grote hotelketen. Ook nodigt hij de jonge Margot Hart als gastschrijver uit om op het landgoed te komen logeren. Margot werkt aan een boek over de geschiedenis van de familie Deverill en JP ziet dat boek als de ideale manier om zijn rekeningen met enkele familieleden te vereffenen.

JP's zoon Colm kan zich allerminst vinden in de plannen van zijn vader. Hij heeft na de scheiding van zijn ouders alle contact met zijn vader verbroken, maar nu JP van plan is de vuile was over de familie buiten te hangen, voelt Colm zich geroepen om in actie te komen. Zelfs als hij daarvoor de degens moet kruisen met de charmante en onafhankelijke Margot.

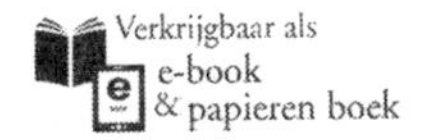